1962 in Wien geboren, studierte Stefan Slupetzky an der Wiener Kunstakademie und arbeitete als Musiker und Kunstlehrer, bevor er sich dem Schreiben zuwandte. Er schrieb und illustrierte mehr als ein Dutzend Kinder- und Jugendbücher, für die er zahlreiche Preise erhielt. Mittlerweile widmet er sich aber vorwiegend der Literatur für Erwachsene und verfasst Bühnenstücke, Kurzgeschichten und Romane. Für den ersten Krimi um seinen Antihelden Leopold Wallisch, «Der Fall des Lemming» (rororo 23978), erhielt Stefan Slupetzky 2005 den Glauser-Preis. Nach «Lemmings Himmelfahrt» (rororo 23882), für den er den Burgdorfer Krimipreis erhielt, und «Das Schweigen des Lemming» (rororo 24230) ist «Lemmings Zorn» sein vierter Kriminalroman. Im Herbst läuft der Film «Der Fall des Lemming» in den Kinos an.

«Mochten Sie den österreichischen Kommissar Kottan? Und Falco? Dann mögen Sie auch dieses Buch. Weil der Lemming so sympathisch ist. Und der Krotznig so böse. Und die Geschichte so fabelhaft.» (*Stern* über «Der Fall des Lemming»)

«Ein funkelndes, sprachlich meisterhaftes Stück reinster Weltekel-Prosa, verpackt mit der Zärtlichkeit dessen, der noch in der Lage ist, eine bessere, eine gerechtere Welt zu ersehnen. Ein wahres Glück, solch ein Krimi.» (Hessischer Rundfunk über «Lemmings Himmelfahrt»)

«Mit diesem beachtlichen Buch hat sich Slupetzky neben Wolf Haas und Heinrich Steinfest endgültig als einer der besten Krimischriftsteller seines Landes etabliert.» (Die Welt)

Stefan Slupetzky

LEMMINGS ZORN
LEMMINGS VIERTER FALL

Rowohlt Taschenbuch Verlag

4. Auflage Januar 2010

ORIGINALAUSGABE | Veröffentlicht im Rowohlt Taschenbuch Verlag, Reinbek bei Hamburg, April 2009 | Copyright © 2009 by Rowohlt Verlag GmbH, Reinbek bei Hamburg | Umschlaggestaltung any.way, Barbara Hanke/ Cordula Schmidt | (Illustration: Michael Sowa, «Sommernacht 1991») | Satz Minion PostScript bei Dörlemann Satz, Lemförde | Druck und Bindung CPI – Clausen & Bosse, Leck | Printed in Germany | ISBN 978 3 499 24889 4

Nein, nein, ich höre
Nicht länger von ferne
Den Lärm mit Geduld.

Johann Wolfgang von Goethe

Meinen Kindern Fanny und Samuel

1 Geboren werden ist wie in Rente gehen. Man leert den
Schreibtisch und räumt das Büro. Man händigt dem Portier die Schlüssel aus, verlässt zum letzten Mal die Firma und bricht in eine ungewisse Zukunft auf. Es wird schwierig sein, sich in sein neues Leben hineinzufinden. Mit jedem Schritt aber, den man tiefer in dieses neue Leben macht, vergisst man das alte: Noch ehe man gelernt hat, aus einer Schnabeltasse zu trinken, ist alles Vergangene ausgelöscht.

Geboren werden heißt, den Sinn für die Einheit der Welt zu verlieren. Um jede Erinnerung an ein Vorher zu tilgen, hat die Natur eine Schleuse eingerichtet, in der man neun Monate lang verharren muss, ehe man in die materielle Welt entlassen wird. Diese Wartezeit verstreicht nicht ungenutzt, sie dient der Auslöschung unserer kosmischen Software. Im Umerziehungslager Mutterbauch werden die Festplatten neu bespielt; hier lernt man alles, was man braucht, um sich als stoffliches Einzelwesen gegen andere zu behaupten. Die Sinne spalten sich auf und werden von innen nach außen gestülpt: die Augen, um zu sehen, was man besitzen will, die Ohren, um zu hören, wer es einem streitig macht. Die Nase zum Aufspüren des Feindes, die Hände zum Töten, der Mund zum Zerfleischen.

Die Geburt eines Kindes ist also ein großes Vergessen: Was immer davor war, es zählt nicht mehr. Und das gilt ganz besonders für die Eltern, da können sie noch so geplant und getüftelt, phantasiert und orakelt haben. Kein Luftschloss hält den Urgewalten stand, die drei Kilo Mensch in ihr Leben bringen, kein vorab ersonnener Zeitplan und kein liebevoll möbliertes Kinderzimmer. Eine Spieluhr, die Vivaldi spielt? Das Kind wird Mozart hören wollen. Wiege, Stubenwagen, Babykorb? Das Kind wird im Ehebett liegen. Rosa Tapeten? Das Kind wird ein Bub sein. Ganz abgesehen davon, dass es sein eigenes Zimmer – egal, wie es gestaltet ist – mit ähnlichem Enthusiasmus bewohnen wird wie Hannibal Lecter sein panzerverglastes Verlies.

«Wart einmal, Poldi …» Klara greift nach dem Arm des Lemming und verlangsamt ihre Schritte. «Wart kurz …» Sie bleibt stehen, senkt den Kopf. Lauscht tief in sich hinein.
Unfassbar schön ist sie, denkt – wie so oft in letzter Zeit – der Lemming. Schön sind die ruhigen, leuchtenden Augen, schön auch die prallen Brüste über dem mächtig gerundeten Bauch. Schön ist das ganze blühende, duftende, vollreife Weib. Sogar der etwas entenhafte Gang, mit dem sie die Last zweier Körper trägt, ist wunderschön. Das Herz des Lemming schlägt höher, wie das eines Kindes, dem vom festlichen Gabentisch her ein verheißungsvolles Paket entgegenlacht.
«Nein, es war nichts.» Klara schüttelt den Kopf. «Nur so ein Ziehen: Senkwehen, du weißt schon.»
Selbstverständlich weiß der Lemming, was Senkwehen sind. In den vergangenen Monaten hat er ein halbes geburtsmedizinisches Studium absolviert. Mit Austreibungsphasen und Steißlagen, Spinal- und Periduralanästhesien, Kardiotokographien und vorzeitigen Blasensprüngen ist er auf Du und Du. Auch sein Geschick bei der Handhabung unverzichtbarer Accessoires wie indischer Tragetücher oder japanischer Fläschchenwärmer hat er perfektioniert. Seine Wickeltechnik ist ebenso unübertroffen wie seine Fertigkeit bei der Zwei-Finger-Bäuchleinmassage. Kurz gesagt: Der Lemming ist bereit. Mehr als bereit. Er fiebert dem Augenblick entgegen, da er all das Gelernte auch anwenden kann. Nicht an einer zerschlissenen Stoffpuppe wie bisher, sondern (bei diesem Ge-

danken hüpft wieder sein Herz) an seinem eigenen warmen, lebendigen Kind.

Über eines aber ist der Lemming nicht im Bilde, und das ist der Zeitpunkt dieses alles verändernden Augenblicks. Wüsste er, was ihn in Kürze erwartet, er stünde wohl nicht so verträumt auf dem Gehsteig …

«Kommst du?» Klara schenkt ihm ein unergründliches Lächeln und watschelt voraus, die menschenleere Berggasse hinab in die Senke der Rossau.

Ein wunderbar friedlicher Frühlingsmorgen liegt über den Dächern der Stadt. Vom wolkenlosen Himmel strahlt die Sonne und wärmt den – für gewöhnlich mit Autos verbarrikadierten – Asphalt. Gott lacht sich ins Fäustchen, er weiß, warum er den Wienern justament heute ein klassisches Kaiserwetter beschert: Es ist der Erste Mai, und für den alljährlichen Maiaufmarsch der Sozialdemokraten kann es kein schlechteres Wetter geben. Proletarisches Wirgefühl hin oder her: Den arbeitsfreien Tag der Arbeit im sonnigen Grünen zu verbringen, ist nun einmal erbaulicher, als Parolen skandierend den Ring entlangzumarschieren. Nur die armen Parteifunktionäre müssen in Wien bleiben, statt in ihren Datschen und Chalets nach dem Rechten zu sehen. Und auch der Lemming und Klara: Sie müssen in der Wohnung des Lemming nach dem Rechten sehen, statt in Klaras Ottakringer Häuschen zu bleiben.

«Scheiße … Schon wieder …» Klara hält abermals an. Sie schließt die Augen und beugt sich vor. «Ich bin mir … nicht sicher, Poldi, aber … Ich glaub fast, es geht los.»

«Es … Es geht … Was?» Der Lemming erstarrt. Für einen Moment glotzt er Klara verständnislos an, dann aber durchzuckt ihn der Blitz der Erkenntnis. «Mein Gott, wir müssen … Wir müssen sofort in die Klinik!»

«Nicht werd mir gleich panisch», stößt Klara mit gepresster Stimme hervor. «Wir haben doch Zeit.» Sie atmet ein paarmal kräftig durch und richtet sich auf. «Die täten sich schön bedanken im Krankenhaus, wenn ich ihnen bis morgen den Kreißsaal blockier.»

Eröffnungsphase, natürlich, rekapituliert der Lemming. Bis Muttermund und Zervix zur Genüge ausgeweitet sind, dauert es bei erstgebärenden Frauen im Durchschnitt zehn Stunden. Zunächst macht sich der Fötus reisefertig. Er prüft die Lage der Glieder und kontrolliert den Sitz der Nabelschnur. Er rückt den Kopf in Position und legt noch ein Nickerchen ein, bevor er sich gemächlich zur Abschussrampe begibt. Erst, wenn er im Cockpit Platz genommen, sich in den Schalensitz geschmiegt und angeschnallt hat, kann der Countdown – die sogenannte Austreibungsphase – beginnen.

Andererseits: Was zählen schon statistische Mittelwerte? Fühlt man sich durchschnittlich wohl, wenn man oben verbrennt und unten erfriert?

«Ja aber … Was willst du denn sonst tun?»

«Gar nix, mein Lieber. Wir gehen jetzt in aller Ruhe deine Post holen, wie geplant. Und dann schauen wir weiter.»

Knapp zweihundert Meter liegen noch zwischen ihnen und der Servitengasse, in der das Wohnhaus des Lemming steht. Zweihundert Meter, für die sie eine gute Stunde brauchen werden.

«Ist dir klar, was das bedeutet?» Der Lemming reißt die Augen auf und starrt auf die Uhr seines Handys, während sich Klara keuchend gegen ein Straßenschild lehnt. «Drei Minuten, verstehst du? Drei Minuten seit der letzten Wehe! Vergiss die Post! Ich ruf jetzt ein Taxi!»

«Ja … Wahrscheinlich hast … du recht …»

Während der Lemming mit fiebrigen Fingern die Nummer in das Telefon tippt, ertönt – ganz leise zunächst, dann immer durchdringender – ein Brummen über den Häusern.

«Taxifunk, grüß Gott», meldet sich eine barsche weibliche Stimme am anderen Ende der Leitung.

«Ja, grüß Sie auch, ich hätt gern …», der Lemming hält sich mit der freien Hand das rechte Ohr zu, «ich hätt gern einen Wagen, und zwar möglichst …», er dreht den Kopf und sieht nach oben, wo gerade ein Hubschrauber über der Dachkante auftaucht. «Möglichst rasch! Verstehen Sie? Können Sie mich … In die Berggasse! Nein, Berg! Berg wie Tal! Verdammt! Der Trampel hat aufg'legt!»

Ein kurzer, hilfloser Blick zu Klara, die in gekrümmter Haltung den Pfosten umklammert, dann wieder zum tiefblauen Himmel hinauf: Wie eine hässliche, stählerne Wolke hängt dort der Helikopter und verwandelt die Straße in eine dröhnende Höllenschlucht.

«Schleich dich!» Mit hektischen Gebärden springt der Lemming hoch, als könne er den Störenfried auf diese Art verscheuchen. «Weg! Verschwind doch! Schleich dich endlich!»

Ein eleganter Schlenker, die Maschine dreht ab und gleitet Richtung Rathausplatz. Zitternd vor Wut drückt der Lemming die Wiederwahltaste. Presst den Hörer an sein Ohr und lauscht.

«Scheiße! Besetzt!»

Jetzt ist er es, der durchatmen muss. Verbindung trennen. Wiederwahl. Freizeichen.

«Hallo? Taxi? Hören Sie, es ist wirklich dringend! Ich brauche sofort einen Wagen in die … Wie? Ich kann Sie nicht … Sie können was? Sie können mich nicht … Verflucht!»

Abermals schiebt sich der Hubschrauber über die Häuserzeile. Der Pilot scheint Gefallen am neunten Bezirk gefunden zu haben.

«Maiaufmarsch!» Klara deutet nach oben; mit all ihrer Stimmkraft versucht sie, den Radau zu übertönen. Der Lemming kann trotzdem nur einzelne Wortfetzen hören. «Polizei … Überwachungshub … Ministerium …» Zwar begreift eine ferne, verborgene Kammer seines Gehirns, was Klara ihm sagen will, doch ändert das nichts an der Art der Gedanken, die sein Bewusstsein beherrschen: Mörser! Panzerfaust! Raketenwerfer!

Nichts, hat Stefan Zweig einmal geschrieben, *macht einen wütender, als wenn man wehrlos ist gegen etwas, das man nicht fassen kann, gegen das, was von den Menschen kommt und doch nicht von einem einzelnen, dem man an die Gurgel fahren kann.* Und so tut er nun etwas, der Lemming, das er Sekunden später schon bereuen wird. Er kann nicht anders, er muss es einfach tun, um nicht auf der Stelle vor Zorn zu zerplatzen. Mit wüstem Kampfgebrüll holt er aus und schleudert dem Feind das Geschoss entgegen – die einzige Waffe, die gerade greifbar ist.

Das Handy steigt hoch, verharrt in der Luft und nähert sich wieder der Erde. Keine fünf Meter entfernt zerschellt es auf dem Straßenpflaster. Der Klang seines Aufpralls ist nur zu erahnen; er wird vom Getöse der wirbelnden Rotorblätter verschluckt. Im selben Moment schwenkt der Helikopter zur Seite und verschwindet in östlicher Richtung.

«Ha!», schreit der Lemming und schüttelt die Fäuste zum Himmel. «Ha ...», fügt er etwas leiser hinzu. Dann senkt er langsam den Kopf. Klaras Mobiltelefon, das wird ihm soeben bewusst, liegt draußen in Ottakring. Die Funkwellen, die Strahlung: Als werdende Mutter kann man nicht achtsam genug sein ...

«Komm, Poldi ...» Klara ist an seine Seite getreten; sie streicht ihm begütigend über den Rücken. «Komm schon, lass uns zum Taxistand gehen.»

Vierzig Minuten und acht Wehen später stehen sie vor der verheißungsvollen gelben Tafel des Standplatzes in der Porzellangasse. Ruhig ist es hier. Eine Taube stelzt gurrend den Rinnstein entlang und sucht nach verlorenen Körnern. Autos, geschweige denn Taxis, sind keine zu sehen.

«Hast du Kleingeld?» Klara zeigt zur anderen Straßenseite, wo – gleich neben der Einmündung in die Servitengasse – ein Telefonhäuschen steht.

Der Lemming kramt in seinen Taschen und schüttelt betreten den Kopf. Er zieht sein Portemonnaie heraus und klappt es auf. «Nur einen Fünfziger.» Ein Königreich für ein Pferd, denkt er im Stillen, zehn Cent für ein Baby …

«Und was sollen wir jetzt tun?», murmelt Klara.

«Also … Wir … Wir machen Folgendes: Ich lauf hinüber in die Wohnung und ruf uns vom Festnetz ein Taxi – nein, besser gleich einen Krankenwagen. Und du … Du wartest hier, es dauert nicht lange …»

«Ich muss aber … sitzen.» Klara wird blass und schnappt nach Luft, aufs Neue von einer Welle des Schmerzes erfasst.

«Ich komm … dir nach, so gut ich kann. Vor der Kirche … gibt's Bänke.»

Der Lemming stürmt los, er hastet über die Kreuzung und biegt in die Servitengasse ein. Keine zehn Sekunden später erreicht er sein Haus am Rande des trauten, von Bäumen umgebenen Kirchenplatzes. Im dritten Stock des zartgelben Hauses ist seine Wohnung, im Vorraum der Wohnung sein treuer, altgedienter Fernsprechapparat …

«Komm schon!» Fieberhaft sucht er den passenden Schlüssel am Bund, rammt ihn ins Schloss und stößt das Haustor auf. An Säcken voll Schutt und Stapeln von Brettern entlang läuft er durchs Vorhaus zum Lift.

«Das gibt's ja nicht …»

Da ist kein Aufzug mehr. Ein leerer Schacht gähnt ihn an, notdürftig vernagelt mit hölzernen Planken und Plastikplanen.

«Die Schweine … Die miesen … Die dreckigen Schweine», stößt der Lemming hervor, während er – immer zwei Stufen auf einmal – die Treppe hinaufkeucht.

Zweieinhalb Jahre dauert der Terror nun an, der sich *Dachausbau* nennt. Zweieinhalb Jahre, in deren Verlauf das Wort

Wohnen zu einer zynischen Karikatur seiner selbst verkommen ist. Wie viele ungezählte Male hat ihn der Lärm aus dem Schlaf gerissen, ihn vom Lesen, vom Essen, vom Denken, vom Sein abgehalten? Wie oft hat er sich auf die Straße geflüchtet, bei jeglichem Wetter aus seinen vier Wänden verjagt wie ein Hund? Einen Winter lang ist er beinahe erstickt – die Arbeiter hatten Gerüste errichtet und alle Fenster luftdicht mit Kunststoff verklebt –, im Sommer darauf beinahe ertrunken – man hatte die Dachhaut entfernt, obwohl die Meteorologen Regen vorhergesagt hatten. Der einzige Grund für die meisten der Wohnparteien, die Stellung zu halten, ist ein Aushang der Hausverwaltung: Der Bauherr und Eigentümer, der das Gebäude vor drei Jahren gekauft hat, sei bereit, für die Instandsetzung der Steigleitungen aufzukommen, so heißt es darin. Ein generöses Angebot, wenn man bedenkt, dass er dazu ohnehin verpflichtet ist. Wie auch immer, manche werden's wohl nicht mehr erleben: Die alte Schestak aus dem zweiten Stock zum Beispiel, oder der kranke Novotny, der seine Krücken erst kürzlich gegen einen Rollstuhl getauscht hat.

Zweieinhalb Jahre, und jetzt das. Ein Segen nur für den Lemming, dass er Zuflucht bei Klara gefunden hat, und ein noch größerer Segen, dass er sie weiterhin finden wird. Am besten für immer …

Endlich hat er die dritte Etage erreicht, mit brennenden Lungen und rasselndem Atem steht er vor seiner Wohnungstür. Keine Zeit zu verschnaufen: Schon suchen die zitternden Hände das Schlüsselloch, stoßen den Schlüssel hinein.

Er lässt sich nicht drehen.

Der Lemming packt zu, er zerrt und rüttelt und lehnt sich mit vollem Gewicht an die Tür, doch der Schlüssel steckt fest; er rührt sich keinen Millimeter.

«Du verfluchter … Sakra … Hurrns!»

Mit all seiner Kraft versucht der Lemming, das widerspenstige Ding aus dem Schloss zu reißen. Ein trockenes Knacken, er taumelt zurück …

Gut, dass es nur der Schlüssel zum nicht mehr vorhandenen Dachboden war. Schlecht, dass sein abgerissener Bart nun im Wohnungsschloss steckt.

Als der Lemming aus dem Haustor taumelt, ist er vor Ver- zweiflung den Tränen nah. Er hat sich mehrmals gegen seine Tür geworfen, dann gegen jene der Nachbarn gehämmert – erfolglos. Niemand ist heute daheim, das Haus ist verwaist wie die Straßen: Keine Menschenseele lässt sich blicken. Außer Klara.

Im Schatten einer alten Linde kauert sie auf einer Parkbank, regungslos – nahezu regungslos: Ein leichtes Beben durchläuft ihren Körper, begleitet von einem verhaltenen Wimmern. Der Lemming setzt sich neben sie, umfasst ihre Schultern von hinten und stiert auf die andere Seite des Platzes, zum grünen Portal des Café *Kairo* hin. Nicht, dass das *Kairo* am Ersten Mai Ruhetag hätte – genauso wenig wie zu Ostern oder zu Weihnachten –, doch wird es seine Pforten erst in einer halben Stunde öffnen: entschieden zu spät für ein dringendes Telefonat.

«Kommt jetzt wer?» Klara wendet sich um, ihr Gesicht ist fahl und schmerzverzerrt. «Ich glaub, es wär schön langsam an der Zeit – die Fruchtblase ist grad geplatzt …»

Unter der Parkbank hat sich ein kleiner, glitzernder Teich gebildet. Mit nassen Schuhen springt der Lemming auf. Nur wenige Schritte, und er steht vor dem mächtigen Kirchentor, die Arme erhoben wie Moses vor dem Roten Meer.

«Hilfe», brüllt er über den Platz. «Hilfe! Kann mich denn keiner …»

Und da ertönt nun endlich ein Geräusch, das, wenn schon nicht auf menschliches, so doch auf primitives Leben in diesem Winkel der Stadt schließen lässt: Schräg vis-a-vis, zwei

Stockwerke über dem *Kairo*, werden energisch die Fenster geschlossen.

«Hilfe! So helft uns doch jemand! Wir brauchen doch nur ...»

Abrupt verstummt der Lemming und wendet sich lauschend nach rechts: Dort, um die Ecke, lässt sich auf einmal ein leises Quietschen und Rumpeln vernehmen: Zweifellos Räder, die über das Kopfsteinpflaster rollen.

«Gott sei's gedankt ...»

Auf der anderen Straßenseite erscheint jetzt ein Rollstuhl, in dem ein zusammengesunkener Mann sitzt. Dahinter – mit hurtigen Schritten – geht eine Nonne. In wehendem, langem Gewand, den Kopf von einem schwarzen Schleier fest umhüllt, so schiebt sie den Rollstuhl den Gehsteig entlang.

«Verzeihen Sie! Schwester! Könnten Sie uns bitte ...»

Keine Reaktion. Weder Nonne noch Mann scheinen den Lemming bemerkt zu haben; keiner der beiden wendet den Kopf.

«Hallo! Sind Sie's, Herr Novotny?»

Natürlich ist er es nicht. Der kranke Nachbar des Lemming ist älter und schmächtiger, und er trägt – im Gegensatz zum regungslosen Mann im Rollstuhl – immer nur Hut, niemals eine blau-gelbe Schirmmütze.

«Schwester! Bitte! Ich brauche Hilfe!»

Die Klosterfrau beschleunigt ihre Schritte, sie verfällt in leichten Trab, um zügig in die Grünentorgasse zu biegen.

«Herrgottsakra! Können S' mich denn nicht verstehen?»

Wieder läuft der Lemming los, er quert den Platz, bereit, sich der Frau in den Weg zu stellen. Aber auch sie beginnt nun zu laufen: Wie ein archaischer Bauer den Pflug, so stößt sie den Rollstuhl voran. Das Holpern der Räder wird zum Rattern, der Kopf mit der blau-gelben Kappe schlingert haltlos hin und her. Schon hat die eilige Schwester die Hahngasse erreicht; mit wehenden Schößen huscht sie nach links um die Ecke.

Der Lemming bleibt fassungslos stehen.

«Du ... Du ... beschissene Nonnensau! Du ...»

So verlassen die Rossau an diesem Ersten Mai auch sein mag, gottverlassen ist sie nicht: Gleich einer himmlische Drohung beginnen im Kirchturm die Glocken zu läuten; ihr gellender, blecherner Klang verschluckt die Flüche des Lemming. Auch Klara scheint jetzt zu schreien, mit offenem Mund und zusammengekniffenen Lidern kniet sie neben der Parkbank, die Finger in das Holz der Sitzfläche gekrallt. Der Lemming eilt zu ihr und ringt die Hände. Er kann nicht helfen, kann nichts tun, war nie zuvor so niedergeschmettert und aufgewühlt.

Minutenlang schallt das Geläute über den Platz, dann kommen die Glocken langsam zur Ruhe, klingen aus, hallen nach und verstummen endlich vollends.

«Kommen Sie! Schnell!»

Eine Hand auf der Schulter des Lemming. Er zuckt zusammen, wirbelt herum und sieht – kaum kann er es glauben – das Gesicht einer Frau vor sich. Mitte dreißig mag sie sein, auch wenn ihre Augen um einiges älter wirken: Ein fester, entschlossener Blick, gebettet in traurige Falten. Graue Strähnen ziehen sich durch ihr fuchsrotes, halblanges Haar, das von zwei Spangen hinter den Ohren gehalten wird.

«Na kommen Sie schon!»

«Ja aber ... Wohin denn?»

«Hauptsache weg von der Straße. Am besten ... dort hinein.» Sie deutet zur breiten Fassade gleich neben der Kirche, hinter der sich der Hof des Servitenordens befindet. «Was ist jetzt? Worauf warten Sie?»

Während Klara – auf den Lemming und die unbekannte Frau gestützt – dem hölzernen Tor entgegenwankt, huscht ein flüchtiges Lächeln über ihren Mund. «Ausgerechnet ...», seufzt sie leise. «Ausgerechnet ins Kloster ...»

2 Hurtig durchquert er den Kreuzgang, mit Schritten, gerade so lang, wie seine enge Soutane es zulässt. In seinen Händen trägt er die Banner der Güte und Herzlichkeit, leuchtend und weiß; meterweit flattern die Flaggen hinter ihm her.

Pater Pius hat in der Eile nichts Besseres gefunden. «Ein weiches, sauberes Tuch, wenn Sie hätten», hat die fuchsrote Frau zu ihm gesagt, «zum Aufbreiten, und nachher dann zum Einwickeln. Wir wollen ja nicht, dass das Butzerl friert auf dem kalten Steinboden.» Also ist der Pater kurz entschlossen zur Toilette neben dem Refektorium gelaufen, um zwei Klosettpapierrollen zu holen. Ein wenig mitgenommen hat ihn die vergangene Viertelstunde schon, den guten alten Pius: Die gepressten Schreie der Gebärenden haben seine Nerven strapaziert, unheimlich, beinahe tierisch sind sie durch die Gänge des Klosters gehallt. Schauriger ist nur die Stille, die jetzt – ganz plötzlich – über dem Hof und den Arkaden liegt.

Halb neun war es, als ihn der ungewohnte Radau aus dem Gebet gerissen hat. Ein weibliches Wimmern und Stöhnen, dazwischen die sonoren Hilferufe eines Mannes. Manchmal, das weiß er genau, ist es dem Herrgott ganz recht, wenn man ihn warten lässt. Beten kann man auch später, helfen womöglich nicht mehr. Also hat der Pater seine Kammer im ersten Stock verlassen, um Nachschau zu halten.

Im hintersten Winkel des sonnendurchfluteten Hofs, im Schatten des offenen Bogengangs hat er sie dann gefunden, die beiden Frauen und den Mann. Unter der großen Vitrine des heiligen Peregrin ist die zur Hälfte entkleidete Schwangere gehockt, zu ihren Füßen, in einer Lache aus blutigem Schleim, kniete die Rothaarige. Nur der Mann ist – regelrecht hysterisch – hin und her gelaufen, um, sobald er den Pater bemerkte, händeringend auf ihn zuzustürzen.

«Pater Pius! Gott sei Dank!»

«Moment einmal … Ich kenn dich doch», hat Pius gemurmelt und nachgedacht. «Du bist doch der … Leopold! Der kleine Leopold Wallisch! Stimmt's?»

Legendär ist das Gedächtnis des beinahe achtzigjährigen Ordensbruders, und er hat gerade bewiesen, dass Legenden keine Ammenmärchen sind. Sechs Jahre alt war der Lemming, als sich der Pater erstmals seiner angenommen hat – im obligatorischen Religionsunterricht, der den kleinen Besuchern der Volksschule in der Grünentorgasse zuteil wurde. Ein stiller, herzensguter Mann, das ist der schmächtige Pius schon damals gewesen: Grund genug für den Lemming, Freundschaft mit der christlichen Kirche zu schließen. Nicht Grund genug allerdings, diese Freundschaft auch beizubehalten: Eine Schwalbe macht noch keinen Sommer und ein Heiliger noch keinen Himmel. Mochte es im Schoß der Kirche auch den gütigsten Menschen der Welt geben, so wusste der Lemming den starren, verknöcherten Dogmen und Riten des Christentums trotzdem nichts abzugewinnen. In der vierten Volksschulklasse, vor gut dreißig Jahren, hat er seine letzte Messe besucht; kurz danach hat er auch Pater Pius aus den Augen verloren.

«Leopold Wallisch, natürlich, ich kann mich erinnern: Ein lieber Bub bist du gewesen, brav, aber aufgeweckt. Ich weiß noch, wie du mich einmal gefragt hast, ob sich der liebe Gott in den Spiegel schauen kann. Aber sag einmal, Leopold, was kann ich tun für dich?»

«Einen Krankenwagen! Wir brauchen sofort …»

«Nur mit der Ruhe», ist dem Lemming da die fuchsrote Frau ins Wort gefallen, ohne sich umzuwenden. «Schauen S' einmal her: Man kann schon ein Stück vom Kopferl sehen.»

Gleich darauf hat sie den Pater um das Tuch gebeten, und Pius hat sich – sichtlich dankbar – vom Ort des Geschehens entfernt. Der Anblick des behaarten Schoßes, gepaart mit dem Hecheln, dem Schnaufen, dem Schmerzensgebrüll: All das war doch ein bisschen viel für seine Nerven. Auch wenn es (dessen war sich der Pater durchaus bewusst) zu Gottes Schöpfungsplan gehörte, so kann die Schöpfung eben auch ziemlich beängstigend wirken, selbst auf einen alten Ordensbruder, der ja sozusagen höchstpersönlich in der Herstellerfirma beschäftigt ist.

Mit wehenden Fahnen biegt Pater Pius jetzt um die Ecke, aber zu spät: Auf den Boden gebreitet liegt schon das Hemd des Lemming; er selbst sitzt mit nacktem Oberkörper daneben, ein blutiges, zuckendes Bündel in seinen Armen.

«Halleluja …» Pater Pius bleibt ruckartig stehen und lässt die Klosettrollen sinken. «Halleluja», sagt er noch einmal. «Es ist ein Wunder …»

Und es ist auch ein Wunder.

Ein kleines Stück Leben, das – ohne zu wissen, wie ihm geschieht – in einer nie gekannten Dimension erwacht. Das nicht nach Hause kommt, nicht heimkehrt, sondern auf einen gewaltigen, unsagbar fernen Planeten geschleudert wird. Eine Sturzflut fremder Reize bricht mit einem Schlag auf seine verletzlichen Sinne nieder, Gerüche, Geräusche und gleißendes Licht vermengen sich mit dem Gefühl der Kälte auf der bloßen Haut: Zu viele Empfindungen, um sie zu entwirren oder gar ihre Bedeutung zu verstehen. Das kleine Stück Leben ist vollkommen hilflos, es weiß nichts und kann nichts: ein unnützes Sandkorn im Mahlwerk der Welt.

Aber eben doch ein Sandkorn. Die einzige Fähigkeit, die es besitzt, wendet es gnadenlos an: Es bringt das Getriebe des Mahlwerks zum Stocken, wobei es sich einer Methode bedient, die zwar einfach erscheint, aber zweifellos magisch ist: Das kleine Stück Leben ruft Liebe hervor. Pure und bedingungslose, kurz gesagt: vollkommene Liebe.

Es ist tatsächlich ein Wunder.

Der Lemming kriegt schon wieder feuchte Augen. Er blinzelt hinab auf das schrumplige Etwas, das sich – gerade so lang wie sein Unterarm – an seiner Brust räkelt. Die erbsengroßen Zehen, die dünnen, bebenden Glieder am auberginenförmigen Rumpf, der nach wie vor an der weißlichen Nabelschnur hängt. Dann der langgestreckte Schädel, am Scheitel fast kahl, aber von einem blauschwarzen Haarkranz umrahmt. Darunter die samtigen Ohren, deren Ränder sich in Rüschen legen wie die Blätter einer Blüte, die sich erst entfalten muss. Und schließlich das runde Gesicht, ganz zerknautscht von der Reise ins Licht. Große, dunkle Augen sehen den Lemming an.

«Sag, Poldi … Was haben wir eigentlich?»

Klaras Stimme klingt müde und weich. Sie lehnt an der Wand, mit geschlossenen Lidern, und lächelt. Der Lemming rückt näher und schmiegt sich an sie.

«Wenn's ein Mädchen ist, dann hat es ziemlich große Eier», meint er leise.

In der Zwischenzeit hat sich die fuchsrote Frau die Spangen aus ihren Haaren gezogen. Sie beugt sich über den Säugling, dessen winzige Finger sich fest in den Brustpelz des Lemming krallen, und heftet die zwei Klammern an die Nabelschnur. Dann zieht sie eine handliche Küchenschere aus ihrer Jackentasche.

«Wollen Sie das machen?»

Zaudernd greift der Lemming zu, und ebenso zögerlich setzt er die Schere an.

«Worauf warten Sie noch?»

Ein Schnitt nur. Er kappt das zähe Gewebe, zerschneidet das Band, trennt endgültig Mutter von Kind. Und als wäre der Kleine sich dessen bewusst, dass seine Versorgungsleitung nun endgültig stillgelegt ist, saugt er sich schmatzend an der rechten Brustwarze des Lemming fest.

Pater Pius ist leise näher getreten und hat die Papierrollen auf den Boden gelegt. Er steht jetzt mit ausgebreiteten Armen da und strahlt von einem Ohr zum anderen. «Ich wünsch euch von Herzen das Beste, Leopold. Alles Gute, Frau Wallisch. Und dir, kleiner Mann», der Pater beugt sich vor und hält die Hand über den Kopf des Säuglings, «ein langes und erfülltes Leben in Christo ...»

«Danke, Pater. Haben Sie vielen Dank», gibt Klara schmunzelnd zurück. «Nur: Frau Wallisch bin ich trotzdem keine. Mein Name ist Breitner, Klara Breitner. Weil der Poldi und ich, wir sind nicht verheiratet.»

«Nicht?» Pius richtet sich auf und mustert das frischgebackene Elternpaar mit traurigen Blicken. «Na ja», meint er dann wieder fröhlicher, «vielleicht muss man nicht alles der Reihe nach machen, solang etwas Gutes herauskommt dabei ... Und wegen der Taufe: Wenn ihr wollt, kann ich den Kleinen gleich ...» Er hält inne, legt die Stirn in Falten und dreht lauschend den Kopf zur Seite: Durch das Eingangstor am anderen Ende der Arkaden dringt – noch leise, aber klar vernehmbar – der Klang eines Folgetonhorns.

Irgendjemand hat die Rettung gerufen. Eine Rettung in mehrfacher Hinsicht: Zum einen enthebt sie den Lemming der peinlichen Pflicht, dem alten Pater zu gestehen, dass sein Sohn als Heide aufwachsen wird, zum anderen bedarf Klaras geschundener Schoß der medizinischen Versorgung. Schließlich sprengt der Vorgang der Geburt nicht nur die Grenzen der Vorstellungskraft. «Wie ein Kamel, das durch ein Nadelöhr geht», so hat es Klara einmal ausgedrückt. Dem Lemming hingegen war dieser Vergleich nicht blumig genug. «Ich hätte keine ruhige Nacht mehr», hat er mitfühlend geantwortet, «wenn ich wüsste, dass ich schon bald eine Kokosnuss scheißen muss ...»

Es gibt also doch noch gute Geister hinter den verschlossenen Fenstern der Rossau. Ganz abgesehen von Pater Pius, der sich nun wieder umdreht und loseilt – nicht, um noch rasch geweihtes Wasser für die Taufe zu holen, sondern um die Sanitäter zu empfangen.

Und ganz abgesehen natürlich von der fuchsroten Frau, die wohl von allen guten Geistern der beste ist.

«Wie können wir Ihnen nur danken?», fragt Klara. «Wie heißen Sie eigentlich?», fügt sie hinzu.

Zum ersten Mal zieht jetzt ein Lächeln über das schmale Gesicht der Frau. «Angela», antwortet sie, «Angela Lehner. Und wenn Sie mir danken wollen, dann …» Sie verstummt und schüttelt errötend den Kopf.

«Angela, das bedeutet doch Engel», meint der Lemming sanft. «Also sagen Sie schon: So schlimm kann der Wunsch eines Engels gar nicht sein.»

«Ich … Ich würde gern … ab und zu wissen, wie es dem Kleinen so geht. Ihn vielleicht manchmal besuchen dürfen. Verstehen Sie mich bitte nicht falsch, ich will mich nicht aufdrängen, und … Ich bin auch keine von diesen, Sie wissen schon, diesen Verrückten, die anderer Leute Kinder entführen. Es ist nur, wie soll ich sagen … Dieses Maiwunder hat mich wohl auch ein bisschen mitgenommen …»

«Sie müssen gar nichts erklären.» Der Lemming tauscht einen Blick mit Klara, die ihm begütigend zunickt. «Wann immer Sie wollen, Frau Lehner. Und so oft Sie wollen. Die Freunde unseres Sohnes sind uns jederzeit willkommen.»

Wie zur Bekräftigung nimmt ihm nun Klara behutsam den Säugling ab und reicht ihn an Angela Lehner weiter. «Könnt sein, dass ihm jetzt schon ein bisserl kühl ist. Was meinen Sie?»

Der Engel antwortet nicht. Im Gegenlicht des Atriums sieht es so aus, als breite er seine schützenden Schwingen über das Baby. Dabei fängt Angela Lehner nur damit an, es mit geübten, aber liebevollen Griffen in das klösterliche Klopapier zu wickeln.

3

«Otto?»

«Ohne mich. Ich bin einmal einem begegnet.»

«Einem was?»

«Na, einem Otto.»

«Aha …»

«Nicht, was *du* denkst. Nein, das war ein widerlicher Kerl, so ein aufgedunsener Spanner mit Plattfüßen. Wenn ich den Namen nur höre … Wie wär es mit Walter?»

«Walter Wallisch! Wie das schon klingt: ein doppeltes Weh!»

«Er wird aber Breitner heißen.»

«Ja, ja, ich weiß schon. Aber … vielleicht nicht für immer …»

«Kann es sein, dass ich mich grad verhört hab? Oder war das jetzt so etwas wie … ein Heiratsantrag? Hat dir der gute Pius einen gebenedeiten Floh ins Ohr gesetzt?»

«Hat er nicht. Also nicht wirklich, aber …»

«Aber?»

«Nix aber. Man kann sich ja manchmal auch selbst zu etwas … durchringen.»

«Durchringen also.»

«So hab ich's nicht gemeint.»

«Schon gut, du Charmeur … Jetzt lass einmal hören: Was hältst du von Paul?»

«Paul Breitner! Soll er 'leicht Fußballer werden? Ausgerechnet in Österreich? Da wäre ja … Thorward noch besser.»

«Auch nicht schlecht. Oder Siegesthor.»

«Stürmertrutz.»

«Stoßefrey»

«Flankebald.»

«Flankebald Wallisch … Das hat Rhythmus, das gefällt mir.»

Klara und der Lemming brechen unisono in Gelächter aus. Ein Gelächter, das bislang noch jede ihrer Namensdiskussionen vorzeitig beendet hat.

Schon vor Monaten haben die zwei eine seltsame Liste aufgesetzt: Keine Namen, die ernsthaft in Frage kommen, sondern nur solche, mit denen man ein Kind schon strafen kann, bevor es das erste Mal unfolgsam ist. *Dörthe* ist der Spitzenreiter bei den Mädchen, knapp gefolgt von *Erdmute* und *Notburg*, bei den Buben führt *Rüdiger* vor *Blasius*, *Detlef* und *Roderich*. Aber auch Neukreationen und Anleihen aus artfremden Gen- res sind hier vertreten. Beispielsweise die grazile *Lada* mit ihrem Bruder, dem bulligen *Moskwitsch*. Oder der virile *Hokuspokus* und sein weibliches Pendant, die liebliche *Abrakadabra* (selbstverständlich hat der Lemming auch das Baby der beiden, das herzige *Simsalabim*, auf der Liste vermerkt).

Wahrscheinlich liegt dem Impuls, bei diesem Thema ins Absurde abzudriften, eine Art Befangenheit zugrunde, eine Scheu davor, dem kleinen, bislang ungeprägten Menschen seinen ersten Stempel aufzudrücken. Es ist ja auch ein grober Eingriff in das Unberührte, wie das erste Wort auf einem leeren Blatt Papier, der erste Schritt auf einer frisch beschneiten Wiese …

«So kommen wir nicht weiter», meint Klara, nun wieder ernst geworden. Sie blickt auf das Bündel in ihren Armen. Der Kleine – ermattet vom Saugen an ihrem üppigen Busen – ist eingeschlafen. Im Spiel der Sonnenstrahlen, die durch das Grün der Weinlaube fallen, hebt und senkt sich rasch und rhythmisch seine Brust.

Der Lemming nickt und zuckt die Schultern. «Castro, was meinst du: Wie soll dein neues Herrli heißen?»

Zu seinen Füßen ertönt jetzt ein Brummen, und schon taucht unter der Kante des Gartentischs die feuchte Schnauze des Leonbergers auf. Castro blinzelt ins Licht; er gähnt und lässt seinen wuchtigen Schädel in den Schoß des Lemming sinken.

«Was? Was hat er gesagt?», grinst Klara.

«Nichts. Er überlegt noch.»

Und wie zum Beweis für den außergewöhnlichen Tiefgang seiner Gedanken fängt Castro jetzt lautstark zu schnarchen an.

«Sag, Poldi, hat dir unser roter Engel eine Adresse gegeben?»

«Die Lehnerin? Nur eine Telefonnummer. Warum?»

«Wir könnten ja auch sie nach ihrer Meinung fragen. Schließlich war sie nicht ganz unbeteiligt an der sicheren Landung unseres … kleinen Prinzen.»

«Ja, wenn du meinst …»

«Du darfst auch mein Handy benutzen, solange …» Klara verbeißt sich ein weiteres Grinsen.

«Solang ich damit keinen Eurofighter vom Himmel hol? Meinetwegen. Wo ist es denn?»

«In der Küche, auf der Kredenz. Ich möcht mich dann auch gern noch einmal bedanken.»

Behutsam hebt der Lemming Castros Kopf von seinen Schenkeln. Dann steht er auf und tritt in den kühlen Schatten des Hauses.

Freizeichen. Nach langen Sekunden erst wird am anderen Ende der Leitung der Hörer abgenommen.

«Hallo? Sind Sie es, Frau Lehner?»

Statt einer Antwort schmettert infernalisches Gedröhn gegen das Trommelfell des Lemming: der dumpfe, hämmernde Rhythmus elektronischer Bässe, vermischt mit dem Kreischen undefinierbarer Blas- oder Streichinstrumente. Dazu gesellt sich ein dichter Nebel aus Stimmen, dem hin und wieder gellendes Gelächter entsteigt. Dann das Aufröhren eines Motors, heiser und grollend, anscheinend ein Motorrad.

«Hallo? Frau Lehner?»

Nichts als der stampfende Lärm der Musik ist zu hören. Der Lemming verzieht das Gesicht, streckt den Arm aus, hält das Handy möglichst weit von seinen Ohren entfernt. Aber dann – von einem Augenblick zum anderen – endet der Radau.

«Wer spricht denn da?», fragt Angela Lehner in die plötzliche Stille hinein. Sie klingt ungeduldig und reizbar, schon fast an der Grenze zur Schroffheit, wie der Lemming überrascht vermerkt.

«Wallisch hier, Leopold Wallisch. Vielleicht erinnern Sie sich noch: das Nervenbündel vom Samstag. Der frischgebackene …»

«Aber natürlich! Herr Wallisch! Was macht der Kleine, geht's ihm gut?»

Wie weggeblasen ist der rüde Unterton in Angela Lehners Stimme. Weich und offen ist sie jetzt und voller Freude.

«Wunderbar, danke. Er lebt den ewigen Traum seines Vaters: Nur trinken, schlafen und hin und wieder ein bisserl raunzen. Sagen Sie, der Krach … die Geräusche, ich meine die Klänge da vorhin: Sind Sie im Gastgewerbe?»

Eine Pause tritt ein. Schon befürchtet der Lemming, dass die Verbindung unterbrochen ist, als doch noch – nun wieder in merklich kühlerem Tonfall – Angela Lehners Antwort erfolgt.

«So ähnlich», meint sie knapp. «Warum rufen Sie an, Herr Wallisch?»

«Ich … Es ist nur, weil … Meine Frau und ich, wir hätten da eine Bitte an Sie. Wir sind schon lange auf der Suche nach einem geeigneten Vornamen, aber … Irgendwie schaffen wir's nicht. Über Blödsinnigkeiten wie *Conan* oder *Flankebald*», der Lemming muss schon wieder kichern, «kommen wir einfach nicht hinaus. Und da wollten wir Sie fragen, ob Ihnen dazu etwas einfällt.»

«Sie … Sie meinen, ich soll … mich da einmischen? Ist das ihr Ernst?»

«Ernst? Das ist mir ein bisserl zu, na ja, ernst. Aber vielleicht einen anderen Vorschlag, wenn Sie hätten.»

«Ben», sagt Angela Lehner, ohne zu zögern.

«Ben?»

«Ja. Benjamin: Sohn des Glücks. So würde ich ihn nennen.»

4 Ein großer Sommer ist das gewesen, eine helle und frohe, erregte und zärtliche Zeit. Eine Zeit der Liebe und des Lachens, rundum gut. Und ein noch größerer Herbst: Ende Oktober hat der Lemming Abschied genommen. Mit einem Liter Veltliner bewaffnet hat er seinen letzten Nachtdienst im Schönbrunner Tiergarten angetreten.

Es ist nun einmal so, dass sich der Lohn eines Wachebeamten nicht mit dem einer Tierärztin messen kann: Für den Gegenwert eines von Klara verabreichten Nilpferdklistiers musste der Lemming zwei lange Nächte hindurch das Zoogelände durchstreifen. Trotzdem waren es nicht nur finanzielle Gründe, derentwegen er die Pflichten des Verdieners und Ernährers (und damit den glorreichen Status des Jägers und Sammlers) Klara überließ. Im Gegenteil: Sie stellten nicht mehr für ihn dar als ein weiteres Argument, um endlich einen Logenplatz an der Wiege seines Sohnes zu ergattern. Das erste Halbjahr Elternschaft war absolviert, die Stillzeit beendet, und so stand der Erfüllung seines Wunsches nichts mehr im Wege: «Ich will auch», hatte er eines Abends zu Klara gesagt, die gerade den rosigen Hintern des Kleinen eincremte. «Ich will auch.» Das musste genügen.

Im mittlerweile wohlgeheizten Wächterhäuschen hat der Lemming zur Feier der Nacht seinen Wein entkorkt, als – in charmanter Begleitung einer Flasche Burgunder – sein Freund und Kollege Pokorny erschien, um mit ihm anzustoßen.

«Sag, was bist du jetzt eigentlich?», hat Pokorny gefragt. «Arbeitsloser, Rentner oder Privatier?»

«Ich weiß gar nicht, wie man das nennt», hat der Lemming geantwortet. «Wahrscheinlich so ähnlich wie … Karenzier.»

«Und du bist sicher, dass du dir das antun willst?»

«Was?»

«Na, die ganze Maloche halt: füttern, beruhigen, wickeln, herumtragen, wickeln, beruhigen und füttern …»

Da hat der Lemming nur genickt und zufrieden gelächelt.

«Alter Frauenversteher», hat Pokorny zurückgegrinst. «Prost, Poldi, du Sitzbrunzer. Ich trink auf den Benny.»

«Prost, Pepi. Ja, auf meinen kleinen Ben.»

Wahrhaftig: eine rundum gute Zeit.

Nicht zuletzt wegen Angela Lehner. Im Lauf der vergangenen Monate hat sie sich unaufhaltsam von der Freundin zur Geliebten gemausert – zur Geliebten des kleinen Ben, versteht sich. Anfangs ist sie nur gelegentlich in Ottakring erschienen, nicht ohne sich jedes Mal minutiös vergewissert zu haben, dass sie ganz sicher nicht störte. Allmählich jedoch sind ihre Besuche regelmäßiger geworden: Besuche, die – und daran ließ sie keinen Zweifel – in erster Linie Benjamin und erst in zweiter Klara und dem Lemming galten. Wenn Ben noch nicht empfangsbereit war, weil er im Obergeschoss seinen Milchrausch ausschlief, übte sie sich in Geduld und begnügte sich vorerst mit seinen Eltern. Dann saß sie im Garten oder beim Küchentisch, schweigsam und ernst und immer ein wenig in sich gekehrt. Für die Erzählungen Klaras und für die Geschichten des Lemming zeigte sie stets großes Interesse, während sie Fragen zu ihrem eigenen Leben unbeantwortet ließ, indem sie sie freundlich, aber entschieden umschiffte.

«Woher können Sie das so gut? Ich meine, Babys zur Welt bringen?», hat Klara sie zum Beispiel eines Nachmittags gefragt.

«Ich war schon einmal dabei … bei einer Geburt.»

«Und Sie selbst? Haben Sie keine Kinder?»

«Nicht, dass Sie das missverstehen», hat Angela Lehner geantwortet. «Aber ich hab ja jetzt … Ihres.» Und ihr herzlicher, dankbarer Blick hat alles Befremdliche von ihren Worten gewischt.

Sobald dann der erste, zaghafte Klagelaut Benjamins aus dem ersten Stock ertönte, ging eine jähe Verwandlung mit dem roten Engel vor. Er horchte auf und lauschte und begann zu strahlen, er breitete die Flügel aus und öffnete sein Herz. Meistens stand Angela Lehner schon beim Treppenabsatz, wenn Klara mit dem Kleinen auf dem Arm herunterkam. Ihre Augen leuchteten Ben entgegen, und Bens Augen leuchteten zurück. Selbst wenn ihn schon wieder der Hunger plagte und er der widrigen Welt mit verweintem Gesicht sein Leid entgegengreinte: Kaum, dass er die hagere Frau mit den fuchsroten Haaren erblickt hatte, huschte ein Lächeln über seine Lippen.

Benjamin hat es – noch vor seinen Eltern – begriffen: Angela Lehner ist einer der seltenen Menschen, die man lieben kann, auch ohne etwas über sie zu wissen. Ähnlich einem Musikstück, das man auch dann zu genießen vermag, wenn man den Komponisten nicht kennt.

Und so ist es irgendwann dazu gekommen, dass Klara und der Lemming Brüderschaft mit dem Engel getrunken haben – Klara bei einer Tasse Stilltee, die anderen zwei bei einem Achtel Wein.

«Prost, Angela, ich bin der Poldi.» Gläserklirren. Castro hat leise gebrummt und die Ohren gespitzt, Ben dagegen hat seelenruhig weitergeschlafen, eingerollt in Morpheus' Armen und im Schoß des Lemming.

«Leopold … Das hätt mir damals auch gefallen», hat Angela Lehner nach einer Weile gedankenverloren gemurmelt.

«Du meinst … statt Benjamin?»

«Ja … Ja, genau.»

«Ich weiß nicht. Leopold bedeutet so viel wie *der Kühne aus dem Volk*. Und jetzt schau dir an, was aus mir geworden ist: ein Schnullerkombattant und Windeldesperado, der Inbegriff eines wackeren Volkshelden, oder?»

«Du brauchst gar nicht so zu grinsen.» Angela kämpfte nun selbst mit einem Schmunzeln. «Ich finde, die Welt könnte mehr solche Helden vertragen.»

«Amen», hat Klara ihr beigestimmt.

«Trotzdem ist mir der *Sohn des Glücks* lieber.» Der Lemming hat sich zu Ben hinuntergebeugt, um ihm einen Kuss auf den schütteren Scheitel zu drücken. «Der ist seinem Namen schon jetzt mehr als gerecht geworden …»

Wahrhaftig: eine Zeit der Liebe und des Lachens.

Überhaupt Benjamin.

Die ersten sechs Monate sind ein einziger süßer Schmerz für den Lemming gewesen. Wenn er morgens von der Arbeit heimkam und im ersten Dämmerlicht das Haus betrat, klopfte sein Herz wie das eines frisch Verliebten. Er schlich jedes Mal geradewegs ins Schlafzimmer, um Ben zu betrachten. Dann saß er da und vertiefte sich – Stunde um Stunde – in den Anblick seines Sohnes. Und immer konnte es nur eine flüchtige Linderung sein: Sobald er mittags alleine im Bett erwachte, war die unstillbare Sehnsucht wieder da. Der Lemming war süchtig, er konnte sich einfach nicht satt sehen an Ben.

Und wie denn auch.

Es ist schon unglaublich, was ein paar Kilo Mensch zu leisten vermögen, um sich Tag für Tag aufs Neue interessant zu machen. Von der stetigen Entfaltung des zerknitterten Gesichts bis hin zum ersten Lächeln des zahnlosen Mundes bot Ben eine endlose Folge verblüffender Attraktionen. Er spiegelte die Welt im selben Ausmaß wider, in dem er sie aufsaugte – und das tat er in atemberaubendem Tempo. Beispielsweise, wenn er – von verschlagenen Winden geplagt – in gellendes Kreischen ausbrach: Schon nach wenigen Wochen suchte er in seinem Schmerz den Blick des Lemming, und seine unge-übten Lippen fingen an, Konsonanten zu formen, also den Jammer zu artikulieren. Er schrie und er weinte, aber er nahm auch Kontakt auf, er teilte sich mit. So gab es täglich etwas Neues zu bestaunen: das Jauchzen und Mitkrächzen, wenn er Musik hörte, oder das genüssliche Gestrampel, wenn er – seiner Windel entledigt – ins handwarme Wasser des Waschbeckens getaucht wurde. «Ben kann schon …», das wurde zur ständigen Floskel zwischen Klara und dem Lem-ming. «Ben kann seinen Kopf schon halten.» – «Ben kann sich schon auf den Rücken drehen.» – «Ben kann schon nach der Rassel greifen.» Es war ein stetiges, ein pausenloses Ler-nen, und die Brennpunkte dieses Lernens, die Schnittstellen zwischen Bens Innen und Außen, waren seine großen schwar-zen Augen. Wie durch zwei weitgeöffnete Schleusen brauste hier der Kosmos in ihn hinein – und aus ihm heraus. Wenn er in seiner Wippe saß, breit und behäbig, aber mit hellwachem Blick und gerunzelter Stirn, dann konnte man fast meinen, er bestehe nur aus diesen Augen. Und aus dem wabbelnden Doppelkinn, das – dank Klaras gehaltvoller Kost – sein run-des Gesicht umsäumte.

Ben und Klara, Castro und der rote Engel: Ein wahrhaftig großer Sommer war das, und ein noch größerer Herbst. Das Schicksal hat es gut mit dem Lemming gemeint, es hat ihn mit einer Überfülle nie geahnten Glücks bedacht.

Aber das Glück ist bekanntlich ein Vogerl: Es fliegt gnadenlos weiter, sobald sich das Jahr seinem frostigen Ende zuneigt.

5 Das Aufreißen ist eine eigene Sportart in Wien, ein Massensport, dessen Facetten und Variationen von schier unendlicher Vielfalt sind. Den Amateuren bleibt das Aufreißen von Briefkuverts und Fenstern vorbehalten, darüber hinaus das von Ärschen und Goschen, von Haserln und Haberern, Räuscherln und anderen Unpässlichkeiten. Will man dagegen ein richtiger Profi sein, dann muss man in einer der städtischen Mannschaften anheuern, die mit der Wartung des Straßennetzes und der darunterliegenden Leitungen betraut sind. Das Öffnen der Straßendecke hat sich nämlich in der Donaumetropole längst zur Königsdisziplin des Aufreißens entwickelt. Obwohl vom Wesen her ein Sommersport, wird es auch gerne im Winter ausgeübt, sofern die Witterung das zulässt. Ist die Jahreszeit bei der Planung der Spieltermine also nur nebensächlich, so müssen die Aufreißer trotzdem eine gravierende zeitliche Einschränkung hinnehmen: Der tägliche Verkehrsfluss, der ja – als pumpende Ader der Wirtschaft – dem Wohl aller Bürger dient, darf nicht unterbrochen werden. Deshalb wird möglichst nur während der Nachtstunden aufgerissen. Kaum ist der Autolärm versiegt, kaum neigt sich der Tag, des steten Donnerns der Motoren müde, seinem Ende zu, da flammen die Flutlichter auf, und die Athleten betreten das Spielfeld. Der Magistrat hat sein Team mit flotten orangefarbenen Dressen ausgestattet, brandgefährlich wirken die Männer im Gleißen der Scheinwerfer. Zu Recht: Was Österreichs Fußballer schon seit Jahrzehnten nicht mehr zuwege bringen, das schaffen die Aufreißer Wiens: Sie gewinnen. Sie besiegen den Asphalt in jeder Nacht aufs Neue, da kann die Begegnung Mann gegen Straße noch so brutal sein …

«Entschuldigen Sie … Entschuldigen Sie! Hallo!»
Keine Chance, sich verständlich zu machen. Der Lemming kann sich selbst nicht hören; er spürt nur die sanften Vibra-

tionen der Stimmbänder in seinem Kehlkopf. Ein Stück weiter unten, im Zwerchfell, wüten dagegen die Stöße des Druckluft-hammers. Ein Betonsplitter spritzt an seiner Schläfe vorbei und verschwindet im Dunkel der Nacht.

«Entschuldigen Sie!»

Endlich eine Pause. Der Mann im gelbroten Trikot blickt auf; sein Gesichtsausdruck ändert sich schlagartig: Eben noch – beinahe meditativ – in seine Attacke gegen die Fahrbahn versunken, geht er jetzt unwillkürlich in Abwehrhaltung, als hätte er diesen Spielzug hundertmal trainiert: Abschätzig sieht er den Lemming an.

«Ja?», meint er knapp. Dann aber huscht ein belustigtes Grinsen über seine Lippen, ein Grinsen, das ohne Zweifel dem Dress seines Gegners gilt: ein rotgeblümter Schlafrock, aus dem fahle, nackte Beine schauen. Die Füße des Lemming stecken in klobigen Stiefeln, seinen Kopf ziert eine dicke Pudelmütze. Es ist die lächerliche Kleidung eines Dilettanten, hastig zusammengerafft, um in kalter Adventnacht den Angriff auf einen Titanen der Straße zu wagen.

«Ich wollte nur fragen … was machen Sie hier um drei Uhr früh?»

«Na, aufreißen halt.»

«Und warum?»

«Leitungsarbeiten.»

«Ich meine, warum heute, warum jetzt? Am dreiundzwanzigsten Dezember, mitten in der Nacht!»

«Auftrag, gnä' Herr. Is alles genehmigt. Sie wollen ja selber auch mit'n Auto fahren untern Tag.»

Der Lemming fröstelt. «Ich habe kein Auto», sagt er und zieht den Kragen des Schlafmantels enger.

Der Aufreißer stutzt. Skeptisch zunächst, dann mitleidig, schließlich verächtlich, so mustert er sein Gegenüber. Ein Mann ohne Auto, das will erst einmal verdaut sein. «Meiner Seel», brummt er nach einer Weile und schüttelt den Kopf,

um sich vom Lemming ab- und wieder seiner Arbeit zuzu-
wenden. Doch der Lemming lässt nicht locker.

«Jetzt hören S' einmal her: Meine Frau und ich, wir haben ein
kleines Baby daheim. Wir brauchen unseren Schlaf, verstehen
Sie? Und jetzt dieser Krach, da kriegt keiner ein Auge zu, völlig unmöglich. Allein diese Stöße, diese Erschütterungen, das
ist ja wie ein … wie ein …»

«Presslufthammer», vollendet der andere den Satz. «Schafft
zweitausend Schlagzahl, das Burli. Soll i vielleicht einen Zahn-
stocher nehmen? I kann ja auch nix …»

«Moment!», unterbricht ihn der Lemming. «Lassen S' mich
raten, ich weiß nämlich schon, was jetzt kommt: Sie können
ja auch nichts dafür, Sie tun schließlich nur Ihre Arbeit, die
Entscheidungen werden woanders getroffen, stimmt's?»

«Stimmt haargenau. Oder stimmt's vielleicht net?»

«Es … Ja, natürlich … Sicher stimmt's …» Eigentor, Lemming. Schon ist es passiert. Wie soll man aber auch ein Match
für sich entscheiden, in dem man von vornherein chancenlos
war? Wie soll man sich wehren gegen ungreifbare Mächte,
gegen namenlose Kader, kurz: gegen die Obrigkeit? Die einzige Trophäe, die einem hier winkt, ist die Urne, in der man
seinen Stolz begraben kann. Und deshalb schickt sich der
Lemming nun an, zum geordneten Rückzug zu blasen.

«Können S' mir wenigstens sagen, wie lang das noch gehen
soll? Die Arbeiten, mein ich.»

«Für unsereins bis in der Früh. Um sechse werden wir
ab'glöst, da kommt die neue Schicht, weil morgen geht's tagsüber auch noch weiter …»

«Wie? Am Weihnachtstag?»

«Extra für Sie, damit's Ihnen net anschei… net aufregen
müssen wegen der Nachtarbeit.» Ein hämisches Lachen: Ver-
höhnung des Gegners. Der Champion kostet ihn aus, den Tri-
umph. «Nix für ungut, kleiner Scherz», fügt er gnädig hinzu.
«Z' Weihnachten is nämlich eh fast nix los auf der Straßen.

Morgen is dann Schluss, dann haben S' Ihren heiligen Frieden. Bis z' Mittag sollten wir fertig sein, aber nur, wenn S' uns jetzt in Ruhe arbeiten lassen.»

«In Ruhe? In … *Ruhe*?»

Der Lemming ringt die Hände, dreht sich wortlos um und geht. Nach wenigen Schritten vernimmt er noch einmal die Stimme des gelbroten Mannes in seinem Rücken: «Wie schön die Welt ohne Anrainer wär!» Dann setzt wieder das Rattern des Meißels ein.

«Ich liebe euch.» Leise hat das der Lemming gesagt und verträumt; er hat mehr zu sich selbst als zu Klara und Ben gesprochen. In der frostklaren Luft dieses frühen Abends aber sind seine Worte ganz deutlich zu hören gewesen. Klara bleibt stehen. Zieht ihn an sich und küsst ihn, begierig und lange. Zwischen ihnen, an der Brust des Lemming, baumelt Ben in seinem Tragesack. Fest verpackt ist der Kleine, mit dicken Pullovern und Decken vermummt. Der Kuss interessiert ihn nicht weiter. Gebannt betrachtet er die Atemwölkchen, die seinem Mund entweichen. Weiß sind sie, beinahe so weiß wie die Bäume, die Häuser, die Welt. Ein glitzernder, schöner und vollkommen unverständlicher Traum.

«Frohe Weihnachten, Poldi.»

«Dir auch. Ich glaub, ich hab sie schon.»

Es hat zu schneien begonnen heut Mittag. Wie um es allen Beteiligten recht zu machen, haben die Wettergötter den Winter erst gegen halb zwölf aus dem Käfig gelassen, als sich die Straßenarbeiten dem Ende zuneigten. Ein heftiger Wind hat die Kälte gebracht, und kaum, dass die Arbeiter ihre Geräte zusammengerafft und die – notdürftig wieder versiegelte – Straße verlassen haben, ist auch der Schnee gekommen. Tief und grau war auf einmal der Himmel, durchwirbelt vom dichten Gestöber der Flocken. Nicht lange, und der Wind hat nachgelassen, hat Platz gemacht für das Flüstern und Rauschen, für das kaum hörbare Knistern des Schnee-treibens. Winterstille.

Später kamen zwei Krähen, schwarz und zerrupft, die sind durch den Garten gehüpft wie zwei nervöse Dorfpfarrer. Ihr heiseres Krächzen klang wie ein Abgesang auf das sterbende Jahr. Durch die beschlagenen Scheiben der Küche hat Ben die beiden entdeckt, und er hat mit begeistertem Quietschen si- gnalisiert, dass er – und zwar sofort! – auf einem Spaziergang bestand.

«Gute Idee», hat der Lemming gebrummt und mit spitzen Fingern den letzten Rest der Füllung in die Ente gedrückt. Semmelwürfel, Milch und Eier, mit Speck und Rosinen ver-mischt. In der Kasserolle wartete schon ein behagliches Nest auf den Vogel: Karotten und Edelkastanien, die im Geflügel-saft mitschmoren würden: ein Weihnachtsgedicht.

«Ja», hat auch Klara gegähnt. «Das muntert uns vielleicht ein bissel auf nach der versauten Nacht ...»

Zwei Stunden sind sie jetzt schon unterwegs, die flaumige Schneedecke unter den Sohlen, das leise Knirschen der Schrit-te im Ohr. Durchs Dämmerlicht schimmern schon matt die Laternen, von Eiskristallen umtanzt wie von winterlichen Insekten.

«Wollen wir langsam zurück? Der Herr hier und ich», der Lemming klopft auf Benjamins baumelndes Hinterteil, «wir verscheuchen sonst noch das Christkind mit unseren knur-renden Mägen.»

«Machen wir das. Es wird sowieso schon finster. Castro! Komm!»

Aus dem Halbdunkel löst sich ein Schatten: Mit tief gesenkter Schnauze pflügt Castro heran. Kurz bleibt er stehen und niest und schüttelt sich schnaubend den Schnee aus dem Fell, dann aber läuft er mit wedelndem Schwanz auf Klara zu.

Jeder Abend des Jahres, denkt der Lemming, sollte so heilig sein wie dieser. Und jede Nacht so still. Jetzt noch die Kerzen auf dem kleinen, windschiefen Christbaum entzünden, um Bens erstes Weihnachtsfest gebührend zu feiern, danach die Ente aus dem Rohr, dampfend und duftend und knusprig, dazu eine Flasche Burgunder, und dann ins warme Bett. Träumen, kuscheln, lange schlafen. Die pure Gemütlichkeit.

Während sich der Lemming mit zufriedenem Lächeln die geplante Bescherung ausmalt, werden mit einem Mal Urwaldgeräusche laut: Affengeschnatter und Löwengebrüll, vom schrillen Trompeten eines Elefanten untermalt. Castro spitzt die Ohren, Klara aber zieht stirnrunzelnd ihr Handy aus der Jackentasche.

«Hallo? … Ja, ich bin am Apparat … Was heißt … Das glaub ich Ihnen schon, nur … Aber heut hat der Kollege Böhm Bereitscha… Wie? Was soll das heißen, nicht erreichbar? … Und am Festnetz? … Herrschaftsseiten, dieses Arsch… Und was ist mit dem Lobmeyer? … In Tirol, natürlich … Ja, mir tut's auch leid, das können S' mir glauben!» Klara schüttelt wütend den Kopf. Sie atmet zwei-, dreimal tief durch, bevor sie weiterspricht. «Beschreiben S' mir einmal, was hat sie denn? … Aha … Aha … Und schreit wie am Spieß? … Nein, da kann man nicht warten, da muss man was machen, sofort … Natürlich ist das nicht Ihre Schuld, Sie haben ganz richtig … Ja, in einer halben Stunde zirka … Gut, bis dann.»

Klara steckt das Handy ein und sieht den Lemming traurig an. «Der Böhm, dieser Drecksack», sagt sie leise. «Dabei hab ich schon vor Wochen …»

«Ich weiß.» Der Lemming versucht zu lächeln, doch es will ihm nicht so recht gelingen. «Was ist denn überhaupt passiert? Nashornhautentzündung? Gazellulitis? Orang-Utangina?»

«Anscheinend Legenot», antwortet Klara, «bei einem Straußenweibchen. Selten genug, dass die im Winter Eier legen, und noch viel seltener, dass sie's dann nicht herausbringen.

Obwohl ich dafür ein gewisses Verständnis hab; du weißt ja, das ist wie …»

«Eine Kokosnuss scheißen», nickt der Lemming. «Dann musst du dem armen Vogel wohl helfen. Ganz besonders heut: Vielleicht wird's ja so eine Art … Christ-Ei. Mit Heiligenschein.»

Klara lacht auf. «Ich komm zurück, so rasch es geht», sagt sie dann. «Schauen wir einmal, wer zuerst fertig ist: ich mit dem Strauß oder du mit der Ente.»

Es ist die erste Bescherung des heutigen Abends: Während Klara dem nächsten Taxistand entgegenstapft, begibt sich der Lemming mit Ben und Castro auf den Heimweg.

Er kann es schon von weitem hören. Wie ein entsetzliches Déjà-vu, wie ein Albtraum, den man längst überwunden zu haben glaubt, so überfällt ihn das Geräusch. Es schraubt sich unerbittlich in den Kopf und lähmt die Gedanken, es stampft in der Brust, zerfetzt seine Nerven, verdunkelt sein Sonnengeflecht. Tief dröhnt das Brummen der Kompressoren, gellend und hasserfüllt wüten die Drucklufthämmer. Als er mit weichen Knien um die Ecke schwankt, blitzen ihm Lichtsignale entgegen: Gelbrotes Blinklicht, das stolze Fanal der Elitetruppe, der Crème de la Crème aller Aufreißer …

«Da kann man nix machen: Gefahr im Verzug!» Der bullige Vorarbeiter macht eine bedauernde Geste, die wohl eher ihm selbst als dem Lemming gilt. «I könnt mir auch was Kommoderes vorstellen heut Nacht!»

Der Lemming steht ihm gegenüber, ein wenig zur Seite gedreht, um Ben vor dem Dröhnen der Kompressoren zu schützen. «Was heißt Gefahr im Verzug!», brüllt er, zornweiß im Gesicht.

«Gasgebrechen! Wahrscheinlich wegen dem Frost!»

«Wegen … dem Frost?» Der Lemming schnappt nach Luft. «Und wie heißt er weiter, der Frost? Franz Frost? Jack Frost?»

Unverständige Blicke. «Wie meinen S' das?»

«Der Trupp, der da gestern schon aufg'rissen hat! Ihre Kollegen! Glauben S', das ist ein Zufall, dass jetzt was kaputt ist?»

«Davon weiß ich leider nichts! Wir tun nur, was uns auf'tragen wird!»

«Okay! ... Okay ...» Der Lemming schließt die Augen, er versucht sich zu beruhigen. «Okay ... Eine einfache Frage: Wie lange! Wie lange werden Sie brauchen?»

«Schwer zum sagen! Weil jetzt müssen wir zuerst einmal den Schaden suchen! Wohnen Sie 'leicht da?» Der Arbeiter zeigt auf Klaras winterlichen Garten, auf das idyllisch verschneite Haus.

«Ja! Warum?»

«Da werden S' ka Freud haben, lieber Herr! Wir haben Ihnen's Gas abdrehen müssen!»

Dem Lemming ist das Brüllen mit einem Mal vergangen; er klappt nur noch den Mund auf und zu wie ein jählings dem Wasser entrissener Fisch. Trotzdem liegt nun ein Heulen und Klagen in der Luft: Castro winselt leise vor sich hin, und Ben fängt jämmerlich zu weinen an. Fürwahr, es ist eine Nacht der Bescherungen.

«Ist ja gut ... Ist ja gut, mein Schatz, gleich kriegst du was.» Mit dem linken Arm wiegt der Lemming den schreienden Ben hin und her, mit der rechten Hand zieht er das Milchfläschchen aus seinem Hosenschlitz. Vor zehn Minuten hat er es hier eingeklemmt, zwischen den Schenkeln, nahe am Gemächt, an der wärmsten Stelle des gesamten Hauses also.

Ja, es ist kalt in den alten Gemäuern. Während Ben mit der Gier des Verhungernden an seinem lauwarmen Fläschchen saugt, starrt der Lemming auf die Ente, die nach wie vor im Bräter wartet. Es ist eine Ente mit Gänsehaut.

Nein, es gibt keinen Holzofen mehr in Klaras Küche. Voriges Jahr erst, Anfang Oktober, haben der Lemming und Klara den neuen Herd angeschafft. Flammen und Backrohr sind nun – wie auch der Rest des Hauses – mit Gas geheizt: Werdende Eltern fallen fast immer einem unüberwindlichen Modernisierungsdrang zum Opfer, so als wollten sie Schritt halten mit einer Zukunft, die noch gar nicht begonnen hat. Nestbautrieb nennt man das wohl.

Ja, es ist hoch an der Zeit, etwas zu unternehmen. Castro kauert mit eingezogenem Schwanz in der Ecke, Ben trinkt soeben das Fläschchen leer: Aus seiner kleinen, geröteten Nase steigen noch immer Kondenswölkchen auf. Draußen rattern die Maschinen, dass die Scheiben klirren.

Eine Reisetasche. Birnenmus, Milchpulver, Haferflocken. Eine Batterie von Gläsern mit Gemüsebrei. Drei saubere Fläschchen, eine Zehnerpackung Windeln. Besser zwei, zur Sicherheit. Feuchttücher, Babyöl. Kleidung natürlich: Strampelhosen, Strumpfhosen, Latzhosen, Socken, Pullover.

Gut, also zwei Reisetaschen. Spielzeug: der Stoffbär, die Spieluhr, die peruanischen Rasseln. Bens geliebte Elefantendecke. Die Weihnachtsgeschenke, die noch im Schrank oben liegen. Futter für Castro. Futter auch für Klara und ihn selbst: Milch und Brot, Butter und Eier. Wein und Kaffee. Was geschieht mit der gestopften Ente?

Drei Reisetaschen.

Kurz entschlossen zieht der Lemming sein neues Handy aus dem Mantel. Wann sonst als zu Weihnachten sollte man seinen Schutzengel rufen?

«Ja?» Müde klingt Angelas Stimme, traurig und abgespannt.

«Angela? Poldi hier. Entschuldige bitte, ich weiß, das ist ein unmöglicher Zeitpunkt, du feierst wahrscheinlich gerade mit deiner Familie ...»

«Nicht wirklich.» Ein kurzes, bitteres Lachen, ein Schnauben schon mehr. «Wie geht's denn dem Kleinen?»

«Es geht», sagt der Lemming. «Aber nicht mehr sehr lange, wie's ausschaut. Wir könnten Hilfe brauchen.»

«Mein Gott … Was … Seid ihr daheim?»

«Grundsätzlich schon. Es fühlt sich aber nicht so an.»

«Bleib da. Ich komm sofort.» Schon hat der rote Engel aufgelegt.

«Sie töten den Geist und die Würde, ersticken uns Freude und Licht, zertreten die Liebe und Güte, sie töten – und wissen es nicht …» Angela Lehner verstummt und sieht den Lemming lange an. In ihrem Blick liegt mehr als freundliches Bedauern, mehr als Mitgefühl. Es ist das pure Mitleid, das aus ihren Augen spricht, ein dunkles und tiefes Verstehen. «Was kann ich tun?», fragt sie jetzt leise. «Ich würd euch ja gern mit zu mir nehmen, aber …»

«Nein, nein, das ist gar nicht nötig.» Der Lemming winkt ab. «Ich hab doch noch meine Wohnung im Neunten. Nur … Ich schaff das nicht alleine. Das Kind, der Hund, das ganze Gepäck. Und dann muss ich erst einmal einheizen drüben, der Durchlauferhitzer ist schon lange desolat, wer weiß, ob er überhaupt anspringt. Und bis dahin …»

«Bis dahin?»

Wie auf ein Zeichen sehen sie Benjamin an. Er schlummert an der Brust des Lemming, aber sein Schlaf ist unruhig: Die Lider und Mundwinkel zucken, hin und wieder dringen verhaltene Klagelaute aus seinem halbgeöffneten Mund.

«Kannst du ihn nehmen? Nur für zwei Stunden oder so, bis ich drüben alles hergerichtet hab.»

So seltsam es ist, aber Angela zögert. Sie zieht die Schultern hoch wie ein verängstigtes Kind, das ein Fremder mit Naschwerk zu locken versucht. «Du … Du meinst, nur ich und … er?» Furchtsam flackern ihre Augen, ihr Gesicht ist mit einem Mal wächsern und fahl. «Ich bin nicht sicher, ob ich … ob ich das kann, so ganz alleine.»

«Wer sonst als du? Ben liebt dich über alles und … Ich weiß, dass er bei dir in guten Händen ist.»

6 Als der Lemming schwer bepackt das Foyer seines Hauses betritt, strahlt ihm ein hellerleuchtetes Geviert entgegen: die offene Kabine eines neuen Aufzugs, eines blechernen Kolosses, dessen Schacht futuristisch nach oben ragt wie die Abschussrampe einer Mondrakete. Nur dass dieses außerirdische Gerippe auf einer allzu irdischen Müllhalde steht: Nach wie vor regiert der Schmutz im Stiegenhaus, Berge von Schutt, von zerbrochenen Ziegeln und Gipsplatten säumen die Gänge, dicke Zementspuren ziehen sich in den mit Staub überzogenen Fahrstuhl. Man kann ihn bestenfalls als Spiegelkabinett benutzen: *Lift kaputt!*, liest der Lemming auf einem am Schaltbrett befestigten Zettel. Das daruntergeschriebene *Kein Material transportieren!* ist zwar mit schwarzem Filzstift übermalt, aber immer noch lesbar. Wenn schon keinem anderen, so ist es wenigstens dem Bauherrn recht und billig, sich seinen Lastenaufzug von den Mietern finanzieren zu lassen …

Fünf Minuten später stellt der keuchende Lemming sein Gepäck vor der Wohnungstür ab. Weder Bens Kinderwagen noch der Tragesack sind mit dabei, geschweige denn Benjamin selbst: Angela hat sich am Ende doch noch dazu überreden lassen, auf den Kleinen achtzugeben. Sie hat ihn dem Lemming abgenommen, vorsichtig und zögerlich, mit linkischen Bewegungen, so als hätte sie ihn nicht schon hundertmal im Arm gehalten. Im selben Augenblick ist Ben erwacht, die blassen Lippen jammervoll verzogen. Doch noch bevor er in Tränen ausbrechen konnte, entdeckte er den roten Engel über sich – und fing zu lächeln an.

«Frohe Weihnachten», hat Angela ihm zugeflüstert, und: «Ich hab da was für dich.» Sie hat ein Päckchen aus ihrer Jacke gezogen, Seidenpapier, von einer blauen Schleife zusammengehalten.

«Da», hat Ben gesagt. Er hat mit seinen kleinen Fäustlingen nach dem Geschenk gegriffen, hat es gedrückt und geknetet, bis das Papier zerrissen ist. «Da.» Eine Matrjoschka ist zum Vorschein gekommen, eine jener liebevoll bemalten russischen Holzpuppen, die – ineinander geschachtelt – eine Vielzahl immer kleinerer in ihrem Inneren bergen.

«Eine Babuschka», hat Angela gemeint. «Die kann man auseinandernehmen. Ich zeig's dir dann, wenn wir bei mir sind.»

«Da!» Ben hat gestrahlt. Er hat die Puppe nicht mehr losgelassen.

Vorsichtig schiebt der Lemming jetzt den Schlüssel ins Schloss, nachdem er sich vergewissert hat, dass es auch wirklich der richtige ist. Die Luft, die ihm entgegenschlägt, ist kühl und modrig, über die Decke des Vorzimmers ziehen sich gelbliche Wasserflecken. Der Lemming öffnet die Fenster, geht dann in den Abstellraum, um die Therme einzuschalten. Ein rotes Lämpchen leuchtet auf: Die Heizung verweigert den Dienst.

Zwei Stunden später erst kriegt der Lemming die widerspenstige Apparatur in den Griff. Er hat Gebrauchsanleitungen studiert und Sicherungen ausgewechselt, Knöpfe gedrückt und Rädchen gedreht, er hat den Thermostat zerlegt, frisches Wasser in die Leitungen gepumpt und die Radiatoren entlüftet.

«Du Dreck, du verkackter!»

Ein Faustschlag gegen die Therme: plötzlich das neckische Zirpen des Zünders, der wunderbare, an fernen Donner gemahnende Klang des entflammenden Gases. Es ist kurz vor elf. Das Handy läutet.

«Wo seids ihr denn, um Gottes willen?»

Klara, natürlich. Er hat vergessen, Klara anzurufen.

«Es tut mir so leid … Bist du jetzt wieder in Ottakring?»

Die Frage hätte sich der Lemming sparen können: Deutlich kann er das Rattern der Baumaschinen im Hintergrund hören.

«Ja, sicher! Ein einziger Horror ist das hier, ich kann dich kaum verstehen! Also was ist? Wo steckts ihr?»

In kurzen Worten beschreibt der Lemming die Ereignisse der letzten Stunden, um – nicht ohne Stolz – hinzuzufügen: «Ich glaub, es wird schon langsam warm hier.»

«Und der Kleine?»

«Den hol ich jetzt.»

«Okay … Wo wohnt denn die Angela überhaupt?»

«Sie logiert momentan bei ihren Eltern, hat sie gesagt. Am Bruckhaufen drüben, an der Alten Donau. Wart, ich hab's mir aufgeschrieben … Paul und Anna Smejkal, Ecke Sandrockgasse, Friedstraße.»

«Ich kann nur hoffen, das stimmt», murmelt Klara. «Ich würd dich am liebsten begleiten, aber …»

«Aber?»

Klara bleibt die Antwort schuldig. «Sag, Poldi, geht dir vielleicht etwas ab?», fragt sie stattdessen.

«Ich … Nicht dass ich wüsste … Die Ente hab ich mitgenommen.»

«Knapp daneben, mein Lieber. Flügel hat es zwar keine, aber ein Ofen tät ihm jetzt trotzdem gut. Deshalb fahr ich jetzt auch direkt in den Neunten.»

«Aber was …?»

«Du wirst schon noch draufkommen. Also bis später dann.»

Klara hat aufgelegt.

Grübelnd geht der Lemming aus dem Haus, grübelnd eilt er zum Taxi. Grübelnd sitzt er auf der Rückbank, während der Wagen durch die frostklare Nacht fährt. Dann fällt es ihm ein.

«Scheiße …» Er schließt die Augen und schüttelt den Kopf. «Das gibt's doch nicht … Castro …»

Jede Insel ist ja gewissermaßen ein Haufen, während bei weitem nicht jeder Haufen eine Insel ist. Der Floridsdorfer Bruckhaufen kann beide Attribute für sich in Anspruch nehmen: Eingeklemmt zwischen dem Donau-Entlastungsgerinne und der im Zuge der ersten Flussregulierung stillgelegten Alten Donau, bildet er den nordwestlichen Teil eines künstlichen Eilands, das den Wienern ursprünglich als Mülldeponie diente. Ein Misthaufen also, nahe dem Zentrum und doch im grünen Erholungsrevier Transdanubiens gelegen. Kein Wunder, dass hier, auf dem Abfall der Ahnen, vor knapp hundert Jahren ein beliebtes Wohngebiet entstanden ist. Die Siedlung Bruckhaufen gleicht auf den ersten Blick einer Schrebergartenkolonie: Gleichförmig abgezirkelt sind die Gärten, bescheiden die Häuser, die darin stehen. Eine ruhige, fast ländliche Atmosphäre, ganz besonders in dieser malerisch verschneiten Heiligen Nacht.

«So bitte, da sind wir.» Der Taxifahrer steigt jäh auf die Bremse, um auf diese Art den Wagen noch mehrere Meter durch die menschenleere Sandrockgasse schlittern zu lassen. Ein weiterer dezenter Hinweis auf die meteorologischen Unwägbarkeiten, denen er sich – seinem Fahrgast zuliebe – ausgesetzt hat. Diesmal aber droht sich sein Manöver zum Wink mit dem Zaunpfahl auszuwachsen: Haarscharf schrammt er jetzt nämlich an einem solchen vorbei. «Uijegerl, das war knapp … Das hätt mir noch g'fehlt … Grad heut, wenn alle anderen daheim mit ihrer Familie …» Der Fahrer dreht sich mit traurigen Augen zum Lemming um: «Macht vierzehn achtzig, der Herr, und fröhliche Weihnachten.» Er gähnt.

Wetterzuschlag, rechnet der Lemming. Weihnachts- und Mitternachtsbonus. Zuzüglich einer gebührenden Prämie für Schwermut und entgangene Familienfreuden. Er reicht dem Fahrer einen Zwanziger nach vorne. «Wenn S' mir bitte auf achtzehn … Ach, was, stimmt schon so.»

Ein wenig mulmig ist dem Lemming schon, als er aus dem Taxi steigt. Die zuvor von Klara angedeuteten Bedenken waren nicht ganz unberechtigt: Was, wenn Angela Lehner gar nicht hier wohnt? Wenn sich der Engel als Teufel entpuppt, der nur auf die Chance gewartet hat, Ben in seine Gewalt zu bringen? Kann man denn sein Kind so einfach jemandem anvertrauen, über den man – trotz aller Sympathie – kaum etwas weiß? Andererseits: Wann weiß man genug über jemanden, um sich getrost auf ihn verlassen zu können? Wenn man seinen Ausweis überprüft hat? Seine ärztlichen Atteste? Wenn man sein Konto kennt oder sein Bett?

Fam. Paul Smejkal steht auf einem kleinen Messingschild, das neben dem Gartentor Ecke Friedstraße angebracht ist. Immerhin, denkt der Lemming, so weit stimmen Angelas Informationen. Er betrachtet das Haus, das sich hinter dem Zaun erhebt. Zwei Stockwerke hoch, spartanisch und schmucklos, ein typischer Bau aus der Nachkriegszeit: hässlich, aber robust. Die Fassade schimmert gelbgrau im trüben Laternenschein, die Fenster dagegen sind dunkel: Nichts lässt darauf schließen, dass jemand daheim ist. Trotzdem kein Grund zur Beunruhigung: «Meine Eltern gehen jedes Jahr zur Mitternachtsmette», hat Angela gesagt. «Auf den Kinzerplatz hinüber, in die Donaufelder Kirche. Den Ben und mich findest du hinten im gartenseitigen Teil.»

Der Lemming öffnet das Tor und geht auf die Haustür zu. Anstatt jedoch zu klingeln, biegt er nach rechts, um sich – entlang der Seitenwand – zur hinteren Front des Hauses zu tasten. Zwischen der Mauer und den hohen Hecken, die das Grundstück umfrieden, herrscht völlige Finsternis, nur ein Stück weiter, wo sich der Pfad zum Garten hin öffnet, streichen Lichtstrahlen über die Schneedecke. Dort also muss Angela wohnen; alles ist so, wie sie es dem Lemming vor etwa vier Stunden beschrieben hat.

«Angela?» Unvermittelt hat sich von links eine menschliche Silhouette in die Bresche geschoben. Keine zehn Meter vom Lemming entfernt verharrt sie, wie ein fluchtbereites Tier geduckt, und lauscht und späht in die Finsternis.

«Angela? Bist du das?»

Keine Antwort. Stattdessen geht jetzt ein Ruck durch den Schatten: So rasch, wie er aufgetaucht ist, verschwindet er wieder hinter der Ecke.

Der Lemming eilt nun weiter, stolpert vorwärts, irritiert und befremdet von der unerklärlichen Begegnung. An der Gartenseite des Hauses angelangt, wendet er sich den erleuchteten Fenstern im Erdgeschoss zu.

Das Bild, das sich ihm hinter den Scheiben präsentiert, hätte Carl Spitzweg nicht biedermeierlicher malen können: ein kleiner Raum, förmlich durchtränkt von behaglich-heimeliger Atmosphäre. Im warmen Licht einer Stehlampe lassen sich hölzerne Möbel erkennen, der Boden ist mit dicken Teppichen bedeckt. An der Wand stehen alte, mit Büchern bestückte Regale, den hinteren, dunkleren Teil des Zimmers beherrscht ein lindgrüner Kachelofen. All das aber bildet nur einen Rahmen für die stille und rührende Szene im Vordergrund: Auf einem breiten, mit bunt gemusterten Polstern und Wolldecken verzierten Bett liegt Ben und starrt fasziniert auf die russische Puppe in seinen Händen. Immer wieder schüttelt er sie, offenbar, um dem Klappern der Figuren in ihrem Inneren nachzuhorchen. Ein selbstvergessenes Lächeln umspielt seinen Mund.

Auf Benjamins Bauch ruht – beschützend und schwer – die Hand des roten Engels. Angela selbst scheint eingeschlafen zu sein: Sie liegt auf der Seite, Ben liebevoll zugewandt, aber die Augen geschlossen.

Beruhigt und zugleich auch ein wenig beschämt ob seines Misstrauens klopft der Lemming ans Fenster. Das ungleiche Paar auf dem Bett nimmt keine Notiz davon. Viel zu versunken sind die beiden: er in das Spiel, sie in den Schlummer.

Erneutes Klopfen, und diesmal mit einigem Nachdruck. Immerhin: Benjamin dreht nun den Kopf. Mit großen, fragenden Augen sieht er zum Fenster hin … und wendet sich wieder der Babuschka zu.

Es ist zwecklos. Und wie immer, wenn etwas zwecklos ist, das man unbedingt will, beginnen Geist und Körper so zu tun, als hätten sie ohnehin vollkommen anderes im Sinn: Ersatzhandlung heißt das auf gut Psychologisch. Der Lemming macht also kehrt und starrt in die Finsternis. Die Finsternis starrt ungerührt zurück. Kein Trost, keine Hilfe, kein Ratschlag. Was nun?

Ein Stück weiter rechts entdeckt er eine schmale Glastür, die – allem Anschein nach – in einen unbeleuchteten Flur führt. Aber da hilft kein Schieben, kein Ziehen und Rütteln: Die Tür ist von innen versperrt. Er geht weiter, umrundet das Gebäude auf der anderen Seite und drückt auf die Klingel neben dem Haupteingang. Minutenlang wartet er, klingelt dann abermals: ohne Erfolg.

Der Lemming friert. Noch einmal kehrt er zurück in den Garten und hämmert gegen die Fenster, dann nestelt er mit klammen Fingern sein Handy aus der Hosentasche, um Angelas Nummer zu wählen. Während er dem Freizeichen lauscht, beobachtet er das Spitzweg'sche Genrebild hinter der Scheibe. Ja, es ähnelt wirklich einem Gemälde, denkt er im Stillen: Nichts dreht sich, nichts bewegt sich; bis auf die wenigen Gebärden Bens, der nach wie vor seine Puppe schüttelt, wirkt die Szene mit einem Mal tot und erstarrt, nur konserviert durch den Firnis des Fensterglases. Der Lemming lässt den Hörer sinken, presst sein Ohr an die eiskalte Scheibe: Leise, aber deutlich kann er aus dem Inneren das Klingeln eines Telefons vernehmen.

Angela rührt sich nicht.

Wahrscheinlich würde er noch lange so im sanften Schneefall stehen: zögerlich, verdrossen und durchfroren. Aber dann geschieht etwas, das seiner Unentschlossenheit ein jähes Ende setzt: Ben lässt gelangweilt die Puppe fallen und wendet den Kopf in Angelas Richtung. Zwei, drei Versuche nur: Schon dreht sich der Kleine mit Schwung auf den Bauch. Er stützt sich auf den Armen ab, winkelt die Beine an und krabbelt los. Ungelenk erklimmt er – Stück für Stück – Angelas reglosen Leib. Durch Zufall bekommt er jetzt eine Haarsträhne zu fassen; er zieht sich daran hoch, verliert beinahe das Gleichgewicht und schlägt mit einer Hand auf Angelas Stirn, während sich die andere in ihrem linken Augenlid verkrallt.

Angela rührt sich nicht.

Nur ihre Lippen klaffen mit einem Mal auseinander – geöffnet wohl durch den Druck des kindlichen Gewichts. Ein dunkelbraunes Rinnsal sprudelt aus dem Mund des toten Engels und versickert lautlos in den Kissen.

7 «Also, Herr, äh … Dings …»

«Wallisch», murmelt der Lemming. Er geht in die Knie und hebt das Fläschchen auf, das Ben gerade fallen gelassen hat. «Gut festhalten», flüstert er dem Kleinen zu.

«Für was soll i mi festhalten? Wollen S' 'leicht a Geständnis ablegen, Herr … äh …»

«Wallisch», wiederholt der Lemming. «Nein.»

«Was nein?» Der Graubart im Trenchcoat senkt den Kopf. Fragend mustert er den Lemming über den Rand seiner randlosen Brille hinweg.

«Nein, kein Geständnis», seufzt der Lemming.

«Wal-lisch», skandiert der andere, während er in sein ledernes Notizbuch kritzelt. «Kein Ge-ständ… Was haben S' uns dann überhaupt g'rufen?»

«Weil … Na, weil halt … ein Mord passiert ist!»

«Da», bekräftigt Ben und lässt das Fläschchen fallen. «Da.»

Der Bärtige klappt das Notizbuch zu. «Jetzt passen S' einmal auf», sagt er und nimmt die Brille ab. «Was ein Mord is, das bestimmen immer no die Profis. Also wir. Und wenn das ein Mord war …», er deutet auf Angelas Leiche, «dann is die Onanie a Stellung beim Geschlechtsverkehr.»

Dass aber auch ausgerechnet Polivka kommen musste. Persönlich ist ihm ja der Lemming nie begegnet: In den düsteren, lange vergangenen Zeiten, in denen der Lemming noch selbst bei der Kripo war, hat Polivka – trotz seines damals schon fortgeschrittenen Alters – als einfacher Straßenpolizist seinen Dienst verrichtet. Innerhalb weniger Jahre ist er dann nicht nur in den Kriminaldienst aufgestiegen und – ganz nebenbei – zum Bezirksinspektor befördert worden, sondern hat es zudem auch geschafft, sich den Ruf eines undurchschaubaren Kauzes und schillernden Originals zuzulegen. Beste Kontakte zur Unterwelt wurden ihm ebenso nachgesagt wie solche zu den höchsten Wirtschafts- und Regierungskreisen. Was ja an sich keinen Gegensatz darstellt. Widersprüchlicher waren da schon die Bewertungen seiner beruflichen Fähigkeiten: Wann immer der Lemming einem seiner alten Kollegen über den Weg lief und das Gespräch auf Polivka kam, hieß es sofort: «Ein Genie!» oder: «Ein Trottel!», je nachdem.

Ein Trottel, entscheidet der Lemming. Ein Volltrottel, wie auch der Notarzt, der in aller Hast den Totenschein ausgefüllt und gleich wieder das Weite gesucht hat. Aber bitte, man kann ja von einem jungen Herrn Doktor auch schwerlich erwarten, dass er in einer Nacht wie dieser länger als absolut nötig die Station verlässt. Da könnte ihm ja – Gott behüte! – der trockene Sekt warm und die warme Schwester trocken werden.

Der Lemming versucht, den letzten Rest an Ruhe zu bewahren, der ihm nach den Ereignissen der vergangenen Stunden geblieben ist. «Hören Sie», sagt er jetzt mit zitternder

Stimme. «Die Frau Lehner hat sich nicht umgebracht. Das können S' mir glauben. Ich war ja immerhin selbst einmal ...»

«Was? Was waren Sie, Herr ...»

«Krimineser war ich. Mordkommission, Gruppe Krotznig, falls Ihnen das was sagt.»

Polivka blättert in seinem Notizbuch, bis er die richtige Seite gefunden hat. «Wallisch», brummt er vor sich hin. «Wallisch ... Irgendwo klingelt's da ... San Sie vielleicht der Neffe vom Hofrat Sabitzer aus'n Innenministerium?»

«Nein.»

Der Bezirksinspektor zuckt die Achseln. «Schad», meint er bedauernd. «Dann weiß i auch net. Aber wo waren wir grad? Ah ja, der Selbstmord da, wegen dem S' uns aufg'scheucht haben in der Christnacht.» Ein strenger Blick streift den Rand der mittlerweile wieder aufgesetzten Brille. «Wie kommen S' denn drauf, dass das gar keiner war? Haben S' die Verstorbene gut gekannt?»

«Gut genug», meint der Lemming. «Immerhin hab ich ihr meinen Buben anvertraut.»

«Abg'schoben also, das eigene Kind, grad am Weihnachtsabend. Und dann haben S' der Frau Dings ... äh, Lehner das Fenster eing'schlagen.»

«Ja, Herrgott! Was hätt ich denn machen sollen, zum ... Kuckuck?»

«Momenterl», Polivka hebt mahnend die Hand. «Momenterl, Herr Wallisch. Jetzt tun wir uns einmal mäßigen, ja? Geben S' Acht, dass i Sie net glei mitnehm aufs Revier, Butzerl hin oder her. Also ganz ruhig und der Reih nach: Sie sind gegen Mitternacht daher'kommen ...»

«Weil ich den Buben abholen wollte! Und dann ... Dann war da jemand im Garten. Ich hab ihn nur kurz und im Gegenlicht gesehen, aber ...»

«Ihn?», unterbricht Polivka und runzelt die Stirn.

«Das … Das kann ich nicht sagen, ob's ein Mann war oder eine Frau.»

«Geschenkt. Vielleicht war's ja das Christkind. Und weiter?»

«Die Türen waren versperrt. Und die Frau Lehner hat sich nicht gerührt. Auf einmal seh ich, wie der Kleine», der Lemming bückt sich und hebt Benjamins Fläschchen auf, «wie sich der Kleine auf ihr Gesicht stützt. Und wie ihr dieses braune Zeug da aus dem Mund rinnt …»

«Kakao», sagt Polivka jetzt. «Kakao mit ein bissel was drin. Ein Schuss Rum …»

«Und ein Schuss Gift.»

«Die Schoklad und der Schnaps stehen oben in der Kuchl, glei neben dem Herd. Und das mit dem Gift werden wir noch sehen. Aufg'schnitten wird sie sowieso, die Frau Dings …»

«Lehner.»

«Genau. Aber mit den Pillen und Pulverln, was die im Nachtkastel hat, kannst a ganzes Krankenhaus betreiben, da mag i mi lieber net durchkosten …» Polivka blickt auf und wendet sich zum notdürftig mit Plastikfolie abgedichteten Fenster, durch das ein Uniformierter hereinwinkt. «Was is denn? Ah so!» Er bedeutet dem Lemming zu warten, schlägt den Mantelkragen hoch und schlurft aus der Tür.

Ein gurgelndes Geräusch dringt jetzt aus Benjamins Hose, und in Sekundenschnelle breitet sich ein strenger Duft im Zimmer aus. Der Lemming drückt den Kleinen an sich. «Gut gemacht», flüstert er ihm ins Ohr.

«Da», sagt Ben. «Addada.» Fröhlich reibt er die Nase an der Brust des Lemming, hält dann inne und rülpst ihm einen großen bräunlichen Fleck aufs Hemd. Karotten, konstatiert der Lemming. Und ein Hauch püriertes Hühnerfleisch.

«Bravo, mein Held.»

Was zählt schon die Unbill eines verschmutzten Kleidungsstücks gegen die beruhigende Gewissheit, dass das eigene

Baby so gesund und normal ist wie die Hochglanzbabys in den zahllosen Elternhandbüchern? Ja, dass es sogar besser funktioniert als in der Gebrauchsanweisung beschrieben: Wo andere Kinder mickrige Bäuerchen machen, da bringt Benjamin stämmige, ausgewachsene Bauern hervor.

Der Lemming blickt sich suchend um, bis er die Reisetasche entdeckt, die er Angela am frühen Abend mitgegeben hat – am Boden steht sie, direkt vor dem Nachttisch. Er durchquert den Raum, tritt langsam ans Bett und betrachtet die Tote. Friedvoll sieht sie aus, wie sie da liegt: Die Stirn entspannt und geglättet, die geschlossenen Augen tief in die bläulichen Höhlen geschmiegt. Der Mund in einer Art gelöst, wie das (neben diversen Gurus und Yogis, die auf billig gedruckten Plakaten für ihre nächsten Seminare werben) nur die Gestorbenen können. Nicht fröhlich, nein, aber doch auf gewisse Weise heiter. Der rote Engel wirkt sorglos und unbeschwert. Heimgekehrt.

«Da!», ruft Ben, als er seine Freundin entdeckt. Grinsend streckt er die Arme aus.

«Ja, mein Schatz. Ja …» Der Lemming drückt Ben einen Kuss auf den Scheitel. Dann bückt er sich, um eine Stoffwindel aus der halbgeöffneten Reisetasche zu holen. Zwischen Kleidern und Spielzeug wühlt er sich tiefer – und stutzt: Ein sanfter Schimmer hat seine Augenwinkel gestreift, ein Lichtreflex unter dem Bett. Der Lemming setzt Ben auf den Boden, kniet sich hin und streckt sich, bis er es zwischen den Fingern hält: ein rotes, in Plastik geschlagenes Schulheft.

Im selben Moment aber kehrt der Inspektor zurück, gefolgt vom winterlich überzuckerten Streifenpolizisten. Rasch lässt der Lemming das Heft in die Tasche gleiten, greift mit der Linken nach Ben, mit der Rechten nach einer Windel und richtet sich auf.

«Soda», sagt Polivka und stampft sich den Schnee von den Schuhen. «Die Sach is erledigt, Herr Wallisch.»

«Was soll das heißen, erledigt?» Der Lemming, der gerade damit begonnen hat, Benjamins Speisereste auf seinem Hemd zu verreiben, hält inne.

«Das heißt, dass wir da jetzt das Leichenfeld räumen: Sie fahren heim, ich zurück ins Büro und die Frau … Leiche in die Prosektur.»

«Aber … Was ist mit der Spurensicherung? Man muss doch …»

«Gar nix muss man. Tun S' mi net sekkieren, Herr … Exkollege, ja? Wir haben nämlich grad ein bisserl recherchiert, was Ihre …» Polivka hält inne und hebt schnuppernd die Nase.

«Sagen S', Franz … Waren Sie das?», wendet er sich an den Uniformierten, der sofort entschuldigend die Hände hebt.

«Nein, Herr Bezirksinspektor. Ehrlich nicht.»

Ein Schmunzeln. Polivka dreht sich zu Benjamin, zwinkert ihm – beinahe unmerklich – zu. «Braver Bub», brummt er. «Dein Papa bringt dich jetzt nach Haus und macht mit dir a Spurensicherung, die si g'waschen hat.»

«Was haben Sie recherchiert?», fragt der Lemming, ohne weiter auf Polivkas Sticheleien zu achten.

«Ah so. Ja also, Ihre Frau … Lehner is kein unbeschriebenes Blatt, Herr Wallisch. Haben S' das net g'wusst? Zwei Suizidversuche. Einer erst heuer im Jänner, mit Schlaftabletten. Und voriges Jahr im November, da hat sie's mit einem Leintuch probiert.»

«Mein Gott …»

Polivka verschränkt die Arme vor der Brust. «Na, kommen Sie: Fragen S' mich schon.»

«Was? Was soll ich fragen?»

«Zum Beispiel, warum Leintuch? Wo's doch in jedem Baumarkt einen g'scheiten Strick zu kaufen gibt? Aber gut, i mach's kurz, weil sonst stehen wir zu Stefani auch noch da: Wissen S', im Landl werden keine Schnürln verteilt. Da sind die Arrestanten auf Schuhbandeln und Leintücheln ang'wiesen.»

«Im … Die Frau Lehner war … im Landesgericht?»

«Allerdings. Drei Wochen U-Haft.»

«Aber … Warum?»

Polivka antwortet nicht gleich. Er mustert den Lemming mit ernstem Blick und deutet dann auf Ben, der sich – wohlig gewärmt von seiner frisch gefüllten Windel – eben dazu anschickt, einzuschlafen.

«Net bös sein, Herr Wallisch, wenn ich mich in Ihre Angelegenheiten misch, aber … Ich tät an Ihrer Stelle vorsichtiger sein, wem ich mein Bauxerl zum Aufpassen geb. Die Frau Lehner hat im letzten Herbst eine Bedingte ausg'fasst, ein Jahr auf Bewährung, um genau zu sein. Verletzung der Aufsichtspflicht und fahrlässige Tötung.» Polivka macht eine Pause und atmet durch. «Es war ihr eigenes Baby», fügt er dann leise hinzu. «Noch net einmal ein Jahr alt. Sie hat's einfach sterben lassen …»

Ben hat inzwischen die Augen geschlossen. Der Lemming tut es ihm gleich. Schwindlig ist ihm jetzt und übel. Er taumelt zwei Schritte zurück, bis er die Kante der Ofenbank in seinen Kniekehlen spürt, und lässt sich erschöpft auf die Sitzfläche sinken. «Entschuldigen Sie, Herr Bezirks … Der Hunger, die Müdigkeit …»

«Ja, ja. Schon gut. Schauen S' halt, dass Sie endlich heimkommen mit Ihrem Buben.»

«Das versuch ich schon seit heute Nachmittag», murmelt der Lemming.

Angela Lehner liegt noch immer auf dem Bett; Franz, der Polizist, hat mittlerweile eine der bunten Decken über ihren toten Leib gebreitet. Jetzt aber stehlen sich zwei Leichenträger ins Zimmer. Unscheinbar, lautlos, die roten Gesichter zu pietätsvollen Masken erstarrt, nehmen sie ihre Fellmützen ab und bleiben stehen.

«Was is? Worauf wartets denn noch?», herrscht Polivka die beiden an.

Statt einer Antwort betretene Mienen, schamhafte Seitenblicke zur Tür: Aus dem Dunkel des Vorraums treten zwei alte, gebeugte Gestalten. Ein hagerer Mann mit schlohweißem Haar und eine kleine, verrunzelte Frau, die mit dicken Wollhandschuhen seinen linken Arm umklammert. Ängstlich und verwirrt blinzeln die beiden ins Licht: Während der Mann seinen Blick von den Leichenträgern zu Polivka, weiter zu Franz und schließlich zum Lemming wandern lässt, starrt die Frau mit zusammengekniffenen Augen auf Angelas Bett. Ihr Kopf schlingert leise hin und her.

«Scheiße», brummt Polivka. «Das auch noch. Fröhliche Weihnachten ...» Er räuspert sich und tritt auf die zwei Alten zu.

«Was ist hier los?», flüstert der Weißhaarige, noch ehe Polivka etwas sagen kann. «Was tun Sie hier?»

«Ich ... nehme an, Sie sind das Ehepaar Smejkal», erwidert der Bezirksinspektor mit sanfter Stimme. «Wir haben schon auf Sie ...»

«Paul und Anna Smejkal, ja», unterbricht der Alte. «Aber sagen Sie doch, was ...» Er verstummt, während die Frau an seiner Seite heftig zu zittern beginnt. Sie öffnet den Mund und stößt mehrere langgezogene Töne aus: eine verschwommene, mühsam gestammelte Wehklage. Paul Smejkal beugt sich zu ihr, legt die rechte Hand an ihre Wange und zieht sie behutsam an seine Brust. Ein Schimmern tritt in seine faltigen, hellblauen Augen. «Meine Frau», sagt er gedankenverloren, «kann nicht mehr so gut sprechen ... Ein Schlaganfall, vergangenen Herbst.» Er hebt den Kopf und sieht Polivka an. Wendet sich dann – ganz langsam und stockend, wie gegen den eigenen Willen – zum Bett hin. Unter der Wolldecke ragt eine blasse Hand hervor.

«Ist sie tot?», fragt Paul Smejkal leise.

«Ja, Herr Smejkal. So leid es mir tut. Es deutet alles darauf hin, dass sich Ihre Tochter das Leben genommen hat.»

Es scheint, als habe der Alte Polivkas Worte nicht gehört. Sein Blick ruht lange und stumm auf Angelas verhülltem Leichnam. «Nein», sagt er dann. «Nein, das hat sie nicht.»

Mit einem Mal herrscht bleischwere Stille im Raum. Der Lemming sitzt wie angewurzelt. Polivka schweigt.

«*Er* war es.» Die dünnen Lippen des alten Mannes beben vor Erregung. «*Er* hat sie getötet.»

«Wer, Herr Smejkal? Wen meinen Sie?»

Der Alte schüttelt den Kopf. «Der Wahnsinn», stößt er hervor. «Der Wahnsinn hat sie umgebracht … Er hat … uns alle ums Leben gebracht! Alle!» Und Anna Smejkal stimmt mit heftigem Gewimmer in die heiseren Rufe ihres Mannes ein.

Polivka seufzt und bedeutet Franz, ihm zu helfen: Gemeinsam schieben sie das Ehepaar mit sanfter Gewalt zur Tür. «Sie sollten sich jetzt ein bisserl ausruhen … Wenn S' vielleicht Hilfe brauchen, Unterstützung, ich geb Ihnen eine Nummer, da können Sie rund um die Uhr …»

Mit einer ungeduldigen Handbewegung bringt Paul Smejkal den Inspektor zum Schweigen. Er entwindet sich seinem Griff und dreht sich zur Ofenbank um. Zwei, drei Sekunden lang betrachtet er Benjamin mit wehmütigem Blick. «Der Kleine … Ist das Ihrer?», fragt er dann.

Der Lemming nickt.

«Gott sei Dank», sagt der Alte. «Ich hoffe, Sie … Sie können meiner Tochter verzeihen.» Dann legt er den Arm um seine Frau und führt sie hinaus in die Dunkelheit.

8 Grau und nebelverhangen lässt sich der Christtag herab, so als wäre er heute am liebsten im Bett geblieben. Ganz im Gegensatz zu den zahllosen Kindern der Stadt, die aufgeregt aus ihren Kojen kriechen und das festlich verheerte Schlachtfeld des Vorabends stürmen. Ungewaschen, in zerknitterten Pyjamas tummeln sie sich unterm Weihnachtsbaum, um nachzuholen, was die Nacht ihnen verwehrt hat: mit ihren Geschenken zu spielen. Ritterburgen und Rennbahnen werden aufgebaut, Teddys geknutscht, Traktoren zerlegt und Puppen frisiert, während die Eltern den Frühstückstisch decken – schlaftrunken noch, aber rundum zufrieden.

Der Tisch in der Servitengasse hat sich den Vornamen *Frühstück* nicht verdient. Keine knusprigen Semmeln zieren seine nackte Platte, kein Schinken und Käse, keine kernweichen Eier. Nur eine Kanne Kaffee, das ja. Der Appetit auf feste Nahrung ist dem Lemming und Klara gründlich vergangen.

«Ich glaub es nicht. Ich kann es nicht glauben.» Klara starrt mit rotgeränderten Augen aus dem Fenster. «Das hätte sie nie getan. Nicht Angela.»

Der Lemming zuckt die Schultern. «Ein Kind der Fröhlichkeit ist sie ja nie gewesen», murmelt er. «Und gerade zu Weihnachten bringen die Leute sich jedes Jahr reihenweis um …»

«Aber doch nicht, wenn der Kleine dabei ist! Du weißt doch, wie … wie sie ihn umsorgt hat: Ist ihm eh nicht zu kalt? Hat er Hunger, hat er – Gott behüte – Fieber? Wie eine Mutter war sie zu ihm, übervorsichtig! Und dann willst du mir weismachen, dass sie sich neben ihm vergiftet? Ihn allein lässt? Mit ihrer eigenen Leiche?»

«Ihr Vater scheint das jedenfalls zu glauben. *Ich hoffe, Sie können meiner Tochter verzeihen,* so hat er's wortwörtlich gesagt. Von Wahnsinn hat er gesprochen. Und außerdem …»

«Außerdem?»

«Außerdem hat sie, wie's scheint, schon ihr eigenes Kind auf dem Gewissen …»

«Ich bitt dich, Leopold!» Klara schlägt mit der flachen Hand auf den Tisch. Die Trauer ist wie weggewischt aus ihren Augen, auf ihrer Stirn pulsiert die bläuliche Zornesader. «Das glaubst du doch selbst nicht!»

Sie hat es erkannt. Punktgenau. Der Lemming glaubt selbst nicht, was er da sagt. Er bedient sich nur einer alten Methode der Wahrheits- und Klarheitsfindung: Nimm die Position deiner Gegner ein, argumentiere gegen dich selbst und lass die Denkarbeit von deinen Freunden verrichten. Eine Vorgehensweise, die stets darin gipfelt, dass am Ende wieder alle einer Meinung sind – aber begründeter, differenzierter als vorher. In diesem Fall zeitigt die Taktik der antithetischen Agitation allerdings einen anderen, vom Lemming nicht minder gewünschten Effekt:

«Eh nicht», gibt er zurück. «Eh nicht glaub ich's. Ich ertrag es nur nicht, dich so traurig zu sehen. Besser grantig, und wenn's auch auf mich ist …»

Ein weiterer wütender Blick, ein Nachbeben quasi, und schon lässt sich Klara vom ernstlich bekümmerten Ausdruck des Lemming überzeugen. «Das ist dir gelungen», sagt sie mit einem letzten Anflug von Grimm in der Stimme. «Das ist dir gelungen. Trotzdem müssen wir da etwas unternehmen, man kann doch einen Mord nicht einfach so auf sich beruhen lassen!»

«Und was schlägst du vor? Einen Brief an den Polizeipräsidenten?»

«Blödsinn! Wir sollten … der Sache halt irgendwie nachgehen.»

«Der Sache nachgehen also. Und wie? Wir wissen doch nichts über die Angela, sie hat ja nichts von sich erzählt. Von diesem … diesem Polivka kann ich sowieso keine Hilfe erwarten, der hockt auf seinem breiten Arsch und wartet auf die Pensionierung.»

«Und wenn du noch einmal zu ihren Eltern fährst?»

«Nein.» Der Lemming lehnt sich zurück und verschränkt energisch die Arme vor der Brust. «Das tu ich mir nicht an. Und den beiden schon gar nicht. Du hättest sie sehen sollen: gebrochen, gebeugt, verwirrt, völlig fertig. Besonders die

Frau: ein jämmerliches Häufchen Elend, sag ich dir. Und dann soll ich da hingehen und in frischen Wunden wühlen? *Ach übrigens, nur falls Sie's noch nicht wissen: Ihre Tochter ist einem Mord zum Opfer gefallen. Ich kann's zwar nicht beweisen, aber ...*»

«Dann mach ich es.»

«Bitte sehr. Viel Spaß.» Ärgerlich greift der Lemming zu sei- ner Tasse und trinkt. Bitter und kalt ist der schwarze Kaffee. Bitter wie das Leben. Kalt wie der Tod. Schwarz wie dieses durch und durch versaute Weihnachtsfest.

«Siehst du? Auch dir kann man die Schwermut austreiben.» Klara lächelt zum ersten Mal an diesem Morgen. Der Lemming sieht Klara verblüfft in die Augen, grinst dann zurück.

Ein leises rhythmisches Klicken nähert sich nun vom Badezimmer her: Castro tänzelt über das Parkett, trabt mit schlingerndem Hintern am Lemming vorbei, ohne ihn eines Blickes zu würdigen, und lässt sich neben Klaras Füßen nieder. Er gähnt – zwar herzhaft, aber mit einem elegischen Unterton –, lässt die Ohren hängen und blinzelt trübe vor sich hin.

«Es tut mir so leid, Castro ...» Der Lemming ringt die Hände. «Aber der Stress gestern Abend ...»

Castro grunzt. Er wendet sich ab und mustert Klaras Stuhlbein, so als wäre es der allerletzte Rest an Freude, den sein Hundeleben noch zu bieten hat.

«Unter einer Knackwurst geht da gar nichts», stellt Klara mit veterinärer Bestimmtheit fest. Und so steht der Lemming auf, um den Bußgang zum Kühlschrank anzutreten.

«Sie hat also ein Kind gehabt.»

«Scheint so. Und verheiratet dürfte sie auch gewesen sein. Fragt sich nur, wo ihr Mann geblieben ist, der soundso Lehner.»

«Soundso ... Auch ein schöner Vorname.» Klara seufzt. «Auf

die Art kommen» wir nicht weiter, Poldi. Wir wissen ja nicht einmal, ob – oder was sie gearbeitet hat.»

«Doch», entsinnt sich der Lemming des Telefonats im vergangenen Mai. «Mir scheint, sie hat im Gastgewerbe zu tun gehabt … Disco, irgendwas mit dieser … dieser Technomusik halt. Und irgendwas mit … Motorrädern.»

«Soundso. Irgendwas. Hast du denn niemanden, den du um Informationen bitten kannst? Was ist mit dem alten Bernatzky?»

Der gute Professor Bernatzky, natürlich. Als graue Eminenz der Wiener Gerichtsmedizin und unbestrittener Meister der okzidentalen Obduktionskunst hat sich Bernatzky – so wie alle großen Männer – einen Ruf geschaffen, der mit ebenso respekt- wie liebevollen, jedenfalls die Zeiten überdauernden Kosenamen einhergeht. Als *Sektionschef* wird er von seinen Kollegen bezeichnet, als *Rector des Spiritus* von den Studenten der Anatomie. Bernatzky ist aber nicht nur Herr über Druckstellen und Läsionen, Blutgerinnsel und Schusskanäle, über Totenflecken und Madenbefall, anders gesagt: über das Logbuch, das nun einmal jeder Mörder in Form des von ihm gemeuchelten Opfers am Tatort hinterlässt. Nein, Bernatzky ist auch der einzige Freund, der dem Lemming aus seiner Zeit bei der Mordkommission geblieben ist.

«Gute Idee», gibt dieser jetzt zurück. «Aber ich werd ihn wohl frühestens übermorgen erreichen; der macht schon lange keine Feiertagsbereitschaft mehr.»

«Und wenn ich doch …»

«Wenn du doch was?»

«Na, zu den Eltern fahre. Zu den Smejkals. Ich kann mich ja als alte Bekannte Angelas ausgeben, als unbeteiligte Freundin, die zufällig in der Gegend war und …»

«Wart einmal!» Der Lemming springt auf. «Das hätt ich fast vergessen.» Er schleicht über den knarrenden Bretterboden ins Schlafzimmer. Hier schlummert Ben – verhüllt von Deckenbergen – vor sich hin. Nur sein strubbeliger Scheitel ist zu sehen und ein Stück der russischen Puppe, die er umklammert hält.

Sekunden später kehrt der Lemming zu Klara zurück, tritt hinter sie und legt das rote Schulheft auf den Tisch. «Das hab ich gestern unter Angelas Bett gefunden.»

«Unterschlagung von Beweismitteln?»

«Im Prinzip ja. Aber wenn man der Einzige ist, der nach Beweisen sucht?»

Klara schlägt das Heft auf, blättert dann von der Mitte weg bis zum Anfang. Leere Seiten, jungfräulich weißes Papier. Nur auf dem ersten Blatt finden sich einige wenige, hastig mit Bleistift hingeworfene Notizen.

«*Hangar*», entziffert Klara die krakelige Handschrift. «*Bauser Ferdi* … Und was bedeutet das jetzt?»

«Ich weiß es nicht.» Der Lemming beugt sich vor, bis sein Gesicht ganz nahe neben jenem Klaras ist. «*Besi Mimi*», liest er weiter. «*Domiphu. Château Lafite 92.*»

Große Augen, ratlose Blicke.

«*Bauser Ferdi. Besi Mimi.* Na, damit wär der Fall ja geklärt.» Der Lemming schnaubt ärgerlich auf.

«*Domiphu.* Wie recht du hast.» Klara runzelt die Stirn. «Wenigstens weiß ich, was Château Lafite ist.»

«Anscheinend ein Flascherl Roter von der feineren Sorte. Das französische Zeug wird wie Gold gehandelt. Besonders, wenn *Château* auf dem Etikett steht.»

«Und der Jahrgang?»

«Spielt auch eine Rolle. Aber Hauptsache *Château*.»

«Château Soundso. Château Irgendwas.»

«Genau. Am teuersten ist, glaub ich, der Château Dingsda.» Der Lemming grinst. Er lässt sich wieder auf seinen Sessel sinken, nimmt das Heft zur Hand und blättert es Seite für Seite durch. Und siehe da: Als es nichts mehr zu blättern gibt, wird

er fündig: In der hinteren Lasche des Kunststoffumschlags
stecken zwei kleine, zusammengefaltete Zettel – Zeitungsausschnitte, wie sich gleich darauf herausstellt.

Die Reine Wahrheit vom 12. Mai 2004
WAR ES SCHON WIEDER DIE OSTMAFIA?

Wie der Redaktion der REINEN erst heute bekannt wurde, ist der beliebte, seit Anfang des Monats verschollene
Gastronom Harald Farnleithner (38) wieder aufgetaucht.
Er wurde am vergangenen Freitag von Passanten in einem
Gebüsch des Wiener Liechtensteinparks entdeckt. Der
unverletzte, aber geschwächte Farnleithner war nicht bereit, nähere Angaben zu seinem Verschwinden zu machen. Auf eigenen Wunsch wurde er noch im Laufe des
Freitags in häusliche Pflege entlassen. Angesichts der immer dreisteren Methoden östlicher Verbrechersyndikate
liegt die Vermutung einer Schutzgelderpressung nahe. Die
REINE aber fragt: Müssen wir uns von den Balkanbandi-
ten nun auch noch unsere heimischen Wirte einschüchtern
lassen?

«Farnleithner … Nie gehört. Kennst du den?», fragt Klara.
«Persönlich nicht», gibt der Lemming zurück. «Aber drüben
im Achten gibt's ein Lokal, das so heißt. Gleich hinterm Rat-
haus.»
«Schon einmal dort gewesen?»
«Nur vorbeigegangen. Ist nicht meine Liga: Schinken aus
Serrano, Käse aus Freiburg, Wein aus Südafrika. Und Gäste
aus dem Parlament. Szenelokal nennt man das, glaub ich.»
«Ach, so etwas wie die *angesagteste Location der Society*?»
«Du sagst es. Nichts für Nachtwächter und Legenotärztin-
nen.» Der Lemming schiebt den Artikel zur Seite und wendet
sich dem anderen zu.

Die Reine Wahrheit vom 17. September 2004
HUND VEREITELT ATTENTAT AUF POSTLER
Wilde Szenen spielten sich gestern früh im siebten Wiener
Gemeindebezirk ab. Der Postbedienstete Herbert Prantzl
(29) entging nur knapp einem Anschlag in seinem eigenen
Stiegenhaus! Wie Prantzl der REINEN exklusiv berichtet,
hatte er gegen sieben Uhr dreißig nichts ahnend seine Wohnung verlassen, als er von einer «islamisch vermummten
Gestalt» attackiert und mit Pfefferspray außer Gefecht gesetzt wurde. Nur dem beherzten Eingreifen seines Hundes
Mambo (4) ist es zu verdanken, dass der zu allem entschlos-
sene Angreifer die Flucht ergriff. «Mambo hat mir das Leben gerettet», so der schockierte Prantzl. Die REINE aber
fordert: Vermummungs- und Kopftuchverbot zum Schutz
unserer fleißigen und unbescholtenen Bürger!

Ein langes, düsteres Schweigen senkt sich jetzt über Klara und
den Lemming, einträchtig, aber auch unheilschwanger: Ihr
einziges Verständnis scheint das Einverständnis zu sein, dass
es hier nichts zu verstehen gibt, ihre einzige Ahnung die Vor-
ahnung großer Probleme.
«Na, das ist doch was», meint der Lemming schließlich mit
heiserer Stimme.
«Ja? Und was?»
«Zumindest eine Spur. Zwei Namen, immerhin …» Langsam beginnen die Mühlen im Kopf des Lemming zu mahlen,
anfangs noch müde und schwerfällig, dann – durch den eigenen Schwung beflügelt – schneller und schneller. Eine vermutlich ermordete Frau, so breitet er im Geist die Fakten vor
sich aus, ein möglicherweise entführter Gastwirt und ein angeblich überfallener Briefträger. Dazu ein gestorbenes Kind
und ein Ehemann, der nicht so leicht zu finden sein wird: Der
Name Lehner entspricht wohl weniger der sprichwörtlichen
Nadel als vielmehr einem Grashalm im Heuhaufen. Zu guter
Letzt ein nächtlicher Besucher im Smejkal'schen Garten, der

offenbar viel zu verbergen hat – allem voran seine Anwesenheit.

Nach und nach befüllt der Lemming seinen virtuellen Aktenschrank, heftet Notiz um Notiz auf seiner mentalen Pinnwand fest. Schon schälen sich die ersten Schemen aus dem Nebel, vage Phantasien, was womit warum und wie zusammenhängen könnte, als die Gedanken schlagartig verfliegen, noch ehe sie greifbar werden: Aus dem Schlafzimmer dringt ein dumpfes, rhythmisches Klopfen und zerstört das filigrane Netz aus Überlegungen, das der Lemming eben noch gesponnen hat.

«Was ist da los? Was macht der Kleine da?»

Gar nichts macht der Kleine da. Im Gegenteil: Vom plötzlichen Hämmern selbst aus dem Schlaf gerissen, fängt Benjamin lauthals zu brüllen an. Und gleich darauf der Lemming. Er läuft in den Schlafraum und schlägt mit der Faust an die Wand …

Ruhe. Grimmiges Lauschen. Auch Ben hält jetzt inne, sichtlich überrascht vom Zornesausbruch seines Vaters.

Dann aber hebt das ferne Surren eines elektrischen Motors an, gefolgt von jenem penetranten, Zwerchfell und Lenden durchzitternden Grollen eines Bohrers, der in das Mauerwerk dringt.

«Sie wissen, welchen Tag wir heute haben?»

«Natürlich …» Zwei feuchte, grüne Augen spähen skeptisch durch die daumendicken Brillengläser. Die Brillengläser spähen skeptisch durch den daumenbreiten Türspalt.

«Sie wissen auch, dass es ein Feiertag ist? Ein Tag der Ruhe und des Friedens?» Es kostet den Lemming erhebliche Mühe, die Ruhe, den Frieden selbst zu bewahren.

«Natürlich weiß ich das. Ich weiß auch, dass der Messias gekommen ist, um uns … Hören Sie, Ihre Leute waren schon letzte Woche da, sehr höflich, sehr manierlich, da kann man nichts sagen. Aber ich hab den Wachposten schon. Und jetzt gerade hab ich wirklich keine …»

«*Wachtturm*», stößt der Lemming hervor. «Babbm», meint auch Ben, der – immer noch verweint – in seinen Armen hängt.

«Wachtturm, meinetwegen.» Der Türspalt verbreitert sich nun ein Stück, das Misstrauen im Blick des schmächtigen Mannes wandelt sich zur Neugier: Zeugen Jehovas, die mit Babys auf die Runde gehen, sieht man schließlich nicht alle Tage.

«Wir sind Nachbarn», sagt der Lemming. «Verstehen Sie?»

«Sicher. Selbstverständlich. Wir sind alle Seine Kinder. Eine einzige große Familie, sozusagen. Trotzdem ist es gerade sehr ungünstig: Ich stecke mitten in der Arbeit.»

«Nein!» Müsste er Benjamin nicht halten, der Lemming würde die Hände ringen. «Nein, wir sind wirklich Nachbarn! Ich wohne im Nebenhaus, Wand an Wand mit Ihnen!»

«Aha … Ach so!» Endlich scheint der andere zu verstehen. «Ja schön, dass wir uns einmal kennenlernen. Also Sie sind … drüben, auf der anderen Seite der Feuermauer?»

«Drüben, richtig. Nur dass eine Feuermauer leider keine Schallmauer ist.»

«Schallmauer … lustig.» Ohne weiter auf die Bemerkung des Lemming zu achten, zieht der Bebrillte jetzt vollends die Tür auf und gibt den Blick auf seinen blauen, staubbedeckten Overall frei. «Und der Kleine? Haben wir etwa geweint?»

«Ja», erwidert der Lemming. «Wir haben geweint.»

«Oje. Warum denn?»

«Weil wir nach einer langen und nicht gerade erbaulichen Nacht aus dem Schlaf gerissen worden sind. Weil wir dringend unsere Ruhe brauchen. Weil wir darauf gehofft haben, sie wenigstens heute, am Christtag, zu bekommen!»

Ist es denn wirklich noch möglich, den Vorwurf, der in diesen Worten liegt, zu überhören? Kann sich der Beschuldigte in

Anbetracht dieser emphatischen Anklage noch immer unbeteiligt geben? Ja, er kann: Emphase ruft nicht notgedrungen Empathie hervor. *Lärm ist das Geräusch der anderen*, hat Kurt Tucholsky einmal geschrieben, und so vermag sich der andere, nämlich der Nachbar, nicht im Geringsten vorzustellen, was der eine, nämlich der Lemming, von ihm will.

«Das tut mir aber leid für Sie», meint er in jenem argwöhnisch-sanften Tonfall, den man in der Regel bei verirrten Psychopathen und entflohenen Gewaltverbrechern anschlägt. «Und für den Kleinen natürlich. Ich würde Sie ja gern zu mir herein … Nur leider ist es heute auch bei mir ein wenig laut.»

«Ach, wirklich? Auch bei Ihnen? So ein Zufall! Könnte es vielleicht sein, dass Sie hier die gleichen Geräusche hören wie wir drüben?»

«Aber nein!» Der Bebrillte lacht auf. «Ich bin nur grad am Basteln, wissen Sie? Eine neue Bücherwand fürs Wohnzimmer. Kirsche, Vollholz, wunderbar gemasert. Und alles selbst geplant, nicht einfach aus dem Möbelhaus. Wenn einer handwerklich was drauf hat, schafft er das in, sagen wir, zwei bis drei Wochenenden. Oder eben in den Ferien, weil sonst, nach der Arbeit, bin ich meistens schon zu müd dazu. Aber … Kommen S' einfach weiter, schauen Sie selbst: Das Kirscherl ist wirklich eine Augenweide.» Vom eigenen Enthusiasmus mitgerissen, tritt der Nachbar zur Seite und gibt den Weg in sein Vorzimmer frei.

«Danke, aber ich … Wir wollen Sie nicht aufhalten», murmelt der Lemming betreten.

«Na, dann machen wir's doch so: Ich zeig Ihnen mein Prachtstück, wenn es fertig ist. Im neuen Jahr dann. Kommen S' einfach vorbei, wenn Sie Lust haben. Ja?»

«Ja … Aber …»

«Sehr schön. Dann fröhliche Weihnachten noch.»

«Ja … Fröhliche Weihnachten …»

9 Der Schneefall verhält sich zu Wien wie das Laster zum Alter. Hier wie da wird die Ausschweifung Jahr für Jahr seltener, hier wie da führt eine kurze Trunkenheit zum immer längeren Kater. Was dem betagten Nachtschwärmer sein Kopfweh, das ist der Stadt ihr rußiger, nasskalter Schneematsch, der die Schwermut ins Unermessliche treibt. Früher, so ist man zu glauben geneigt, da hat die Natur noch Spaß daran gehabt, hin und wieder die Muskeln spielen zu lassen; mit einem Augenzwinkern hat sie den Menschen, dieses possierliche, aber auch lästige Schoßtier, in seine Schranken gewiesen. Tagelang hat es damals noch durchgeschneit, flauschig und sanft hat das Himmlische das Profane, das Prächtige das Opportune zum Stillstand gebracht. Die am Straßenrand geparkten Autos verwuchsen nicht selten zu meterdicken, schier endlosen Weißwürsten; wer da noch versuchte, seinen Wagen aus dem Schnee zu graben, tat es höchstens, um die vergessenen Fäustlinge aus dem Handschuhfach zu holen. Auch die Schneepflüge hatten ja kapituliert; sie hatten die Fahrbahnen, diesen Tummelplatz der Wettergötter, längst verlorengegeben. Statt jedoch über verpasste Termine und entgangene Profite zu verzweifeln, wurden die Wiener an solchen Tagen von selbstironischer Heiterkeit ergriffen, von jener Art nur scheinbar bedauernden Gleichmuts, den sie seit jeher empfinden, wenn etwas größer und mächtiger ist als sie selbst. Fröhlich, hell und still war die Stadt; so zauberhaft still, dass man Watte in den Ohren zu haben vermeinte.

Aber auch die Natur scheint mittlerweile gealtert zu sein: Der Humor ist ihr vergangen. Deshalb lässt sie die Straßen und Gassen nach jeder ihrer halbherzigen Kapriolen im kollektiven Katzenjammer versinken. Was bleibt, ist die Hoffnung auf baldige Wiederbetäubung und Wiederbestäubung, die Aussicht auf das nächste Achtel, um den Kopfschmerz, auf den nächsten Schneefall, um die Hässlichkeit des winterlichen Wien zu übertünchen.

Grau sind die Wolken über dem Lemming, grau die Häuser, die ihn umgeben, grau auch der halbgefrorene Schlamm, durch den er Benjamins Buggy schiebt. Grau ist nicht zuletzt der Lemming selbst: Der Groll und die Müdigkeit stecken ihm tief in den Knochen, und auch das Ziel dieses vormittäglichen Ausflugs verspricht keine Ermunterung: *Deli Farnleithner*, die angesagteste Location der Society.

Es lässt mir keine Ruhe, mein Lieber.
Ich fahr jetzt mit Castro zu Angelas Eltern.
Küsse, bis später dann,
Klara

Diesen Zettel hat er auf dem Esstisch gefunden, als er mit Ben in die Wohnung zurückgekehrt ist. «Es lässt mir keine Ruhe …», hat er Klaras Worte leise wiederholt. *Es?* Oder *er*, der Nachbar, dieser kleine, emsige Kirschholzwichtel? Und dann ist sein Blick durch das Zimmer gewandert, das düster war und leer und nur vom stetigen Klopfen, Schaben und Bohren jenseits der Mauer durchhallt. Der Lemming ist gleich wieder wütend geworden. Kurz entschlossen hat er zum Telefonbuch gegriffen. «Bauser, Ferdinand …» Nein, kein Eintrag zwischen Baurnschmidt und Bauta. Auch eine Maria Besi war hier nicht verzeichnet. Die Adresse des Briefträgers Prantzl hingegen hat er auf Anhieb gefunden: Herbert Prantzl, Siebensterngasse, nicht allzu weit von Farnleithners Lokal entfernt. Wenigstens etwas.

«Geh, Benjamin …» Der Lemming bückt sich und klaubt mit spitzen Fingern die russische Puppe aus dem Rinnstein. Wischt sie mit einer Stoffwindel ab und drückt sie dem Kleinen wieder in die Hand. «Wir sind ja gleich da; dann kannst du nach Herzenslust mit Silberlöffeln werfen oder mit Tiroler Bleikristall.»

«Uh! Uh!», ruft Ben und rudert mit den Armen. «Udlu Daddn!» Er jauchzt auf und wirft die Puppe wieder in den Matsch.

Am Rande des kleinsten Wiener Bezirks befindet sich also das *Deli Farnleithner*. Die Josefstadt ist ein verträumter, verwinkelter Stadtteil, ein Viertel, das sich noch das Flair der guten, alten Zeit bewahrt hat: Hinter den zierlichen Fassaden, die die engen, gepflasterten Gassen säumen, hat sich vor knapp zweihundert Jahren das Bürgertum seine lauschigen Nester gebaut. Hier, in seinem ganz privaten Idyll, wähnte man sich geborgen vor den Spitzeln des Staatskanzlers Metternich, vor der Verfolgung durch seine Geheimpolizei. Die stete Bedrohung durch Lauscher und Naderer, gepaart mit dem Slogan *Mehr privat, weniger Staat*: Alles in allem ein Zustand, den man sich heute gar nicht mehr vorstellen kann …

Der Lemming stapft die Tulpengasse entlang, biegt in die Lenaugasse und wuchtet den Buggy die Stufen zum Portal des *Farnleithner* hinauf. Das Glück im Unglück ist ihm hold: Zwar hat das Lokal noch nicht geöffnet, aber durch die Glasscheibe der Eingangstür kann er eine dünne blonde Frau erkennen, die sich hinter der wuchtigen Teakholztheke zu schaffen macht.

Der Lemming klopft, die Frau blickt auf. Sie deutet auf ihr Handgelenk und wendet sich dann wieder ihrer Arbeit zu.

Der Lemming klopft, die Frau blickt auf. Sie verzieht das Gesicht, schüttelt den Kopf und beugt sich abermals über den Schanktisch.

Der Lemming klopft, die Frau blickt auf. Mit energischen Schritten kommt sie jetzt hinter der Budel hervor, offenbar bereit, nun doch die Tür zu öffnen, und sei es auch nur, um sie dem renitenten Quälgeist ein für allemal zu weisen.

«Wir haben geschlossen! Verstehen Sie das nicht?»

«Doch, doch. Ich hatte nur gehofft, den Chef anzutreffen.»

Unverblümt kritisch mustert die Blonde den Lemming, lässt

ihren Blick das unrasierte Gesicht und den Mantel hinab bis zu den fingerlosen Wollhandschuhen gleiten. Der Kinderwagen interessiert sie nicht, genauso wenig wie das Kind darin. Babykleidung, so scheint sie zu denken, ist grundsätzlich schmuddelig, schrill und geschmacklos; sie lässt daher keinerlei Schlüsse auf Herkunft, Status und Bankkonto ihres Besitzers zu. Ganz anders das Outfit des Lemming: Wer sich so auf die Straße wagt, gehört ganz sicher nicht zur Kundschaft des *Farnleithner*, und die Frau lässt keinen Zweifel daran, dass das nach ihrer Ansicht auch tunlichst so bleiben soll.

«Mein Mann ist nicht da», sagt sie schnippisch. «Was wollen Sie denn von ihm?»

«Nur eine Auskunft.»

«Wir sind kein Auskunftsbüro. Und auch kein Kindergarten.» Schon macht sie sich wieder daran, die Tür zu schließen.

«Warten Sie!» Der Lemming hält von außen dagegen, schiebt im letzten Moment seinen Schuh in den sich verengenden Türspalt. «Es ist wichtig. Wirklich wichtig! Liechtensteinpark, verstehen Sie?»

Ein Ruck geht durch die Frau: Gerade noch sichtlich gewillt, den Lemming mit weiteren Impertinenzen zu bedenken, zuckt sie zusammen. Ihr anorektischer Körper versteift sich, die stechenden Augen verkriechen sich flugs in ihren Höhlen, um daraus hervorzulugen wie kleine und giftige, aber auch ängstliche Tiere: ein jäher Umschwung von Arroganz zu verschreckter Gehässigkeit, wie der Lemming mit Wohlgefallen vermerkt.

«Liechtensteinpark», sagt er noch einmal, und er tut es (ähnlich einem Kind, das mit Hilfe eines Grashalms eine Schnecke dazu bringt, die Fühler einzuziehen) aus reiner Lust am biologischen Vorgang, den er mit diesem Wort bewirkt. «Liechtensteinpark.» Der Lemming schmunzelt.

«Ich hab schon verstanden!», faucht die Blonde entnervt zurück. Obwohl sie sich nach wie vor gegen die Tür stemmt, scheint sie abzuwägen, wie nun weiterzuverfahren sei. «Geben S' mir halt … Ihre Nummer», sagt sie schließlich. «Der Herr Farnleithner meldet sich bei Ihnen.» Statt aber den Druck auf die Tür zu verringern, streckt sie nun die rechte Hand durch den Spalt und zuckt fordernd mit den Fingern.

«Moment …» Der Lemming tastet seine Manteltaschen ab, zieht schließlich ein zerknittertes Taschentuch und einen Filzstift hervor und schreibt seine Handynummer auf.

«Bitte.» Er lässt das Taschentuch in die Hand der Frau gleiten. «Und wie gesagt, es ist wirklich dringend, ich wäre also dankbar, wenn …»

Ihr stummer, hasserfüllter Blick bringt ihn zum Schweigen. Glücklicherweise, so fährt es ihm durch den Kopf, befindet sich die schwere Glastür zwischen ihm und der Farnleithnerin: Ähnlich jenen rußgeschwärzten Brillen, durch die man – anlässlich diverser astronomischer Ereignisse – unbeschadet in die Sonne sehen kann, scheint sie das tödliche Gift aus den Augen dieses blonden Basilisken zu filtern. Man wäre sonst wahrscheinlich schon zu Stein erstarrt oder zumindest erblindet.

«Und jetzt», das Medusenhaupt zischt einen feinen Sprühregen gegen die Scheibe, «schauen Sie, dass Sie weiterkommen. Wenn Sie nicht auf der Stelle verschwinden, mach ich Ihnen eine Szene, die Sie ihr Lebtag nicht vergessen werden!»

«Ach!» Der Lemming wirft den Kopf in den Nacken und schlägt sich mit der flachen Hand an die Stirn. «Jetzt versteh ich endlich!»

«Was? Was verstehen Sie?», fragt die Frau irritiert.

«Warum man diese Art von Wirtshaus auch *Szenelokal* nennt.» Mit einer formvollendeten Verbeugung zieht der Lemming seinen Fuß zurück. Ein Ruck, ein kurzes, dumpfes Geräusch: Die Frau schreit auf. Ohne das Taschentuch loszulassen, zerrt sie den Arm aus dem Türspalt und starrt auf ihr gequetschtes Handgelenk. Der Lemming aber bugsiert den Buggy die Stufen hinab und verschwindet um die Ecke.

Der kleine moralische Sieg gegen Farnleithners Frau hat seine Laune gehoben, und so verläuft der Fußmarsch zum Wohnhaus Herbert Prantzls in unerwartet harmonischer Stimmung: Vom Katzenkopfpflaster des malerischen Spittelbergs durchgerüttelt, stößt Benjamin vergnügte Schreie aus, die der Lemming seinerseits mit Bravorufen quittiert. So betrachtet ist es gar kein Glücksfall, dass Prantzl so nahe beim *Deli Farnleithner* wohnt: Zu kurz währt die Zufriedenheit zwischen Josefstadt und Neubau.

Siebensterngasse also. Während der Lemming noch die Namen auf der Gegensprechanlage studiert, die im stuckverzierten Portal des Biedermeierhauses ähnlich deplatziert wirkt wie ein Hörgerät auf einer Beethovenbüste, wird von innen das Haustor geöffnet.

«Sie da! Zu wem wollen S' denn 'leicht?»

Schon hat sich die gedrungene Alte im Türrahmen aufgepflanzt: ein in die Tage gekommener Zerberus, sichtlich bereit, jeden unbefugten Eindringling mit seinen dritten Zähnen zu zerfetzen.

«Ja … Zum Herrn Prantzl tät ich gern …»

«Jessas, zum Prantzl! Was wollen S' denn 'leicht vom … Mei, liab!» Ohne Ben überhaupt zu Gesicht bekommen zu haben (das Verdeck des Buggys ist hochgeklappt), erliegt die Alte beim bloßen Anblick des Kinderwagens der typischen Wiener Obsession: Obwohl man selbst lieber Hunde und Katzen hält, findet man die Babys anderer Leute unwiderstehlich. So unwiderstehlich, dass man zuweilen sogar seine Pflicht vergisst und seinen Posten im Haustor verlässt, um diesen fleischgewordenen Putten sein Gloria zu singen, ihre kleinen Marzipangesichter zu befingern, sie in ihre rosa Zuckerbackerln zu zwicken.

«Nein, so ein süßes Mäderl! Wie heißen wir denn?»

Ben sieht die Alte ausdruckslos an, greift nach ihrem schwieligen Daumen und beginnt daran zu lutschen.

«Benjamin», sagt der Lemming. «Entschuldigung, wir müssen.» So rasch er kann, zieht er den Buggy in den Eingang.

«Dritter Stock, Tür zwölf», ruft ihm die Alte nach. «Is eh z' Haus, der Prantzl. Aber Lift haben wir keinen; mit Ihnern Wagerl werden S' da nix reißen … Wenn S' wollen, der Herr, kann ich ja derweil auf ihr Butzerl aufpassen.»

«Geht schon», gibt der Lemming zurück. «Danke trotzdem.»

Er parkt den Kinderwagen neben dem Treppenabsatz, hebt Ben heraus und macht sich an den Aufstieg.

Schon im ersten Stock kann er es hören: ein regelmäßiges Stampfen, das durch die halbdunklen Gänge hallt. Obwohl es nur gedämpft an seine Ohren dringt, scheint doch das ganze Haus darunter zu erbeben – es ist eines jener Geräusche, die man mehr im Zwerchfell als im Trommelfell verspürt. In der zweiten Etage gesellen sich hellere, schärfere Schläge dazu, von denen die dumpfen Stöße kontrapunktiert werden. Im dritten Geschoss schließlich lässt sich ein rhythmisches Keuchen und Schnauben vernehmen, untermalt von schrillen, metallischen Quietsch- und kurzen, fast tierischen Grunztönen.

Erst vor Herbert Prantzls Wohnungstür wird dem Lemming bewusst, wo dieses wüste akustische Quodlibet seinen Ausgang nimmt: in Herbert Prantzls Wohnung nämlich. Grund genug, mit dem Klingeln zu warten. Immerhin ist heute ein Feiertag: ein Tag, an dem es der Anstand gebietet, seine Mitmenschen fertig feiern zu lassen, wie auch immer sie das Christfest zelebrieren mögen …

In der folgenden Viertelstunde durchläuft der Lemming eine Palette unterschiedlichster Gefühle: Während er Ben mit Grimassen und Liedern bei Laune zu halten versucht, wechselt seine eigene von anfänglichem Amusement zu wachsendem Respekt, von staunender Ehrfurcht zu Ungläubigkeit und schließlich zu Verärgerung. Nach zwanzig langen und lauten Minuten ist seine Geduld erschöpft: Er drückt auf den Klingelknopf. Im selben Moment schlägt – kurz, scharf und wütend – ein Hund an, das Grunzen erstirbt. Sekunden später nähern sich Schritte, wird von innen an der Tür hantiert: Immer wieder schlägt sie gegen den Rahmen, so, als glitten ungeschickte Finger an der Schnalle ab. Erst nach mehreren Versuchen wird sie – unerwartet schwungvoll – aufgerissen.

«Was is?»

Eine Dampfwolke beißenden, sauren Schweißgeruchs wallt dem Lemming entgegen. Unwillkürlich weicht er zurück und hält seine schützende Hand vor Bens Gesicht. Inmitten der Schweißwolke aber steht Prantzl, der Briefträger, Prantzl, der Sportsmann.

Klein und stämmig ist dieses halbnackte, glänzende Muskelpaket, fleischig und breit seine vollkommen haarlose Brust. Nur wenige aschblonde Strähnen hängen dem Mann in die regelrecht paläolithisch niedrige Stirn, die ebenso gerötet ist wie seine Backen, seine Nase und sein kurzer Hals. Die einzigen Kleidungsstücke, die Prantzl trägt, sind knallrote Boxershorts und – farblich perfekt darauf abgestimmt – ein Paar gigantische Boxhandschuhe.

«Was is?», fragt Prantzl jetzt noch einmal. «Was wollen S' denn?»

«Verzeihen Sie die Störung, Herr Prantzl ... Sie sind doch der Herr Prantzl?»

Die Augen des bulligen Kampfzwergs verengen sich. «Wer will das wissen?», fragt er mit drohendem Unterton.

«Wallisch mein Name. Leopold Wallisch. Ich komm nämlich wegen dem ... wegen der Sache vor drei Monaten zu Ihnen. Sie wissen schon, der Anschlag, dieser ... muslimische Anschlag auf Sie.»

«Aha?» Prantzl betrachtet gelangweilt seinen rechten Box-handschuh, spuckt dann darauf und wischt ihn an der Unter-hose trocken. «Und weiter?»

«Nun ... Ich wollte Sie fragen, ob es da inzwischen etwas Neues gibt. Ob man den Täter vielleicht schon gefasst hat.»

Herbert Prantzl starrt den Lemming an. «Schön langsam», meint er dann, «tun Sie mich ein bisserl langweilen. Und ich fadisier mich net gern: Das geht mir fast so auf die Eier, wie wenn ich mich ständig wiederholen muss. Also zum letzten Mal: Wer will das wissen? Und warum?»

Nicht, dass sich der Lemming die möglichen Antworten auf diese Frage nicht schon vorher überlegt hätte. Allerdings hat er darauf gehofft, sich jegliche dieser Erklärungen sparen zu können, denn keine davon ist ihm glaubhaft erschienen:

Ich bin Kriminalbeamter? Ein Polizist, der sich am Christtag – noch dazu mit einem Baby auf dem Arm – nach einer wahrscheinlich schon lang zu den Akten gelegten Straftat erkundigt? Um Prantzl mit dieser Version zu überzeugen, hätte dessen Stirn noch um einiges niedriger sein müssen.

Oder vielleicht gar die Wahrheit? *Ich habe Ihren Namen in einem Zeitungsartikel gefunden, der unter dem Bett einer Freundin lag, die gestern Nacht das Zeitliche gesegnet hat. Die Polizei tippt auf Selbstmord, aber ich glaube, dass sie ermordet wurde. Immerhin bin ich Nachtwächter, also vom Fach ... Haben Sie vielleicht etwas damit zu tun, Herr Prantzl?*

Letztlich entschließt sich der Lemming, der *Reinen Wahrheit* den Vorzug zu geben – und damit der größten nur möglichen Lüge. Immerhin hat diese Strategie schon des Öfteren Früchte getragen, damals, beim Mord an dem alten Lateinlehrer Grinzinger etwa, und ein Jahr darauf, als es galt, den Fall Buchwieser aufzuklären.

«Es ist nämlich so, Herr Prantzl, dass ich Reporter bin. Dieser Zeitungsbericht in der *Reinen* damals, Sie werden ihn vielleicht gelesen haben ... Also, den hab ich geschrieben. Und jetzt wollt ich halt wissen ...»

Eine leichte Veränderung in Herbert Prantzls Mimik lässt den Lemming verstummen. Nicht mehr nur mürrisch, nein, geradezu hasserfüllt sieht ihn der kleine Mann jetzt an.

«Das da», sagt Prantzl und deutet auf Ben, «wie heißt das?»

Der Lemming versteht nicht sofort.

«Na, das Bankert! Wie nennen S' das?»

«Meinen Sohn? Benjamin. Wieso ...»

«Pennermann, aha.»

«Nein, Benja...»

«Pennermann, sag ich ja! Und jetzt», die Augen Prantzls verengen sich zu schmalen Schlitzen, «jetzt sagen Sie mir, wie mein Hund heißt.»

«Ihr Hund? Na, soviel ich weiß ... Mambo.»

Erstmals huscht jetzt ein Lächeln über Prantzls Gesicht. Er winkelt die Ellenbogen an und schlägt zwei-, dreimal die Boxhandschuhe gegeneinander. «Falsche Antwort», schnurrt er, «ganz falsche Antwort. Aber das sagt er Ihnen am besten gleich selber.» Das Grinsen erstirbt. Stattdessen schiebt Prantzl nun den Unterkiefer vor und lässt einen kurzen, gellenden Pfiff erschallen. Aus dem Dunkel der Wohnung löst sich ein Schatten und nähert sich pfeilschnell der Eingangstür.

«Steh, Rambo», sagt Prantzl, ohne den Blick vom Lemming zu wenden, und fügt fast freundlich hinzu: «Zehn Sekunden, Herr Reporter. Ab ... jetzt.»

Entgeistert starrt der Lemming auf den braunen Hund, der nun neben Prantzl steht wie eine Kopie seines eigenen Herrchens: stramm und gedrungen, ein hechelnder, geifernder Pitbull.

«Noch fünf», sagt Prantzl ruhig.

Der Lemming läuft los.

Er springt und stolpert die Treppe hinunter, touchiert den eisernen Handlauf, prallt zurück, hastet weiter. Benjamin quietscht vor Vergnügen. Doch ehe die beiden den zweiten Stock erreicht haben, tönt Herbert Prantzls Stimme noch einmal durch das Stiegenhaus: «Fass, Rambo!», hallt es gespenstisch von den Mauern wider.

Und schon braust ein Luftzug über den steinernen Boden, ein giftiger Windhauch aus ranzigem Schweißdunst und fauligem Killerhundbrodem.

10 «Rasch! Da hinein!»

Eine Hand greift nach dem Arm des Lemming, zerrt ihn mit aller Kraft zur Seite. Eine Tür fällt ins Schloss, gerade noch rechtzeitig: Das Türblatt erzittert unter einem dumpfen Stoß, dann wird ein wütendes Knurren und Belfern laut, gefolgt vom Kratzen scharfer Krallen an den hölzernen Kassetten.

«Leise … Ganz leise müssen S' sein …»

Ein weiterer Stoß, ein letztes, zögerliches Schaben, und es wird still vor der Tür. Die Hand zieht den Lemming weiter, schiebt ihn aus dem dunklen Vorraum in ein nur wenig helleres Wohnzimmer.

«Na, kommen Sie, setzen Sie sich, Sie sind ja ganz blass.»

Blass ist noch krass untertrieben. Grau ist der Lemming, so grau wie ein rußverkrusteter Schneemann in einem städtischen Beserlpark. Mit weichen Knien lässt er sich auf einen gemusterten Diwan sinken, während ein unbezähmbares Zittern seinen Körper durchläuft. «Ist ja gut, mein Schatz, ist ja gut. Es ist ja nichts passiert», raunt er Ben ins Ohr: beruhigende Worte, weniger für den Kleinen als für ihn selbst bestimmt. Benjamin ist ohnehin guter Dinge; interessiert dreht er den Kopf nach links und rechts, lässt seinen Blick schweifen, betrachtet die Farben und Formen all der unbekannten Gegenstände, die den Raum bevölkern.

Gründerzeit, Schnitzler und Freud, das sind die ersten Gedanken des Lemming, als auch er sich – nach ein paar tiefen,
die Herzfrequenz drosselnden Atemzügen – im Zimmer um-
sieht. Dicke, schon reichlich zerschlissene Perserteppiche be-
decken den gesamten Boden, ein angestaubter Konzertflügel
hat sich vor den schweren dunkelroten Vorhängen breitgemacht. Die Wände sind mit dichtbefüllten Bücherregalen
verbaut, auch auf zwei samtbespannten Fauteuils, die – nur
durch eine Stehlampe voneinander getrennt – in der gegenüberliegenden Ecke des Raums stehen, stapeln sich Dutzende
Bücher. Den einzigen Anachronismus in diesem bildungs-
bürgerlichen Interieur stellt ein kleiner Fernsehapparat dar,
der – zwar eingeschaltet, aber lautlos – auf einer dunklen Anrichte sein stummes Dasein fristet. Was umso seltsamer
wirkt, als das Bild ein klassisches Orchester in voller Aktion
zeigt.

«Ich wollte mir eigentlich das Konzert anhören. Aber ...» Der
Mann zuckt die Achseln und schüttelt den Kopf. Oder besser:
Er schüttelt den Kopf und zuckt mit den Achseln. Er schüttelt
nämlich den Kopf immer weiter, obwohl er mit dem Zucken
schon längst fertig ist. Er schüttelt und schüttelt und schüttelt: ein krankhaftes Muskelzittern, ein Tremor, wie dem Lemming bald klar wird. Auch sonst wirkt sein Retter nicht gerade
robust: Obwohl dem Gesicht nach nicht älter als sechzig und
von schlanker Statur, verleihen ihm seine langsamen Bewegungen, seine gebeugte Haltung und sein graues, halblanges
Haar das Aussehen eines gebrechlichen Greises.

«Aber es hat ohnehin keinen Sinn», sagt er jetzt leise. «Nichts,
was man tun will, hat noch einen Sinn.» Traurig betrachtet er
Benjamin, der seinen Blick mit großen, fragenden Augen erwidert. «Aber entschuldigen Sie, ich sinniere da herum und
hab mich gar nicht vorgestellt. Klaus Jandula mein Name,
sehr erfreut, Herr ...»

«Wallisch. Leopold Wallisch. Ich weiß gar nicht, wie ich Ihnen danken soll. Dieses Mistvieh hätt uns am End noch zerfleischt.»

«Mistvieh, ja. Das sind sie beide, der Hund und der Herr …
Möchten Sie vielleicht einen Kaffee, Herr Wallisch?»

«Sehr gerne, wenn's keine Umstände macht.»

Kaum ist Jandula aus dem Zimmer geschlurft, wird Benjamin
unruhig. Quengelnd windet er sich in den Armen des Lem- 81
ming und begehrt mit kurzen, fordernden Lauten, auf den
Boden gelassen zu werden. Und weil auf den ersten Blick
keine frei liegenden Stromleitungen und Rattenköder, keine
für Ben erreichbaren Mingvasen oder Fabergé-Eier auszumachen sind, darf er schon Sekunden später durch die weiche,
nach Staub und Zigarrenrauch duftende Landschaft des Fin
de Siècle krabbeln.

«So, bitte.» Jandula stellt das Tablett auf dem Tisch ab, setzt
sich und gießt dem Lemming Kaffee ein. Sich selbst hat er keine
Tasse mitgebracht: Sein stetiges Kopfschütteln bedarf vermutlich einer besonderen Technik der Flüssigkeitsaufnahme, einer
Technik, die wohl nicht eigens vor Publikum demonstriert
sein will.

«Sie kommen also von der Zeitung?» Jandula hebt kurz den
Kopf und blickt zur Decke, über die sich ein Krakelee aus feinen Haarrissen zieht. «Sie müssen verzeihen, aber ich habe …
nun, ich habe ein wenig mitbekommen von Ihrem Gespräch
da oben. Schlimm genug, dass man schon aufhorcht, wenn's
einmal nichts zu hören gibt.»

«Das … versteh ich jetzt nicht. Wie meinen Sie das?»

Mit einem bitteren Lächeln setzt Jandula zur Antwort an –
und presst im selben Moment die Lippen zusammen: ein
trotziger Lehrbub, dem von seinem Meister der Mund verboten wird. Nicht er, der Hausbewohner, ist es, der hier die Antworten gibt, sondern es, das Haus, das Bauwerk selbst. Ein
langes, rasselndes Seufzen – das Gebäude holt Luft –, gefolgt
von einem kurzen Stöhnen – es räuspert sich –, dann bricht

die wütende Tirade auf den Lemming, Ben und Jandula ein. Das Mauerwerk erzittert, heftig knirschen die Sparren und Balken, während ein Stakkato donnernder Schläge das Zimmer in Schwingung versetzt. Nur ganz leise ist auch ein helles Geräusch zu vernehmen, ein Klimpern und Klirren, zarte Triangelklänge in dieser düsteren Philharmonie. Es sind Schale und Löffel des Lemming, die einen fröhlichen Tanz auf der Untertasse vollführen, während die Untertasse selbst über den Tisch zu wandern beginnt. Auf dem Bildschirm von Jandulas Fernseher macht sich die Harfenistin gerade zum Solo bereit.

Der Lemming stimmt nun in Jandulas Kopfschütteln ein. Er deutet entgeistert nach oben, während seine Lippen stumm den Namen *Prantzl* formen.

«Ja», ruft Jandula, «unsere Sportskanone! Er hat sich oben einen Boxsack aufgehängt! Momentan dürft er sich aber mit Schnurspringen vergnügen!»

«Aber … Geht das denn oft so?», fragt der Lemming, doch er kann seine eigenen Worte kaum hören.

«Was sagen Sie?»

«Ob das oft so geht!», erhebt nun auch der Lemming seine Stimme. «Der Kerl hat doch einen Beruf, der muss doch arbeiten, an Werktagen wenigstens!»

«Halbtags, ja! Das heißt, Montag bis Freitag von acht bis zwölf! Davor und danach wird trainiert! Das beginnt schon um halb sieben in der Früh und endet – mit einigen wenigen Pausen – um zehn, halb elf am Abend! Am Vormittag, während er weg ist, da jault und bellt nur sein Hund! Da kann man sogar manchmal Musik hören – mit Kopfhörern!» Jandulas Schädel schlingert nun so heftig hin und her, dass sein grauer Haarschopf durch die Luft weht wie das Baströckchen einer Hulatänzerin.

«Und die Polizei? Kann die da nichts machen?»

«Dass ich nicht lache! Zweimal hab ich die gerufen, nämlich

das erste und das letzte Mal! Die haben kurz mit dem Prantzl geplaudert, dann haben sie mir nahegelegt, tagsüber spazieren zu gehen oder die Wohnung zu wechseln! Und der Prantzl hat mich zwei Stunden später im Haustor abgepasst! Mit dem Hund! Sie können sich vorstellen!»

«Und wenn Sie … Wenn Sie wirklich eine andere Wohnung nehmen?»

Jandulas Antwort kommt lautlos; sie beschränkt sich auf eine wohl weltweit gebräuchliche Geste. Er dreht dem Lemming den Handrücken zu und reibt Daumen, Zeige- und Mittelfinger aneinander: das liebe Geld, natürlich. Vorbei sind die Zeiten, da man in Wien noch umziehen konnte, ohne sich ausziehen zu lassen – nämlich das letzte Hemd.

«Wenn Sie Journalist sind», ruft Jandula jetzt, «dann sollten sie darüber auch einmal schreiben! Und nicht immer nur über Raubüberfälle und Attentate! Verstehen Sie? Der wahre Terror wird nicht mit der Waffe ausgeübt! Der findet hier statt, Tag für Tag! Aber …» Jandula macht eine wegwerfende Handbewegung; der Rest seines Satzes wird von den donnernden Pulsionen des Plafonds verschluckt.

«Was haben Sie gesagt?», setzt der Lemming nach. «Das Letzte hab ich nicht verstanden!»

«Dass ein Terror ohne Blutvergießen für Ihr Blatt natürlich nicht reißerisch genug ist! Vor allem, wo doch auch die Alltagsterroristen selbst zu Ihren Abonnenten zählen!»

Der Lemming starrt Jandula an, senkt dann betreten den Kopf, markiert Verlegenheit. «Sie haben schon recht!», ruft er nach einer Weile. «Nur … Das ließe sich doch ändern! Ich könnte ja vielleicht … Ich mache Ihnen einen Vorschlag, Herr Jandula! Sie helfen mir, und ich helfe Ihnen! Was halten Sie davon?»

Jandula schüttelt den Kopf. «Ist gut!», gibt er zurück. «Unter einer Bedingung: Was ich Ihnen auch erzähle, lassen Sie bitte meinen Namen aus dem Spiel!»

«Das versteht sich von selbst!»

Eine Viertelstunde später ist der Lemming in die jüngere Lebens- und Leidensgeschichte seines Gastgebers eingeweiht. Professor Doktor Klaus Jandula, seines Zeichens Musikwissenschaftler, hat zwanzig Jahre lang an der Universität gelehrt (wobei die Titel seiner Vorlesungen dem Lemming keine zwingenden Aha-Erlebnisse bereiten: *Systematik der mediävalen Mensuralpaläographie* beispielsweise, oder *Aleatorische Tendenzen des fugalen Kontrapunkts*). Seine Wohnung, in der er seit einem Vierteljahrhundert lebt, ist immer ein Hort des Friedens für ihn gewesen, ein Ort der Stille, der Kontemplation und des Nachdenkens. Vor zweieinhalb Jahren aber ist Herbert Prantzl hier eingezogen, und vor einem musste Jandula seinen Lehrauftrag zurücklegen. Zermürbt vom Sparring des sportiven Nachbarn war er in seinem eigenen Unterricht eingeschlafen und hatte einer jungen Studentin, die ihn zu wecken versuchte, jählings ins Gesicht geschlagen – freilich ohne noch recht bei Sinnen zu sein. Ein halbherziger Versuch, die Angelegenheit intern zu regeln, fruchtete nichts; Jandula wurde gezwungen, den Hut zu nehmen. Dass sein zerrüttetes Nervenkostüm bald völlig aus den Nähten platzte, versteht sich von selbst. Sein Kopf fing an, sich selbständig zu machen, und nur die Chemie konnte noch Schlimmeres verhindern: Durch die ärztliche Verschreibung eines befreundeten Neurologen sediert, schaffte es Jandula, den Rest seines Körpers unter Kontrolle zu halten. Und das tut er bis heute – vorausgesetzt, er vergisst seine Pillen nicht.

«Ich habe wenigstens nur meinen Kopf verloren!», ruft er jetzt. «Meinen Kopf und meine Arbeit!»

Und deinen Lebensmut, denkt der Lemming im Stillen.

«Kann ich mich auf Sie verlassen? Werden Sie darüber berichten?»

Der Lemming zögert. Das schlechte Gewissen für seinen Schwindel und Jandulas damit verbundene Hoffnung steht ihm nun deutlich ins Gesicht geschrieben. «Ich … Ich will natürlich nichts versprechen!», gibt er zurück. «Die Entscheidungen trifft ja der Chefredakteur! Aber trotzdem: Wenn ich etwas für Sie tun kann, werd ich es auch tun!»

«In Ordnung!» Jandula dürfte wohl nicht zu jenen gehören, die im Gesicht des Lemming zu lesen vermögen. «Dann sind jetzt Sie an der Reihe! Was wollen Sie wissen?»

«Dieser Überfall auf … auf den Prantzl, das Mistvieh! Haben Sie damals etwas mitbekommen?»

Jandula schüttelt den Kopf, und diesmal lässt er keine bejahenden Worte folgen. «Warum interessiert Sie das überhaupt noch? Ist das nicht längst passé für die Medien?», fragt er leise.

Ja, leise. Und trotzdem verständlich.

Mit einem Mal nämlich hat der Radau im dritten Stock ein Ende gefunden. Wie wärmende Sonnenstrahlen nach einem Wolkenbruch breitet sich Ruhe aus, Entspannung. Erst jetzt merkt der Lemming, wie eng sich das Korsett der latenten Bedrohung um seine Brust geschnürt hat. Man ist und bleibt nun einmal Tier: Das Kreischen aufstiebender Vögel, das Stampfen entfesselter Nashornhorden, das Grollen eines nahenden Gewitters, die schrillen Alarmrufe der eigenen Herdengenossen, all das bedeutet noch immer Gefahr für den Menschen, da mag er Astronaut, Informatiker oder Quantenphysiker sein.

«Endlich vorbei.» Der Lemming spitzt die Lippen und stößt befreit die Luft aus seinen Lungen – eine Geste, die Jandula mit müdem Lächeln quittiert.

«Nichts ist vorbei», sagt er. «Fünf Minuten Pause, längstens zehn. Dehnen und Strecken, vielleicht ein kleiner anabolischer Muntermacher, dann wird wieder weitertrainiert. Also nutzen wir die Zeit. Wieso beschäftigen Sie sich – nach mehr als drei Monaten – noch immer mit diesem Überfall?»

«Ja weil … Also weil …» Immer höher und fragiler droht nun das Lügengebäude des Lemming zu werden, wie ein von Kinderhand erbauter Spielzeugturm schwankt es gefährlich hin und her. «Glauben Sie, dass uns der Prantzl da oben belauscht?», flüstert er also, um Zeit zu gewinnen.

«Wozu soll einer lauschen, wenn er sowieso nicht zuhören kann?», erwidert Jandula. «Sie dürfen nicht bös sein, Herr Wallisch, dass ich Sie nach Ihren Gründen frage. Aber ein bisserl seltsam mutet das schon an, wenn ein Reporter am Christtag herumläuft, um kalten Kaffee aufzuwärmen. Noch dazu mit seinem Baby …»

«Mein Gott! Benjamin!»

Der Kleine ist dem Lemming völlig aus den Augen und dem Sinn entschwunden; im Laufe der letzten Viertelstunde hat er ja auch keinen (wenigstens keinen *vernehmbaren*) Laut von sich gegeben, um seine Anwesenheit in das von Erschöpfung und Stress überlastete Hirn seines Vaters zu reklamieren. Halb erschrocken über die eigene Nachlässigkeit, halb dankbar für eine weitere Gnadenfrist springt der Lemming jetzt auf und macht sich auf die Suche.

Hinter einem der beiden Fauteuils, in der hintersten Ecke des Raums sitzt Ben auf dem Boden, umgeben von verstaubten Büchern und Alben, angegilbten Postkarten und Briefkuverts. Genüsslich kaut er an einer Handvoll zerknitterter Fotografien, so tief versunken in seine Mahlzeit, dass er den Lemming erst gar nicht bemerkt.

«Ach du Scheiße! Ich fürchte, Herr Jandula, mein Sohn verspeist gerade Ihre Vergangenheit.» Der Lemming geht auf die Knie, um Ben die Fotos sacht zu entwinden, als sein Blick auf den obersten Abzug fällt.

Eine venetianerrote Wand, auf der – nur unscharf zu erkennen – eine Reihe moderner Gemälde hängt. Im Vordergrund, mit Flaschen, Gläsern und Aschenbechern dicht bedeckt, ein Tisch. An diesem Tisch sitzen fünf Personen, alle dem Betrachter zugewandt: In der Mitte ein alter, faltiger Mann mit dichten weißen Haaren – er ist der Einzige, der freundlich in die Kamera lächelt. Links daneben Klaus Jandula. Die Konturen seines Kopfes sind ein wenig verwischt – zu lang war wohl die Belichtungszeit, um seinen Tremor zu überlisten. Rechts neben dem Alten sitzt eine schmächtige, etwa fünfzigjährige Frau mit verhärmtem Gesichtsausdruck. Noch weiter rechts dürfte sich ein dritter Mann befunden haben: Der Aufschlag eines dunklen Sakkos ist zu erkennen, dazu ein Arm, der ins Bild ragt. Am Revers der Jacke ist die Aufnahme allerdings ausgefranst und abgenagt – es scheint, dass der Großteil des Mannes in Benjamins Magen gelandet ist. Ganz links aber, neben Klaus Jandula, blickt dem Lemming mit ernster Miene eine weitere Frau entgegen.

Es ist Angela Lehner.

Während der Lemming noch fassungslos auf das Foto starrt, beginnt die Decke aufs Neue unter dumpfen Donnerschlägen zu erbeben: Prantzl hat sein unterbrochenes Training wiederaufgenommen.

«Sehen Sie?», ruft Jandula. «Was hab ich gesagt?» Er ist inzwischen neben den Lehnstuhl getreten und breitet stolz, ja beinahe erleichtert die Arme aus, als wäre er ein Lungenkranker, der dem Arzt seinen Husten präsentiert.

«Ja», murmelt der Lemming. «Sie haben recht gehabt.» Er fasst Benjamin unter den Achseln und richtet sich auf.

«Bitte? Was sagen Sie?»

«Nichts … Hören Sie, Herr Jandula! Das mit Ihren … Ihren Andenken tut mir leid!» Der Lemming deutet auf die angenagten Fotos, die nun verstreut auf dem Boden liegen.

Das Bild mit dem roten Engel ist nicht mehr dabei.

«Halb so schlimm!», winkt Jandula ab. «Die schönsten Erinnerungen lassen sich ohnehin nicht ablichten! Stille zum Beispiel! Oder Träume! Wollen Sie noch einen Kaffee, Herr Wallisch?»

«Danke, nein! Ein andermal gerne! Aber jetzt braucht der Kleine, glaub ich, eine ordentliche Mahlzeit!»

«Und was ist mit Ihren Fragen? Sie haben ja noch gar nicht …»

«Ich komme wieder, wenn ich darf! Am liebsten werktags zwischen acht und zwölf!»

Jandula lacht auf. Die horizontalen Schlenker seines Kopfes gehen jetzt in ruckartige Kreisbewegungen über. So, denkt der Lemming, sieht es also aus, wenn Klaus Jandula nickt.

Aufatmen, durchatmen. Nur noch leise dringen die rhythmischen Schläge an die Ohren des Lemming, als er den ersten Stock passiert – leise und zugleich beruhigend: Solange Prantzl turnt, kann er die Tür nicht öffnen. Und solange er die Tür nicht öffnet, bleibt Rambo, die Bestie, unter Verschluss. Rasch und möglichst lautlos huscht der Lemming die Treppe hinab. Fast ist er schon im Erdgeschoss, als plötzlich Trompetenfanfaren aus seiner Hose erschallen. Ben, der gerade dabei war, die Augen zu schließen, horcht auf; der Lemming bleibt stehen, hält den Kleinen mit der rechten Hand an sich gedrückt und stochert mit der linken sein Handy aus der Tasche.

«Ich bin's», sagt Klara am anderen Ende der Leitung. «Seid ihr noch unterwegs?»

«Sind wir, ja. Und du?»

«Am Heimweg. Vor der U-Bahn-Station.»

«Und? Hast du was ausrichten können am Bruckhaufen?»

Kurzes, trauriges Schweigen. «Irgendwie schon», sagt Klara dann. «Trotzdem hätt ich nicht hinfahren sollen, es war nämlich … Es war grauenhaft, wie du gesagt hast. Angelas Mutter hat mir aufgemacht, und ich hab ihr mein Märchen aufgetischt, du weißt schon, alte Freundin und so weiter. Also hat sie uns reingelassen, den Castro und mich. Im Wohnzimmer ist dann der alte Smejkal gesessen, im Finstern. Ich hab zuerst

geglaubt, er schläft, aber er hat nicht geschlafen. Er ist nur dagesessen und hat vor sich hin gestarrt und hat kein Wort gesagt, die ganze Zeit nicht ein einziges Wort. Ich glaub, der hat
mich gar nicht registriert. Nur die Mutter … Sie hat das Licht
aufgedreht und geweint und … und …» Klara scheint nun
selbst mit den Tränen zu kämpfen; es macht ihr eindeutig
Mühe, weiterzusprechen. «Herumgestammelt hat sie, völlig
unverständlich, völlig hilflos, du hast es ja erlebt … Und dann,
wie sie gemerkt hat, dass ich nichts von dem versteh, was sie
sagt, da hat sie … hat sie ein Foto aus einer Lade gezogen. Auf
dem Foto ist Angela mit ihrem kleinen Buben – mein Gott, so
ein süßer kleiner Knirps … Der Bub jedenfalls hat ein Leiberl
an, du weißt schon, so wie der Ben auch eines hat, mit seinem
Namen auf der Brust …»

«Ja und?», fragt der Lemming. Er spürt, wie sich sein Magen
neuerlich zusammenkrampft.

«So wie der Ben auch eines hat», sagt Klara noch einmal.
«*Ben* steht auf dem Leiberl, verstehst du? *Ben!* Der Bub von
der Angela hat Benjamin Lehner geheißen.»

11 «Ich will nur noch eines: Ihn sterben sehen. Ich muss
ihn nicht unbedingt selbst töten, nein, ich will nur dabei sein. Dabei sein und zusehen, wenn dieses Stück Dreck,
diese Ratte, krepiert!»

«Nicht aufregen, bleiben Sie ruhig. Wahrscheinlich ist es besser, Sie erzählen der Reihe nach. Seit wann sind Sie denn
überhaupt in Wien?»

«Seit meinem fünfzehnten Lebensjahr. Im Herbst neunzehn-
vierundachtzig bin ich gekommen, direkt aus Hamburg. Man
kriegt ja solche Dinge hier nicht mit, aber damals hat sich im
Hamburger Hafen das schwerste Schiffsunglück der Nachkriegszeit ereignet. Eine Barkasse, die für ein Geburtstags-

fest gemietet war, ist mit einem Schlepper zusammengestoßen. Neunzehn Tote, alle ertrunken. Meine Mutter war eine davon.»

«Ihre … Das tut mir leid.»

«Stört es Sie, wenn ich *hier* rauche?»

«Nein, überhaupt nicht – wenn Sie mir auch eine geben. Danke. Und warum gerade Wien?»

«Weil mein Vater hier gelebt hat. Er war Schauspieler, sogar am Burgtheater, aber Sie werden ihn trotzdem nicht kennen. Sogenannte zweite Riege, also einer von denen, die … die in *Hamlet* den zweiten Totengräber spielen.»

«Aha.»

«*Ei, hört doch, Gevatter Schaufler* … Egal. Figuren, an die man sich nicht einmal dann erinnert, wenn man das Stück selbst geschrieben hat. Nichts gegen meinen Vater: Er hat mich ohne Wenn und Aber bei sich aufgenommen, obwohl wir uns das letzte Mal gesehen hatten, als ich drei war. Und er hat mich unterstützt, finanziell jedenfalls. Er hat mehr Geld für mich gehabt als Zeit: Proben, Auftritte, Besprechungen, Partys und Meetings mit wichtigen Theaterleuten. Er war nämlich ständig damit beschäftigt, seinen Aufstieg in die erste Riege zu betreiben. Aber wissen Sie, so funktioniert das nicht in diesem Metier. Je länger du dabei bist und je mehr du dich anstrengst, desto stärker festigst du dein Image als Wasserträger, als Amtsdiener. Von unten geht da gar nichts, das kann man sich abschminken. Genie will gleich von Anfang an locker und leicht aus dem Handgelenk geschüttelt sein. Newcomer, Quereinsteiger, Shootingstars: Was für Politik und Wirtschaft gilt, das gilt für's Theater gleich dreifach.»

«Verstehe. Und dann?»

«Ich habe das Abi … die Matura gemacht und zu studieren begonnen. Ein Semester Völkerkunde, ein Jahr Publizistik. Dann ein kurzer Ausflug in die Philosophie. Nebenher Kellner, Schildermaler, Gärtner und Billeteur. Später zwei Jahre

Theaterwissenschaften und ein abgebrochenes Geschichts-
studium. Lupenreine Karriere also. Aber was soll's? Wenn
man sonst nichts gelernt hat, kann man immer noch Schriftsteller werden.»

«Und Ihr Vater? Was hat der dazu gemeint?»

«Ganz genau das. *Wenn man sonst nichts gelernt hat, kann man
immer noch Schriftsteller werden.* Dass man auch Schauspieler
werden kann, hat er allerdings nicht gesagt. Ich glaube, dass
er mir sein Schicksal ersparen wollte: Jahrelang herumtin-
geln, entwurzelt und getrieben wie diese ausgedörrten Distel-
gewächse, die man in Wildwestfilmen über die Prärie rollen
sieht. Seine Nächte in billigen Hotels verbringen, in fremden,
wechselnden Ländern, mit fremden, wechselnden Frauen. Einer davon ein Kind machen, von dessen Existenz man erst er-
fährt, wenn man längst wieder weitergeweht worden ist. Dann
der scheinbar große Wurf, das Engagement ans Burgtheater,
und die langsam, fast unmerklich wachsende Enttäuschung:
Man wird kein gefeierter Star, man wird nicht berühmt. Man
wird als unbedeutender Beamter sterben, als kleiner, einsamer
Mensch, der keine Spuren auf dieser Welt hinterlässt …»

«Er hat aber Sie hinterlassen.»

«Das hat er, ja. Er hat mich hinterlassen, kurz vor meinem
sechsundzwanzigsten Geburtstag.»

«Das heißt … Er ist …»

«Nein, er *ist* nicht, er *hat*. Ganz still, beinahe ohne Theatralik.
Ich habe damals im sechsten Bezirk gewohnt, mein Vater
nach wie vor im achtzehnten. An diesem Abend hat er mich
angerufen, was nicht so oft vorkam, und hat mir – nach dem
üblichen Austausch obligater Höflichkeiten – gesagt, dass er
mich liebt. Er hat das nie zuvor gesagt, und jetzt einfach so,
fast beiläufig, ohne Zusammenhang. Es ist mir erst so richtig
klargeworden, nachdem wir schon aufgelegt hatten, aber
dann – mit aller Wucht – ist die Erkenntnis über mich herein-
gebrochen …»

«Welche Erkenntnis jetzt genau?»

«Wie traurig er war. Und wie einsam. Ich habe ihn auf der Stelle zurückgerufen, aber er hat nicht abgehoben. Da bin ich zu ihm gefahren ... und habe ihn gefunden. Er hat sich am Türstock erhängt. In seinem alten schmuddeligen Schlafrock. Ich seh es noch heute vor mir, dieses Bild, gestochen scharf bis ins letzte Detail: Es war düster, nur eine Schreibtischlampe hat gebrannt. Und mein Vater ... Er hatte einen ... eine Erektion, groß und rot, die ist ihm vorne aus dem Schlafrock herausgestanden. Das mag jetzt seltsam klingen, aber für mich war das wie eine Warnung, wie ...»

«Ein erhobener Zeigefinger?»

«Wenn Sie so wollen, ja. In meiner Erschütterung habe ich das als persönliche Botschaft verstanden. Ich war ja – sozusagen – ein Teil von diesem Steifen, ich bin ja daraus hervorgegangen.»

«Und wie hat die Botschaft gelautet?»

«Mach mir mein Leben nicht nach. Reiß dir nicht den Arsch auf, weil du glaubst, dass alle Welt dich lieben muss: Die Welt ist nämlich eine Hölle, und aus dieser Hölle kannst du dich nur selbst erlösen. Sei ruhig, sei geduldig, sei sesshaft in dir; versuch nicht, gleich der ganzen Menschheit zu gefallen: Das trennt dich von dem einen Menschen, der es vielleicht wert ist. Vor allem aber: Kümmere dich von Anfang an um deine Kinder. Sonst endest du eines Tages wie ich ... Natürlich klingt das alles sehr banal, sehr unliterarisch. Aber damals ... Was soll ich machen, so hat sie nun einmal gelautet, die Botschaft. Und in Verbindung mit meinem Schock hat sie mein Leben verändert. Von Grund auf verändert.»

«Inwiefern?»

«Mir ist plötzlich klargeworden, dass ich bis zu diesem Zeitpunkt sehr wohl so gelebt habe wie er: dauernd fahrig und getrieben, dauernd auf der Suche nach dem Job, nach der Frau, nach den Freunden, die meinem Leben Bedeutung verleihen könnten. In einem fort auf der Suche nach … innerem Frieden. Und zugleich völlig blind dafür, dass man sich diesen Frieden nicht holen kann, sondern nur geben. Wollen Sie wissen, wie? Man beschließt es. Man sagt: *Ich gebe mir Frieden*, und schon hat man ihn. So einfach geht das.»

«Ich weiß nicht …»

«Klingt irgendwie kindisch, ich weiß. Aber Kinder sind eben mehr als nur ungeübte Erwachsene. Sie sind Zauberer, kleine Schamanen, sie sehen Dinge, die uns großen, plumpen Kopfmenschen verborgen bleiben. Selten genug, dass man noch einmal die Chance bekommt, die Welt durch Kinderaugen zu sehen. Ich habe sie damals bekommen – und genutzt. Die Magie zieht nämlich ihre Kreise, sie beschränkt sich nicht auf das persönliche Erleben des Magiers, sondern erfasst seine ganze Umgebung. Wer ruhig ist, wird zum *Ruhepol*, verstehen Sie? Er muss seinem Glück nicht mehr nachlaufen, er zieht es automatisch an.»

«Das heißt also, dass Wünsche erst dann in Erfüllung gehen, wenn man sie aufgibt.»

«Im Gegenteil. Das heißt, dass man Wunden nicht zum Heilen bringt, solange man nervös daran herumkratzt. Es hat nichts mit Resignation zu tun, nur mit Geduld und Entspannung, mit … unbekümmerter Zuversicht, wenn Sie so wollen.»

«Wollen tät ich schon mögen, aber können hab ich bisher nicht geschafft … Also ist das Glück so mir nichts, dir nichts zu Ihnen gekommen.»

«Es hat sich angeschlichen. Auf leisen Sohlen. Zuerst die Freunde, dann der Job und am Ende die Frau … Ein paar Monate nach dem Tod meines Vaters habe ich einen alten Bekannten getroffen. Er war Korrespondent für eine große Schweizer Zeitung und hatte innerhalb weniger Tage einen Bericht fürs Feuilleton abzuliefern: *Bühnen im Hinterhof – Das Wiener Alltagsleben zwischen Drama und Komödie.* Wir

haben uns darüber unterhalten – der arme Kerl war schwer
unter Zeitdruck –, und plötzlich sagt er zu mir: ‹Was ist? Hast
du nicht Lust, einen Rohentwurf zu dem Thema zu schreiben? Bis übermorgen? Ich formuliere das dann aus und gebe
dir die Hälfte meines Honorars. Bei Abdruck wirst du als Co-
Autor angegeben.› Ich habe eingewilligt, mit einem Schmunzeln: Was mir noch ein halbes Jahr vorher Schweißausbrüche
verursacht hätte, war jetzt … ein Spiel für mich. Wenn auch
eines, das ich möglichst gut spielen wollte. Zwei Tage später
hatte ich den Artikel fertig. Den Artikel, wohlgemerkt. Nicht
den Rohentwurf. Ein rundes, pointiertes Essay; man musste
nichts mehr daran ändern. Mein Bekannter hat mir nicht nur
die gesamte Gage überlassen, er hat auch darauf bestanden,
mich als alleinigen Autor zu nennen. Und er hat mir in der
Folge weitere Aufträge vermittelt. Damals ist er vom Bekannten zum Freund geworden.»

«Und der Job zum Beruf.»

«Nach und nach, ja. Mit der Zeit sind verschiedene Angebote
gekommen. Von anderen Zeitungen, von Buch- und Theater-
verlagen, vom Rundfunk. Es war zwar noch immer ein Spiel,
aber ich konnte schon fast davon leben …»

«Wenn Sie nur fast … Wovon haben Sie dann gelebt?»

«Vom Erbe meines Vaters. Jetzt nicht dass Sie denken, er
hat ein Vermögen gehabt, aber wenn du einmal an der Burg
engagiert bist, kannst du dir zumindest einen finanziellen
Polster ansparen. Kein Ruhekissen, aber wenigstens ein …
Zierkissen. Eines, mit dem ich möglichst sparsam umgehen
wollte, versteht sich. Trotzdem hab ich immer seinen Satz im
Ohr gehabt: *Wenn man sonst nichts gelernt hat, kann man immer noch Schriftsteller werden.* Was hätte ich Redlicheres tun
können, als sein Geld genau dafür zu verwenden?»

«Da haben Sie recht … Wie ist es dann weitergegangen?»

«Mit der Frau. Mit dem einen Menschen, der es wert war,
ihm zu gefallen. Ich habe sie im Frühling siebenundneunzig

kennengelernt, bei den Proben zu einem Stück, das ich geschrieben hatte. Nichts Großes, eine sogenannte Off-Theater-
Produktion.»

«Sie war Schauspielerin?»

«Nein, Tontechnikerin. Man kann es nicht beschreiben, wie
das ist, wenn man spürt: Der Mensch da ist mein Schicksal.
Wenn man es spürt, noch bevor der erste Blick, das erste Wort
gewechselt ist. Man sollte es auch gar nicht beschreiben:
Noch jeder, der das probiert hat, ist daran gescheitert. Nur
so viel: Nach den Proben, als wir alle in ein nahe gelegenes
Wirtshaus gegangen sind, haben wir miteinander geredet.
Fünf Stunden lang. An einem kleinen Tisch auf einer völlig
leeren Fläche inmitten des überfüllten Lokals. Die anderen
Gäste – auch unsere Kollegen – haben drei Meter Abstand zu
uns gehalten, die haben sich regelrecht an den Wänden zu-
sammengedrängt: Man hätte glauben können, wir stinken,
sie und ich, wir stinken bestialisch, so wie wir da sitzen und
reden. Der Regisseur hat mir erst Wochen später den Grund
genannt. ‹Keiner hat sich getraut, euch zu nahe zu kommen›,
hat er gesagt. ‹Man hätte sich an euch zu Tode elektrisiert.›
Verstehen Sie das?»

«Allerdings. Mit Hochspannung soll man nicht spielen.»

«Genau. Deshalb ist damals auch Ernst geworden aus dem
Spiel. Kein bitterer, im Gegenteil: ein blühender, großer, er-
habener Ernst. Einer, der einen erschaudern lässt. Die Art von
Schicksal, in die man sich nicht fügt, sondern …»

«Stürzt.»

«Kopfüber. Man weiß, wenn man diese Chance verwirkt, hat
man alles verwirkt. Und wenn sich dieses Los als Niete entpuppt, wird man nie wieder eines kaufen.»

«Also doch – in gewisser Weise – ein Spiel.»

«Nur dass man der Spieler, der Ball, das Feld und das Tor in
einem ist. Alles zugleich. Jetzt haben Sie mich doch dazu gebracht, es beschreiben zu wollen …»

«Entschuldigung.»

«Am nächsten Tag haben wir uns wiedergesehen, im Theater. Seltsam, aber es war plötzlich so etwas wie … Trotz zwischen uns. Eine Mischung aus Protest und distanzierter Befangenheit. Als wären wir zwangsverheiratet worden … Und das waren wir ja irgendwie auch: füreinander bestimmt. Wir haben ja beide gewusst, da gibt es kein Entkommen mehr. Nach ein paar kleineren Startschwierigkeiten ist der Zug dann auch abgefahren.»

«Der Zug ins Glück.»

«Glück, Segen, Erfüllung. Nennen Sie es, wie Sie wollen. Der Rest dieses Jahres war … ein einziger Rausch. Und nicht nur in privater Hinsicht. Alles, einfach alles hat geklappt, alles ist aufgeblüht, alles hat Früchte getragen. Das Theaterstück war ein solcher Erfolg, dass die Laufzeit verlängert wurde. Im Herbst ist mein erster Roman erschienen und hat es sofort auf die Bestsellerlisten geschafft. Lesereisen, Interviews und eine Fülle an – zusehends lukrativen – Angeboten. Trotzdem nichts, das ich nicht aus dem Ärmel geschüttelt hätte, konzentriert, aber locker und voller Freude. Es war eine Lust, eine riesige Lust, die sich aus sich selbst genährt und an sich selbst gesteigert hat. Aber die Wurzel und der Gipfel dieser Lust … war meine Ehefrau.»

«Wie, Ihre Ehefrau? So rasch?»

«Wir haben schon Ende August geheiratet. Anfangs haben wir zwar noch getrennt gewohnt, sie im dritten, ich nach wie vor im sechsten Bezirk. Eine Fernbeziehung, wenn Sie so wollen. Aber wir haben schon bald beschlossen, uns gemeinsam etwas zu suchen. Ich hatte ja noch immer das Geld meines Vaters auf der Bank, und so, wie sich die Dinge beruflich entwickelten … Es hat beileibe nicht so ausgesehen, als würde ich es noch brauchen, um über die Runden zu kommen. Also habe ich vorgeschlagen, eine Eigentumswohnung anzuschaffen. Ein Nest, das wir ganz nach unseren Wünschen gestalten können. Und ein Nest, das auch noch unseren … unseren Kindern zugutekommen würde – zum Wohnen oder zum Verkaufen, je nachdem. Und dann – gegen Jahresende – haben wir unsere Wohnung gefunden, unseren Traum. In der D'Orsaygasse.»

«Im Neunten?»

«Ja, in der Rossau. Dritter Stock, hundertzwanzig Quadrat- meter. Genügend Platz, um nicht nur da zu wohnen, sondern auch zu arbeiten. Parkettböden, Stuckdecken, große, helle Zimmer. Und dann der Blick aus den Fenstern: Ein grüner, mit Bäumen und Sträuchern bewachsener Innenhof, eine Oase der Stille. Man hat nichts gehört als das Rauschen des Windes und Vogelgezwitscher. Kurz gesagt: So wie wir bei unserer ersten Begegnung gewusst hatten, dass wir füreinander bestimmt sind, so haben wir bei der ersten Begegnung mit dieser Wohnung gewusst: Diese Räume sind unser Schicksal. Sie war ein Traum, diese Wohnung. Ein Albtraum. Ja, sie war unser Schicksal.»

12 «Benjamin also.»

«Du hast schon richtig gehört. Angela hat unser Kind nach ihrem … ihrem verstorbenen Sohn benannt, verstehst du? Ben trägt den Namen eines Toten!»

«Das mag schon sein. Und ja, es fühlt sich in gewisser Weise … abwegig an. Andererseits zeigt das doch nur …»

«Was? Was zeigt das nur?»

«Dass sie ihn lieb gehabt hat, ihren Buben.»

Der Lemming stellt den Kinderwagen neben den stählernen Aufzugschacht und hebt behutsam den schlafenden Ben heraus.

Vor dem Haustor in der Servitengasse sind sie einander begegnet, Klara mit Castro, der Lemming mit Ben. Kurz haben

sie überlegt, noch einen Abstecher ins Kaffeehaus zu machen – die Aussicht darauf, ihrem Nachbarn gleich wieder
beim Basteln lauschen zu müssen, war wenig erbaulich. Doch
dann hat die Verantwortung gesiegt: Benjamin braucht seinen Brei, sobald er munter wird, und handwarmen Karotten-
brei mit Fenchel und püriertem Putenfleisch hat das Kaffeehaus nicht im Angebot.

«Geh, sei so lieb, nimm noch die Babuschka mit», raunt der
Lemming Klara jetzt zu. «Du weißt ja: Wenn er aufwacht und
sie ist nicht da …»
Klara zieht die Puppe aus dem Seitenfach des Buggys, und sie
machen sich gemeinsam an den Aufstieg.
«Hast du sonst noch etwas rausbekommen bei den Smej-
kals?»
«Leider nicht. Bescheidene Verhältnisse, spartanische Möbel,
ein großes Holzkreuz an der Wand. Und ein gebrochenes altes
Ehepaar. Wie gesagt: Er wollte nicht reden, sie konnte nicht.
Ich hab mich ziemlich bald verabschiedet.»
«Und das Foto?»
«Hab ich dort gelassen. Die alte Smejkal kann es besser brau-
chen als wir … Und du? Wie war's beim Szenewirten?»
«Gar nicht», brummt der Lemming. «Ich hab nur seine Frau
getroffen. Am Handgelenk.» Ein Grinsen zieht sich über sein
Gesicht, als er sich seinen Abgang aus dem Portal des Farn-
leithner in Erinnerung ruft – die einzige befriedigende Szene
des heutigen Tages. «Aber unser kleiner Sherlock Holmes
hier», er deutet auf den schlafenden Ben, «hat ein anderes
Foto gefunden. Ein hochinteressantes …»
«Warte!», unterbricht ihn Klara jetzt. Sie bleibt neben ihm
stehen und greift nach Castros Halsband. «Sitz, Castro. Sitz!
Sag, Poldi … Kann es sein, dass du nicht ordentlich zuge-
sperrt hast?»
Schon setzt der Lemming zu einer Erwiderung an, doch
dann sticht auch ihm der Grund für die Frage ins Auge:

ein schmaler Lichtstreifen, der durch die Wohnungstür schimmert. Und ein zweiter, viel kleinerer Strahl, der die Stelle markiert, an der heute früh noch ein Türschloss gewesen ist.

«Meiner Seel, Herr Walli, Sie Armer. Und dann noch mit dem kleinen Butzerl. Am Christtag! Ich sag's Ihnen, nein, schriftlich geb ich's Ihnen, dass das keine von uns waren. Also keine Österreicher. Obwohl, was heutzutag schon alles Österreicher ist, man könnt wirklich verzweifeln. Verzweifeln könnt man! Haben S' 'leicht schon Spuren, Herr Walli? Sie waren doch einmal bei der Polizei. Mein Seliger hat immer g'sagt: ‹Gefängnis ist noch zu wenig›, hat er g'sagt. ‹Gefängnis ist noch zu wenig!› Jetzt sagen S' einmal, was haben s' denn alles mitgehen lassen, die Lumpen, was fehlt Ihnen denn jetzt? Fernseher? Sparbücheln? Geld?»
Frau Homolka, die feiste Nachbarin aus dem zweiten Stock. Zöge man die Neugier und die Dummheit ab von dieser Frau, es bliebe nicht viel mehr als ihre Selbstgefälligkeit und Ignoranz. Und ihr geblümtes Hauskleid, das sie aber auch fast nie zu wechseln pflegt. Jetzt beugt sie sich vor und versucht, einen Blick in die Wohnung zu erhaschen.
«Gar nichts fehlt uns, Frau Homolka. Wir haben ja auch nichts Wertvolles hier. Keine Diamanten, keine Antiquitäten. Nur eine tote Ente im Eiskasten …»
«Ein Enterl, meiner Seel … Aber wissen S', was, Herr Walli? Vielleicht hat ja auch unser Dings – Sie wissen schon, wen ich mein –, vielleicht hat ja auch der Ihre Tür aufbrechen lassen.»
Verständnislos runzelt der Lemming die Stirn.
«Na, unser Besitzer», flüstert Frau Homolka. «Der Gartner.» Mit verschwörerischer Miene greift sie in die Seitentasche ihres Hauskleids und zieht ein blaues Kuvert hervor. «Das da ist nämlich vor ein paar Wochen an Ihrer Tür gesteckt. Und

bevor's wer anderer nimmt, irgendwer, den das nix angeht …
Wo Sie doch gar so selten da sind.»

Wortlos greift der Lemming nach dem Umschlag. «Und warum ist der schon offen?»

«Weil … Ein Irrtum halt. Ich hab geglaubt, er ist für mich.» Frau Homolka zuckt die Schultern und entblößt ihr bräunliches Gebiss zu einem listigen Lächeln. Dann macht sie kehrt und wuchtet ihre hundert Kilo Dummheit wieder die Treppen hinab.

Wien, am 28. 11. 2004

Betrifft: Aufkündigung Mietvertrag

Sehr geehrter Herr Wallisch!

Wie ich in den vergangenen Monaten feststellen musste und mir entsprechend von anderen Hausbewohnern bestätigt wurde, dient die von Ihnen angemietete Wohnung schon seit längerem nicht mehr dem Zweck der regelmäßigen Verwendung als Wohnobjekt. Da laut § 30 des Mietrechtsgesetzes eine regelmäßige Verwendung zur Befriedigung des dringenden Wohnbedürfnisses des Mieters gegeben sein muss, andernfalls eine Kündigung des Mietvertrags von Seiten des Vermieters rechtens ist, sehe ich mich dazu gezwungen, Ihren Mietvertrag unter Einhaltung der gesetzlichen Kündigungsfrist von einem Monat (§ 560 ZPO) aufzulösen. Um ein für beide Seiten unliebsames Beschreiten des Rechtsweges zu vermeiden, ersuche ich Sie daher um Räumung und ordnungsgemäße Übergabe obgenannter Wohnung bis längstens 31. 12. 2004.

Da ich selbst bis Mitte Januar verreist sein werde, darf ich Sie höflichst bitten, Ihre Wohnungs- und Haustorschlüssel (!) nach vorheriger Terminvereinbarung der Hausverwaltung auszufolgen.

Ich bedanke mich für ihr geschätztes Verständnis, sehe Ihrer ehesten Veranlassung mit Interesse entgegen und verbleibe mit freundlichen Grüßen
Hannes Gartner

«Arschsau», sagt der Lemming beinahe tonlos. «Dreckige Arschsau.» Langsam zerreißt er das Schreiben, lässt die Papierfetzen dann auf den Küchentisch gleiten.
«Kennst du den Typen eigentlich?», fragt Klara.
«Nein. Ich bin ihm nie begegnet. Ein Brief von der Hausverwaltung, vor drei Jahren, das war alles: Verkauf der Liegenschaft Servitengasse und so weiter. Bestehende Verträge gehen unverändert auf den neuen Eigentümer über. Bla, bla, bla. Ich hab auf der Bank meinen Abbuchungsauftrag geändert und fertig.»
«Wie sollen wir das schaffen, Poldi? Die Baustelle in Ottakring, die Sache mit Angela, das Kind, mein Job, und jetzt noch die Wohnung räumen? In den paar Tagen, die uns noch bleiben?»
«Gar nichts schaffen wir! Gar nichts!» Der Lemming springt auf und wischt die Papierschnipsel vom Tisch. «Gar nichts! Dann soll mich die Sau doch verklagen! Vielleicht geht ja der Einbruch wirklich auf sein Konto! Eine kleine Ermahnung! Man weiß doch, wie die feinen Herren in der Immobilienbranche zu arbeiten pflegen!»
«Wir sollten – so oder so – die Polizei rufen.»
«Natürlich! ‹Ist jemand zu Schaden gekommen?› – ‹Nein.› – ‹Was hat man gestohlen?› – ‹Nichts.› Am besten holen wir gleich den Polivka, der wird sich einen Haxen ausreißen wegen einem fehlenden Türschloss!»
«Erstens, Poldi», meint Klara leise, «red bitte nicht so mit mir. Weder hab ich hier eingebrochen noch dir eine Kündigung geschickt. Zweitens braucht man eine Anzeige, damit die Versicherung ein neues Schloss zahlt.»

«Weißt du, wer das Schloss zahlen wird?» Der Lemming stemmt die Fäuste auf den Tisch, seine Augen funkeln fiebrig. «Der liebe Hausherr wird das Schloss zahlen, damit er die Wohnung im Jänner ums Doppelte weitervermieten kann. Wir werden hier nämlich ab kommender Woche ein Schloss so nötig haben, wie ... wie einer ohne Hosen einen Knopf braucht!»

«Ach ... Und ich dachte immer, wer eh schon ein Schloss hat, braucht keine Wohnung mehr.»

Verblüfft starrt der Lemming sie an: Ihr kleines Wortspiel hat ihn vollkommen aus dem Konzept gebracht. Schon steht seine Wut an der Kippe, schon droht sich der Hahn, aus dem kochend das Adrenalin schießt, zu schließen.

«Schau, Poldi, es ist doch alles halb so schlimm. Morgen schau ich hinaus nach Ottakring; wahrscheinlich ist schon alles repariert. Dann brauchen wir weder Schloss noch Wohnung, weil wir wieder ein geheiztes Haus haben. Die Frage ist nur, wie wir so lange die Tür hier sichern.»

Weitere Worte, die ihm den Wind aus den Segeln nehmen: ruhige, logische, vor allem aber zuversichtliche Worte. Nur noch spärlich sickert das Adrenalin aus den schon halb geschlossenen Ventilen im Nebennierenmark.

«Dann setzen wir eben den Castro davor! Wozu haben wir sonst den Hund?»

Klara mustert den Lemming ausdruckslos. Nur ihre Stirn drückt aus, was in ihr vorgeht: Bläulich schimmert dem Lemming die Ader des Zorns entgegen. «Drittens», sagt sie, «nützt uns auch der Hund nichts, wenn wir alle außer Haus sind. Viertens hab ich den Castro schon drei Jahre länger als dich. Und ich habe ihn aus einem einzigen Grund: weil ich ihn liebe. Weil er mein Leben bereichert.»

Adrenalin ist ein hinterhältiger kleiner Flaschengeist, der sich, einmal freigesetzt, mit aller Tücke und List dagegen wehrt, in sein Gebinde zurückzukehren. Nicht nur Choleriker wissen das. Es kann dem bedachtsamsten Menschen Gedanken einflüstern, für die er sich hinterher geißeln und kreuzigen möchte. Und es bringt ihn dazu, diese Gedanken auch auszusprechen, nein: hinauszubrüllen.

«Drei Jahre länger als mich also! Länger! Größer! Toller! Mehr! Wenn du deinen herrlichen, deinen wundervollen Hund so abgöttisch liebst, dann lass in Zukunft doch *ihn* auf dein Kind aufpassen!»

Für einen Moment steht die Zeit still – nur Castro flüchtet mit eingezogenem Schwanz in die Ecke. Dann aber hebt Ben im Nebenzimmer zu schreien an. Durch die Wand dringen – lauter denn je – die Bohrgeräusche des Nachbarn. Aus dem Hosensack des Lemming ertönen Trompeten – das Handy.

«Ja, was denn?», schnauzt er zwei Sekunden später in den Hörer.

«Entschuldigen Sie ... Ich hoffe, dass ich da richtig bin ...»

«Ich auch! Wer ist denn da?»

Klara erhebt sich wortlos, geht ins Schlafzimmer und schließt die Tür hinter sich.

«Sie müssen verzeihen, wenn ich Sie störe», erwidert der Mann am anderen Ende der Leitung, «aber Sie haben ja um meinen Rückruf gebeten.»

«Ich ... Wieso Rückruf?»

«Es könnte sich natürlich auch um einen Irrtum handeln, aber ...»

«Ja, Herrgott, dann sagen Sie halt, wie Sie heißen!»

«Farnleithner mein Name. Harald Farnleithner. Meine Frau hat mir Ihre Nummer gegeben.»

Von einer Sekunde zur nächsten legt sich die Wut des Lemming; der giftige Cocktail in seinen Venen verflüchtigt sich. Es ist keine angenehme Empfindung, wenn sich der Jähzorn so eilig zurückzieht, es fühlt sich so an, als würde man schlagartig ausgesaugt, leer gepumpt. Das Vakuum plötzlicher Nüchternheit aber gibt deutlich und scharf den Blick auf das eigene, unsagbar schlechte Gewissen frei – vielleicht ist es deshalb so schwer zu ertragen.

«Herr Farnleithner ... Dass Sie so rasch ... Nicht bös sein, aber ich habe gerade enorm viel zu tun.»

«Wie könnt ich denn bös sein.» Sanft ist die Stimme Farnleithners, fast priesterlich sanft. «Ich bin doch froh, dass Sie sich gemeldet haben; ich will Ihnen schließlich schon lange ... Aber wollen wir das nicht von Angesicht zu Angesicht besprechen?»

«Das ... Das versteh ich jetzt nicht. Sie wissen doch gar nicht, was ich von Ihnen ...»

«Was Sie von mir wollen? Egal, Sie kriegen es von mir.» Ein leises Kichern dringt aus dem Hörer. «Haben Sie schon etwas vor am Abend?»

«Nein ...», der Lemming wirft einen Blick auf die Schlafzimmertür. «Also ... Ich weiß noch nicht sicher.»

«Dann kommen Sie mich doch besuchen.»

«In der Lenaugasse? In Ihrem Lokal?»

«Aber nein!» Farnleithner bricht in fröhliches Gelächter aus. «Dort bin ich doch nicht mehr ... Nein, nein, bei mir zu Haus, im Kahlenbergerdörfl. Haben Sie was zu schreiben bei der Hand?»

Hastig notiert der Lemming die Adresse. «Ja, also ... Ich werde es versuchen. Danke, dass Sie zurückgerufen haben, Herr Farnleithner.»

«Im Gegenteil, es war mir ein Vergnügen. Und es wird mir noch ein größeres sein, mich persönlich bei Ihnen zu bedanken.»

Farnleithner legt auf. Seine Worte lassen den Lemming verwirrt zurück.

«Es tut mir so leid.»

Klara sitzt mit feuchten Augen auf der Bettkante und wiegt Ben in den Armen. Zu ihren Füßen liegt Castro; er hat nur ein kurzes, mürrisches Grunzen von sich gegeben, als der Lemming ins Zimmer getreten ist.

«Wie kann ich das je wiedergutmachen?»

Klara starrt aus dem Fenster.

«Bitte vergib mir, es ist irgendwie … mit mir durchgegangen. Ich hab noch nie so beschissene Weihnachten erlebt, und sie werden von Minute zu Minute beschissener. Aber ich weiß ja: für dich, für euch ganz genauso. Und das macht die Sache noch schlimmer, weil ich … doch will, dass ihr glücklich seid.»

«Du Arschloch», flüstert Klara.

«Das bin ich, ja. Das bin ich. Trotzdem hab ich dich lieb. Und den Ben sowieso. Und den Castro …»

Castro hebt gelangweilt eine Augenbraue.

«Den Castro überhaupt.»

«Du Arschloch.»

Der Lemming nickt. Zaghaft – nur mit einer Hinterbacke – lässt er sich an Klaras Seite nieder. «Ich schätze, dass eine Knackwurst da nicht reichen wird. Wahrscheinlich … Wahrscheinlich nicht einmal eine knusprige Ente …»

Klara dreht langsam den Kopf und sieht ihn an. «Nie wieder», murmelt sie. «Gib so was nie wieder von dir.»

«Ich verspreche dir, das werd ich nicht.»

«Dann komm jetzt her, du Arschloch.»

Da ist es wieder, dieses Flattern unsichtbarer Flügel in der Magengrube. So wie damals, vor viereinhalb Jahren, als er ihr zum ersten Mal begegnet ist. Und so wie damals hebt er jetzt zögernd die Hände, streicht sanft über Klaras Augen und Wangen, über ihr tiefschwarzes Haar.

In Klaras Schoß folgt Benjamin gebannt dem Treiben seiner Eltern, beobachtet, wie ihre Hände, ihre Lippen zueinander finden, wie sich der schützende Baldachin ihrer Gesichter und Arme über ihm schließt.

Keine zwei Meter entfernt, auf der anderen Seite der Mauer, wirft der Nachbar die Kreissäge an.

13 Das Kahlenbergerdorf ist nicht nur seinem Namen nach ein Dorf; es hat sich aufgrund seiner Lage das liebliche Erscheinungsbild eines altertümlichen Winzerorts bewahrt. Eingezwängt zwischen Nussberg und Leopoldsberg klebt die kleine Ansiedlung am Ufer der Donau, nach allen Seiten hin abgeschottet, vermeintlich der Welt entzogen. Aber

eben nur vermeintlich: Sein topographischer Eigensinn konnte es weder vor dem Einfall der Türken noch vor jenem der Wiener bewahren – wobei die Wiener am Ende erfolgreicher waren. Nachdem das Dorf jeweils im sechzehnten und siebzehnten Jahrhundert von osmanischen Truppen verheert worden war, wurde es gegen Ende des neunzehnten in die Kaiserstadt eingemeindet.

Der Lemming steigt aus der Franz-Josefs-Bahn, unterquert die Bundesstraße und taucht in die Stille, in die winterliche Dunkelheit der engen Gassen ein. Er braucht nicht lange, bis er Farnleithners Adresse gefunden hat: ein kleines, weiß getünchtes Winzerhaus, das sich eng an seine Nachbarn schmiegt, fast so, als würde es frieren. Der Lemming tritt an den niedrigen Torbogen und lässt suchend den Blick schweifen, doch er kann keine Klingel entdecken. Nach einigem Tasten erst stößt er auf einen Türklopfer, der an der Pforte angebracht ist. Zweimal schlägt er den schweren Knauf an das Tor: ein hohler Klang, der spukhaft von den schlafenden Fassaden widerhallt.

Natürlich hat er sich gefragt, ob dieser abendliche Ausflug wohl vernünftig ist: Das seltsame Telefonat mit Farnleithner deutet darauf hin, dass der Wirt einen anderen Gast erwartet: einen, dem er zwar noch nie begegnet ist, dem gegenüber er jedoch – warum auch immer – tiefe Dankbarkeit empfindet. Oder auch einen, den er für blöde genug hält, sich von ihm in die Falle locken zu lassen.

Nicht lange, und ein Riegel wird polternd zurückgeschoben – die Pforte öffnet sich.

«Willkommen. Freut mich, dass Sie die Zeit gefunden haben.»

Ein legerer, aber trotzdem gefälliger Trainingsanzug, der einen drahtigen Körper verhüllt. Kurzes, angegrautes Haar über dem kantigen, ausdrucksvollen Gesicht. Harald Farnleithner gleicht einem dieser Männer in den besten Jahren, die im Fernsehen für Aftershave, Autos und Aktien werben.

«So sehen Sie also aus», sagt er, während er den Lemming mit freundlichem Interesse mustert. Dann tritt er zur Seite, um den Weg freizugeben. «Nur herein, es ist kalt.»

Der Lemming ist auf der Hut. Mit Argusaugen mustert er die schwach erleuchtete Einfahrt, die in einen dicht mit Bäumen und Sträuchern bewachsenen Hof mündet. Außer einem langen, mit einer Plane verhüllten Gegenstand zu seiner Rechten kann er nichts Ungewöhnliches entdecken.

«Ja, das … Meine Indian, Sie wissen schon», lächelt Farnleithner, dem die forschenden Blicke seines Gastes nicht entgangen sind. «So bitte, hier entlang.» Er geht dem Lemming voran durch einen schmalen Laubengang und öffnet eine Tür, die ins Innere des Hauses führt.

Ein schönes Haus, nicht nur von außen. Die groben weißen Wände, die uralten wuchtigen Holzbalken, deren dunkles Braun sich auf dem Bretterboden fortsetzt. Die beschlagenen, tief in die dicken Mauern versenkten Sprossenfenster, der gusseiserne Kanonenofen, der wohlige Wärme verströmt. Trotzdem ist da etwas, das den Lemming irritiert: Die Räume wirken gleichzeitig bewohnt und unbewohnt, beinahe wie vor – oder nach – einem Umzug. Keine Kerzenleuchter oder Nippes zieren die schlichten, gediegenen Möbel, selbst in zwei schlanken Vitrinen gegenüber dem Eingang herrscht Leere. An den Wänden zeichnen sich helle Umrisse ab – wie von erst kürzlich entfernten Gemälden.

«Nehmen S' nur Platz.» Farnleithner deutet auf ein breites Ledersofa, vor dem – auf einem Couchtisch – zwei Kristallgläser und eine schon entkorkte Flasche Wein stehen. «Sie trinken doch einen mit mir?»

Der Lemming nickt und sieht Farnleithner beim Einschenken zu. Nur keine Taschenspielertricks, denkt er im Stillen, nur keine beiläufig in mein Glas gestreuten Giftpillen oder Schlaftabletten …

«Prost. Auf Ihr Wohl.»

«Gesundheit.»

Erst nachdem Farnleithner einen Schluck genommen hat, trinkt auch der Lemming. Gut, sogar sehr gut, der Wein.

«Und Ihr Kind? Das haben Sie heut Abend daheim gelassen?»

«Ja, ja. Bei meiner … Also bei seiner Mutter.»

«Meine Frau hat mir davon erzählt. Ich wusste gar nicht, dass die Frau Mally ein Kind hat. Das macht die ganze Angelegenheit ja noch verständlicher.»

«Natürlich», erwidert der Lemming, um sein Unverständnis zu kaschieren. *Ja*, *aha* und *natürlich*: Mit diesem beschränkten Vokabular kann man wahrscheinlich am wenigsten falsch machen.

«Hören Sie, Herr Mally», Farnleithner stellt sein Glas ab und legt eindringlich die Hände ineinander, «Sie brauchen sich keine Sorgen zu machen. Wirklich nicht. Ich bin Ihnen nicht böse.»

«Aha.»

«Nein, nicht im Geringsten, glauben Sie mir. Ich habe Ihnen mehr zu verdanken, als Sie ahnen.» Farnleithner macht eine Pause. Ein verschmitztes Grinsen zieht jetzt über sein markantes Gesicht. «Heißen Sie eigentlich Alfred, Alfons oder wirklich nur Alf?», fragt er, um gleich darauf abzuwinken: «Nein, so ein Blödsinn. Dann hätten Sie doch nicht … Es geht mich ja im Grunde auch nichts an. Also, Herr Mally, was kann ich für Sie tun? Was wollten Sie heute am Vormittag?»

«Mich erkundigen …»

«Das ist wirklich …», Farnleithner seufzt leise und schüttelt gerührt den Kopf, «wirklich lieb von Ihnen. Das hätten Sie nicht tun müssen, nach allem, was ich … Aber wissen Sie, es geht mir gut. Es geht mir besser denn je.» Er greift nach seinem Glas, betrachtet es versonnen. Setzt es dann kurzerhand an die Lippen und leert es.

Der Lemming tut es ihm gleich. «Sind Sie gerade dabei, hier auszuziehen?», fragt er mit einer Geste zu den leeren Vitrinen hin, während sein Gastgeber wieder die Gläser füllt.

«Aber nicht doch, im Gegenteil», lacht dieser auf. «Ich bin gerade dabei, dieses Haus in Besitz zu nehmen, und das, obwohl es schon seit fast neun Jahren mir gehört. Anders gesagt: Meine Frau zieht aus. Ja, sie hat ihre Koffer gepackt. Wir lassen uns kommenden Donnerstag scheiden.»

«Das tut mir leid.»

«Leid?» Harald Farnleithner lehnt sich zurück. Er sitzt jetzt da wie das leibhaftige Glück, strahlend und rund und zufrieden. «Leid? Wissen Sie eigentlich, was meine Frau für eine – Sie verzeihen den Ausdruck –, für eine Schastrommel ist? Modisch sein, in sein, um jeden Preis dazugehören, das war schon immer ihr einziges Ziel. Prahlerei und Renommee, wichtige Leute kennen, jedem Trend – um jeden Preis – entsprechen. Eigentlich war ja auch sie für das ganze Schlamassel verantwortlich. Und ich, ich hab mich von ihr überreden lassen. Nicht, dass ich mich jetzt an ihr abputzen will, nur … Es war einfach so.» Farnleithner schüttelt nachdenklich den Kopf. «Sie wissen ja, welche Leute in meinem Lokal verkehrt haben. Die wichtigen eben. Künstler, Industrielle, Journalisten, aber vor allem Politiker. Dazwischen meine Frau, in ihrem Element. Herumwuseln, schnattern, ein Küsschen hier, ein Pröstchen da, die selbstgekrönte Grande Dame des Etablissements. Ich will Sie nicht langweilen, Herr Mally, ich will Ihnen nur erzählen, was Sie wahrscheinlich noch nicht wissen.»

«Natürlich», beeilt sich der Lemming zu erwidern. «Ich bin ja nicht … mit allem vertraut.»

«Eines Tages», fährt Farnleithner fort, «es muss vor etwa zwei Jahren gewesen sein, da kommt gleich eine ganze Horde dieser hohen Tiere bei der Tür herein. Ich nenne keine Namen, ich nenne auch keine Partei, aber wie gesagt: ganz hohe Tiere, fast so wichtig wie ihr blasiertes Gehabe. Drei Gesichter hab ich nicht gekannt, die haben auch nur Englisch gesprochen, zwei mit französischem, ein anderer mit undefinierbarem Dialekt. Sie haben ihre Flascherln Wein und Prosecco bestellt und sich in eine Ecke verzogen. Selbstverständlich hat es nicht lange gedauert, bis auch meine Gattin an ihrem Tisch gelandet ist. Zuerst ein kleines, neckisches Geplänkel – ich hab's von hinter der Budel gesehen –, aber plötzlich ist die Stimmung ins Ernste gekippt: Zwei von den Großmäulern haben begonnen, auf meine Frau einzureden, und sie hat nur genickt, die ganze Zeit genickt. Ich will's nicht zu lang machen, jedenfalls nachher beim Zahlen – Sie dürfen raten, wer die Rechnung übernommen hat, ein sattes Trinkgeld hab ich da von Ihren Steuergeldern eingestreift, Herr Mally –, da schauen mich alle ganz erwartungsvoll an, und der Oberzampano sagt zu mir: ‹Wir haben Großes mit Ihnen vor, Herr Farnleithner. Ihre charmante Frau Gemahlin ist schon in die Sache eingeweiht.› Die anderen haben mich zufrieden angegrinst, fast alle mit dicken Zigarren zwischen ihren noch dickeren Fingern. Ich war natürlich völlig ahnungslos, wovon er redet, aber es hat irgendwie … verheißungsvoll geklungen. Beim Weggehen sagt er noch: ‹Seien Sie unser Flaggschiff, Herr Farnleithner, und Sie werden's nicht bereuen!› Dann, nach der Sperrstunde, ist meine Frau mit den großen Plänen unserer kleingeistigen Staatsmänner herausgerückt.»

Farnleithner schüttelt ärgerlich den Kopf. Er greift auf die Ablage unter dem Couchtisch und holt ein Päckchen Gauloises und einen Aschenbecher hervor. «Möchten Sie eine?»

«Danke», verneint der Lemming. «Schon vor Jahren abgewöhnt.»

«Stört es Sie?»

«Nein, nein. Ich rieche es immer noch gern.»

Farnleithner zündet sich eine Zigarette an und inhaliert genüsslich. «Drei österreichische Politiker, ein EU-Abgeordne-
ter und zwei französische Wirtschaftsleute», erzählt er dann
weiter. «Pharmaunternehmen, sag ich nur. Die sechs haben
damals beschlossen, das *Farnleithner* zum Versuchsballon ihrer
sogenannten Gesundheitspolitik zu machen. Ob das von langer Hand geplant war oder nur die spontane Ausgeburt eines
entsprechenden Arbeitstreffens, weiß ich bis heute nicht – es
bleibt der Phantasie jedes Einzelnen überlassen, sich die Hin-
tergründe vorzustellen. Meine Frau hat jedenfalls freudig-
hysterisch mit eingestimmt. Verstehen Sie, Herr Mally, damit
hat alles begonnen.»

«Aha.»

«Der Deal war folgender: Wir verbannen die Raucher aus unserem Lokal, und die hohen Herren sorgen für die Presse.
Welche Art von Presse, können Sie sich vorstellen: *Szenegas-
tronom beweist Europareife: Raucher bitte draußen bleiben!*
Oder: *Krustentiere ohne Krebs: neuer Lifestyle im Gourmet-
tempel Farnleithner!* Oder auch: *Mutiger Wirt folgt den Zeichen der Zeit: Umsatzplus vierzig Prozent!* Ich war von Anfang
an dagegen, das können Sie mir glauben, Herr Mally, aber
ich … ich hatte einfach keine Chance. Und das, obwohl ich –
so lachhaft es klingt – ein paar Wochen vorher mit dem Rauchen aufgehört hatte, während meine Frau noch immer ge-
qualmt hat wie ein Schlot. Sei's drum, wir haben es eben
durchgezogen, und besagte Artikel sind dann auch wirklich
in den Zeitungen erschienen. Von einem Umsatzplus war
trotzdem keine Rede: Wissen Sie, wer als Erstes ausgeblieben
ist? Ganz richtig, die Herren aus dem Parlament. Und nicht
nur die mit den dicken Zigarren, auch die anderen, die zum

Großteil Zigarettenraucher waren. Die sind sich nämlich allesamt zu gut dafür gewesen, bei Wind und Wetter auf die Straße hinauszugehen, um sich eine anzustecken. Nein, das haben sie der Handvoll Gäste überlassen, die uns noch geblieben ist.»

Farnleithner dämpft die Gauloise aus und greift zu seinem Weinglas. «Verstehen Sie mich richtig, Herr Mally: Ich habe gelernt, was Rücksichtnahme heißt, mit Ihrer Hilfe hab ich's gelernt. Und ganz genau deshalb ist diese Hatz auf die Raucher eine unglaubliche Obszönität. Statistiken? Wissenschaftliche Studien? Geschrieben von Professor Hinz und Doktor Kunz, die sich von irgendwelchen Lobbyisten die Nase dafür vergolden lassen? Ich will ja gar nicht bestreiten, dass das Zeug ungesund ist, aber was, bitte, ist nicht alles ungesund? Wissen Sie, wie viele Menschen seit dem Zweiten Weltkrieg im Straßenverkehr gestorben sind?»

«Keine Ahnung», gibt der Lemming zurück.

«An die fünfzig Millionen. Die Zahl der dadurch verursachten Krebs- und Herztoten, der Invaliden und Verletzten gar nicht eingerechnet. Die gehen nämlich – so wie die sonstigen Kosten und Schäden – ins absolut Unvorstellbare. Trotzdem hat noch keiner darüber nachgedacht, den Individualverkehr – oder auch nur die Autowerbung – zu verbieten. Stattdessen müssen sich Tabakgenießer täglich anhören, dass sie pathologische Mörder sind. Bald werden sie nur noch daheim rauchen dürfen, wo sie ihre eigenen Kinder einnebeln, oder eben im Freien, auf der Straße vor den Lokalen, wo sie den Kindern anderer Leute als Vorbild dienen. Und die Wirts- und Kaffeehäuser selbst werden leer stehen: Grabsteine einer Kultur, die von einer Handvoll geistloser Heuchler mit einem Federstrich ausgerottet wird.»

«Sie haben ja nicht ganz unrecht», wirft der Lemming jetzt ein, «aber ob man da wirklich von Kultur …»

«Karl Kraus, Anton Kuh, Alfred Polgar, Egon Friedell», unterbricht ihn Farnleithner. «Soll ich noch ein paar aufzählen? Franz Werfel vielleicht? Arthur Schnitzler? Peter Altenberg? Was die auf kulturellem Gebiet geleistet haben, wird selbstverständlich – und nicht zuletzt von unseren Politikern – für das ganze Land reklamiert. Dass sie intellektuelle Neuerer und Querdenker waren, die ihre Ideen im Kaffeehaus entwickelt haben, das macht sich auch noch ganz hübsch in den Fremdenverkehrsprospekten. Dass sie dort aber nicht nur gedacht und gelacht, gestritten und politisiert, sondern auch gemeinsam geraucht und getrunken haben, das lässt man wohlweislich unter den Tisch fallen. Sonst könnte am End noch der Eindruck entstehen, dass Toleranz und Freiheit etwas Positives sind. Können Sie sich Stefan Zweig und Sigmund Freud vorstellen, die auf dem regennassen Gehsteig stehen und – wie räudige Hunde vor die Tür gejagt – über psychoanalytische Aspekte in der Zweig'schen Schreibkunst diskutieren? Beide mit hochgeschlagenen Mantelkrägen, hektisch an ihren Zigaretten saugend, fröstelnd, mit einem Wort: gedemütigt?»

«Na ja … Nicht wirklich, um ehrlich zu sein.»

«Wissen Sie, Herr Mally, Gesundheit hin oder her. Respekt vor seinen Mitmenschen bedeutet einfach, niemanden mit etwas zu behelligen, womit er nicht behelligt werden will. Ob das nun Gerüche sind oder … Geräusche. Ja, ja, ich weiß schon, damit renne ich bei Ihnen offene Türen ein. Aber Respekt heißt doch auch, den anderen ihre Passionen zu lassen. Orte zu schaffen und zu schützen, wo sie ihren Lebensstil mit Gleichgesinnten pflegen können. Laute Musik beispielsweise: Ich gehe einmal davon aus», Farnleithner schmunzelt hintergründig, «dass Sie nicht so gerne in die Disko gehen.»

«Nein», gibt der Lemming das Schmunzeln zurück. «Damit kann ich wirklich nicht dienen.»

«Sind Sie deshalb dafür, Diskotheken generell zu verbieten?»

Jetzt lacht der Lemming auf. Unmerklich hat sein Panzer aus Misstrauen Risse bekommen, ist nach und nach abgebröckelt. Harald Farnleithner, so muss er sich eingestehen, ist ebenso wenig bedrohlich wie unsympathisch. Zwar mag er mit einer gewissen Verbissenheit argumentieren, aber doch auch mit Geist und Humor. Fast hat der Lemming schon den Grund seines Besuchs vergessen – einen Grund, der nach wie vor nur schemenhaft durch einen Nebel aus bizarren Theorien und vagen Vermutungen schimmert.

«Jetzt bin ich wohl ein bisschen abgeschweift – vergeben Sie mir meine Predigt. Trotzdem können Sie daran erkennen, dass Ihre … Ihre Anstrengungen nicht erfolglos waren. Dass ich begonnen habe, über diese Dinge nachzudenken. Aber wo bin ich stehengeblieben?»

«Bei Ihren Gästen. Bei den Rauchern auf dem Trottoir.»

Farnleithner trinkt einen Schluck, kippt dann den Rest der Flasche in die Gläser. «Bei den Leuten am Gehsteig, genau. Plaudern und Lachen, Lallen und Grölen bis drei in der Früh. Dazu die Eingangstür, die fortwährend auf- und zugegangen ist – nur in der wärmeren Jahreszeit nicht. Da haben wir sie nämlich gleich ganz aufgemacht, also sind die Geräusche aus dem Lokal dann auch noch in einem fort durch die Straße gehallt: das ständige Geschirrgeklapper, die Kaffeemaschine – und die Musik natürlich.»

Der Lemming, eben im Begriff, nach seinem Glas zu greifen, hält inne. In seinem Kopf kommt plötzlich eine leichte Brise auf, eine sanfte Drift der Gedanken, die nun – ähnlich einem trägen Karpfenschwarm – in der Strömung der Farnleithner'schen Worte schaukeln. Schon löst sich einer der Gedankenfische aus dem Pulk, um langsam in Richtung Bewusstsein hochzusteigen.

«Was soll ich sagen, Herr Mally? Ich kann nur reumütig eingestehen, dass ich schon damals gespürt hab, das ist nicht in Ordnung, das ist ein Angriff auf das Leben der Leute, die über

uns in ihren Wohnungen hocken und einfach nicht aus-
können. Trotzdem hab ich es getan. Schlimmer noch: Kaum
haben sich die Leute zu wehren begonnen, bin ich», Farnleithner zuckt bedauernd mit den Achseln, «bin ich … trotzig
geworden. Zuerst die Polizei: Jeden Abend sind die mehrmals
bei mir aufgetaucht. Das war ja noch lustig – also damals hab
ich es lustig gefunden, zu meiner Schande. Warum? Weil von
vornherein klar war, die können nichts ausrichten. Befehl von
oben, von ganz oben: Als politisches Pilotprojekt ist das *Farnleithner* zu schützen; es hat die Lizenz zum Lärmen, wenn es
schon keine zum Rauchen hat. Die Polizisten haben also jedes
Mal herumgedruckst, dass sie ja leider verpflichtet sind, den
Beschwerden der Anrainer nachzugehen, und ob es nicht
doch unter Umständen irgendwie möglich wäre, die Lautstärke vielleicht ein bisserl und so weiter. Dann haben sie
einen Kaffee von mir gekriegt und sind wieder abgezogen. Ich
hab ja bald herausbekommen, wer in erster Linie dahinter-
steckt, also hinter den Anzeigen und den Beschwerden. Ist ja
nicht so schwer, wenn man die richtigen Kontakte hat. Und
eines Nachts hat sie uns dann persönlich besucht. Im Nacht-
hemd … Übrigens: Was meinen S', sollen wir zwei noch ein
Flascherl köpfen?»
«Da sag ich nicht nein – ein wirklich guter Tropfen, das. Aber
sagen Sie … Wer hat Sie da genau besucht?»
«Gehen S', Herr Mally, Sie Schlingel, jetzt tun S' doch nicht
so!» Farnleithner droht dem Lemming neckisch mit dem
Zeigefinger. «Sie hat uns sogar mit Ihnen gedroht: Dass ihr
Mann bei einer Sondereinheit ist, hat sie gesagt, Ihre Gattin,
und dass er sich gerade zum Antiterrorspezialisten ausbilden
lässt, in Amerika drüben. ‹Wenn der nach Österreich zurück-
kommt, wird Ihnen das Lachen schon vergehen!› Wir haben
trotzdem gelacht, meine Frau und ich, wir haben ihr kein
Wort geglaubt. Und ich … Wie gesagt, ich bin trotzig geworden: Von dem Moment an hab ich die Musik im Lokal auf

volle Lautstärke gedreht; sogar unsere eigenen Gäste auf der Straße draußen haben sich schon beschwert. Es war mir egal, Herr Mally. Je mehr mich das Unrecht geschützt hat, desto mehr habe ich mich im Recht gefühlt. Und als krönender Abschluss jeden Abends – Sie wissen es ja – der Ritt auf der Indian. Meine Frau ist mit dem Auto heimgefahren, aber

ich idiotischer Dickschädel habe partout darauf bestanden, das Motorrad zu nehmen. Die Maschine im Leerlauf satt aufröhren lassen, sieben-, acht-, neunmal, jede Nacht zwischen drei und halb vier. Und dann mit vollem Karacho die Lenaugasse hinunter. Wem es vorher irgendwie gelungen ist, Schlaf zu finden, dem hat es spätestens jetzt die Ohropax im Schädel zerrissen. Scheiße!», Farnleithners Faust kracht unvermittelt auf die Platte des Couchtischs, «Scheiße, war ich ein mieses Arschloch! Und wenn ich nicht als mieses Arschloch sterben muss, dann hab ich es Ihnen zu verdanken. Deshalb hol ich uns jetzt einen Wein, damit wir darauf trinken können.»

Als Farnleithner im Flur verschwindet, hat der Gedankenfisch des Lemming fast schon die Oberfläche erreicht. Klar scheint vorerst, dass ihn der Wirt für den Mann jener mysteriösen Frau Mally hält. Klar scheint aber auch, dass Farnleithner – so wie auch der Briefträger Prantzl – seinen Nachbarn das Leben zur Hölle gemacht hat. Und dass die hilflosen Bewohner dieser Hölle Jandula und eben Mally heißen. Aber noch etwas drängt jetzt unaufhaltsam in das Bewusstsein des Lemming: die Erinnerung an sein Telefonat mit Angela Lehner, an das Gespräch im vergangenen Mai, nur wenige Tage nach Bens Geburt. Die Geräuschkulisse, die ihm damals aus dem Hörer entgegengeschwappt ist, entspricht bis ins Letzte der Schilderung Harald Farnleithners.

«So. Auf ein Neues.» Farnleithner stellt eine frische, kellerkühl schimmernde Flasche auf den Tisch. «Ist es nicht herrlich ruhig hier heraußen? Man findet hier alles, was man braucht: Zeit und Stille und Wein. Ein Leben ohne Imponiergehabe, ohne große Gesten, ohne Stress und Nervosität, mit einem Wort: ein Leben ohne meine Frau.» Er lächelt, den Schalk in den Augen, und zündet sich eine weitere Zigarette an. «Obwohl ich ihren Abgang nicht allein dafür verantwortlich machen kann, dass die Räume hier so … so erfrischend kahl und leer aussehen. Sie müssen wissen, dass ich zu allem Überfluss auch noch Fußballfan gewesen bin – und das in Österreich: als würde ein Hawaiianer auf Eishockey stehen. Wie auch immer, ich war glühender Anhänger der Vienna, oben auf der Hohen Warte.»

«Immerhin Österreichs ältester Fußballverein», wirft der Lemming nun ein.

«So viel zu meiner Verteidigung, danke. Aber unter uns Betschwestern: Ich bin auch da nicht mehr so sehr fürs Glühen. Zu viel Trubel, zu viel Gebrüll, zu wenig … Empathie. Plakate, Fahnen, Kappen und Schals, sogar zwei nachgebildete Pokale hab ich besessen. Ist alles in den Müll gewandert, die ganzen Devotionalien. Wenn man schon aufräumt, dann ordentlich. Meine Indian steht übrigens auch zum Verkauf; Sie sind nicht vielleicht daran interessiert?»

«An Ihrem Motorrad? Also, um ehrlich zu sein …»

«Entschuldigung», winkt Farnleithner grinsend ab. «War nur ein Scherz. Aber schauen Sie …», er hält inne, greift in eine Tasche seines Trainingsanzugs und zieht ein zusammengefaltetes Blatt Papier heraus. «Schauen Sie, eine Reliquie hab ich mir aufgehoben, als tägliche Mahnung sozusagen.»

«Darf ich sehen? Was ist das?»

«Na, ihr Warnschuss, Herr Mally! Ihr Brief! Ich werd ihn mir – das ist jetzt kein Scherz –, ich werd ihn mir einrahmen lassen.»

Herrn Harald Farnleithner

Sie fassen es einfach nicht, dass ihnen der Luftraum eben nicht gehört, und dass wir zu eng aneinanderwohnen, als dass wir uns durch überflüssige Liebhabereien belästigen dürften. Niemand hat ein solches Recht, und gegen Rücksichtslosigkeit dieser Gattung ist jede Gegenwehr erlaubt.

Dieses Zitat stammt von Kurt Tucholsky.
Sollten Sie, Herr Farnleithner, die Belästigung Ihrer Mitmenschen nicht binnen Wochenfrist einstellen, so werden wir uns zur Wehr setzen. Glauben Sie uns das – in Ihrem eigenen Interesse.
Alf

«Ich kann Ihnen nicht das Geringste vorwerfen, Herr Mally», spricht Farnleithner weiter, während der Lemming – scheinbar unbeeindruckt – den Brief überfliegt. «Sie haben alles getan, um mich rechtzeitig zur Vernunft zu bringen. Und wer nicht hören will, muss eben fühlen. Hören, das wollten wir damals beide nicht, weder ich noch meine Frau. Erwischt hat es dann allerdings nur mich. Und das», Farnleithner hebt den Kopf und nickt dem Lemming lächelnd zu, «war ein Segen. Wissen Sie, warum wir uns getrennt haben? Warum wir uns jetzt scheiden lassen?»
«Ich ... bin mir nicht sicher», murmelt der Lemming.
«Nach Ihrer ... Ihrer Behandlung, Herr Mally, war ich geheilt. Im Gegensatz zu meiner Frau. Am Nachmittag nach meiner Freilassung hab ich ihr alles geschildert, was passiert ist, haarklein hab ich ihr alles erzählt. Und sie? Sie hat etwas von Polizeischutz gefaselt, von Strafanzeigen und Unbeugsamkeit. Nicht unterkriegen lassen, weitermachen wie bisher, das war ihre Devise. Offenbar reichen Erzählungen nicht,

man muss es schon selbst erleben, wie das ist, wenn … wenn man nicht mehr schlafen kann, nicht mehr essen, nicht mehr scheißen, nicht mehr denken. Am Abend habe ich dann im Lokal die Aschenbecher wieder aufgestellt und die Tür zugemacht. Worauf sie völlig durchgedreht ist, meine Frau. Sie hat auf mich eingeprügelt, vor den Gästen, und mich als Schlappschwanz und Weichei beschimpft. Mein Gott, was hat das lächerliche Weib für eine Angst gehabt, dass sie bei ihren schicken Schutzherren aus dem Parlament in Ungnade fällt. Und was für eine köstliche Ironie, dass ganz genau das bereits der Fall war, ohne dass sie es ahnen konnte. Vom nächsten Tag an ist sie ja alleine im Lokal gestanden – ich hab keine Lust mehr gehabt, bin einfach daheim geblieben – und ist natürlich postwendend zum alten akustischen Usus zurückgekehrt: Aschenbecher raus, Tür auf, Musik auf volle Lautstärke. Und dann, um elf am Abend, ist wieder die Polizei gekommen. Aber», Farnleithner kichert leise in sich hinein, «nicht so verlegen und unterwürfig wie sonst, sondern sechs Mann hoch, mit Blaulicht und Folgetonhorn. Anzeigen, Drohungen, Perlustrationen: Es muss eine regelrechte Razzia gewesen sein. Von diesem Tag an hat Ruhe geherrscht im *Farnleithner*. Und Raucherfreiheit. Unter der Hand hab ich später erfahren, dass unsere Politikerfreunde kalte Füße bekommen haben. Die haben ja – nicht zuletzt aus der Zeitung – mitgekriegt, was mir passiert ist, und ihre Schlüsse daraus gezogen. Schließlich weiß man ja nie so genau, wen es als Nächsten erwischt … Also: Nichts mehr mit Lizenz zum Lärmen. Lieber ein Exempel statuieren; man ist ja nicht umsonst Berufsopportunist.» Harald Farnleithner greift jetzt zum Flaschenöffner und beginnt, ihn langsam in den Korken der Bouteille zu drehen. «Meine Frau glaubt mir bis heute nicht. Sie hält mich für den Schuldigen an ihrer Misere, an ihrem gesellschaftlichen Abstieg, an ihrer plötzlichen Bedeutungslosigkeit. Auch heute, wie sie mich zu Mittag angerufen hat: ‹Weißt du, wer gerade hier war? Dein erleuchteter Freund! Dein geistiger Führer! Dein Guru mit seiner dreckigen, kleinen Gurubrut! Ich geb dir seine Nummer, dann kannst du ihm endlich die Füße küssen!› Ja, Herr Mally», Farnleithner zieht mit einem Ruck den Korken aus der Flasche, «ich hätt mich wohl besser in Acht nehmen müssen vor Ihnen.»

Der Gedankenfisch dreht Pirouetten, er schnellt übers Wasser, glitzert im Licht der wirr durcheinanderzuckenden Geistesblitze. Farnleithner und Prantzl, der Wirt und der Briefträger, Sport und Musik. Zwei Zeitungsmeldungen: ein vereitelter Überfall, eine Entführung. Und er selbst, der Lemming, als das unfreiwillige Double von Frau Mallys Mann: Antiterrorspezialist und – nebenbei – Farnleithners Kidnapper.

Der Lemming starrt Harald Farnleithner an.

«Am Anfang war ich überzeugt davon, Sie wollen mich umbringen», murmelt dieser jetzt. «Und rückblickend muss ich sagen, dass ich sogar dafür Verständnis gehabt hätte …»

Alf, denkt der Lemming. Alf … Dieser Besuch heute Abend war also doch ein Spiel mit dem Feuer … Was bedeutet dieses *Alf*? … Mehr als ein Spiel mit dem Feuer: eine halsbrecherische Aktion, ein Tanz auf dem Vulkan … Und was um alles in der Welt hat Angela Lehner in dieser Geschichte verloren? … Wenn Farnleithner nun anders reagiert hätte? Wenn er den Lemming so empfangen hätte, wie man es als vermeintlicher Täter von seinem Opfer erwarten kann? … Jandulas Foto, der rote Engel, der Schatten im Garten der Smejkals …

Der Lemming schließt die Augen, fährt sich mit den Händen über das müde Gesicht. «Hätten Sie jetzt vielleicht doch eine Zigarette für mich?», fragt er leise.

14 Der Brief, dieser wichtige Brief … Abholen muss er ihn, der Lemming, auf dem Postamt hinter den Weinbergen, hinter den sieben Hügeln der Stadt. Er kämpft sich keuchend durch das Unterholz; rötliche, taufeuchte Blätter klatschen ihm gegen die Stirn. Ein Zweig knackt unter seinen Füßen, ein Vogelschwarm fliegt auf: Es sind gerupfte Enten, die nun ruhig, mit leisem Flügelschlag in Richtung Westen ziehen. Tief unten, in der Ebene, folgt Ben den Schatten der Vögel. Spielerisch, nur mit der Kraft der Gedanken lenkt er das hurtige Ferkel, das seinen Wagen zieht: ein lautloser Glücksritt im fahlen Dezemberlicht. Der Wagen ist ein Trog, ein Floß, eine Arche, ein Schiff ohne Reling. Benjamin krabbelt blitzschnell über das Oberdeck; er ändert jedes Mal die Richtung, wenn der Lemming ihn packen will. Gib acht, Ben, bleib hier, Ben, nur ja nicht zu nahe zum Rand: Hunderte Meter tief geht es hinunter; das Schiff ist ein Flugzeug, ein Luftschiff. In heftigen Böen bläst dem Lemming der Wind ins Gesicht. Er hört seine eigenen Warnrufe nicht; er kann gar nicht rufen, der Nebel nimmt ihm den Atem. Man muss landen, möglichst rasch landen, bevor der Kleine die Kante erreicht. Ein sanfter Ruck, das war knapp. Ben steht auf, er ist jetzt erwachsen. Er hebt die Hand und winkt dem Lemming zu, sein Blick ist gütig und liebevoll. Ein Abschiedsblick. Der Lemming weint. Er weint einen Fluss, einen tiefen, breiten, blauen Fluss, an dessen anderem Ufer das Postamt steht: eine stillgelegte Ruine, eingerüstet mit morschen, knarrenden Brettern. Hoch oben ein einsamer Arbeiter, der auf den Lemming herabsieht. Der Brief, dieser wichtige Brief: Wahrscheinlich liegt er im verwaisten Schalterraum, auf einem der verwaisten Tische: Menschen gehen, Briefe bleiben. Der Lemming stapft los, stapft über den Fluss. Unter seinen Schritten wird das Wasser zu Asphalt. Der Arbeiter wendet sich ab; er beginnt, den Verputz von der Mauer zu schaben.

Der Lemming schreckt hoch; die Bilder verschwimmen, verlieren sich abrupt in der Finsternis.

Nur der Arbeiter bleibt.

Während aus dem Dunkel der Nacht jenes Halbdunkel steigt, das die Wiener zur Winterzeit *Tag* nennen, dringen schon die ersten, wenn auch noch schüchternen Schabgeräusche des Nachbarn durch die Wand.

Wie hat es Farnleithner gestern formuliert? Nicht mehr schlafen, nicht mehr essen, nicht mehr scheißen, nicht mehr denken. Also auch an diesem 26. Dezember nicht. Kurz vor acht ist es, und schon ist dieser neue Tag verdorben.

Beinahe verdorben.

Eine kleine warme Hand ertastet die Wange des Lemming, knetet die Haut, als wollte sie die Qualität des Fleisches prüfen, wandert dann höher, zur Nase, drückt und zwickt sie hingebungsvoll.

«Bam», sagt Ben und betrachtet die Nase, wie man ein exotisches Insekt betrachtet: unentschlossen, ob man es gründlich studieren oder zerquetschen soll.

«Bam» gibt der Lemming zurück. Er knurrt und schnappt mit den Lippen nach Benjamins Fingern. Der Kleine quietscht auf. Zwei-, dreimal schlägt er mit der flachen Hand auf das widerspenstige Nasentier, dann krabbelt er flink auf den Oberkörper des Lemming, lässt seinen Kopf in dessen Halsgrube sinken, liegt mit einem Mal ganz still. Der Lemming spürt das zarte Klopfen seines Herzens auf der Haut.

Auch der Nachbar beginnt nun zu klopfen.

«Bam?» Benjamin richtet sich auf.

«Bam», seufzt der Lemming. Neben ihm rascheln die Daunen: Klaras zerzauster Schopf kommt unter der Decke hervor. «Bam, bam, bam, bam, bam …», stimmt sie schlaftrunken mit ein.

Es ist ein langer Abend im Kahlenbergerdorf geworden. Ein langer, aber nicht wirklich maßloser Abend. Nach einer weiteren Flasche Weißwein und drei Zigaretten hat der Lemming nämlich jede Vorsicht fahren lassen. Nein, seine wahre Identität hat er nicht gelüftet; Farnleithner war bis zuletzt davon überzeugt, es mit jenem geheimnisvollen Herrn Mally zu tun zu haben, jenem *Global Player* im Kampf gegen den Terror, der nun das Flair von Guantanamo anscheinend auch in Wien etablierte. Nur dass eben jener Herr Mally nach der dritten Bouteille etwas tat, das nicht im Geringsten seinem Berufsbild entsprach, etwas Unvorsichtiges eben: Er schlief ein.

Farnleithner hätte nun alles mit ihm anstellen können, was einem so in den Sinn kommt, wenn man an geheimdienstliche Tätigkeiten denkt: ihn verkabeln, ihn häuten, sein eigenes Gemächt an ihn verfüttern. Aber er tat es nicht. Er tat gar nichts. Farnleithner ließ ihn schlafen.

Und der Lemming wieder ließ Farnleithner schlafen, als er gegen zwei erwachte und sich aus dem Haus stahl. Züge fuhren keine mehr; ein Taxi brachte ihn in die Rossau. Kaum hatte er die ramponierte Wohnungstür geöffnet, spürte er Castros kühle Schnauze an der Hand: Der gute alte Hund bewachte sie wirklich, die Tür; Klara hatte ihm eine Decke in den Vorraum gebreitet, eine Wasserschüssel danebengestellt. Der Lemming holte die letzte Knackwurst aus dem Kühlschrank, setzte sich zu Castro auf die Decke und leistete ihm Gesellschaft, bis die Wurst den Weg aller Würste gegangen war. Ein letztes, dankbar gemurmeltes Wort, ein letztes Kraulen des Hundenackens, danach nur noch Bett, nur noch Schwärze und Stille.

«Es hat Symmetrie.» Klara schiebt den letzten Löffel Brei in Benjamins Mund: Reisschleim mit Apfel- und Birnenmus. «Es hat Symmetrie, oder findest du nicht?»
«Doch. Zwei Opfer, zwei Täter …»
«Zwei Täter, die zu Opfern werden. Einer zumindest. Hat der

Farnleithner erzählt, was du – also was dieser Mally mit ihm angestellt hat, während er weg war?»

«Nein. Kein Wort. Als Mally hab ich ihn auch schwerlich danach fragen können.»

«Und trotzdem», sagt Klara nachdenklich, während sie Benjamins Mund abwischt und ihm mit spitzen Fingern den reisschleimbesudelten Latz entfernt, «trotzdem ist ihm nicht aufgefallen, dass du ein anderer bist?»

«Nein», meint der Lemming. Nachdem er mit zwei Schlucken seine Kaffeetasse geleert hat, steht er auf, um das Telefonbuch zu holen.

«Da haben wir's ja», murmelt er kurze Zeit später. «Josefine Mally, Lenaugasse. Dürfte gleich vis-a-vis vom Farnleithner sein. Ehemann steht aber keiner dabei.»

«Das wär auch ein schöner Eintrag: *Mally, Alf Mally, diplomierter Geheimagent …*»

«Am besten mit den entsprechenden lexikalischen Querverweisen: Siehe auch *Franz Müller* oder *John Smith*.»

Klara schmunzelt. Beugt sich vor und setzt Ben auf den Boden. Schnurstracks kriecht er mit schlingerndem Hintern auf seine Spielzeugecke zu und greift nach der russischen Puppe. Schüttelt sie, schlägt sie dann gegen den Boden, ganz im Rhythmus der Klopfgeräusche, die durch die geschlossene Tür des Schlafzimmers dringen. Kein Zweifel: ein musikalisches Kind.

«Ich werd mir die Frau einmal anschauen», sagt der Lemming. «Und den Mann, Mister Smith, falls er da ist.»

«Ja, mach das. Derweil fahr ich mit dem Kleinen und Castro nach Ottakring. Aber eines noch, Poldi», Klara legt ihre Hand auf seinen Arm. «Versprich mir, dass du vorsichtig bist. Ich hab keine Lust, deine Reste unter irgendeinem Strauch im Liechtensteinpark zusammenzukratzen.»

«Versprochen. Und was machen wir inzwischen mit der Eingangstür?»

«Wir sagen's einfach der alten Homolka. Sie soll aufpassen, dass niemand in die Wohnung geht.»

Der Lemming starrt Klara an. Und erkennt in derselben Sekunde die Wahrheit: dass nämlich Ironie die schönste Form des Galgenhumors ist. Und Klara die schönste Ironikerin zwischen Himmel und Erde.

15 «Der neunte Bezirk war damals noch ein günstigeres Pflaster. Trotzdem hat die Wohnung mehr gekostet, als wir aufbringen konnten; das Erbe meines Vaters hat nicht annähernd gereicht für unseren Traum.»

«Und … Ihre Schwiegereltern?»

«Die haben mich von Anfang an nicht leiden können, vor allem der Vater. Die haben sich etwas besseres für ihre Tochter gewünscht als einen atheistischen Freiberufler, einen langhaarigen Piefke noch dazu. Sie durften ja nicht einmal wissen, dass meine Liebste … meine Frau am Theater ist. Die haben allen Ernstes geglaubt, sie arbeitet für den Kirchenfunk. Kein Witz. Von denen war also kein Cent zu erwarten, die hätten höchstens was darum gegeben, wenn ich damals – gemeinsam mit meiner Mutter – im Hamburger Hafenbecken verreckt wäre.»

«Wie haben Sie die Wohnung dann bezahlt?»

«Ich habe mir das trojanische Pferd in die Festung geholt, oder besser: die Festung rund um das Pferd gebaut. Weil ohne Pferd keine Festung. Kurz gesagt: Ich habe einen Kredit aufgenommen. Jetzt fragen Sie sich sicher, warum die Bank einem dahergelaufenen Schreiberling Geld leiht. Und zwar eine ganze Menge Geld. Ich sag es Ihnen: Kurz bevor wir auf die Wohnung in der D'Orsaygasse gestoßen sind, Ende November siebenundneunzig war das, da habe ich einen Auftrag an Land gezogen. Und nicht nur irgendeinen Auftrag, sondern einen, der dem Höhenflug, dem Glücksrausch dieses Jahres die Krone aufgesetzt hat. Ein Anruf von der Direktion des Volkstheaters: Man sei durch meine Arbeit auf mich aufmerksam geworden und wolle nun wissen, ob ich Interesse an einem Projekt hätte.»

«Ein Stück?»

«Nein. Einen ganzen Zyklus. Vier Theaterstücke.»

«Allerhand. Ein Jackpot sozusagen.»

«Eher die richtige Zahlenkombination. Der Lottoschein war schließlich noch nicht ausgefüllt, die Stücke noch nicht geschrieben. Es sollte – das war die einzige Vorgabe – um vier Tode und vier Elemente gehen. In Paris war ja drei Monate vorher Lady Diana tödlich verunglückt: eine selten dramatische Geschichte, Thriller, Tragödie und Operette in einem. Weinende Hausfrauen, politische Krisen, weltweites Entsetzen, ausgelöst durch etwas derart Winziges, derart Profanes wie das Blitzlicht eines Fotografen, das den Chauffeur geblendet hatte. Feuer also. Das war die Grundidee. Wasser, Erde und Luft sollten folgen, im Abstand von jeweils zwei Jahren. Als ich die Verträge unterschrieb, da hatte ich so ein Gefühl, als ob … Als ob ich aus meinem Körper trete und mich von außen betrachte. Eigentlich haben Sie recht: ein Jackpotgefühl. Man ist zu klein für das, was mit einem geschieht, zu klein für diese nicht enden wollende Folge von Segnungen. Also muss man irgendwie aus sich hinaus, um Platz zu schaffen für das Glück. Ja, ich war außer mir.»

«So viel Geld?»

«So viel Geld. So viele Ideen. So viel Zukunft. So viel Liebe zu einer Frau, die all das mit mir teilen würde. Am Tag nachdem wir die Wohnung besichtigt hatten, bin ich mit den Verträgen zur Bank gegangen, und siehe da: Die Aussicht auf meine fürstlichen Honorare hat mir den Heiligenschein der Kreditwürdigkeit verliehen. Und damit den Schlüssel zum Tresor.

Mitte Dezember waren wir Wohnungsbesitzer. Mit einem kleinen Zusatzeintrag im Grundbuch.»

«Die Bank …»

«Natürlich die Bank. Aber das war egal: Ich hatte ja Arbeit für die nächsten Jahre, nicht nur generös bezahlte, sondern erfüllende, spannende, fesselnde Arbeit. Wissen Sie, wie sich das anfühlt, wenn die besten Schauspieler des Landes Ihren Worten und Figuren Leben einhauchen? Wenn sie das zum Blühen und Pulsieren bringen, was man – alleine am Schreibtisch daheim – in die Welt gesetzt hat?»

«Nein, das weiß ich nicht. Aber es muss wohl ein schönes Gefühl sein. Und dazu noch der Applaus, die Medien, das Rampenlicht …»

«Wenn Sie glauben, dass es mir darum gegangen ist, täuschen Sie sich gewaltig. Aber zugegeben, ja, es war natürlich auch ein Engagement, mit dem ich mich – gewissermaßen in der Oberliga – profilieren konnte.»

«Was weitere Aufträge bedeutet.»

«Irgendwann läuft das Werkel, wie man so sagt, von selbst. Dann kann man langsam zurückstecken, wählerisch werden: Was mache ich in welchem Zeitraum, was lehne ich ab, weil's mich nicht interessiert. Dann kann man nach und nach seine Schulden begleichen: die finanziellen bei der Bank, die zeitlichen bei seiner Frau und …»

«Und?»

«Was und?»

«Sie haben *und* gesagt. *Bei seiner Frau und …*»

«Bei seiner Familie eben: bei seiner Frau und seinen Kindern. Wir wollten ja schon damals welche, aber wir haben uns entschlossen, noch zu warten, bis das Werkel einigermaßen in Schwung kommt. Ich war ja nicht der Einzige, der sich in die Arbeit gekniet hat: sie ja genauso, wenn auch mit mäßigem Erfolg. Tontechniker gibt es wie Sand am Meer; als Frau kann man sich da gleich eingraben.»

«In den Sand.»

«Am Meer, aber leider nur bildlich gesprochen: Urlaub war für die nächsten Jahre sowieso nicht drinnen, weder zeitlich noch finanziell. Das war uns beiden klar. Anfang achtundneunzig sind wir in der D'Orsaygasse eingezogen, nachdem wir die Wohnung mit dem Nötigsten eingerichtet hatten. Alles ist nach Plan gelaufen, nein, besser als nach Plan, viel besser: Wir haben einander genossen, die Räume genossen, das Licht, die Stille, den Duft aus unserer Kaffeemaschine. Langsame, ruhige und arbeitsame Tage sind das gewesen; nie zuvor ist mir das Schreiben leichter von der Hand gegangen, das Mich-Versenken, das Phantasieren und gedankliche Schweifen. Ende April war ich meinem Plansoll weit voraus; ich hatte ja Zeit bis zum nächsten Frühjahr, um die erste Fassung abzuliefern. Der Frühlingsbeginn vor unseren Fenstern war wie eine Belohnung: Du stehst auf und schaust aus dem Fenster, und da grünt und blüht dir ein kleiner Urwald entgegen. In der Dämmerung hat man den Gesang der Amseln gehört, und im Mai ist das Zirpen der Grillen dazugekommen. Wir haben gekocht und Rotwein getrunken, und oft sind wir stundenlang vor den offenen Fenstern gesessen und haben ins Dunkel hinausgelauscht.»

«Das klingt wirklich … idyllisch.»

«Ich habe nichts gegen Idylle. Solang man nicht zu blumig darüber schreibt. Und abgesehen davon … hat sie ja nicht so lange gedauert, unsere Idylle.»

«Die Ratte ist aufgetaucht …»

«Die Ratte, ja. Das Schwein. Die schmierige Sau. Für den Fall, dass Sie Ratten und Schweine mögen, verzeihen Sie mir bitte, aber ich kann seinen Namen nicht aussprechen, ich kann ihn nicht in den Mund nehmen. Eines Tages im Mai ist er vor unserer Tür gestanden, dieser aalglatte, widerwärtige Mensch. Durchschnittlich gebaut, und trotzdem irgendwie … verwachsen. Ein halsloser Mensch mit krummem Rückgrat, auf den ersten Blick, aber wenn man ihn genauer betrachtet hat, dann war da gar kein Buckel. Es war nur seine Haltung, seine innere Haltung, es war eine ethische Deformation, ein quasi feinstofflicher Buckel also. Wie ein freundlicher, sonniger Tag, der das Gewitter schon in sich trägt.»

«Er war freundlich?»

«Er war blond. Und er hat gelächelt.»

«Was wollte er?»

«Sich vorstellen, scheinbar. Aber in Wahrheit wollte er uns inspizieren und einschätzen, uns auf den Zahn fühlen. Wie schön, uns kennenzulernen, neue, sympathische Parteien im Haus zu haben und so weiter. Falls wir wohnungstechnisch etwas brauchten, hat er gemeint, könnten wir uns jederzeit an ihn wenden, er habe nämlich eine kleine Baufirma und würde uns natürlich einen Sonderpreis machen. Der arme Kerl, habe ich mir gedacht, muss bei seinen eigenen Nachbarn hausieren gehen. Aber wie ich dann seine Visitenkarte lese, komme ich drauf, dass der gar nicht im Haus wohnt, sondern draußen im achtzehnten Bezirk. Später ist mir dann klargeworden, warum: Man scheißt sich eben nicht ins eigene Nest, noch nicht einmal als Ratte.»

«Das versteh ich jetzt nicht. Wenn er nicht da gewohnt hat, was hat er dann in der D'Orsaygasse zu suchen gehabt?»

«Ganz einfach: Ein Großteil des Hauses hat ihm gehört. Der Dachboden, mehrere Wohnungen, das gesamte Parterre, alles in seinem Besitz. In seinem und in dem seiner Partner, um genau zu sein. Ein Grüppchen von Leuten, die ihre klebrigen Finger überall hineingesteckt haben, wo die Chancen gut standen, dass Geld daran hängenbleibt. Abstruse, ständig wechselnde Firmenkonstruktionen, dubiose Gesellschaften und Stiftungen, ein schwammiges Hin- und Herschieben von Immobilien, alles, womit man sich bereichern und gleichzeitig Steuern … sparen kann.»

«Jetzt hätten Sie fast *hinterziehen* gesagt.»

«Es ist legal. So wie alles legal war, was die Ratte getrieben hat. Baufirma? Ja, meinetwegen. Aber seine eigentliche Profession war, immer haargenau zu wissen, wie er andere Leute übervorteilen kann, ohne dafür vor den Kadi gezerrt zu werden. Ein Soziopath, ein ehrloses, mieses Stück Dreck. Nur habe ich das damals noch nicht ahnen können. Als er ein paar Wochen später wieder zu uns gekommen ist, habe ich hereingebeten. Und kurz darauf den Fehler meines Lebens gemacht.»

«Wieso? Was haben Sie …»

«Ich habe etwas unterschrieben. Es ging um den Dachboden und um den Hinterhof. Kennen Sie sich mit Eigentumswohnungen aus?»

«Es ist mir erspart geblieben, mir so viel erspart zu haben.»

«Danke für den Kalauer. Jedenfalls müssen Sie wissen, dass man in seiner Wohnung bauen kann, was immer man will: Kegelbahnen, Tanzsäle, Schwimmbecken, alles. Solange es den Vorschriften entspricht, können sich Ihre Nachbarn auf den Kopf stellen. Aber für Umbauten am Dach und an der Fassade brauchen Sie die Zustimmung jedes einzelnen Miteigentümers. Weil die dann – alle zusammen – dafür einstehen müssen. Gegenüber der Baupolizei und gegenüber den Besitzern der angrenzenden Grundstücke. Soweit zur Gesetzeslage; ich habe sie studiert, wenn auch zu spät. Die Ratte hatte vor, den Dachboden auszubauen und das Haus aufzustocken. Also hat er die Unterschriften gebraucht. Außerdem wollte er den Hof – unseren grünen Dschungel – zubetonieren, um Parkplätze zu errichten. Ein Gatter für heilige Blechkühe, mit einer Einfahrt quer durch das Haus. Das muss man sich erst einmal vorstellen.»

«Und Sie haben ihm trotzdem die Erlaubnis gegeben?»

«Nicht für den Hof, aber wirklich nicht. Ohne uns, das haben wir beide gesagt. Worauf die Ratte so ein trauriges Gesicht gemacht hat, dass wir fast schon ein schlechtes Gewissen hatten. Wie auch immer, er hat gemerkt, da ist nichts zu holen für ihn. Und hat sich voll darauf konzentriert, uns den Dachausbau schmackhaft zu machen. Eineinhalb Jahre würde die Baustelle dauern, allerlängstens, und davon höchstens acht Wochen, in denen es zu einer – wie hat er das noch gesagt? – zu einer *geringfügigen* Beeinträchtigung der Anwohner käme. Die anderen hätten schon zugestimmt; meine Unterschrift sei die letzte, die ihm noch fehle. Außerdem würde er die Kos- ten für eine Sanierung der Leitungen und der Fassade übernehmen. Und einen Lift einbauen. Es war schon eine nette Aussicht, mit seinen Kindern im Aufzug hochfahren zu können und sich auch später – im Alter – nicht mehr in den dritten Stock mühen zu müssen. Trotzdem haben wir noch gezögert. Bis er mit seinem letzten Trumpf aufgefahren ist: Er hat uns ein Stück der Terrasse versprochen, eine Dachterrasse für alle Bewohner des Hauses. Das hat den Ausschlag gegeben.»

«Kann ich verstehen.»

«Man ist ja nicht umsonst Schriftsteller. Es tauchen ja umgehend Bilder auf, wie man da oben sitzt, über den Dächern im Abendrot, oder wie man zu Silvester das Feuerwerk über Wien betrachtet, ein Meer aus Lichtern bis hin zum Kahlenberg, mit einem Glas Sekt in der Hand. Ich habe ihn also gefragt, ob er denn wirklich dafür bürgen könne, dass der Baulärm nicht länger als zwei Monate dauern würde. Habe ihm mindestens fünfmal gesagt, dass ich bei meiner Arbeit auf Ruhe angewiesen sei und dass ich terminliche Verpflichtungen hätte. ‹Selbstverständlich, selbstverständlich›, hat er geantwortet. Das war seine Standardfloskel: Selbstverständlich, selbstverständlich, so wie man sagt: Ich gehe rasch Milch holen.»

«Und dann haben Sie unterschrieben.»

«Nicht nur die Zustimmung, nein, gleich eine Generalvollmacht. Das sei so üblich, hat er gesagt. Damit er uns nicht wegen jeder Kleinigkeit belästigen muss ...»

«Erzählen Sie weiter. Woran denken Sie gerade?»

«Daran, wie es ... begonnen hat. Wir haben gelacht, als es begonnen hat, im Oktober achtundneunzig. Wir haben Witze gemacht, als sie vor unseren Fenstern Gerüste hochgezogen und das Stiegenhaus aufzustemmen begonnen haben. Dass wir uns wenigstens den Wecker nicht mehr stellen müssen. Dass wir den Strom für die Musikanlage sparen. Witze eben, müde Witze. ‹Hauptsache, es geht etwas weiter›, haben wir jeden Morgen gesagt, wenn wir um halb sieben aus dem Bett gehämmert, gebohrt, gesägt und gebrüllt worden sind.»

«Gebrüllt? Wieso gebrüllt?»

«Bei den meisten Bauarbeitern scheint es zur Berufsehre zu gehören, dass sie versuchen, so laut wie die Maschinen zu sein, die sie bedienen. Auch wenn sie sie gerade nicht bedienen. Nach fünf Monaten jedenfalls, Anfang neunundneunzig, sind uns die Witze ausgegangen. Verstehen Sie, es hat einfach nicht aufgehört, nicht und nicht aufgehört. Ich habe die Ratte immer wieder zur Rede gestellt: ‹Das geht so nicht weiter, das war so nicht abgemacht.› Und er darauf mit seinem glatten, falschen Grinsen: ‹Selbstverständlich, selbstverständlich›, nur sei eben leider dieses und jenes dazwischengekommen, ein säumiger Lieferant, eine unerwartete Weisung des Baureferenten, was weiß ich, es ist ihm jedes Mal etwas Neues eingefallen. Und der Lärm ... Es hat kein Ende genommen, es ist immer und immer weitergegangen: Tag für Tag ist der Adler gelandet und hat unsere Lebern gefressen, Tag für Tag ein prometheischer Schmerz, ein Abgrund, ein blutiger Felsen, an den man geschmiedet ist. Vergebliches Flehen um Gnade. Dann plötzlich Pause, ein paar Tage, eine Woche vielleicht. Man glaubt schon fast, man hat es überstanden, und wenn dann eines Morgens wieder die Meißel und Schlagbohrer einsetzen, will man nur noch sterben. Oder töten. Ja, man verändert sich in der Hölle. Nie weiß man, wann die Folter einsetzt, wann sie endet. Man beginnt, sein ganzes Leben nach dem Schlimmsten auszurichten, nach jedem nächsten Tag von Hunderten nächsten Tagen, an denen man zur Flucht bereit sein muss. Man verliert jede Fähigkeit, fröhlich zu sein und entspannt, man wird weinerlich, reizbar und bissig. Man kann gar nicht anders, als sich zu verändern, wenn man täglich gequält und erniedrigt wird, wenn man rechtlos und ohnmächtig ist gegen diese beharrlichen Übergriffe. Zuerst verliert man die Freunde, dann die Arbeit, und am Schluss ...»

«Am Schluss?»

«Die Gesundheit. Die Frau. Und noch mehr. Wenn jemand ohne Ende auf Ihren Lebensnerv eindrischt, wochen-, monate-, jahrelang, dann kommt Ihnen alles abhanden. Die Hoffnung streikt, die Phantasie zieht sich zurück, die Gedanken sind wie amputiert. Ich bin durch die Kaffeehäuser gezogen, um meine Arbeit weiterzubringen. Aber wie soll man schreiben, wenn einen nichts mehr beherrscht als die Verzweiflung? Die Wut darüber, dass man sein ganzes Geld, mehr als sein ganzes Geld in eine Wohnung gesteckt hat, nur um jetzt auf der Straße zu stehen, als Obdachloser? Die Angst davor, dass man beruflich versagen wird, versagen muss? Nach einem Jahr bin ich ins Volkstheater und habe darum gebeten, die Abgabefrist für das Stück zu verlängern; nach eineinhalb Jahren war die Rohfassung fertig.»

«Immerhin.»

«Immerhin war es ein Dreck. Man hat mir nahegelegt, es von Grund auf zu überarbeiten, am besten völlig neu zu schreiben. Immerhin. Immerhin hat man mich noch nicht fallengelassen, damals.»

«Und die Baustelle?»

«Dreieinhalb Jahre. Fürs Erste. Dreieinhalb Jahre bebende Wände, Erdstöße, kreischende Luft, Explosionen im Kopf. Motorsägen: Man glaubt, dass es einem das Hirn zerreißt. Oder Bohrmeißel. Kennen Sie das Geräusch eines Bohrmeißels? Dieses Rasseln und Rattern, dieses Dröhnen in den Mauern?»

«*Hilti.*»

«Ja, die stehende Bezeichnung dafür ist *Hilti.* Ähnlich diesen Limonaden oder Klebstoffen, die man fast nur noch nach ihren Erzeugerfirmen benennt. Klingt lustig, nicht? Hilti. Wie die Triangel unter den Lärminstrumenten. Aber lustig ist es wohl nur für die Familie Hilti selbst. Die sitzt nämlich auf ihrem Liechtensteiner Anwesen, ohne sich vom Wüten ihrer Hiltis behelligen lassen zu müssen. Dreieinhalb Jahre in einer Bohrmeißelgrube. Dazwischen die Ratte, die mit aufgesetzter Geschäftigkeit durchs Haus gehuscht ist, um ihre persönliche Goldgrube zu inspizieren: ‹Selbstverständlich, selbstverständlich.› Ich wollte nur noch eines: Ihm eine seiner Hiltis an die Stirn setzen und mich durch seinen beschissenen Schädel meißeln.»

«Und dann? Nach den dreieinhalb Jahren?»

«Im Frühling zweitausendzwei haben sie Pause gemacht. Obwohl die Bauarbeiten noch nicht abgeschlossen waren: Die Dachwohnungen im Rohzustand, der Lift noch immer in der Liftfabrik. Und auch von unserer Terrasse keine Spur. Aber bitte, wenigstens Ruhe. Dachten wir.»

«Dachten Sie?»

«Damals im April hat die Ratte in einer Nacht- und Nebelaktion den Innenhof roden lassen. Entwurzelte Sträucher, zwei umgesägte Bäume – klarerweise mit entsprechenden Bestätigungen, dass sie unrettbar vom Pilz befallen waren. Stattdessen ist ein Rollrasen gelegt worden, ein scheußlicher, steriler Rollrasen, wie vor irgendeinem Reihenhaus im Ruhrgebiet. Ich habe geheult wie ein Schlosshund. Wir haben beide geheult. Und wir haben noch mehr geheult, sobald uns klarwurde, warum diese Sauerei: Die Ratte hat unseren Hof, unseren Schlafzimmerdschungel, in Privatgärten verwandelt, in Schrebergärten für die Wohnungen im Parterre. Und wieder: alles legal, alles im gesetzlichen Rahmen. Die Wohnungen hat er dann teuer vermietet, an junge, kinderreiche Familien. Sie können sich vielleicht vorstellen, was das bedeutet.»

«Nun, ich …»

«Sandkisten, Planschbecken, Geburtstagsfeste, Grillpartys. Familienhunde natürlich. Kreischen und Lachen, Singen und Bellen. Garniert mit dem Duft von Koteletts und gebratenen Würstchen. Eine weitere, unausgesetzte Demütigung: Fremde machen sich bei Ihnen breit, quartieren sich in Ihren vier Wänden ein, wickeln ihr Privatleben in Ihrem Bett, in Ihrer Küche, in Ihrem Scheißhaus ab. Und Sie haben keinerlei Recht, etwas dagegen zu tun! Schauen Sie mich nicht so an. Unterstehen Sie sich, mir jetzt auf die perfide Tour zu kommen, auf diese alte, abgelutschte Art, um andere Leute mundtot zu machen. Dass man etwas gegen Kinder habe. Dass es doch nichts Schöneres gebe als ein helles Kinderlachen, das die Luft erfüllt.»

«Das hatte ich gar nicht vor. Ich …»

«Wir wollten schließlich selber welche! Aber wir wären nicht im Traum auf die Idee gekommen, die Akustik, die nun einmal mit Kindern einhergeht, auch allen anderen aufzuzwingen, in einer Häuserschlucht, zwischen Hunderten Menschen, die in diesem Schalltrichter ihr eigenes Leben zu leben versuchen.»

«Die ein Theaterstück schreiben müssen.»

«Die vier Theaterstücke schreiben müssen! Damals saß ich bereits beim zweiten. Das erste – *Feuer* – hatte ich schon abgegeben. Ein wirres, unspielbares Machwerk. Es ist nie zur Aufführung gelangt, aber die Leute vom Volkstheater waren immerhin so nett, mir eine zweite Chance zu lassen. So nett, mich für den Schmarren zu bezahlen, den ich ihnen geliefert hatte, sind sie allerdings nicht gewesen. In diesem Frühling konnte ich wenigstens daheim arbeiten. Bei geschlossenen

Fenstern, um den Trubel im Hof, so gut es ging, auszublenden. Die Amseln haben ohnehin nicht mehr gesungen ... Und wieder verändert man sich: Man hört auf, sich auf den Sommer zu freuen, auf Sonne und Wärme. Jeder düstere, kalte, verregnete Tag wird zum Geschenk, weil man nur noch an düsteren, kalten, verregneten Tagen Herr über sein eigenes Zuhause ist.»

«Und die anderen?»

«Wie, die anderen?»

«Na, die anderen Hausbewohner. Haben sich die nicht gestört gefühlt?»

«Es gibt weniger Heimarbeiter, als Sie denken. Und weniger Denkarbeiter, als Sie glauben. Die waren alle außer Haus, tagsüber. Und abends, wenn draußen gefeiert wurde, haben sie eben ihre Fernseher lauter gedreht. Die haben sich höchstens über den Dreck aufgeregt, über den Dreck von der Baustelle. Und darüber, dass es noch immer keinen Lift gab. Uns war das eine genauso egal wie das andere: Scheiß auf den Dreck, scheiß auf den Lift. Nein, wir wollten nur unser Leben wieder, unser ungestörtes Leben. Nichts als Ruhe, Ruhe, Ruhe ... ‹Lieber Gott, gib mir den Himmel der Geräuschlosigkeit. Unruhe produziere ich allein. Gib mir die Ruhe, die Lautlosigkeit und die Stille. Amen.› Wissen Sie, von wem das stammt?»

«Ich bin mir nicht sicher. Von einem Schriftsteller?»

«Ja. Von Kurt Tucholsky.»

16 Während der Lemming seine Schritte abermals in Richtung Josefstadt lenkt, beginnt es zu nieseln. Kein richtiges Nieseln allerdings, sondern eher ein halbgares Schneien, ein Graupeln, das die Haftkraft des Schnees mit der Nässe des Regens auf schurkische Art kombiniert.

Mit hochgeschlagenem Kragen und tief in den Manteltaschen vergrabenen Händen späht er die Lenaugasse entlang zum *Farnleithner* hinüber – ganz nach Manier jener sattsam bekannten Schwarzweiß-Detektive, die in den dreißiger Jahren die Straßen Chicagos bevölkerten, um durch kleine Löcher in großen Zeitungen die Welt zu inspizieren. Nur dass der Lemming keine Zeitung hat, die seinen Horizont beengen würde. Obwohl er also seinen Blick auf das Lokal gerichtet hält, um eine unverhoffte Begegnung mit der künftigen Exfrau des Szenewirten, der blonden Patronin und Grande Dame des Etablissements, kurzum: mit der Farnleithner'schen Schastrommel zu vermeiden, fällt ihm zugleich eine Gestalt ins Auge, die auf dem gegenüberliegenden Gehsteig steht. Ein schlanker, älterer Herr, genau vor dem Eingang des Hauses, in dem – laut Telefonverzeichnis – Josefine Mally wohnen soll.

Der ältere Herr scheint zu telefonieren. Man kennt das mittlerweile zur Genüge: Winzige Sender, im Ohr verborgene Drähte, und schon vermeint man, von lauter Verrückten umgeben zu sein, von Irren, die wild gestikulierend durch die Stadt laufen und Selbstgespräche führen. Monologe über Beziehungskrisen, Großwetterlagen und Aktienkurse, laut genug, dass man noch zwei Straßen weiter jedes Wort mitschreiben kann. Die Behauptung dieser Irren, mittels virtueller Kabel mit anderen Irren verbunden zu sein, bleibt letzten Endes unbeweisbar. Sie hören Stimmen, das muss genügen. Es ist eine gute Welt, um darin den Verstand zu verlieren: Man kann immer noch sagen, man telefoniert.

Der Mann auf dem Gehsteig bleibt allerdings stumm. Auch gestikuliert er nicht mit den Händen, die er ähnlich dem Lemming in seinen Manteltaschen verborgen hat, um sie vor der Kälte zu schützen. Der einzige Hinweis darauf, dass er ein Gespräch führt – wenn auch eines, das wohl ausschließlich von seinem Gesprächspartner bestritten wird –, der einzige sichtbare Hinweis also ist sein stetiges, stilles Verneinen. Angestrengt blickt er zu Boden und verneint und verneint und verneint; er schüttelt den Kopf wie ein Innenminister, dem Amtsmissbrauch vorgeworfen wird.

Der Mann vor Josefine Mallys Haus telefoniert nämlich nicht; er hat nur das Pech, Klaus Jandula zu sein, Klaus Jandula, der vom Schicksal so flagrant gebeutelte Musikwissenschaftler.

Reflexartig hechtet der Lemming zur Seite, hüpft in den Rinnstein, um sich hinter einem der geparkten Autos zu verbergen. Symmetrie, so fährt es ihm jetzt durch den Sinn, Symmetrie: Die Spiegelgleichheit, von der Klara vorhin gesprochen hat, nimmt immer präzisere Formen an. Und als nur wenig später eine schmächtige Frau aus dem Eingang tritt, dem Wartenden zunickt und ihm die Hand reicht, da ist sie fast schon perfekt, die Symmetrie: Der Lemming kennt nicht nur Jandula; auch der Anblick der Frau ist ihm vertraut. Es ist die Frau auf dem Foto aus Jandulas Wohnung, die Frau mit den verhärmten Augen vor der venetianerroten Wand. In Gedanken schreibt der Lemming ihren Namen auf den unteren Rand der Fotografie: Josefine Mally.

Durch die Scheiben des Wagens beobachtet er nun, wie Jandula versucht, der Frau die Hand zu küssen: die Geste eines Kavaliers der alten Wiener Schule, eine Geste freilich, deren natürliche Eleganz vom periodischen Zucken des kusswilligen Kavaliers gehörig beeinträchtigt wird. Zwei-, dreimal schnappt Jandula nach der Frauenhand, dann lässt er es gut sein. Der Wille zählt schließlich fürs Werk: ein Leitsatz, der nicht nur für österreichische Fußballspieler gilt.

Mally und Jandula setzen sich jetzt in Bewegung, spazieren Seite an Seite die Lenaugasse hinab, auf das Versteck des Lemming zu. Der geht in die Knie, duckt sich hinter das Heck des schützenden Automobils.

Manchmal ist es einfach Pech, wenn Autos klaglos anspringen. Das galt nicht nur für den Lincoln Continental John F.

Kennedys, damals, in Dallas, nein, das gilt auch für den Opel Corsa vor der Nase des Lemming, heute, in der Josefstadt. Der Motor röhrt auf, der bebende Auspuff spuckt eine flirrende Giftwolke aus. Schon spannt der Lemming die Muskeln an, um nach links auf die Fahrbahn zu hechten, als er das Brummen eines anderen, sich zügig von hinten nähernden Wagens vernimmt. Er bleibt also hocken, mit tränenden Augen, würgend und röchelnd und rotzend, bis ein lautes Knirschen im Getriebe dem weiteren Gang der Ereignisse vorgreift. Dem Rückwärtsgang nämlich. Langsam kommt die Stoßstange des Opel auf den Lemming zu …

Was soll's. Dann eben doch nach rechts.

Ein Paar schwarze Stiefeletten, ein Paar rotbraune Boots. So viel zum Schuhwerk Jandulas und Mallys. Ein Schuhwerk, das nun durch den vor ihm liegenden Mann am Weitergehen gehindert wird. Als wäre ein Bauchfleck in den rußigen Schneematsch etwas Alltägliches, richtet der Lemming sich auf, wischt seine Hände am Mantel ab und nickt den beiden freundlich zu.

«Herr Jandula! Wie schön, dass wir uns so bald wiedersehen. Frau Mally, nehme ich an.»

Klaus Jandula starrt auf den Lemming, während Josefine Mally halb bestürzt, halb fragend zwischen den zwei Männern hin- und herblickt. Dann aber gibt Jandula etwas von sich, das dem Kavalier der alten Wiener Schule krass widerspricht, etwas ganz und gar Ungalantes, wenn auch Verzeihliches, in Anbetracht der Situation. «Wenn man den Esel nennt, kommt er g'rennt», raunt er Mally zu.

Wenig später sitzen die drei im Café *Eiles* an der Josefstädter Straße, das – wie der Lemming auf dem Weg hierher erfahren hat – ohnehin das Ziel von Mallys und Jandulas Spaziergang war. Ruhig ist es hier, beschaulich, die Zeitungen knistern, der Kellner streift wie auf samtenen Pfoten durch die

Räume. Ab und zu lässt sich das leise Klicken eines Feuerzeugs vernehmen.

Auch die Frau und die zwei Männer wirken ruhig, zumindest äußerlich. Über dem marmornen Tisch, hinter den steinernen Mienen aber brodelt es. Und zwar gewaltig.

«Wer sind Sie wirklich, Herr Wallisch? Was wollten Sie gestern vom Prantzl?», eröffnet Jandula mit verhaltener Stimme und umso heftiger schlenkerndem Schädel das Gespräch.

«Wieso? Wie meinen Sie das? Ich habe Ihnen doch gesagt, dass ich Reporter ...»

«Ein Journalist, der sich auf hinterhältige Art bei anderen Menschen einschleicht? Bei ahnungslosen Menschen? Der sich von den Leuten Kaffee servieren lässt, um ihnen dann Privatfotos zu stehlen?»

«Wer, wenn nicht ein Journalist?», wagt der Lemming grinsend zu erwidern.

«Und noch dazu mit Hilfe eines Babys! Haben Sie das Kind darauf dressiert? Während Sie die Opfer ablenken, schnüffelt der Kleine im Zimmer herum? Nach geheimen Dokumenten und Fotografien?»

«Ach!» Der Lemming wittert eine Chance, sich aus der Defensive zu befreien. Er zieht die Aufnahme aus seiner Jackentasche, legt sie auf den Tisch. «Dann ist das hier also geheim! Darf man fragen, warum?»

«Nicht geheim», murmelt Jandula, «nur privat.»

«Das Foto geht Sie überhaupt nichts an», mischt sich jetzt auch Josefine Mally ein, die bislang blass und stumm neben Jandula gesessen ist und den Lemming mit unverhohlenem Widerwillen gemustert hat. «Nicht das Geringste geht es Sie an. Woher kennen Sie denn überhaupt meinen Namen?»

«Woher glauben Sie denn überhaupt zu wissen, dass ich kein Reporter bin?», kontert der Lemming.

«Weil es keinen Wallisch bei der *Reinen Wahrheit* gibt», ergreift nun wieder Jandula das Wort. «Ich hab mich nach

Ihnen erkundigt, in der Redaktion. Sogar in der Buchhaltung habe ich nachgefragt. Aber kein Wallisch, weit und breit keiner, im ganzen Pressehaus nicht.»

So lange es auch dauern mag, ein Pressehaus zu bauen, so rasch kann ein Lügengebäude in sich zusammenstürzen, gleichgültig, ob es auf papiernen oder auf tönernen Füßen steht. Das muss der Lemming nun einsehen. «Okay», sagt er, «okay ...», und senkt den Kopf.

«Also sagen Sie schon, was Sie sind! Polizist? Detektiv?», setzt Jandula ärgerlich nach. Und Mally gibt ihm Schützenhilfe: «Gehören Sie etwa ... zu denen?»

«Zu denen?» Mit einem Mal verspürt der Lemming das Bedürfnis, die beiden zu reizen, zu schikanieren, ähnlich einem Angeklagten, der dem Staatsanwalt die lange Nase zeigt. «Fragen Sie doch einfach Ihren Mann», bellt er zurück. «Der muss es ja wissen. Falls er nicht gerade in Teheran ist, um irgendwelche psychopathischen Staatspräsidenten in miserabel geschnittenen Anzügen abzuknallen.»

Das hat gesessen. Für einen Augenblick herrscht Stille am Tisch, eine Stille, die der Lemming als Schrecksekunde interpretiert, als eine jähe Bestürzung, wie sie die vermeintlich Überlegenen ergreift, sobald sie ins Hintertreffen geraten. Er hat wohl einen wunden Punkt getroffen, einen empfindlichen Nerv seiner Kontrahenten berührt, wenn es ihnen nun derart die Sprache verschlägt. Für einen Augenblick lässt sogar Jandulas stetiges Pendeln nach; mit dem Blut in seinen Adern scheinen auch seine unkontrollierten Bewegungen zu gefrieren. Seltsam nur, dass Jandulas Leiden im selben Moment auf die Frau an seiner Seite, auf Josefine Mally, überspringt. Sie ist es, die jetzt den Kopf schüttelt, wobei sie den Lemming mit weichen, geradezu mitleidigen Blicken bedenkt.

«Ich habe keinen Mann, Herr Wallisch», sagt sie sanft.

«Wie, Sie haben keinen Mann?»

«Ich hatte einmal einen, in meiner Jugend. Eine Erfahrung, die … die, sagen wir, genügend intensiv war, dass ich sie nicht noch einmal machen muss.»

Wenn etwas gesessen hat, dann das. Ein Luftschloss, das sich auf niederträchtige Art zu Pressehäusern und Lügengebäuden gesellt. Es bricht nicht zusammen, nein, es löst sich so locker, so flockig in nichts auf, dass der Lemming gebannt auf die Stelle starrt, an der es eben noch gewesen ist. Er starrt nach innen, in seinen eigenen, erschreckend leeren Schädel, der jetzt apathisch zu schlenkern beginnt. Die Bestürzung, der Tremor: All das hat nun jählings die Seiten gewechselt.

«Aber Sie haben doch … Sie haben doch behauptet, Sie hätten einen Mann. Unten im *Farnleithner* haben Sie's behauptet … Ich verstehe das nicht.»

Mally und Jandula wechseln einen kurzen, aber vielsagenden Blick. «Also doch», meint Josefine Mally. «Also doch.»

«Also doch was?»

«Also doch Detektiv. Das Wirtsweib hat Sie engagiert, oder nicht? Damit Sie Ihre Nase in fremde Angelegenheiten stecken.»

«Und wie ist er dann auf den Prantzl gekommen?», sagt Jandula halblaut zu Mally. «Und auf mich?»

«Das … weiß ich auch nicht. Keine Ahnung.»

«Wir werden ihn fragen müssen.»

«Ja, glauben Sie denn, dass er antworten wird? Nach all den Schwindeleien? Der will uns einfach nicht die Wahrheit sagen.»

Jandula zuckt mit den Achseln; er wendet sich fragend dem Lemming zu. «Wollen Sie?»

«Ich will», gibt der Lemming mit der heiseren Stimme eines Bräutigams vor dem Altar zurück. Denn er weiß nun, dass er die wenigen ihm noch verbleibenden Trümpfe ausspielen muss, um vielleicht einen Blick in Mallys und Jandulas Karten zu erhaschen.

«Diese Frau da», sagt er und tippt mit dem Finger auf das Foto. «Diese Frau da, Angela Lehner. Sie ist es, um die sich alles dreht.»

«Wie meinen Sie das?» Fast unisono haben Mally und Jandula diese Frage hervorgestoßen, sichtlich erschrocken, erregt.

«Wie ich das meine? Na, wie ich es sage. Die Frau Lehner hat mich quasi losgeschickt, um ihren Mörder zu finden. Den, der sie auf dem Gewissen hat.»

Es ist schon sonderbar: Die rüde, ja brutale Weise, auf die der Lemming Mally und Jandula mit Angelas Tod konfrontiert, scheint ihre Wirkung völlig zu verfehlen. So, als wüssten die beiden bereits, was mit der fuchsroten Frau geschehen ist, die da – Seite an Seite mit ihnen – in die Kamera schaut.

«Die Frau Lehner weiß sehr gut, wer sie auf dem Gewissen hat», sagt Klaus Jandula kühl. «Dazu braucht sie Ihre Dienste sicher nicht.»

«Ach! Wirklich nicht? Und Sie, Herr Jandula? Frau Mally? Kennen Sie den Täter etwa auch?»

«Nicht persönlich», murmelt Josefine Mally. «Die Frau Lehner ist in dieser Hinsicht etwas … schweigsam.»

Falscher Film, denkt der Lemming. Ich bin hier eindeutig im falschen Film gelandet. Dann aber – nach und nach – keimt eine Ahnung in ihm auf. Die Ahnung nämlich, dass es Jandula und Mally sind, die sich gewissermaßen in der Tür geirrt haben. Dass die beiden über etwas völlig anderes sprechen, über etwas, das sich seiner Kenntnis – noch – entzieht.

«Ist Ihnen eigentlich klar», versucht er es also noch einmal, «dass Angela Lehner tot ist?»

«Auf die eine oder andere Art», erwidert Jandula, «sind wir das doch alle. Aber zugegeben, die Frau Lehner hat es ganz besonders schlimm erwischt.»

«Ja, Kruzifix!» Mit geballten Fäusten springt der Lemming auf. «Ich glaub, Sie wollen einfach nicht verstehen!»

Ein vernehmliches Räuspern am Nebentisch, ein tadelnder Blick des Kellners, und der Lemming nimmt wieder Platz.

«Sagen Sie uns doch in aller Ruhe, was Sie meinen», sagt Josefine Mally beschwichtigend. «Wir werden unser Bestes geben, Ihnen zu folgen.»

«Gut ... gut.» Der Lemming atmet durch. «Also noch einmal ...» Und dann erzählt er. Berichtet die ganze Geschichte. Er beginnt beim Ersten Mai, bei Bens chaotischer Geburt, spannt den Bogen über den Sommer, über die wachsende Freundschaft mit Angela und endet in der grauenhaften Christnacht vor zwei Tagen, als er den roten Engel mit gebrochenen Flügeln auf seinem Lager gefunden hat. «Es war kein Himmelbett», sagt der Lemming zum Abschluss. «Es war ein Totenbett. Verstehen Sie das jetzt?»

Jandula und Mally scheinen tatsächlich verstanden zu haben: Diesmal ist die Schrecksekunde echt. So echt, dass sie sich gleich zur Schreckminute auswächst. Blass sind Mally und Jandula, Klaus Jandula so blass wie Josefine Mally, Mally noch viel blasser als zuvor.

«Mein Gott ...», flüstert sie vor sich hin. «Mein Gott ...»

«Die Polizei glaubt, dass es Selbstmord war», versucht der Lemming die Lage zu nutzen. «Was meinen Sie?»

«Niemals», murmelt Jandula. «Sie hatte doch ...» Er spricht nicht weiter, stiert auf den Tisch, auf die Fotografie.

«Was hatte sie?»

«Sie hatte noch ... Dinge zu tun. Sie war noch nicht fertig mit dem Leben. Weiß man schon», er sieht den Lemming an, «auf welche Art man sie ... Ich meine, wie sie gestorben ist?»

«Anscheinend vergiftet. Genaueres hoffe ich morgen zu erfahren, auf der Prosektur.»

«Mein Gott ...» Josefine Mally vergräbt das Gesicht in den Händen. «Wenn Sie wüssten!», stößt sie dann zwischen den Fingern hervor.

«Wenn ich was wüsste? Wenn ich was wüsste, Frau Mally?»
Aber keine Antwort; die Frau schüttelt nur stumm den Kopf.

«Hören Sie: Ihre Erschütterung in allen Ehren, aber finden Sie nicht auch, dass Sie mir jetzt ein bisserl auf die Sprünge helfen sollten? Warum hat die Frau Lehner Zeitungsausschnitte gesammelt, über den Prantzl und den Farnleithner? Wo steckt ihr Mann? Sie war doch verheiratet, oder? Wer hat Harald Farnleithner entführt? Und wer um alles in der Welt ist *Alf*?»

Josefine Mally lässt langsam die Hände sinken und blickt zu Klaus Jandula. «Sollen wir?», fragt sie leise.

Jandula nickt, so gut er eben nicken kann. Dann wendet er sich mit entschlossener Miene dem Lemming zu. «Kommen Sie heute Abend ins *Grissini*. Eine kleine Pizzeria, schräg vis-a-vis vom Franz-Josefs-Bahnhof. Dort werden Sie *Alf* kennenlernen. Und Sie werden begreifen, worum es hier geht. Das hoffe ich zumindest.»

«Ins *Grissini*? Und wann?»

«So gegen acht, schlage ich vor. Wir werden auf Sie warten, oder besser gesagt: Wir werden auf den Journalisten warten, der Sie niemals waren. Verstehen Sie?»

«Ich … soll mich wieder als Reporter ausgeben?»

«Genau. Sie sollen zuhören, nur zuhören, was *Alf* zu erzählen hat. Und noch etwas, Herr Wallisch: Seien Sie vor dem Prantzl auf der Hut. Nachdem sein Hund Sie gestern nicht gefressen hat, muss er wohl mitbekommen haben, dass Sie bei mir waren.»

«Ja und?»

«Der glaubt noch immer, dass Sie von der Presse sind. Ich kann mir vorstellen, dass er nicht gerade erfreut darüber wäre, seine sportlichen Ambitionen im Chronikteil der *Reinen* verewigt zu sehen: *Mambos Herrchen boxt friedlichen Nachbarn um den Verstand.*»

«Denken Sie, dass er Ihnen gefolgt ist?»

Jandula zuckt mit den Schultern. «Man kann nie wissen», sagt er und steht auf. Nun wieder völlig Gentleman, bietet er Josefine Mally seinen Arm und hilft ihr hoch. Auch der Lemming erhebt sich.

«Darf ich Ihnen eine letzte Frage stellen, Frau Mally?»

«Bitte.»

«Warum die Lüge mit Ihrem Mann? Warum haben Sie im *Farnleithner* erzählt, dass Sie mit einem … einem Agenten verheiratet sind? Einem Antiterrorspezialisten?»

Es ist das erste Mal, dass der Lemming Josefine Mally lächeln sieht. «Manchmal», erwidert sie mit einem schelmischen Zwinkern, «ist mir ein Bond auf dem Dach eben lieber als ein Colt in der Hand.»

17 «Haben S' schon g'hört, Herr Walli? Haben S' schon g'hört von der furchtbaren Kastrat… von dem Unglück? Meiner Seel, die armen Leut, die vielen Touristen!»

Das hat er gerade noch gebraucht, der Lemming. Frau Homolka hat sich in ihrer textilen Blumenpracht vor ihm breitgemacht; sie versperrt ihm den Zugang zu seiner eigenen, wenn auch schon fast nicht mehr eigenen Wohnung. Es gibt kein Vorwärts, kein Zurück, man muss seinen Tribut entrichten, um das gedunsene Bassenaweib passieren zu dürfen. Einen Tribut, der darin besteht, Interesse zu heucheln.

«Was ist denn gar so Schreckliches passiert, Frau Homolka?»

«Sie wissen S' noch nicht? Wo's heut sogar schon im Radio war und im Fernsehen? Da unten bei die Eingeborenen, im Meer, da hat's ein Erdbeben 'geben, also mitten im Ozean drin, so ein … ein Wasserbeben. Und jetzt stellen S' Ihnen vor», Frau Homolka illustriert ihre Worte mit weit ausholenden Armbewegungen, «dann ist so ein Dings 'kommen, so ein Tsumi, Tsutsi, was weiß ich, so eine Mordstrumm Welle halt. Keiner hat's g'wusst vorher, weil es war ja angeblich sonnig und alles, wie immer halt da unten bei die Neger! Zigtausend Tote, haben s' g'sagt, und alle dersoffen! Verstehen S', Herr Walli: Zig!»

Noch ist der Lemming nicht vollkommen sicher, worum es hier geht. Erst später wird ihm Klara die Geschichte in einer konziseren Form zu Gehör bringen: Ein Seebeben im Indischen Ozean hat in der vergangenen Nacht eine der größten Flutkatastrophen der Neuzeit ausgelöst. Die Erde ist ja nicht wie ein kompakter Leberknödel konstruiert, sondern eher wie ein sehr poröses Grießnockerl, das, gerade erst in Form gebracht, gleich wieder in der heißen Suppe zu zerfallen droht. Es brodelt in Abrahams Wurstkessel, es brodelt so sehr, dass das Nockerl aufquillt und auseinanderzubröckeln beginnt. Wenn das Nockerl aber bröckelt, lässt das die Suppe nicht kalt: Moleküle verschieben sich, drängeln und stoßen einander, inszenieren einen Aufruhr in der Rinderbrühe, der sich bis an deren Oberfläche fortpflanzt, dahin, wo die Schnittlauchstücke schwimmen. Es entstehen also Wellen, winzige Wellen, fraglos zu klein, um über den Tellerrand zu schwappen oder sonstigen Schaden in der hermetischen Welt einer Küche anzurichten. Anders in der hermetischen Küche der Welt: Mit der Rasanz eines Jumbojets ist eine solche Welle über das Wasser des Indischen Ozeans gerast, zunächst noch unmerklich, weil nur wenige Handbreit hoch, dann aber, in der seichteren Nähe der Küsten, zunehmend mächtig und voluminös. Als sie die Strände erreichte, hatte sie sich in einen Moloch verwandelt: keine elegant geformte, glatte und glänzende Woge, wie man sie aus Beach-Boys-Filmen kennt, sondern eine braune, alles verschlingende Schlammwalze von der Höhe eines mehrstöckigen Wohnhauses.

Es mag zwar noch nie vorgekommen sein, aber mit «zigtausend Toten» hat Frau Homolka krass untertrieben: In den nächsten Tagen nämlich werden sich die Opferzahlen drastisch erhöhen. Zweihundertdreißigtausend Menschen werden am Ende als tot und vermisst gelten, darunter mehrere tausend Touristen aus westlichen Ländern.

«Und das», raunt Homolka dem Lemming jetzt verschwörerisch ins Ohr, nachdem sie ihren fetten Wanst ganz dicht an ihn herangewuchtet hat, «wo doch gerade unser Dings da unten ist. Unser, eh schon wissen, wer. Auf Urlaub ist er g'fahren, nach … Dings. Dort, wo s' die ganzen kleinen Mäderln verkaufen tun, für … Na, für Schweinereien halt. Und auch die Buberln, man mag sich's gar nicht vorstellen. Das hab ich alles von der Schalko aus dem ersten Stock gehört, und die hat's wieder von der alten Schestak.»

«Unser Dings? Sie meinen, der … Gartner?», fragt der Lemming, der nun auf erträgliche Distanz zurückweicht.

«Meiner Seel, Herr Walli, net so laut!» Frau Homolka sieht sich furchtsam um. «Ganz genau der», flüstert sie dann. «Unser Hausherr. Na, was sagen S' jetzt, Herr Walli? Jetzt sagen S' nix mehr, oder?»

«Ich weiß nicht. Was sollt ich denn sagen?»

«Ich bitt Sie, Herr Walli! Bei mir brauchen S' gar net den Gutmenschen spielen, ich weiß ganz genau, was jetzt in Ihrem Oberstüberl vorgeht. Weil wenn der Dings da unten abg'soffen ist, können Sie Ihre Wohnung behalten. Stimmt's, oder hab ich recht?» Homolka schenkt dem Lemming ein plump vertrauliches Grinsen, ein Grinsen wie unter Diätpatienten, die einander beim Verzehr von Schweinsbraten erwischen.

Das Schlimme an diesem Grinsen ist aber nicht so sehr sein penetranter Gestank nach Verbrüderung, es ist vielmehr der Umstand, dass Frau Homolka, diese menschgewordene Blutwurst, diese Monstergrammel in Blümchenpanier, dass Frau Homolka also recht hat. Es stimmt, was sie sagt, auch wenn sie es – ihrer Natur gemäß – boshafter ausdrückt, als es der Lemming zu denken vermag. Wenn schon eine Katastrophe, dann soll sie gefälligst nur Leute wie Gartner verschlingen, möglichst viele Gartners, ja, am besten alle Gartners dieser Welt: So haben seine Gedanken gelautet.

Es ist schon früher Nachmittag, als Klara, Ben und Castro kommen; Kind und Hund sind guter Laune, Klara halb bestürzt und halb erleichtert, vermischen sich doch die erschütternden Neuigkeiten aus Übersee mit jenen weit besseren aus Ottakring.

«Arme Menschen, großes Leid», sagt sie traurig. «Da kriegt man beinahe ein schlechtes Gewissen für seine kleine, persönliche Freude.»

Der Lemming runzelt die Stirn. «Du meinst … dass der Gartner da unten ist?»

«Geh, Poldi, was denkst denn von mir? Die Leitungen sind endlich repariert, wir können zurück in die Roterdgasse, das und nichts anderes hab ich gemeint. Oder glaubst du, ich wünsch wem den Tod, nur weil er ein schäbiger Mistkerl ist?»

«Aber nein.» Der Lemming winkt ab. «Das täte doch keiner von uns.» Unsicher sieht er jetzt in Klaras Augen, versucht zu ergründen, ob sie es etwa ironisch meint. Aber kein Schmunzeln, kein hintergründiges Zwinkern: Da ist nur ihr dunkler, ernster Blick.

«Apropos Mistkerl», meint sie jetzt. «Was hast du über diesen Mally rausgefunden?»

«Es gibt keinen Mally. Unser diplomierter Geheimagent hat offenbar nie existiert.» Und dann berichtet der Lemming von seinem Treffen im Café *Eiles.* Einem Treffen, das – so ungeplant es in dieser Form war – heute Abend ein weiteres nach sich ziehen wird: ein Rendezvous mit jenem ominösen *Alf.*

Es geht gegen fünf, als Klara und der Lemming endlich reisefertig sind: Abermals bersten die Taschen vor Spielzeug und Kleidern, vor Decken und Windeln und Essen. Bürzel an Bürzel ruhen auch zwei tote Vögel in einem zerknitterten Plastiksack: Benjamins gelber Bade-Donald-Duck und die blasse, schon etwas verschrumpelte Ente des Lemming. Ente und Erpel, traulich vereint, dazu die passende Geräuschkulisse: ein halblautes, zyklisches Quaken, das durch die Räume hallt. Käme es nicht aus der halbgeöffneten Schlafzimmertür, man könnte an ein postmortales Schwätzchen zwischen Fleisch und Gummi glauben. Tatsächlich aber scheint das Regal des Nachbarn endlich Formen anzunehmen: Er hämmert und sägt nicht mehr, er zieht bereits die Schrauben fest.

Mit Sack und Pack und Kind und Hund machen sich Klara und der Lemming an den Abstieg. Sie haben schon fast das Erdgeschoss erreicht, als Castro plötzlich stehenbleibt und die Ohren spitzt.

«Was hat er denn?» Vorsichtig stellt der Lemming die Taschen und Säcke ab, geht vor Castro in die Knie und legt ihm die Hand auf den Rücken. Das Fell ist gesträubt; ein leises, doch spürbares Zittern läuft darüber. Besorgt blickt der Lemming zu Klara auf; er hebt den Zeigefinger an die Lippen und bedeutet ihr wortlos, den Hund festzuhalten. Während sie Ben auf die Hüfte verlagert, um Castros Halsband packen zu können, schleicht er die restlichen Stufen hinunter.

Im Halblicht der Vorhalle, neben dem blechernen Liftschacht beugt sich ein Mann über Benjamins Kinderwagen. Ein hagerer Mann in zerschlissenem Mantel. Ohne den Lemming zu bemerken, durchwühlt er die Seitentaschen des Buggys, stöbert im Korb, der unter der Sitzfläche hängt.

«Falls Sie die Sparbücher meines Sohnes suchen, die sind in seinem Gitterbett versteckt.»

Der Mann schrickt hoch, er fährt mit einem dumpfen Schrei auf dem Absatz herum.

Eine hohe, elegant gewölbte Stirn, darunter ein kantiges, schmales Gesicht, das sich zum Kinn hin noch weiter verjüngt. Seine Züge lassen an den jungen Erich Kästner denken, an die zwanziger, dreißiger Jahre des letzten Jahrhunderts. Tatsächlich gemahnt seine ganze Erscheinung an diese Ära – oder zumindest an manche Figuren, die man heute noch aus alten Filmen kennt. Die blonden, schütteren Haare, die ärmliche Kleidung, die Haltung, die Augen: große, runde Augen, die jetzt angsterfüllt aus ihren Höhlen treten. Peter Lorre, denkt der Lemming. Eine Stadt sucht einen Mörder …
Wie versteinert steht der Mann und starrt den Lemming an: ein geblendetes Reh auf der Autobahn, fassungslos, regungslos, sprachlos. Als wäre er todgeweiht. Und so liegt es nun eben am Fahrer, die Bremse zu ziehen, die Situation zu entschärfen.

«Was wollen Sie denn?», fragt der Lemming möglichst ruhig. «Brauchen Sie Geld?»

Der Mann aber schweigt nur. Und starrt. Er schweigt und starrt so lange, bis mit einem Mal ein helles Kreischen durch den Hausflur schallt: Es ist unverkennbar Bens Organ; er hat es offenbar satt, auf der Treppe zu warten.

Es gibt Momente, in denen alles zugleich passiert, und wenn schon nicht zugleich, so doch im Ablauf weniger, kurzer Sekunden. Momente wie ein Knoten im Raum-Zeit-Kontinuum, wie Little Bighorn, Pearl Harbor und Nine-eleven an ein und demselben Tag.

So ein Moment ist nun gekommen; Benjamin hat ihn nur eingeleitet. Klara tut den zweiten Schritt, sie fällt prompt in sein lautstarkes Krähen mit ein: «Poldi, pass auf!», schreit sie, Entsetzen in der Stimme. «Ich kann ihn nicht mehr halten!»

Der Lemming wirbelt herum, stürzt auf den Treppenabsatz zu, bereit für den Hechtsprung, die Todesspirale, bereit, den Kleinen aufzufangen, und koste es auch ein gebrochenes Rückgrat. Doch im selben Augenblick muss er erkennen, wen

Klara gemeint hat: nicht Benjamin, sondern Castro, der jetzt in fliegender Hast um die Ecke biegt.

Um dieselbe Ecke wie er selbst, der Lemming.

Die Kollision ist unvermeidlich: Schon zieht es ihm die Beine weg – eine plötzliche Reminiszenz an seine Jugend, in der er gelegentlich Fußball gespielt hat –, aus seinem Hechtsprung wird notgedrungen ein Salto, ein erbärmlicher Überschlag, dessen dramatischer Wert den ästhetischen weit übertrifft. Mit rudernden Armen fliegt der Lemming durch die Luft, dann schlägt sein Steißbein derb auf die Stufen: ein kurzes, hässliches Knirschen, ein jäher, stechender Schmerz.

Zum zweiten Mal an diesem Tag ist er nun auf dem Boden gelandet. Benommen wendet er sich zu Castro um, der – einigermaßen verdutzt – auf der anderen Seite des Vorhauses liegt. Auch der Hund – der gegnerische Stürmer sozusagen – ist nämlich zu Fall gekommen; wie ein riesiger, pelziger Eisstock ist er meterweit über den Steinboden geschlittert, quer durch das ganze Foyer.

Das menschenleere Foyer.

«Dreck», ächzt der Lemming.

Der Hagere, Stumme, der Zwischenkriegsmann ist verschwunden.

18 Ein polnischer Wirt, ein syrischer Koch, ein persischer Kellner. Mit anderen Worten: eine typische Wiener Pizzeria. Das ist das *Grissini*, auf den ersten Blick zumindest. Auf den zweiten schon entpuppt es sich als ein Lokal, in dem der polyglotte Geist Kakaniens auf wunderbare Weise in die Gegenwart gespiegelt wird. Es ist mehr als eine bloße Futterkrippe, mehr als nur ein Ort, um seinen Durst zu stillen. Es ist eine Institution. Ob nun Verkäufer oder Beamter, ob Unternehmer oder Ganove: Hier trifft man sich, um als

Mensch unter Menschen zu sein, hier lässt man einander – von allen Profanitäten der Außenwelt unbeleckt – ganz einfach leben. Nicht immer hoch, aber leben. Dünkel und Verachtung bleiben draußen vor der Tür, Titel, Rang und Renommee sind ebenso belanglos wie ein perfekt geschnittener Anzug (oder perfekt geschnittenes Deutsch). Der soziale Status wird gewissermaßen an der Garderobe abgegeben. Sein gutes Benehmen dagegen sollte man mit in die Gaststube nehmen, und gutes Benehmen bedeutet in diesem Fall: Wohlwollen. Grundsätzliches Wohlwollen, auch für all jene, die anders sind.

Das mag nun der Grund dafür sein, dass sich das *Grissini* zum Schutzgebiet so mancher – nicht nur lokaler – Berühmtheit gemausert hat. Durchaus prominente Künstler gehen hier ein und aus, Schauspieler, Musiker, Dichter. Sie kommen auf ein Achtel Wein vorbei, auf eine Zigarette, plaudern, lachen und politisieren – und bleiben nicht selten für den Rest des Abends sitzen. Oder für den Rest der Nacht. Flora Tarim beispielsweise, die jemenitische Schriftstellerin, von der es heißt, sie sei nur knapp am Nobelpreis vorbeigeschrammt. Oder Hermann Riedmüller, der Maler, den der Lemming ja vor einem Jahr persönlich kennengelernt hat. In dieser kleinen, unscheinbaren Wirtschaft, die sich – am ganz und gar nicht heimeligen Julius-Tandler-Platz – zwischen eine Bäckerei und ein Schuhgeschäft zwängt, da kommen sie alle zusammen, die Erlauchten und die weniger Erlauchten dieser Stadt.

Es ist schon halb neun, als der Lemming die Glastür zum engen Schankraum aufdrückt und an der Bar vorbei in die Gaststube hinkt. Halb neun, weil sich die Wartezeit auf der Unfallstation enorm in die Länge gezogen hat. Unfallstation, weil er nach seinem Sturz heute Nachmittag kaum in der Lage war, aufzustehen, geschweige denn, sich mit Taschen und Säcken nach Ottakring zu bewegen.

«Ab ins Spital», hat Klara gesagt. «Sofort.»

«Und was soll das bringen? Soll ich mir etwa das Arschloch eingipsen lassen?»

«Ein gebrochenes Steißbein ist kein Spaß», hat Klara geduldig geantwortet. «Es muss womöglich eingerichtet werden, weil du sonst nie wieder richtig sitzen kannst.» Ohne seine Widerworte zu beachten, hat sie ihm Ben in die Hand gedrückt und das Gepäck zurück in die Wohnung getragen. «Übersiedeln können wir auch morgen noch», so lautete ihre Entscheidung, als sie den Kleinen wieder an sich nahm.

Der Lemming ist wohl oder übel ins Krankenhaus gefahren, mit der U-Bahn, weil man in U-Bahnen stehen kann. Nach zweieinhalb Stunden, in denen er ausgiebig die Hieb- und Stich-, die Schürf-, Quetsch- und Brandwunden der übrigen Wartenden betrachtet hatte, wurde er endlich aufgerufen. Die Untersuchung des lädierten Hinterteils ging rasch vonstatten: Eine junge Ärztin und ein Gummihandschuh, mehr brauchte es nicht dazu. Die Diagnose wenigstens fiel beruhigend aus: «Nur geprellt», sagte die Ärztin, während der Lemming mit schmerzverzerrtem Gesicht seine Hosen hochzog. «Ich verschreibe Ihnen ein Analgetikum, das schlucken Sie bei Bedarf.»

«Ein orales Analgetikum?»

«Die Wege der Chemie sind unergründlich. Am besten besorgen Sie sich einen Schwimmreifen.»

«Einen Schwimmreifen?»

«Ja. Aber nicht zum Schwimmen», hat die Ärztin gegrinst.

Seit gut zwei Jahren ist der Lemming nicht mehr hier im *Grissini* gewesen, das wird ihm erst richtig bewusst, sobald er in die Gaststube tritt. Karol, der Wirt, hat den Raum inzwischen umgestaltet, hat ihn mit der – im baulichen Umgang mit Wiener Lokalen so seltenen – Behutsamkeit einer Amme erneuert, die das Badewasser wechselt, ohne das Kind auszuschütten. Vor allem hat Karol seinem kleinen Reich einen neuen Anstrich gegeben. Die Wände, die davor noch weiß waren, sind jetzt in ein tiefes, warmes Rot getaucht. Ein Venetianerrot.

Es ist der Raum auf Jandulas Fotografie.

An einem Tisch in der hinteren Ecke sitzen fünf Personen: Josefine Mally, Klaus Jandula und drei weitere, von denen einer dem Lemming vertraut ist: der alte, faltige Mann auf dem Foto, der Mann mit den schlohweißen Haaren. Auch jetzt hat er den Vorsitz eingenommen, lächelt freundlich in die Runde, nippt an seinem Achtel Rot. Rechts von ihm sitzen zwei Männer, die der Lemming nie zuvor gesehen hat: ein überaus voluminöser Glatzkopf, der sich im Sekundentakt die Schweißperlen von der Stirn wischt, und ein umso kleinerer mit dunklem, lockigem Haar, auf dessen Nase ein altertümliches Brillengestell ruht.

«Verzeihen Sie die Verspätung.» Der Lemming nickt Mally und Jandula zu und wendet sich dann an die anderen. «Wallisch, sehr erfreut.»

«Unser Reporter!», sagt Jandula. «Schön, dass Sie noch gekommen sind.» Während er aufsteht, um dem Lemming einen Stuhl zu holen, deutet Josefine Mally in die Runde. «Darf ich bekannt machen …», beginnt sie, aber der kleine Bebrillte nimmt ihr das Wort aus dem Mund. «Sabitzer», sagt er mit zittriger Stimme und streckt dem Lemming die Hand hin, «Fabian Sabitzer. Autowerkstatt.»

«Aha …»

Während der Lemming noch über die seltsame Vorstellung Sabitzers nachdenkt, setzt der Dicke die Begrüßungsrunde fort. «Meisel. Franz Meisel. Autobahn.»

«Auto*bahn*?» Der Lemming stutzt. Dass einem eine Werkstatt gehört, soll ja ab und zu vorkommen, aber ein Highway? Eine Autobahn im Besitz eines schwitzenden, pastetenförmigen Menschen, eines Mannes im fleckigen T-Shirt, der – wie der Lemming mit einem raschen Blick feststellt – nicht einmal Zigarren, sondern Zigaretten der billigsten Sorte raucht?

«Autobahn, ja», schnauft der Dicke. «Ich hab ein Häuserl im Zweiundzwanzigsten. Drei Zimmer und ein kleiner Garten. Vorn die Südosttangente, hinten die Donaustadtstraße. So kann ich mir's jede Nacht aussuchen, wo ich meinen Schlaf nicht find.»

«Bittschön, Herr Wallisch.» Jandula ist wieder an den Tisch getreten, einen Stuhl in den Händen. «Haben sich die Herren schon bekannt gemacht?»

«Wir sind gerade dabei», murmelt der Lemming. Er begreift jetzt, was die Menschen an diesem Tisch miteinander verbindet. Hypochonder stellen sich bekanntlich mit ihren Leiden vor, notorische Golfspieler mit ihrem Handicap. Ihre Leiden und ihre Handicaps, das sind, wie es scheint, auch die Themen dieser Runde: eine Werkstatt und eine Stadtautobahn, entfesselte Wirtshausgäste und ein boxender Briefträger. Was wird wohl der schlohweiße Greis nun erzählen? Der Lemming reicht ihm die Hand. «Angenehm, Wallisch.»

Ohne den Gruß zu erwidern, sieht ihn der Alte an. Ein sanfter, leicht entrückter Blick, ein breites, schweigendes Lächeln.

«Theodor Nedbal. Flugschneise», sagt Josefine Mally an seiner Statt. «Er kann Sie nicht verstehen, Herr Wallisch, er ist taub.»

«Na kommen Sie, so setzen Sie sich doch.» Jandula, der mittlerweile wieder Platz genommen hat, deutet auf den leeren Sessel.

Einen Versuch ist es wert. Im Zeitlupentempo lässt sich der Lemming auf die Sitzfläche sinken, um – mit einem verhaltenen Schrei auf den Lippen – sofort wieder hochzuschnellen.

Es ist Karol, der Wirt, der ihn davor bewahrt, den ganzen Abend stehen zu müssen. Schwimmreifen hat Karol zwar keinen zur Hand, und sein nicht ganz ernst gemeinter Vorschlag, einen großen Ring aus Pizzateig zu backen, wird vom Lemming dankend abgelehnt. Aber schon nach wenigen Minuten bringt er eine Pferdedecke, die er liebevoll zu einer langen Wurst zusammenrollt und kreisförmig auf dem Stuhl drapiert. «Wenigstens Klo gehen kannst du alleine», zwinkert er dem Lemming zu.

Kaum hat sich dieser auf dem provisorischen Steißbeinschoner niedergelassen, fangen Meisel und Sabitzer zu erzählen an. Sie sind sichtlich davon überzeugt, mit einem Reporter zu sprechen; so wie gestern Klaus Jandula scheinen nun auch sie darauf zu hoffen, dass eine Publikation ihrer Leiden die Leiden als solche zu bannen vermag. Sie schildern ihm minutiös ihre Qualen, ihre täglichen Martyrien, die im Falle Franz Meisels auch nächtliche sind. Kein Wort über Angela Lehner, keine Erwähnung des geheimnisvollen *Alf*. Nur die ganz privaten Kalamitäten, die Trostlosigkeit und Verzweiflung zweier unbedeutender Männer.

Fabian Sabitzer, Gymnasiallehrer für Deutsch und Geschichte, hat seine Wohnung in Hernals vor fünf Jahren angemietet, direkt am vierspurigen Gürtel, der verkehrsreichsten Landesstraße Österreichs. Gewiss keine Wohnung, um seine Nachmittage mit Korrekturen und Stundenvorbereitungen, vielleicht auch mit einem Erholungsschläfchen zu verbringen, wäre da nicht der zwar düstere, aber ruhige Hof auf der anderen Seite des Hauses gewesen. Sabitzer hat also Schreibtisch und Bett nach hinten verlegt, um seinen Arbeitspflichten und seinem Schlafbedürfnis nachkommen zu können. Bis – zwei Jahre später – die kleine Schildermalerei im Parterre einer Autospenglerei gewichen ist. «Wussten Sie», fragt Sabitzer den Lemming, «dass die Römer schon hundert vor Christus den Wagenverkehr in ihren Stadtzentren verboten haben? Und dass es den römischen Kupferschmieden untersagt war, sich in Straßen anzusiedeln, in denen ein *Professor* wohnte? So wie zu Beginn des siebzehnten Jahrhunderts in Leipzig und Jena: Jedes laute Handwerk wurde damals aus Straßen verbannt, in denen sogenannte Doctores lebten.»

Der Rest von Sabitzers Geschichte ähnelt einem langen, tiefen Fall; die Richtung ist vorhersehbar, der Schluss zu erahnen. Vorn das Grollen der Motoren, das Rumpeln der Reifen und Gellen der Hupen, hinten das Hämmern und Sägen, das Klappern und Kreischen geschundenen Blechs. Gespräche mit dem Besitzer der Werkstatt haben zum selben Ergebnis geführt wie ungezählte Eingaben an die Behörden. «Sagen Sie einem Spengler, dass er nicht hämmern soll», stößt der Lehrer hervor. «Und wenn Sie dann noch weitere Lacher ernten wollen, schreiben Sie dem Magistrat, dass ein Spengler nicht hämmern soll.»

Der kleine Sabitzer verstummt, nur seine schmalen Hände beben vor Erregung. Der dicke Meisel dagegen bleibt vollkommen ruhig, als er – nach einem Moment pietätvollen Schweigens – das Wort ergreift. Statt zu zittern, schüttet er unmäßig Bier in sich hinein, gigantische Mengen von Bier: Sechs oder sieben Krügel zählt der Lemming, bis Meisels Erzählung ein Ende findet, und das, obwohl sie nicht länger ausfällt als jene des Lehrers.

Meisel wohnt in einem Haus, das sein Vater in den fünfziger Jahren gebaut hat, unweit der Alten Donau, nur einen Steinwurf vom Oberen Mühlwasser entfernt. Eine wundervolle Gegend war das damals: saftige Auen und weglose Wälder, dunkelgrüne Märchenteiche, in denen sich schillernde Fische tummelten. Ein Naturparadies von amazonischem Gepräge, wie geschaffen dafür, dem kleinen Franz Meisel als Abenteuerspielplatz zu dienen. Zwanzig Jahre später war es mit dem Abenteuer dann fast schon vorbei. Die Trasse der Wiener Südosttangente wurde bis über die Donau verlängert; als meistbefahrene Straße Österreichs bahnte sie sich unaufhaltsam ihren Weg nach Norden, eine alles verschlingende Hydra, auf deren Rücken Tag für Tag einhundertachtzigtausend Autos die Stadt durchqueren. Der Vater starb Mitte der Siebziger, Meisel selbst blieb im Haus, obwohl schon damals feststand, dass die Hydra weiterwachsen würde. «Warum ich nicht weggezogen bin?», meint er auf eine Frage des Lemming. «Weil ich ihn lieb gehabt hab, meinen Alten. Und weil das Häuserl sein Lebenswerk war.» Und so hat er aus dem Lehnstuhl dabei zugesehen, wie sich die Baumaschinen – keine hundert Meter entfernt – vom Autobahnknoten Kaisermühlen in Richtung Hirschstetten fraßen. «Damals bin ich auf den Geschmack gekommen», meint er, prostet dem Lemming zu und leert das nächste Krügel. «Weil ohne Bier kein Schlaf, und ohne Schlaf keine Arbeit.» Seinen Job als Krankenpfleger hat er dann trotzdem verloren: Ein schwabbelnder, schwitzender Mann, der nach Alkohol stinkt, ist im Spital nun einmal fehl am Platz. Sogar auf der Komastation, wegen der Angehörigen. «Wieso ich das Häuserl nicht endlich verkauf?», fragt Meisel mit schwerer Zunge und grinst. «Was, glauben Sie, bekomm ich dafür? Was zahlen Sie für ein Ticket in die Hölle? Nein, Herr Wallisch, ich sitz das jetzt aus, ich wart, bis das alles vorbei ist. Bis es keinen Sprit mehr gibt, kein Öl, verstehen Sie? Lange kann's ja nicht mehr dauern; wenn ich mir anschau, was allein vor meiner Türe in die Luft geblasen wird, rechne ich täglich damit.»

Meisel ordert noch ein letztes, dann ein allerletztes Bier, bevor er sich – im aufrechten, aber nun doch schon leicht schwankenden Gang – auf den Heimweg macht. Auch Sabitzer verabschiedet sich, um, wie er sagt, den Rest dieser Nacht zu nutzen. Als Lehrer hat man zwar Ferien, aber als Spengler eben nicht. Und morgen ist wieder ein Arbeitstag in seinem grauen Gürtelhinterhof.

Zitterer und Trinker sind also gegangen, Schlenkerer und Lächler sitzen nach wie vor am Tisch. Zusammen mit der blassen Josefine Mally und dem Lemming, der nun – mit einem zögernden Blick zum alten, gehörlosen Nedbal hin – ver-

sucht, dem Gespräch die entscheidende Wendung zu geben.
«Wo ist aber jetzt dieser *Alf*?», fragt er leise.

«Geduld, Herr Wallisch», antwortet Jandula. «Wir sind noch nicht fertig. Die Geschichte unseres Freundes hier», er deutet auf Nedbal, «sollten Sie sich auch noch anhören.»

«Aber …», wirft der Lemming unwillig ein.

«Nichts aber. Zuerst die Geschichte, dann *Alf*. Frau Mally, wären Sie so freundlich?»

Und Josefine Mally beginnt zu erzählen. Sie beschreibt eine weitere Chronik des Schreckens, wobei sie der Hauptperson ihres Berichts, dem weißen, faltigen Nedbal, hin und wieder ein gütiges Lächeln schenkt. Nedbal lächelt zurück, in der Art eines Kiffers, der eine Teekanne angrinst.

Theodor Nedbal, ehemaliger Gemischtwarenhändler, hat sich nach seiner Pensionierung vor sieben Jahren ein Haus am Fuße des Laaerbergs gekauft, der sich am Südrand der Stadt im Bezirk Favoriten befindet. Ein Winkel von Wien, bestens geeignet, um dort seinen Ruhestand zu genießen, hat er doch nicht nur einen Kur- und Erholungspark zu bieten, sondern auch ein ausgedehntes Wander- und Ausflugsgebiet, den Laaer Wald. An den östlichen Hängen des Berges findet man Weingärten und eine Vielzahl von Heurigen, kurzum: alles, was ein müdes Rentnerherz begehrt. Zwei Jahre Glück waren Nedbal und seiner Frau hier beschieden, zwei Jahre Seligkeit und kein Tag mehr. Im Frühjahr neunundneunzig, um sieben Uhr morgens, da hat es begonnen, das Vibrieren der Scheiben, das Dröhnen und Pfeifen über dem Haus. Nedbal konnte es am Anfang gar nicht glauben, er dachte an einen Notfall, einen technischen Defekt oder einen Pilotenfehler. Aber schon nach zehn Minuten war ihm klar, dass hier nichts Ungeplantes vor sich ging. Vier mächtige Jumbojets waren in diesem Zeitraum über sein Dach, seinen Garten gedonnert: ein schockierender Ansturm, eine wahre Stampede entfesselter Flugelefanten. Nur dass es sich bei Stampeden (so gefährlich und nervenzerrüttend sie sein mögen) um ein sporadisches Phänomen zu handeln pflegt. Der Angriff der wütenden Jumbos hielt freilich bis zum Abend an; gegen halb zehn brauste der letzte über die Köpfe Nedbals und seiner Frau hinweg – der letzte aber nur an diesem Tag. Am nächsten Morgen nämlich setzte sich die Attacke der Tiefflieger fort, und auch am übernächsten und an den Morgen danach: Vierzehn Stunden täglich tobten die Maschinen über den Laaerberg, sie tobten und tobten im Zwei- bis Dreiminutentakt.

«Der Flughafen Schwechat», wirft Jandula ein, «versucht sich schon seit Jahren zum aviatischen Drehkreuz Osteuropas zu mausern. Transfer- und Frachtflüge vor allem, aber natürlich auch Billigairlines, die man mit Dumpingpreisen hierherlockt. In nur einem Jahrzehnt hat sich auf diese Art das Flugaufkommen verdoppelt, also hat man Ende der Neunziger eine der beiden Landepisten in Richtung Wien verlängert, um sie auch für die ganz dicken Brummer nutzbar zu machen. Größer, tiefer, lauter, und das mitten über der Stadt: Einflugroute über den Laaerberg und den Zentralfriedhof, aber nur bei Südostwind, also bei Schönwetter. Wenn es draußen stürmt und schneit, dann fliegen die Jets vom Süden her an, dann können die Leute getrost aus dem Keller kommen und wieder die Fenster öffnen.»

«Schlechter», ergreift Josefine Mally jetzt wieder das Wort, «geht's nur noch den Leuten im Norden, die unter der Schneise der anderen Flugpiste wohnen. Dort wird nämlich auch in der Nacht gelandet. Oder eben gestartet, je nach Wind. Die lassen ihre Kinder teilweise wirklich im Keller schlafen. Und weil ja nichts schöner ist als das Fliegen, plant man jetzt noch eine dritte Piste. Zur Erhöhung der Kapazitäten, nicht zur Entlastung der anderen.»

«Aber … Wehren sich denn die Leute nicht?», wirft der Lemming ein. Er erntet ein bitteres Lachen Klaus Jandulas.

«Protestschreiben, Anzeigen, Bürgerinitiativen. Tausende

haben sich zu wehren versucht, Herr Wallisch. Tausende. Auch der Herr Nedbal natürlich. Was zurückkam, waren die üblichen Finten des höheren Managements: moderne Inszenierungen der eigenen Leutseligkeit, verschleiert mit todschicken Namen wie *Mediationsverfahren* oder *Dialogforum*. Dort hat man den Betroffenen dann erklärt, dass sie den Lärm eben *mögen* sollen.» Jandula beugt sich vor; sein Schädel schlenkert heftig hin und her. «*Mögen*, verstehen Sie? *Mögen* im Dienste der Allgemeinheit!»

«Es ist die alte politische Strategie.» Josefine Mally legt beschwichtigend die Hand auf Jandulas Arm. «Eine kleinere Gruppe wird gegen eine größere ausgespielt, zehn Leute gegen hundert, hundert gegen tausend und so weiter. Der Rubel muss rollen, das ist oberstes Gebot für die Herrschaften, die selber in Grünruhelage wohnen. Sie brauchen nur die Angstkeule zu schwingen: Gefährdung von Arbeitsplätzen, Gefährdung des Wirtschaftsstandorts, Gefährdung unserer *Europareife*. Schon haben sie die schweigende Mehrheit auf ihrer Seite, und ein paar tausend Menschen werden halt geopfert. Unsere ganzen Gesetze sind danach ausgerichtet: Einige verdienen, viele leiden. Und alle haben Angst, diesen Zustand zu ändern. Auch wenn es letztlich alle sind, die daran zugrunde gehen. Langsam und stetig, aber zugrunde. Beim Herrn Nedbal und seiner Frau ist das Ende vergleichsweise rasch gekommen. Sie hat sich umgebracht. Im letzten Sommer. Auf einer Hollywoodschaukel im Garten ist sie gesessen, in ihrer Scheiße und ihrem Erbrochenen, bis obenhin voll mit Beruhigungsmitteln und Wodka.»

«Mein Gott …» Der Lemming starrt Theodor Nedbal an, der Alte lächelt zurück.

«Er hat sie so gefunden. Darüber ein röhrender Jet, wahrscheinlich mit Kirschen aus Chile oder Touristen aus Moskau. Er hat sich zu ihr auf die Schaukel gesetzt und ist dort geblieben, draußen im Garten, am Himmel das Spalier der Düsenflieger: eine endlose, pfeifende, grölende Ehrengarde. Aber die hat er nicht mehr gehört, der Herr Nedbal.» Mally legt eine Pause ein; sie sieht den Lemming auffordernd an, als erwarte sie die Pointe eines Witzes von ihm zu erfahren. «Er hat sich die Trommelfelle durchstoßen», sagt sie dann. «Mit einem Schraubenzieher. Nach drei Tagen hat man ihn neben der Leiche seiner Frau gefunden, blutüberströmt. Er hat kein Wort mehr gesagt, hat nur vor sich hingelächelt. Das tut er bis heute, wie Sie ja sehen können.»

Nedbal nickt ihr freundlich zu, ergreift bedächtig sein Glas und trinkt.

«Trotzdem kommt er noch immer hierher, ins *Grissini*», mischt sich Jandula nun wieder ins Gespräch. «Jeden letzten Sonntag im Monat kommt er hierher, so wie die anderen Mitglieder unserer Stammtischrunde. Der gute Herr Nedbal ist uns eine Art … Maskottchen geworden. Oder besser: ein Schirmherr. Er ist die Verkörperung all dessen, was uns vereint. Und ich denke, Herr Wallisch, Sie wissen jetzt, was uns vereint.»

Der Lemming antwortet nicht sofort. Sein Blick wandert über das Tischtuch, als suche er ein Körnchen Fröhlichkeit zwischen den Falten. «Das war ja nicht zu überhören», meint er schließlich mit heiserer Stimme.

«Ganz richtig, Sie sagen es. Was uns vereint, ist das, was nicht zu überhören ist: die Gemeinheit, die Rücksichtslosigkeit unserer Mitbürger. Die Entwertung und Zerstörung, der Diebstahl unseres Lebens. Aus Jux und Tollerei in meinem Fall, aus Großmannssucht bei der Frau Mally, oder eben aus Habgier wie bei den anderen drei Herren. Ob das nun private oder kollektive Habgier ist, macht ebenso viel Unterschied wie … wie im Eiskasten oder im Kühlhaus zu erfrieren.»

«Und deshalb haben Sie beide beschlossen, sich zur Wehr zu setzen.» Der Lemming hebt den Kopf, blickt zwischen Jandula und Mally hin und her. «Sie haben jemanden damit beauftrag, dem Prantzl und dem Farnleithner einen Denkzettel zu verpassen: einen Mann namens *Alf*. Wann kommt er denn nun endlich, dieser *Alf*?»

Was auf dem Tischtuch nicht zu finden war, auf den Gesichtern Jandulas und Mallys strahlt es dem Lemming jetzt entgegen: Fröhlichkeit. Die beiden brechen unisono in Gelächter aus. Selbst Theodor Nedbals stetiges Grinsen scheint noch um einen Deut breiter zu werden.

«*Alf*», kichert Jandula, «war von Anfang an hier. Verstehen Sie, Herr Wallisch: *Alf* sind wir alle, wie wir da sitzen! Seit gut zwei Jahren treffen wir uns im *Grissini*, wobei die Frau Mally», Jandula streift seine Sitznachbarin mit einem sanften Seitenblick, «erst ein bisserl später zu uns gestoßen ist, als der Terror auch vor ihren Fenstern begonnen hat.»

«Ich hätte ja einen anderen Namen vorgezogen», meint Mally bedauernd. «*OLGA* zum Beispiel: *Ohne Lärm geht's auch.* Vielleicht auch *LOLA*: *Leben ohne Lärmattacken*. Aber damals hatte *ALF* schon das Rennen gemacht: *Aktion Lärmfrei*, oder *Anti-Lärm-Fraktion*, ganz wie Sie wollen.»

Ein weiterer Gedankenfisch schnellt aus dem trüben Gewässer des Unterbewussten; aufgeweckt, befreit, im wahrsten Sinn des Wortes ausgelassen tanzt er im Licht, das dem Lemming nun aufgeht. Und so, als sei er selbst dieser Fisch, klappt der Lemming nun – ganz in der Art eines Karpfens – den Mund auf und zu. *ALF*: eine Gruppenbezeichnung, ein Akronym, natürlich. So wie etwa das Kürzel *PLO*, das beispielsweise auch *Partie der Lärmopfer* bedeuten könnte …

«In meinem Fall», spricht Mally weiter, «hat sich der Trubel ja gottlob gelegt: Der Farnleithner hat das Handtuch geworfen, und seine Frau scheint sich davor zu hüten, das Kriegsbeil wieder auszugraben. Aber zu unseren Monatstreffen komme ich auch weiterhin. Man wächst ja irgendwie … zusammen mit der Zeit», meint sie jetzt zögernd, wobei sie es sichtlich vermeidet, Klaus Jandula anzusehen.

«Und man weiß ja auch nie, wann es wieder beginnt», beeilt sich dieser zu ergänzen. «Man rechnet ja ständig damit; die Angst wird man nicht wieder los. Es ist eine Folter, die in der Erinnerung weiterwirkt, eine stete Bedrohung, ein ewiges Trauma. Wie eben auch … bei der Frau Lehner.»

Endlich, denkt der Lemming, scheint sich das Gespräch dem entscheidenden Punkt zu nähern. Jenem Punkt, auf den er – den pochenden Schmerzen in seinem Hinterteil trotzend – seit drei Stunden wartet. «Was war mit ihr?», fragt er. «Was war mit der Angela?»

Es ist Josefine Mally, die nun wieder das Wort ergreift. «Die Frau Lehner», sagt sie, «hat vor zirka einem Jahr hierhergefunden. Im vorigen November, um genau zu sein. Sie ist plötzlich an unserem Tisch gesessen, die schweigsame, traurige Angela, gemeinsam mit einem noch stilleren Mann. Dass es ihr Ehemann war, hat sich erst später herausgestellt; erkennen konnte man das nicht, so wie die beiden einander behandelt haben.»

«Warum? Wie haben sie sich denn behandelt?», wirft der Lemming ein.

«Gar nicht. Sie haben kein Wort miteinander gesprochen. Haben sich nicht einmal nebeneinandergesetzt. Das Foto, das Sie gestern dem Herrn Jandula gestohlen … also, das Sie sich ausgeborgt haben, das Foto ist damals entstanden. Haben Sie es mit?»

Der Lemming kramt ein weiteres Mal die Fotografie heraus und legt sie auf den Tisch.

«Da rechts, sehen Sie, der Arm, der ins Bild steht: Das ist Frank Lehner, Angelas Mann. Ich kann nur hoffen, Herr Wallisch, dass sich ihr Bub am Herrn Lehner nicht den Magen verdorben hat. Er ist den ganzen Abend wortlos dagesessen, aber nicht wirklich apathisch, sondern eher wie eine tickende Zeitbombe, wie einer, der sich nur mühsam unter Kontrolle hält. Nach längstens einer Stunde ist er dann wieder aufgebrochen, ohne uns auch nur anzusehen: Gerade, dass ihm zum Abschied ein stummes Nicken ausgekommen ist. ‹Ich bleib noch›, hat die Angela gemurmelt, obwohl er sie gar nicht gefragt hat, ob sie ihn etwa begleiten will. Das war der einzige Satz, der zwischen den beiden gefallen ist.»

Nachdenklich streicht der Lemming über den ausgefransten Rand der Fotografie. «Frank Lehner also … War er beim nächsten Treffen wieder dabei?»

Mally schüttelt den Kopf. «Es war das einzige Mal, wir haben ihn nie mehr gesehen. Im Gegensatz zur Angela: Sie ist von da an regelmäßig gekommen, jeden Monat wieder, pünktlich wie die Uhr. Und das, obwohl wir – zumindest am Anfang – nicht so recht verstanden haben, warum. Sie hat ja kaum etwas von sich gegeben, hat einfach nur zugehört, während die anderen geschimpft, geklagt und diskutiert haben. Ein paarmal sind wir auf sie zugegangen, haben versucht, etwas aus ihr herauszukitzeln, aber sie ist einsilbig geblieben. Dass ihr etwas zugestoßen ist, hat sie gesagt. Und dass sie nicht darüber reden kann – *noch* nicht. Also haben wir sie eben in Ruhe gelassen – man will ja niemanden zwingen. Ein halbes Jahr lang ist das so gegangen, bis zum März.»

«Und dann? Im März?»

Da sind sie wieder, diese sondierenden, fragenden Blicke zwischen Mally und Jandula: ein Blickwechsel wie der zweier Kaskadeure vor dem Salto mortale oder zweier Jungchirurgen vor dem ersten Schnitt.

«Es ist spät geworden im März», sagt Mally.

«Wirklich spät», bekräftigt Jandula. «Die anderen», wendet er sich nun wieder dem Lemming zu, «sind damals schon relativ zeitig gegangen: der Herr Sabitzer, der Herr Meisel und zwei weitere sporadische Gefährten. Auch unser lieber Herr Nedbal ist irgendwann aufgebrochen, sodass am Ende nur noch wir drei hier gesessen sind: die Frau Mally, die Frau Lehner und ich. Die Frau Lehner – die Angela – hat an dem

Abend … verändert gewirkt. In gewisser Weise agiler, lebendiger, offener. Vielleicht war das der Grund dafür, dass wir gesagt haben, gut, was soll's, jetzt trinken wir noch ein Achtel. Und dann … hat sie plötzlich zu reden begonnen, die Angela. Zu reden und zu weinen.»

«Aber ohne Tränen», ergänzt Josefine Mally. «Zuerst hat sie nur vor sich hingestammelt, mit einem Gesicht, das man gar nicht beschreiben kann. So grau. So schmerzverzerrt. Ein einziges schreckliches Weh, ein unsagbares Leid war in diesem Gesicht.»

«Was hat sie erzählt?» Die Frage des Lemming kommt heiser und leise.

«Dass sie ihr Kind verloren hat», murmelt Jandula. «Und dass der Mörder ihres Buben frei herumläuft. Nein, der *Schuldige* hat sie gesagt, um genau zu sein. Wir wollten natürlich Näheres wissen: Was denn passiert sei, wer und wie und warum, aber die Angela hat nur gemeint, sie möchte uns die Einzelheiten ersparen. Ich glaube, sie wollte sich eher selbst ersparen, darüber zu sprechen: Manche Wunden sind so tief, dass man sie ohnehin nicht sauber kriegt. Die werden nicht mehr gut, die heilen nicht mehr zu, da können Sie daran herumdoktern, soviel Sie wollen.»

Jandula verstummt und hebt seinen schlenkernden Kopf: Karol ist an den Tisch getreten, um die leeren Gläser abzuräumen. «Darf noch was sein?», fragt er, das übliche schelmische Zwinkern um die Augen.

«Eine Runde noch», antwortet Jandula. «Die geht auf mich. Und … Bring mir jetzt bitte auch ein Achtel.»

Wie er das wohl trinken wird, überlegt der Lemming. Aber da spricht Klaus Jandula auch schon weiter.

«Wir wollen Sie nicht länger auf die Folter spannen, Herr Wallisch. Um Angelas Mörder zu finden, müssen Sie wohl oder übel wissen, was auch wir beide wissen. Mehr noch: Sie müssen die Dinge verstehen, begreifen, Sie müssen sie richtig *beurteilen* können. Deshalb haben wir Sie heute hierher bestellt, deshalb die ganzen Geschichten, die … gesammelten Leiden von *Alf*. Damit ihr Urteil nicht zu hart ausfällt.»

«Mein Urteil?»

«Ja. Ihr Urteil über uns: die Frau Mally und mich. Und letztlich auch über die Angela.»

«Unseren Engel», wirft Josefine Mally ein.

«Unseren Racheengel, ja. Sie hat uns an diesem Abend einen Vorschlag gemacht, ein Angebot, das … nun, das alles andere als gesetzestreu war. Nur: Wozu Gesetzen treu sein, die einen nicht schützen? Wozu Rechtschaffenheit, wenn man rechtlos ist? Also sind wir auf Angelas Ansinnen eingegangen: So illegal es auch gewesen sein mag, unmoralisch war es nicht. Im Gegenteil: Es war Angelas einzige Möglichkeit, kein schlimmeres Verbrechen zu begehen.»

«So hat sie es gesagt», bestätigt Josefine Mally. «Sie hatte Angst davor, die Gewalt über sich zu verlieren, Angst davor, den Kerl abzuschlachten, der ihr Leben zerstört hat. ‹Ich kann ihn nicht am Leben lassen, wenn ich ihn erst einmal in die Finger bekomme›, hat sie gesagt. ‹Aber dann bin ich auch nicht besser als er.› Verstehen Sie, Herr Wallisch: Der Grund für ihr Angebot war einzig und alleine ihr Gewissen, ihr verzweifelter Kampf darum, ein leidlich guter Mensch zu bleiben.»

«Ein einfacher Tausch, das war ihr Vorschlag», spricht Jandula weiter. «Ein kleines Geschäft unter Leidensgenossen: Die Angela bringt unsere Peiniger zur Vernunft, dafür erteilen wir dem ihren eine Lektion, die ihn bis ans Ende seiner Tage verfolgen wird. Sie waren nahe dran, Herr Wallisch, sehr nahe dran. Nur, dass wir niemanden engagiert haben; die Frau Lehner hat sich uns aus freien Stücken angeboten.»

«Sie ist es also selbst gewesen», sagt der Lemming mit tonloser Stimme.

«Ja. Sie selbst. Wir haben noch am selben Abend zwei Briefe

geschrieben, einen an den Prantzl, einen an den Farnleithner. Zwei Ordnungsrufe von *Alf* gewissermaßen. Man muss den Leuten ihre Chance lassen, hat die Angela gesagt, das gebietet der Anstand, den sie selbst nicht besitzen. Genutzt haben die Warnungen freilich nichts, bei keinem der beiden. Und dann, einen Monat später, ist der Farnleithner verschwunden. Wie ich damals die Zeitung aufgeschlagen habe … Ich habe es kaum glauben können.»

«Ich auch nicht», meint Mally bekräftigend. «So ein Teufelsweib. Man rechnet ja nicht damit, dass jemand wirklich Ernst macht. Einerseits ist mir natürlich ein bisserl mulmig geworden bei der Vorstellung, dass der Herr Jandula und ich … Na, dass wir dann auch jemanden kidnappen müssen. Aber andererseits war es nach Monaten die erste Nacht, in der ich wieder durchschlafen konnte. Das war es wert. Vor allem, wo der Farnleithner dann eh wieder aufgetaucht ist, und noch dazu unversehrt.»

«Aber geläutert.» Klaus Jandula hebt in geradezu päpstlicher Pose die Hände. «Wie durch ein Wunder geläutert.»

«Was hat sie mit ihm angestellt?», fragt der Lemming jetzt. «Wo hat sie ihn hingebracht?»

«Wir wissen es nicht. Sie wollte uns erst einweihen, sobald die Reihe an uns kommen sollte. Sobald sie den Prantzl auch zur Räson gebracht haben würde. Ende Mai haben wir einander wieder getroffen, hier, an diesem Tisch. Es ist kein Wort über die Sache gefallen, nur am Schluss, beim Verabschieden, hat mir die Angela zugeflüstert, dass ich mich noch ein wenig gedulden müsse, weil der Prantzl mit seinem Killerhund ein härterer Brocken sei als der Farnleithner, und weil sie nach der letzten Aktion ein wenig Erholung brauche. Längstens drei Monate, hat sie gemeint, bis zum September. Ich habe nicht gewusst, soll ich weinen oder lachen: Die geplante Entführung vom Prantzl ist wie ein Füllhorn über mir gehängt. Und zugleich wie ein Damoklesschwert.»

«Und dann ist etwas schiefgegangen.»

«Wegen dieses stinkenden Köters, ja. Ein blöder Zufall: Der Prantzl hätte den Hund nicht dabeihaben sollen; wahrscheinlich wollte er vor der Arbeit noch rasch Gassi gehen mit ihm. Ein Glück nur, dass die Angela da heil herausgekommen ist. Beim nächsten Stammtisch war sie trotzdem in einem erbärmlichen Zustand: verängstigt, zerfahren, beinahe unansprechbar. Auf meine schüchterne Frage, ob und wann sie es wieder versuchen wird, hat sie nur den Kopf geschüttelt: ‹Ich kann nicht›, hat sie immer wieder gesagt. ‹Ich kann nicht› …»

«Keine Sorge: Wirst du können.» Karol stellt die vollen Gläser ab und legt – mit einer beiläufigen Geste – einen Strohhalm neben Jandulas Achtel. «Gesundheit, die Dame, die Herren.»

«Danke, Karol. Prost.» Klaus Jandula taucht das eine Ende des Strohhalms in seinen Rotwein, schnappt mit dem Mund nach dem anderen und beginnt zu schlürfen: ein Bild, das an jene modernen Langstreckenbomber gemahnt, die – selbst bei stürmischen Wetterverhältnissen – während des Fluges betankt werden können.

Solcherart mit blaufränkischem Kraftstoff frisch befüllt, spricht Jandula weiter. «Sie hat sich dann bei mir entschuldigt, die Angela. Sie könne nichts mehr für mich tun, sie könne dem Prantzl, der stinkenden Sau, nicht noch einmal gegenübertreten. Und dass wir – nicht nur ich, sondern auch die Frau Mally – von unserem Versprechen entbunden seien.»

«Und dieser Kerl? Ihr geheimnisvoller Feind? Den wollte sie davonkommen lassen?»

«Nein», sagt Josefine Mally jetzt, «durchaus nicht. Aber sie hatte ihre Meinung inzwischen geändert; sie wollte sich – trotz aller Bedenken – selbst um den Mann kümmern. Ich hab ihr damals … Nun, ich hab ihr meine Hilfe angeboten, aus Mitleid und aus Dankbarkeit. Aber sie hat abgelehnt. ‹Ich schaffe das schon›, hat sie gesagt. ‹Und wenn es das Letzte ist, was ich schaffe: ihn leiden zu sehen. Nicht sterben, nur leiden; so lange leiden, bis er begreift, was er getan hat.› Und dann … Dann hat sie dieses Gedicht aufgesagt.»

«Ein Gedicht?»

Statt einer Antwort dreht sich Mally jetzt zu Jandula. Ein kur- zes Nicken, und die beiden heben unisono an zu deklamieren: «*Sie töten den Geist und die Würde, ersticken uns Freude und Licht …*»

«*Zertreten die Liebe und Güte, sie töten – und wissen es nicht*», stimmt der Lemming mit ein.

Drei Namen spuken ihm durch das Gehirn, als er zu später Stunde das *Grissini* verlässt. Die Namen jener Männer nämlich, die ein Motiv gehabt haben könnten, Angela auszulöschen. Kurz hat er sogar an Klaus Jandula gedacht, dessen Hoffnungen auf Erlösung der gefallene Racheengel so bitter enttäuscht hat, aber: Ist diesem schmächtigen, schwer gezeichneten Mann ein Mord wirklich zuzutrauen? Nein, entscheidet der Lemming. Und wendet sich in Gedanken den anderen zu.

Da ist zunächst Frank Lehner, Angelas obskurer Ehemann. Wie hat Josefine Mally es ausgedrückt? Eine tickende Zeitbombe, einer, der sich nur mühsam unter Kontrolle hält. Nach der Beschreibung Mallys zu urteilen, scheint ihn mit seiner Frau kaum noch mehr verbunden zu haben als ein Stück gemeinsamer Vergangenheit. Einer Vergangenheit, die wohl – wie so oft – den Ruin der gemeinsamen Zukunft in sich getragen hat: das Ende der Liebe, das Sterben der Freundschaft, den Tod des Respekts. In diesem Fall aber auch den Tod des Elementarsten, des Unteilbarsten, das zwei Menschen miteinander haben können: den des gemeinsamen Kindes. Verletzung der Aufsichtspflicht und fahrlässige Tötung, so hat – laut Polivka – der Richter über Angela geurteilt: ein

Schuldspruch, der eine vergleichsweise milde Bewährungsstrafe nach sich zog. Kann es sein, dass Frank Lehner das Strafmaß erhöht hat? Empfindlich erhöht? Nur: Warum hätte er in diesem Fall mit Angela zum Treffen der *Alf* kommen sollen? Was ist im letzten Herbst passiert mit dem kleinen Benjamin Lehner?

An zweiter Stelle steht Harald Farnleithner, der scheinbar geläuterte Szenewirt, der seinem Beruf und seiner Gemahlin den Rücken gekehrt hat. Wäre es denkbar, dass der Abend in seinem beschaulichen Winzerhaus nur eine Finte war, ein penibel geplantes Ablenkungsmanöver? Dass er in Wahrheit sehr wohl über Angelas Rolle bei seiner Entführung und – von ihm selbst so benannten – *Behandlung* im Bilde war? Eine vorgetäuschte Scheidung, ein geleertes Haus, ein kunstvoll inszeniertes Schauspiel: Wäre die Rache, wäre der Mord an einer unbedeutenden Frau diesen Aufwand wirklich wert? Ein Mord noch dazu, der ohnehin als Suizid getarnt war?

Ähnliches gilt für den letzten Mann auf der Liste des Lemming: Herbert Prantzl. Auch er könnte – auf welchem Weg auch immer – herausgefunden haben, wer ihn damals im September überfallen hat. Und eine Bluttat wäre Prantzl durchaus zuzutrauen. Aber eben eine Bluttat, ein sinnliches, saftiges, rohes Gewaltverbrechen und keine diskrete, verschwiegene Exekution von gleichsam durchgeistigtem Raffinement.

Der Lemming wendet sich grübelnd nach links, stapft über den glitzernden, wieder gefrorenen Schneeschlick in Richtung Servitenviertel. Und da – ganz plötzlich – bemerkt er die beiden, nur aus den Augenwinkeln zunächst: einen gedrungenen Mann und einen ebenso bulligen Hund, die im matten Licht der Laternen auf der gegenüberliegenden Straßenseite stehen.

Herbert Prantzl grinst ihm zu.

Der Hund grinst nicht.

19 «Im September zweitausendzwei, ein halbes Jahr später, ging der Baulärm wieder los, und zwar schlimmer denn je. Im Stiegenhaus haben die Arbeiten am Lift begonnen: ein unglaubliches Monstrum von Lift, ein Aufzug wie … in einem Krankenhaus, Sie wissen schon, Bettenstation. Und gleichzeitig ist man oben am Dach darangegangen, den Rohbau wieder abzureißen.»

«Was meinen Sie: *abzureißen*? Das frisch gebaute Dachgeschoss?»

«Lustig, nicht? Ich hab es damals auch nicht glauben können. Bis ich erfahren habe, dass die Ratte den Sommer über versucht hat, einen Käufer für sein Wohnprojekt an Land zu ziehen. Was er dreieinhalb Jahre lang über unseren Köpfen hochgezogen hat, war nichts als ein Lockruf, eine Art … dreidimensionaler Werbekatalog. Da hat er dann seine potenziellen Kunden hinaufgeführt und ihnen gezeigt, wie ihr künftiger Penthousetraum aussehen könnte. Betonung auf *könnte*. Als zum Beispiel irgendeine Aufsichtsratsgattin gemeint hat, dass sie ohne seerosenförmiges Boudoir nicht leben kann, hat sich die Ratte förmlich im Dreck gewälzt vor Servilität: ‹Überhaupt kein Problem! Wir bauen es um! Alles ist möglich!›»

«Selbstverständlich, selbstverständlich …»

«Selbstverständlich, Sie sagen es. Der Aufsichtsrat hat die Wohnung dann doch nicht genommen, aber dafür ist der Ratte im Frühherbst eine umso drallere Melkkuh ins Netz gegangen. Es war wirklich der Jackpot, der ganz große Wurf: ein Industrieller aus der Nähe von Meran. Maschinenbau, Metallspritztechnik, etwas in der Art. Ein Mann, der sich krumm und dämlich damit verdient hat, Dinge herzustellen, von denen kaum einer weiß, dass sie überhaupt existieren. Südtiroler Noppenwellenregelelemente, die mit finnischen Drosselrückschlagsynchronisatoren gekoppelt werden, und was am Ende dabei herauskommt, ist dann ein bayrischer Türöffner oder ein französischer Haarföhn. Dieser Geldsack hat der Ratte Anfang September das gesamte Dachgeschoss abgekauft, als Wiener Stützpunkt für seine Ostgeschäfte wahrscheinlich. Aber zweihundert Quadratmeter und eine ebenso große Terrasse haben ihm natürlich nicht gereicht. Ein drittes Bad musste her, eine breitere Vorhalle, ein größerer Ankleideraum. Ein zusätzlicher Wintergarten, eine neue Treppe auf das Dach hinauf. Kurz gesagt: eine völlig andere Raumaufteilung. Und das alles ausgestattet wie ein … ein Science-Fiction-Bunker.»

«Science-Fiction-Bunker?»

«Der Kerl war völlig meschugge. Ein Irrer, ein krankhafter Technologie-Fetischist. Und die Ratte hat das – selbstverständlich! – gleich erkannt und ausgenutzt. Was dem Meraner nicht selbst an modernistischem Schnickschnack eingefallen ist, das hat ihm die Ratte eingeredet: neue Wände aus einem ganz speziellen, eigens hergestellten kugelsicheren Material. Einen Chromstahl-Speisenaufzug auf die Terrasse. Eine Klimaanlage, die man per Internet programmieren kann. So wie überhaupt alles ferngesteuert sein musste: die Temperatur des Jacuzzi und die Neigungswinkel der Sonnensegel auf dem Dach, die Fenster und Markisen, die Beleuchtung. Überall Sensoren und Kameras, selbsttätig zur Seite gleitende Türen, verborgene Lichter, die aufflammen und wieder verglimmen: ein bisschen James Bond und ein bisschen Bill Gates, aber freilich im Tiroler Landhausstil. In diesem Verrückten hat die Ratte ihr Füllhorn gefunden, ihr ganz persönliches Eldorado. Einen Mann, bei dem Geld keine Rolle spielt, einen Mann, der zwar alles haben will, sich aber nichts davon vorstellen kann: Alle paar Monate ist er nach Wien auf die Baustelle gekommen und hat – von der geifernden Ratte bestärkt – entschieden, dass dieses und jenes nun doch wieder niederzureißen und neu zu gestalten sei: bauen und abreißen, neu bauen und demolieren, bauen, verändern, zerstören und erneut errichten.»

«Woher haben Sie das gewusst? Ich meine, warum haben Sie so genau gewusst, was da oben vor sich geht?»

«Weil ich dreimal in der Woche oben war. Mindestens. Ich habe es einfach nicht glauben können. *Wie lange noch?*, das war meine Standardfrage. *Wie lange noch? Wie lange noch? Wie lange noch?* Die Frage hat mich bis in die Träume verfolgt. *Wie lange noch?* Und dieses *Wie lange noch?* hat bedeutet: Wie lange noch am heutigen Tag? Wie lange noch in dieser Woche? Wie lange noch in meinem, in unserem Leben? Die Arbeiter haben nur noch die Augen verdreht, aber nicht über mich. ‹Weiß man nicht, was morgen wieder einfällt unser Chef›, haben sie achselzuckend gemeint und den fabrikneuen Speisenaufzug herausgemeißelt, weil die Ratte dem Meraner inzwischen einen noch größeren, noch funktionelleren eingeredet hatte. Und wenn ich der Ratte persönlich begegnet bin, hat es wie eh und je geheißen, dass irgendein anderer an der Verzögerung schuld sei: ein Lieferant, ein Beamter, eine falsche Wettervorhersage. ‹Wir müssen nur noch den Estrich erneuern, dann sind die Stemmarbeiten beendet. Im äußersten Fall noch zwei Wochen, den Rest werden Sie gar nicht mehr hören.›»

«Und … Wie lange hat es wirklich gedauert?»

«Für uns noch ein weiteres Jahr. Also insgesamt von achtundneunzig bis zweitausenddrei. Für die anderen im Haus … Ich weiß es nicht. Vielleicht baut er ja immer noch.»

«Fünf Jahre? Fünf Jahre für ein *Dachgeschoss*? Und das ist erlaubt?»

«Verzeihen Sie, wenn ich lache: Die Frage habe ich mir damals auch gestellt. Und die Antwort lautet: Ja, es *ist* erlaubt. Alles gesetzlich, wie schon gesagt. Es gibt eine Frist von fünf Jahren für solche Projekte – Innenausbauten noch nicht einmal eingerechnet –, und die Ratte war sichtlich entschlossen, diese Frist auch zu nutzen, sie bis zum letzten Tag – nein, bis zum *jüngsten* Tag zu nutzen, um den Meraner zu schröpfen.

Nicht etwa, weil es ihm Spaß gemacht hat, uns vor die Hunde gehen zu sehen: Er ist kein Sadist, er quält nicht um des Quälens willen; dazu fehlt ihm jegliche Leidenschaft für das Abstrakte. Deshalb gibt es ja auch nichts, was dieses seelenlose Dreckstück interessiert, nichts, was die Welt zu bieten hat, außer dem einen: Geld, Geld und noch mehr Geld. Wie diese Kriegskinder, die ihr Leben lang nicht mehr genug bekommen, die Unmengen Mehl und Zucker horten, aus Angst, dass sie eines Tages wieder hungern müssen. Also: keine Interessen, keine Freuden, keine Hobbys, einfach nichts … nichts Unzweckmäßiges. Das Einzige, was er sich ab und zu geleistet hat, war eine Flasche teuren Rotwein. Und seinen obligaten Winterurlaub natürlich: Sri Lanka, Kenia, Philippinen. Nicht, um dort kleine Buben zu ficken – verstehen Sie mich nicht falsch, aber eine solche Passion ließe ihn ja in gewisser Weise *menschlicher* erscheinen, als er wirklich ist –, sondern nur, um … dazuzugehören. Man tut eben das, was auch die anderen tun – in diesem Fall die eigenen Geschäftspartner. Man passt sich an, aus kalter Berechnung und aus Gründen der Tarnung, so wie ein Roboter, der sich den Anstrich eines gefühlsbetonten Wesens gibt. Eine anthropomorphe Maschine, das ist die Ratte: eine Geldzählmaschine. Ich hätte ihm schon damals den Stecker rausziehen sollen, damals vor zwei Jahren. Aber dem Hass ist die Liebe dazwischengekommen.»

«Die Liebe? Eine … andere Frau?»

«Jetzt bringen Sie mich schon wieder zum Lachen, Sie Schelm.»

«Sie lachen aber gar nicht.»

«Hören Sie: Meine Frau war nicht die erste, aber sicherlich die letzte Frau in meinem Leben. Selbst, wenn es unvermeidbar wäre, für eine Sekunde im Paradies mit der ewigen Hölle bestraft zu werden, würde ich es wieder tun. Ich würde wieder die Sekunde wählen. Sie fehlt mir; sie fehlt mir so sehr, dass ich … Also lassen Sie die Witze.»

«Was war das dann für eine Liebe?»

«Die Krönung aller Lieben: unser Kind. Wir waren … Meine Frau war im vierten Monat. Es ist ja wieder … schlecht und recht gegangen, im Sommer davor, in diesem halben Jahr der relativen Ruhe.»

«Was meinen Sie? Was ist gegangen?»

«Na, es. Verstehen Sie nicht? *Es!* Muss ich es aussprechen? Wenn einer vor hilfloser Wut außer sich ist, und wenn diese Ohnmacht zum chronischen Zustand wird, fließt auch das Blut nicht mehr dort, wo es fließen soll. Ohnmacht: Es gibt ein hübsches lateinisches Wort dafür.»

«Ach … *Es* also …»

«‹Was wächst nicht alles in der Ruhe! Was kommt nicht alles zur Blüte in der Ruhe!› Wieder Tucholsky. Das Einzige, was mir noch gewachsen ist, waren die Haare. Abgesehen davon, dass wir ohnehin nicht … Ich meine, entwickeln Sie einmal romantische Gefühle, wenn rund um sie alles poltert und paukt, wenn Sie kaum mehr zum Reden kommen miteinander, geschweige denn zum Entspannen. Wenn Sie abends, sobald das Getöse endlich nachlässt, ausgepumpt und aufgerieben ins Bett fallen, um wenigstens ein paar Stunden Schlaf zu finden. Wir waren wie … ja, wie zwei Augen, wie ein Augenpaar: Man nimmt dasselbe wahr, aber man kann einander nicht ansehen – parallele Blicke, die sich nie begegnen. Angstvolle, machtlose Blicke noch dazu. Nicht dass sich unser Verhältnis verschlechtert hätte, es hat sich nur ausgedünnt, aufgelöst, es war nach zweieinhalb qualvollen Jahren kaum mehr vorhanden. Genauso wie unsere Geldmittel. Die nächste Kreditrate wurde fällig, das Konto war beinahe leer, und ich war drauf und dran, auch das zweite Stück – *Wasser* – in den Sand zu setzen: In der kurzen Atempause damals habe ich an den bereits geschriebenen Szenen herumgedoktert, bis sie einigermaßen passabel waren. Die erste Fassung sollte aber bis zum Jahresende fertig sein, und ich war höchstens bei der

Hälfte, als der Wirbel über unseren Köpfen wieder begann. Trotzdem: Wir waren schwanger. Und da geht man eben nicht auf Konfrontation, da riskiert man keinen Aufruhr, da versucht man nur, das kleine Leben zu schützen, dieses winzige, zerbrechliche Leben, es wenigstens anfangs, wenigstens die ersten Monate vor der Rohheit und der Niedertracht einer dreckigen Ratte zu schützen. Es kennt ja nichts anderes, es kann ja nicht *vergleichen*. Nur leiden, das kann es wohl, vom Anbeginn an leiden unter einem unbegreiflichen Martyrium: dem pausenlosen Ansturm auf seine hauchzarten Sinne, seine filigranen Nerven, seinen Schlaf. Unvorstellbar, dass so ein Geschöpf keinen Schaden nimmt; es *muss* einfach – physisch und psychisch – verkümmern. Also haben wir unsere Wohnung gemieden, so gut es eben ging. Sie können sich vorstellen, was das bedeutet.»

«Nicht im Detail …»

«Eine hochschwangere Frau, die auf der Straße steht, obdachlos, mitten im Winter. Die ihre Tage in der Bücherei oder im Museum verbringt, aber nicht, um zu lesen oder die Gemälde zu betrachten, sondern nur, um im Warmen zu sein. Die scheelen Blicke der Museumswärter, wenn sie morgens um acht ihren Platz im Foyer eingenommen hat: *Da ist es wieder, dieses verschrobene Weib, das bis zum Abend hier hocken und vor sich hinstarren wird. Solchen Leuten sollte man verbieten, Kinder in die Welt zu setzen, Kinder, die ohnehin in der Psychiatrie landen werden.* Ihr einziges Glück war ihre halbwegs propere Erscheinung: Ohne gewaschene Kleider und Haare hätte sie sich in versifften Bahnhofshallen aufwärmen müssen. Einmal, es war in der Lobby eines Hotels, da hat man sie trotzdem hinausgeworfen. Der Portier ist nicht einmal selbst an sie herangetreten, er hat einen Pagen geschickt, einen pampigen Rotzbengel: ‹Ich darf Sie höflich darauf hinweisen, dass wir noch Zimmer frei haben, Fräulein›, hat er mit frechem Grinsen zu ihr gesagt. Fräulein! Dieser miese kleine Wichser. Sie ist im Boden versunken vor Scham und Erniedrigung. Ist den Rest des Tages schluchzend durch den Regen geirrt, durchnässt und durchfroren.»

«Und Sie? Was haben Sie inzwischen gemacht?»

«Wie gehabt. Ich bin im Kaffeehaus gesessen. Mit *Wasser*: Das Stück war unsere letzte Chance, dem finanziellen Desaster zu entrinnen. Ich habe nicht aufgegeben, aber mein Scheitern war vorprogrammiert. Versuchen Sie einmal, unter solchen Bedingungen zu schreiben. Schade ums Papier. Zu Mittag haben wir uns manchmal getroffen, um irgendwo etwas zu essen, und am Abend sind wir in unsere … Notschlafstelle zurückgekehrt. Die Weihnachtszeit konnten wir daheim verbringen, da war es kurzzeitig ruhig über uns. Das Volkstheater hat mir eine weitere Fristverlängerung gewährt, so wie man als Autofahrer einen taubblinden Krüppel über die Straße humpeln lässt. Halb gnädig, halb gelangweilt. Geglaubt hat keiner mehr an mich.»

«Nicht einmal Sie selbst?»

«Ich habe mir die Frage nie gestellt. Ich war ein Fischer im Sturm, weit draußen auf dem Ozean, in einer leck geschlagenen Schaluppe ohne Kompass. Fischen musste ich trotzdem.»

«Mit zerrissenen Netzen.»

«Und mit gebrochenem Hauptmast. Aber dann, Anfang März zweitausenddrei, hat die Sonne die Wolken vertrieben. Da kam unser Sohn auf die Welt.»

«Jetzt lächeln Sie wirklich.»

«Sie müssen ja wissen, warum, Sie haben ja selber ein Kind. Es ist ein Wunder, wie so ein Wesen zu einem findet, wie es sich aus einer anderen Welt in die unsere tastet. Das meine ich wörtlich: ein sichtbares, augenfälliges Wunder, ganz egal, ob Lauda oder Sinowatz.»

«Ob … was?»

«Ob Niki Lauda oder Alfred Sinowatz. Ist Ihnen noch nicht

aufgefallen, dass Säuglinge immer dem einen oder dem anderen gleichen? Es gibt nur zwei Arten von Babys: Die einen sind schmächtig und blass, beinahe haarlos oder zumindest so blond, dass sie glatzköpfig wirken. Sie haben winzige, windkanaltaugliche Ohren und einen kaninchenartigen Überbiss. Das sind die Niki Laudas. Die anderen sind dunkel und struppig, breit und zerknautscht, mit abstehenden Ohrensegeln und platt gedrückten Nasen, kurz gesagt: Fred Sinowatz. Sie wissen schon, der burgenländische Politiker, einer der letzten integeren Staatsmänner Österreichs.»

«Ist auch schon zwanzig Jahre her. Aber es stimmt, was Sie sagen: Mein Kleiner ist eindeutig ein Sinowatz.»

«Unserer war ein Lauda. Vererbung wahrscheinlich. Genetik. Egal. In jedem Fall ein Geschenk, ein Mysterium, ein Segen. Unendliche Liebe …»

«Ich weiß, was Sie meinen.»

«Es hat auf einmal so ausgesehen, als ginge es doch noch bergauf. Der Bub war munter und gesund, der Frühling hat Einzug gehalten. Sogar der Lärm in unserem Haus hat einen gewissen … *konstruktiven* Unterton bekommen.»

«Wie das?»

«Sie haben ein Loch in die Dachhaut gestemmt. Ein Loch über dem Stiegenhaus: den Ausstieg auf unsere Terrasse. Man konnte bereits ein Stück Himmel sehen. Dazu ein Aushang der Ratte: *Wir bedauern die bisherigen Verzögerungen und freuen uns, Ihnen mitteilen zu dürfen, dass wir die Arbeiten im Juni abschließen werden.*»

«Sie haben ihm geglaubt?»

«Ich wollte ihm glauben. Es war der erste Hoffnungsschimmer seit Monaten. Sogar mit dem Schreiben ging es damals ein bisschen besser voran, es hat sich zumindest so angefühlt: Ich konnte im Freien sitzen, im Prater oder drüben an der Alten Donau, wenn meine Frau mit dem Kleinen bei ihren Eltern war.»

«Sie hatten wieder Kontakt?»

«Ich selber hatte keinen; da waren die Fronten schon viel zu verhärtet. Aber meine Frau ... Wenn so ein winziger Engel zur Welt kommt, werden manchmal auch steinerne Herzen weich. Die Alten haben den Buben geliebt, nur eben auf ihre verknöcherte Weise. Früher oder später haben sie es sogar zähneknirschend akzeptiert, dass wir ihn nicht taufen ließen, ja, sie haben ihn als den gottlosen Heiden angenommen, der er war – aus lauter Angst, ihn sonst womöglich nicht mehr sehen zu dürfen.»

«Müssen Engel überhaupt getauft werden?»

«Wenn die Engel zugleich Enkel sind, dann ja. Meinen Schwiegereltern konnte gar nicht genug getauft und gesegnet werden auf dieser Welt, die hätten sogar ihre dritten Zähne weihen lassen, wenn der Pfarrer da mitgemacht hätte. Dass sie dem Kleinen trotzdem so zugetan waren, das hat schon was geheißen. Auch wenn sie natürlich versucht haben, mich auszubooten, wo immer es ging. Für sie war ich der Schuldige, der Antichrist, der ihre Tochter ins Unglück stürzt. Sie haben ihr sogar vorgeschlagen, wieder zu ihnen zu ziehen – mit dem Buben, aber freilich ohne mich –, bis wieder Ruhe einkehrt in der D'Orsaygasse. Der Hintergedanke war klar: Beeinflussung, Aufhetzung, schleichende Infiltration. Irgendwann wäre es ihnen wahrscheinlich gelungen, den Kleinen dem heiligen Schoß der Kirche zuzuführen und meine Frau davon zu überzeugen, dass ich nicht der Richtige für sie bin.»

«Und sie? Wie hat sie reagiert?»

«Sie hat das Angebot zurückgewiesen. Kategorisch zurückgewiesen. ‹Entweder wir alle oder keiner›, hat sie zu ihrem Vater gesagt. ‹Du wirst mir meine Familie nicht zerreißen, ob dir diese Familie nun passt oder nicht. Ich bleibe bei meinem Mann, da kann er sonst was sein: Chinese, Jude oder Kommunist, ein arbeitsloser Säufer oder ein zerlumpter Kriminel-

ler.› Ja, sie hat zu mir gehalten. Bis zum bitteren Ende. Bis ich
es wirklich geworden bin.»

«Was jetzt? Chinese?»

«Hören Sie auf mit den Witzen.»

«Entschuldigung. Das war jetzt wirklich blöd von mir.»

«Schon gut. Jedenfalls bin ich … Nun, ich bin kriminell geworden. Zumindest hat das die Richterin behauptet. Und mir
drei Monate aufgebrummt.»

«Was ist geschehen?»

«Der Juni war natürlich längst vorbei, und es ist immer noch
munter gestemmt und gehämmert worden: Die neuen, schon
eingepassten Fenster sollten durch größere ersetzt werden,
und der gesamte Eingangsbereich der Wohnung wurde wieder umgestaltet: Aus irgendeinem Grund wollte der Meraner seine Eingangstür auf der linken Seite des Stiegenhauses
haben, da, wo unser Terrassenaufgang hinkommen sollte. Ich
selbst war bereits auf Arbeitssuche damals: Nachdem ich die
Nachfrist der Nachfrist der Nachfrist versäumt hatte, ohne
ein halbwegs brauchbares, geschweige denn gutes Stück abzuliefern, hat mir das Volkstheater nahegelegt, eine Auszeit zu
nehmen. Man glaube nach wie vor an mich, aber in Anbetracht meiner privaten Belastungen halte man es für sinnvoll,
eine Zusammenarbeit zu einem späteren, günstigeren Zeitpunkt wieder ins Auge zu fassen. Ich kann nur meinen Hut
ziehen vor diesen Leuten: Rücksichtsvoller hätten sie es gar
nicht ausdrücken können, dass ich am Ende war, körperlich, geistig und künstlerisch abgewrackt. Anfang August
hat die Ratte dann endlich unsere Treppe aufs Dach bauen
lassen …»

«Ja, und?»

«Es … war keine Treppe. Es war eine Leiter. Eine schmale,
senkrechte Stahlleiter, ein simpler Rauchfangkehreraustieg.
Absolut vorschriftswidrig natürlich, ein Gerippe, das die Baupolizei nie und nimmer als öffentlichen Treppenaufgang ge-

nehmigt hätte. Am sechsten August habe ich die Ratte zur Rede gestellt. Es war ein Mittwoch, das weiß ich noch, weil das Dreckstück immer am Mittwoch zur Baustellenbesichtigung kam. Ich habe ihn gefragt, wann dieses sonderbare Provisorium durch eine richtige Treppe ersetzt werden würde, wann wir denn endlich aufs Dach könnten. Und er ...»

«Selbstverständlich.»

«Nein. Diesmal nicht. Zu seinem Bedauern, hat er gesagt, hätten sich die Dinge so entwickelt, dass eine Terrassenbenützung für die Hausbewohner – rein bautechnisch – nicht zu bewerkstelligen sei. Der schöne große Lift, die Ausrichtung der frisch gelegten Dachbalken, die Position der Eingangstür der neuen Wohnung: All das ließe die Errichtung einer regulären Treppe leider nicht zu.»

«Ja, Herrgott, warum? Warum hat er ...»

«Es war eine von langer Hand geplante Vereitelung, ein vorsätzlicher Vertragsbruch, aber so geschickt eingefädelt, dass die Ratte keine strafrechtlichen Konsequenzen fürchten musste. Zivilrechtlich, höchstens. Dazu hätte sich die träge Masse der Hausparteien erst einmal zusammentun, die Sache diskutieren, sich zehnmal vertagen, sich irgendwann einigen und dann einen Anwalt beauftragen müssen: alte Leute, die die Kraft, junge, die das Geld und die Zeit nicht haben. Menschen, die nichts anderes wollen, als in Ruhe zu leben. Mit einer Hausgemeinschaft kann man fast alles machen, und die Ratte wusste das. Statt zwei Monaten Baulärm und einem Stück Dach fünf Jahre Terror und keine Terrasse. Ein infamer Betrug, begangen mit den Vollmachten der gutgläubigen Betrogenen: Das kommt dabei heraus, wenn man sich mit moralischem Auswurf einlässt. Kennen Sie Goethes Stück *Die Mitschuldigen*?»

«Ehrlich gesagt, nein.»

«‹Er gab mir nichts und lärmt' mir noch die Ohren voll.› Erster Akt, zweite Szene.»

«Aber wozu? Was hat ihm das ... Was hat der Ratte das gebracht?»

«Ganz einfach: die Huld des goldenen Arsches, den er geleckt hat. Der Meraner war immerhin Herr über zweihundertzwanzig Quadratmeter Dachgarten: englischer Rasen, Sprinkleranlage und Putting Green inklusive. Wir sollten gerade mal dreißig Quadratmeter kriegen, angrenzend an sein kleines Versailles. Ja, denken Sie etwa, dass so ein Südtiroler Sonnenkönig den Pöbel neben sich duldet? Auf gleicher Augenhöhe? Neugierige Blicke über den Gartenzaun, wenn er da oben sein tägliches Golftraining absolviert? Was glauben Sie denn, warum er seine Wohnungstür versetzen hat lassen? Warum die quergelegten Dachbalken, warum der überdimensionierte Aufzug? Bei der Planung dieser Sauerei müssen einige Köpfe gewaltig geraucht haben, besonders natürlich der hässliche Schädel der Ratte – ganz nach dem Motto: Wes Brot ich ess, des Lied ich sing. Es sind immer diese Parolen, die den Rückgratlosen zur Entschuldigung dienen. Das Hemd sei einem eben näher als der Rock, man habe ja nur seine Pflicht getan ...»

«Du sollst die Hand nicht beißen, die dich füttert.»

«So in der Art, genau. Dafür hat sie alle anderen Hände gebissen, die Ratte. Wieder und wieder gebissen, so lange, bis ...»

«So lange, bis ...?»

«An jenem Mittwoch vor eineinhalb Jahren ist sie mir endlich ausgerutscht, die Hand.»

«Sie haben ihn geschlagen?»

«Ich habe ihn verdroschen, ja. Auf der Baustelle oben. Wir sind ungestört gewesen; die Arbeiter waren auf Mittagspause. Also hab ich ihn nach Strich und Faden durchgeprügelt. Eine aufgeplatzte Oberlippe, eine gebrochene Nase. Er hätte mir eigentlich dankbar sein müssen, schließlich hat er nach der Behandlung besser ausgesehen als vorher: weniger schleimig, mehr blutig. Als ich mit ihm fertig war, ist er vor mir auf dem Boden gekauert, in seiner Pisse und seinem Rotz. Unter seiner beschissenen Rauchfangkehrerleiter ist er gesessen und hat am ganzen Leib gezittert. Aber nach einer Weile hat er den Kopf gehoben und mich angelächelt.»

«Er hat ... was?»

«Er hat mich angegrinst, ob Sie es glauben oder nicht. Gleich darauf hat er einen Kugelschreiber und mehrere Bögen Papier aus seiner Tasche gezogen. ‹Leider›, hat er genuschelt, ‹muss ich jetzt die Polizei holen. Vorsätzliche Misshandlung, absichtliche schwere Körperverletzung: Unter sechs Monaten Zuchthaus kommen Sie da nicht davon. Es sei denn, wir können uns ... anders einigen.› Dann hat er mir den Stift und die Papiere gereicht.»

«Eine Verzichtserklärung für die Terrasse?»

«Ein Kaufvertrag für unsere Wohnung. Er hatte alles vorbereitet, alles formuliert und zweifach ausgefertigt. Wahrscheinlich hat er den Vertrag schon wochenlang bei sich getragen und auf die richtige Gelegenheit gewartet.»

«Soll das heißen, dass er es die ganze Zeit – die ganzen Jahre über – auf Ihre Wohnung abgesehen hatte?»

«Glaub ich nicht einmal. Er hat eben improvisiert, er hat am Wegrand seiner eigenen Brandspur zusammengerafft, was er nur kriegen konnte. Ich war so ... perplex, dass mir die Schrift vor den Augen verschwommen ist; ich weiß bis heute nicht genau, wie viel er mir damals geboten hat. Muss ich auch gar nicht, weil seine Worte ohnehin für sich gesprochen haben: ‹Selbstverständlich ist der Kaufpreis moderat, aber Sie müssen bedenken, dass ich ja auch Ihre Schulden bei der Bank übernehme. Keine finanziellen Sorgen mehr, keine Kreditraten, keine drohende Zwangsversteigerung; dafür ein Betrag, mit dem Sie die Ablöse für eine hübsche kleine Mietwohnung zahlen können, statt ins Gefängnis zu wandern. Stellen Sie sich vor: ein halbes Jahr hinter Gittern! Ihr

Bub wird sprechen und laufen lernen, und Sie werden es verpassen.›»

«So ein ... Schwein.»

«Wer weiß, vielleicht hätte ich ja unterschrieben, wenn er das mit dem Buben nicht gesagt hätte. Vielleicht wäre ich weich geworden, nur um dieses Inferno mit einem Feder-strich zu beenden. Aber die Drohung mit meinem Sohn ... Ich bin nur dagestanden und habe es angestarrt, dieses Stück Abschaum. Der Teufel trägt keine Hörner, hab ich mir ge-dacht, der Teufel trägt Krawatte. Dann hab ich ihn zerrissen, den Vertrag, ganz langsam, wie in Trance; ich hab das Ge-räusch noch heute im Ohr. Im selben Moment hat der Teufel zu kreischen begonnen. Lächelnd, geradezu feixend hat er um Hilfe gebrüllt ...»

«Und dann?»

«Ich habe ihn hochgezerrt und ihm zwei Zähne ausgeschla-gen: die Schneidezähne, wie es einer Ratte gebührt. Aber zu diesem Zeitpunkt war die Polizei schon unterwegs.»

20 Wer den Verstand auf einen ganz speziellen Aus-schnitt jenes schillernden Vexierbilds fokussiert, das man Leben nennt, dem wird über kurz oder lang das Detail als das Ganze erscheinen. Der Astronom wird sich in seinen Galaxien verlieren, der Koch in seinen Töpfen, der Uhrmacher in seiner chronometrischen Unruh. Ein solcher-maßen eingeengtes Gesichtsfeld ist ja nicht selten von Vorteil: Kaum jemand wird es sich wünschen, von einem Chirurgen am offenen Herzen operiert zu werden, der währenddes-sen an schwarze Löcher und sterbende Riesen denkt. Oder – noch schlimmer – ans Würzen und Umrühren. Alle Segnun-gen unserer modernen Zivilisation beruhen schließlich auf der Fähigkeit des Menschen, seinen Horizont zu beschränken, und nicht, wie gemeinhin behauptet wird, ihn zu erweitern. Ja, man kann mit Fug und Recht behaupten, dass der Nobelpreis die höchste Prämierung der dichtesten Scheuklappen ist, eine Ehrung für konsequente, beharrliche Engstirnigkeit.

Nun hat aber auch die gedankliche Konzentration ihre Schattenseiten. Nicht nur, dass eine selektive Wahrnehmung der Welt die möglichen Facetten des Genusses auf ein Mindestmaß beschränkt (man sitzt an der opulenten Tafel des Nobelbanketts und sieht nichts als den schwedischen Lachs), auch die Gefahr von selbsterfüllenden Prophezeiungen stellt sich ein: Wer sich zum Beispiel täglich damit drohen lassen muss, dass er nicht nur früher als andere, sondern darüber hinaus – mit vorzeitig gealterter Haut und eingeschränkter Fruchtbarkeit – einen langsamen, schmerzhaften Tod sterben wird, der ist am besten Weg dazu, das auch zu tun: Der Geist kann nicht mehr aus; er folgt dem Bannspruch des Voodoo, bis ihm der Körper gehorcht und kapituliert. Der konzentrierte Geist ist nämlich eine Macht, so groß, dass er auch andere, nicht immer gute Geister zu beschwören vermag. Wobei es in der Regel leichter ist, solche Gespenster zu rufen, als sie wieder loszuwerden.

An diesem Montagvormittag verfolgen sie den Lemming ohne Unterlass, die bösen Geister. Stellen sich ihm an jeder Ecke in den Weg, um ihn auf Schritt und Tritt zu drangsalieren. Nach den Erzählungen Mallys und Jandulas, nach seinem Besuch bei Farnleithner, nach seinen eigenen Erlebnissen mit städtischen Aufreißern und rücksichtslosen Nachbarn ist das auch kein Wunder: So, wie seine Gedanken unablässig um die Niedertracht kreisen, kreist nun eben auch die Niedertracht um ihn; sie lässt seinen kurzen Weg in die Sensengasse, in das Gerichtsmedizinische Institut, zum akustischen Spießrutenlauf geraten.

Wenigstens hat der dämonische Prantzl gestern Abend von alleine das Feld geräumt. Nachdem er dem Lemming von der anderen Straßenseite her zugegrinst und ihm mehrere - aufgrund der zwischen ihnen liegenden Distanz zum Glück nur virtuelle – Boxschläge versetzt hatte, ist er mit Rambo, der hechelnden Bestie, in der Dunkelheit verschwunden. Mag ja sein, hat der Lemming gedacht, dass bellende Hunde nicht beißen. Dass drohende Trottel nicht schlagen, bedeutet das aber noch lange nicht. Umso weniger, als sich Prantzl zweifellos an Jandulas Sohlen geheftet hat, um nun den Wirt zu wechseln und – gleich einem ausgerotteten Popel – an jenen des Lemming kleben zu bleiben.

Entsprechend wenig hat die Nacht von dem gehalten, was Nächte gemeinhin versprechen: Schlaf. Zuerst ist der Lemming wachgelegen, hat sich mit stechendem Gesäß und sorgenschweren Gedanken hin- und hergewälzt, dann – nach etwa zwei Stunden – ist Ben aufgewacht. Glasige Augen, strampelnde Glieder, Gebrüll. Wahrscheinlich die Milchzähne, deren schmerzhaftes Wachstum ja nahtlos an die quälenden Blähungen der ersten Monate anschließt, um gleich darauf in die eine oder andere Kinderkrankheit überzugehen. Und wirklich: Nach einer halben Stunde hat der Lemming einen kleinen weißen Punkt in Bens geöffnetem Rachen entdeckt, eine winzige Perle am unteren Kieferknochen. Freude bei Klara und ihm, durchaus. Aber keinerlei Freude bei Ben. Zwei Stunden später hat Klara die Waffen gestreckt. Oder besser: Sie hat sie in Stellung gebracht, auch wenn sie längst nicht mehr geladen waren. Benjamin hat sich an ihren milchlosen Brüsten festgesaugt und ist schon kurz danach entschlummert. Ein Beruhigungsmittel ohne Wirkstoff, ein Placebo, das – nebenbei – auch beim Lemming nur selten die Wirkung verfehlt.

Drei Stunden Schlaf. Dann Klaras Wecker: Der Weihnachtsurlaub ist vorbei, es ist Montag, die Eisbären und Schneehasen warten. Auf den Lemming dagegen wartet Professor

Bernatzky, der Chronist des Todes. Kaum war Klara – gemeinsam mit Castro – aus dem Haus gegangen, hat ihn der Lemming angerufen.

«Institut für Gerichtsmedizin, Watzka», ist eine altvertraute, brummige Stimme aus dem Hörer gedrungen.

Ein bitteres Erwachen nach drei Stunden Schlaf. Nicht schon wieder, hat der Lemming im Stillen gedacht. Nur nicht schon wieder Watzka ausgeliefert sein, diesem Inbegriff eines gärtnernden Bocks, Watzka, diesem radikalen Nebenstellenanarchisten, diesem Albtraum der Fernmündlichkeit. Wie eine Spinne in der Mitte ihres Netzes thront Watzka am Schaltpult der Telefonzentrale, seine Position ist also die eines vermittelnden Beamten. Nur dass er Gespräche etwa so vermittelt, wie sich andere verwählen, verirren, vergreifen. Die einzige, wenn auch geringe Chance, von ihm zum richtigen Anschluss durchgestellt zu werden, besteht darin, ihm einen falschen zu nennen.

«Grüß Sie, Herr Watzka. Geben S' mir doch bitte den … den Doktor Pollitzer.»

Statt jedoch den Lemming augenblicklich weiterzuverbinden, hat Watzka – nach einem Moment des Schweigens – unerwartet sanft gefragt: «Verzeihen Sie, aber … Sie sind doch der Herr Wallisch, oder?»

«Ja», hat der Lemming verwundert geantwortet. «Woher wissen Sie denn …»

«Ihre Stimme, Herr Wallisch. Man merkt sich doch die Leut, nach so vielen Jahren. Jetzt sagen S' einmal: Sind Sie sicher, dass Sie nicht lieber den Professor Bernatzky sprechen wollen?»

«Ich … Also, wenn Sie mich *so* fragen …»

«Na sehen Sie.» Watzka war hörbar zufrieden. «Kleines Momenterl, Herr Wallisch.»

Ein leises Knacken im Hörer. Dann ein sonores Organ am anderen Ende der Leitung: «Pollitzer?»

Ein Glück, dass Doktor Pollitzers Büro gleich neben jenem Professor Bernatzkys liegt. Von den flehentlichen Bitten des Lemming erweicht, hat der Doktor den Professor schließlich an den Apparat geholt.

«Wenn du wissen willst, was der Frau Lehner fehlt, dann komm bei mir vorbei», hat Bernatzky kurz darauf gemeint. «Am Telefon kann ich dir nur versichern, dass sie tot ist.»

Drei Stunden Schlaf. Fünf, vielleicht sechs für den zahnenden Ben. Es versteht sich von selbst, dass dem Kleinen die Augen zufallen, sobald er im Buggy sitzt. Angelas russische Puppe umklammernd, schlummert er ein – und schrickt nach kaum einer Minute wieder hoch: Keine fünf Meter entfernt röhrt die Hupe eines Lieferwagens auf, zerreißt brutal das Band, das in die Traumwelt führt. Benjamin kreischt, der Lemming beschleunigt die Schritte. Direkt neben ihm wird jetzt ein Moped gestartet, kommt heulend auf Touren und knattert dann im Leerlauf vor sich hin. Benjamin kreischt, der Lemming biegt rasch um die Ecke. Hier fährt der Blumenhändler gerade den Rollladen hoch, das Wellblech donnert nach oben, rastet mit einem Peitschenknall ein. Benjamin kreischt. Die Flucht führt nach rechts, der Lemming hält inne und späht voller Argwohn zum Altglascontainer, der an der nächsten Kreuzung steht. Die Luft scheint rein, das Wagnis, den Behälter zu passieren, gering. Wäre da nicht die kleingewachsene, mit prallen Plastiksäcken bewaffnete Frau, die sich – geschickt vor den Blicken des Lemming verborgen – von der Fahrbahn her nähert. Schon zerbirst ein Schwall leerer Flaschen, explodiert mit grellem Klirren im Bauch des Containers. Auch schon egal: Auf der anderen Straßenseite treten zwei Arbeiter aus einem Haus, um Bretter in die davor abgestellte Baumulde zu werfen. Vielleicht ist ihr ohrenbetäubendes Poltern der Grund dafür, dass die Alarmanlage eines daneben geparkten Mercedes aufzuheulen beginnt.

Benjamin kreischt und kreischt und kreischt. Der Lemming läuft und läuft und läuft. Von allen Seiten her prasseln die Spießruten auf ihn nieder, die gespenstischen Geißeln der Niedertracht: Spiegelbilder seiner eigenen rotierenden Gedanken.

«Schlecht schaust aus, Wallisch. Aber dein Buberl dafür … Gelungen. Wirklich gelungen.» Professor Bernatzky rückt seine Brille zurecht und beugt sich noch ein wenig tiefer über den Kinderwagen. Gerade, dass sein schlohweißer Bart den Kleinen nicht an der Nase kitzelt. Der alte Bernatzky lächelt versonnen; Ben atmet leise: In den stillen Fluren der Forensik ist er endlich eingeschlafen.

«Nimm Platz, Wallisch, setz dich.» Bernatzky richtet sich auf und tritt an seinen Schreibtisch, der vor Stößen von Akten und Büchern, vereinzelten Knochenresten und Batterien seltsam geformter Phiolen förmlich überquillt.

«Danke, Professor. Aber … ich bleib lieber stehen.»

Ein prüfender Blick, dann ein ahnendes Grinsen. «Probleme mit deinen vier Buchstaben?», fragt Bernatzky augenzwinkernd. «Hast dir 'leicht die Coccyx ramponiert?»

«Wenn diese Coccyx das Steißbein ist, ja.»

«Natürlich ist sie das, Wallisch. *Os coccygis* auf Latein. Da kannst du einmal sehen, wie komplex wir Primaten gebaut sind. Wenn uns nicht ab und zu etwas weh tun tät, wüssten wir gar nicht, woraus wir bestehen. Und wenn uns einmal nix mehr weh tut, ist es zu spät; dann bleib nur noch ich, um es zu wissen.» Bernatzky krault sich nachdenklich den Bart und tritt ans Fenster. «Aber wegen deinem Hinterteil bist du ja nicht gekommen. Die Bekannte von dir, diese Frau Lehner, die hab ich mir gestern schon ang'schaut.»

«Gestern?», wirft der Lemming ein. «Am Sonntag?»

«Stefanitag und Sonntag, um genau zu sein. Ein doppelter Festtag: das beste Datum, um etwas zu feiern. Und wo soll ein alter Aufschneider feiern, wenn nicht am Seziertisch?»

«Aber ... Was haben Sie denn zu feiern?»

«Später, Wallisch, später.» Bernatzky wendet sich dem Lemming zu. «Also pass auf, die Sache ist folgende: Pentobarbital, ein hochwirksames Barbiturat. Daran ist die Frau Lehner gestorben. Sie dürft' es getrunken haben, aufgelöst in heißer Schokolade, vielleicht auch in kalter: Die Temperatur des Kakaos hat sich gestern leider nimmer feststellen lassen. Bisserl was Alkoholisches war auch dabei, aber gewiss keine tödliche Dosis.»

«Und woher bekommt man das Zeug?»

«Das ist die kleinste Hexerei. An jeder Ecke kannst du's kriegen.»

«Ich ... hab jetzt aber nicht den Alkohol gemeint, sondern das Dings, dieses Pento ...»

«Ich auch», gibt Bernatzky schmunzelnd zurück. «Deine bezaubernde Frau zum Beispiel, die hat's sicher kiloweis' in ihrem Giftschrank stehen. Früher hat man's zum Schlafen genommen, heut nimmt man's eher zum *Schläfern*, zum Einschläfern nämlich. Ein Rennpferd bricht sich die Fesseln? Pentobarbital. Ein Hunderl mit inoperablen Tumoren? Pentobarbital. Ein lebensmüder Eidgenosse? Pentobarbital.»

«Eidgenosse? Wieso Eidgenosse?»

«Weil bei den Schweizern die Sterbehilfe erlaubt ist, im Gegensatz zu uns. Und was verwenden sie dafür? Genau. Fünfzehn Gramm und ein letztes Adieu: Zuerst schlafst ein, und dann hörst auf zum atmen. Angeblich vollkommen schmerzfrei, was sich klarerweise leicht behaupten lässt, solang man's nicht selber probiert.» Bernatzky legt eine Pause ein, verschränkt die Arme vor der Brust, sinniert. «Ich hab heut früh schon mit dem Polivka über die Sache geredet», meint er dann.

«Der Polivka ist ein Trottel.»

«Oder ein Genie, ganz wie man's nimmt. Jedenfalls ist er absolut sicher, dass sich die Frau Lehner selbst …»

«Ich weiß: Der geniale Herr Bezirksinspektor tippt auf Suizid», fällt der Lemming dem Alten ins Wort. «Wobei: Er tippt nicht nur, er pocht ja förmlich darauf.»

«Na ja …», wiegt Bernatzky jetzt leise den Kopf hin und her, «von seiner Warte aus … Und, um ganz ehrlich zu sein, auch von meiner, Wallisch, so leid es mir tut. Ich hab beim besten Willen nichts gefunden, was auf Fremdverschulden schließen lässt. Keine Kampfspuren, keine Stiche, keine Schrammen. Ein oral genommenes Pulverl, wie geschaffen, um sich auf möglichst sanfte Art zu entleiben. Dazu noch die zwei verpatzten Versuche, die sie eh schon hinter sich gehabt hat – zumindest hat das der Polivka g'sagt. Wie kommst du eigentlich darauf, dass es kein Selbstmord war?»

«Der Ben war bei ihr. Sie hat in der Nacht auf ihn aufgepasst.»

«Das ist allerdings prekär.» Bernatzky runzelt die Stirn.

«Und sie hat noch etwas zu erledigen gehabt. Etwas, das ihr sehr wichtig war.»

«Da hätt sie aber dazuschauen müssen, deine Frau Lehner.»

«Was meinen Sie: dazuschauen?»

Statt auf die Frage zu antworten, setzt der Professor nun seinen rundlichen Leib in Bewegung: Er wendet sich ab und beginnt, gemächlich zwischen Tisch und Buggy auf und ab zu gehen. Vier Schritte hin, vier zurück, die Hände auf dem Rücken und die ohnehin schon zerknitterte Stirn in noch tiefere Falten gelegt.

«Was soll das heißen, Professor: dazuschauen?»

Der Alte bleibt stehen. «Wenn du wüsstest, wie deine Frau Lehner beinand' war, tätst du vielleicht auch an einen Selbstmord glauben, Wallisch. Sie hätt's nicht mehr lange gemacht, vielleicht ein paar Wochen: qualvolle, grauenhafte Wochen. Es sei denn, sie hätt' das Glück gehabt, dass ihr marodes Herz vor ihrem ramponierten Magen kollabiert.»

Ein leises, schmatzendes Geräusch vom Kinderwagen her: Benjamin saugt drei-, viermal an seinem Schnuller, räkelt sich mit einem kurzen Seufzen, schläft dann weiter. Der Lemming aber steht da wie vom Schlag gerührt.

«Erstens, Wallisch: Magenkrebs. Ein Karzinom, in etwa halb so groß wie der Kopf von deinem Buben. Außerdem inoperabel, weil metastasiert. Um es laienhaft auszudrücken: Der Hummer hat kleine Garnelen losgeschickt, um die entlegensten Körperregionen deiner Bekannten zu besiedeln.»

«Freundin», flüstert der Lemming. «Sie war eine Freundin …»

«Ist ja gut.» Bernatzky tritt näher und nimmt ihn sanft am Arm. «Wenn ich dich so anschau … Ich glaub, wir sollten's besser sein lassen für heute.»

«Nein, Professor, es geht schon … Erzählen Sie nur weiter …»

Nach einem langen und prüfenden Blick schüttelt der Alte den Kopf und hebt resignierend die Hände.

«Wie du meinst, Wallisch. Schließlich bin ich nur ein Arzt für die Leichen, nicht für die Leichenblassen. Also, was das Herz deiner … Freundin betrifft: fortgeschrittene Arteriosklerose, erheblich verengte Koronargefäße – mehr als ungewöhnlich für eine Frau dieses Alters. Trotzdem kein arterieller Verschluss und vor allem keine Nekrose, also kein Gewebsuntergang, was mich am Anfang ein bisserl gewundert hat. Gewundert deshalb, weil gewisse histologische Veränderungen ihres Herzmuskels auf einen schweren Vorderwandinfarkt hinweisen, den sie aber definitiv nicht gehabt haben kann, jedenfalls *noch* nicht.»

«Aha. Und was bedeutet das jetzt?»

«Dass sie die besten Chancen auf einen raschen Herztod g'habt hätt, die Frau Lehner. Doppelte Chancen, wie wenn du beim Roulette auf Schwarz und Rot gleichzeitig setzt: Einerseits der drohende Infarkt, andererseits eine Kardiomyopathie … Entschuldige, Wallisch, ich vergess immer, dass du mich nicht verstehen kannst. Eine Erkrankung des Herzmuskels ist das. In diesem Fall eine seltene, die weder prä- noch postmortal sehr leicht zu diagnostizieren ist.» Professor Bernatzky kann es nicht lassen, das Renommieren. Mit erhobenem Zeigefinger steht er jetzt da und wirft sein Licht so raffiniert auf Angelas Gebrechen, dass der Glanz auf ihn selbst, den Beleuchter, zurückfällt. «Tako-Tsubo-Kardiomyopathie», sagt er stolz. «So heißt diese Krankheit: Die Herzspitze hört plötzlich zu arbeiten auf; sie hängt dann nur noch da wie ein schlaffer Sack, wohingegen die Basis ungestört weiterpumpt. Das ist zwar meistens nur vorübergehend, aber manchmal auch tödlich. Interessanterweise sind fast immer Frauen vom Broken-Heart-Syndrom betroffen.»

«Vom … Broken-Heart-Syndrom?»

«Gebrochenes Herz, so sagt man auf Deutsch, aber das wirst du ja hoffentlich wissen. Tako-Tsubo tritt meistens nach traumatischen Erlebnissen auf, weshalb man auch annimmt, dass es durch einen gehörigen Schub an Katecholaminen ausgelöst wird. Nein, das ist jetzt nichts Christliches, sondern bezeichnet die Gruppe der Stresshormone: Adrenalin, Noradrenalin und Dopamin. Eine entsprechende Überproduktion tät im Übrigen zur ganzen Anamnese von der Frau Lehner passen: Wenn du ständig Katecholamine ausschüttest, steigen auch die Blutfettwerte, und was ein hoher Cholesterinspiegel bewirken kann, das wissen wir ja.»

«Arteriosklerose.»

«Bravo, Wallisch, gut gelernt. Vielleicht willst ja mein Nachfolger werden.»

«Ich hoffe, Sie werden so bald keinen Nachfolger brauchen, Professor.»

«Danke, das ist lieb von dir. Aber zurück zum Sujet: Wenn die Dame so unter seelischem Druck war, dann ist auch ihr Magenkrebs kein Mirakel. Weißt, mit dem Verdauungstrakt ist nicht zu spaßen: Eine stressinduzierte Gastritis lasst sich auch nicht ewig sekkieren. Zuerst wird sie chronisch und irgendwann kanzerogen. Wenn sich der Mensch nicht gegen seine Nerven wehrt, dann wehren sich halt die Nerven gegen ihren Menschen.» Bernatzky verstummt und krault einmal mehr seinen Bart.

«Und weiter?», fragt der Lemming.

«Nix weiter. Bis auf den Tumor, die Metastasen und das moribunde Herz war die Frau Lehner pumperlg'sund. Abgesehen davon, dass ja die Roulettekugel weder auf Schwarz noch auf Rot g'fallen ist, sondern ganz frech auf die Null.» Wie um das Ende seiner medizinischen Erörterung zu unterstreichen, verschränkt Bernatzky die Arme vor der Brust. «Jetzt bist du an der Reihe», sagt er zum Lemming.

«Ich? Wieso ich?»

«Weil unsereins auch noch im Alter ein bisserl Bestätigung braucht; könnt ja immerhin sein, dass ich im Unrecht bin mit meinen Hypothesen. Aber wenn du so gut mit der Toten warst, weißt du vielleicht, was sie derart verdrossen hat.»

«Sie hat … ein Kind verloren.»

«Aha.» Der Alte brummt zufrieden.

«Und sie dürfte schon vorher unter gewissen … Dingen gelitten haben.»

«Unter Dingen, soso. Profunde Diagnose, Herr Kollege.»

«Sie war, wie soll ich sagen … Sie war Mitglied einer Gruppe. Einer Selbsthilfegruppe, genauer gesagt.»

Diesmal klingt das Brummen eher mürrisch als zufrieden.

«Komm schon, Wallisch», grollt Bernatzky ungehalten, «lass dir doch nicht alles aus der Nasen ziehen.»

«Also gut: Es ging dabei um … Lärm.»

«Na und?» Der Alte schenkt dem Lemming einen amüsierten Blick. «Find'st du das 'leicht blamabel? Hast du Angst, dass ich jetzt despektierlich mit den Augen roll und mir im Stillen denk: Der Wallisch ist ein ahnungsloser Idiot, der glaubt im

Ernst, dass Lärmbelastung einen Menschen töten kann? Im Gegenteil, Wallisch, im Gegenteil. Zweihunderttausend Tote jährlich, sagt die Weltgesundheitsorganisation. Nicht dass man denen trauen sollt: Wahrscheinlich sind's viel mehr, die jedes Jahr am Lärm krepieren, nur dass halt solche Zahlen alles andere als opportun sind heutzutage.» Bernatzky breitet theatralisch die Arme aus: eine Geste, die dem Lemming wohlvertraut ist, pflegt sie doch eine jener berüchtigten Wortkaskaden einzuläuten, die dem Alten ab und zu entsprudeln. Berüchtigt deshalb, weil bei diesen sanguinischen Exkursen Weisheit und Polemik schwer zu unterscheiden sind. «Lärm, Wallisch, ist das billigste Betäubungsmittel, das wir kennen: Jeder kann es selber produzieren, und man kann gleich so viel davon herstellen, dass es für Hunderte andere auch noch reicht. Die suhlen sich dann alle zusammen in ihrer akustischen Jauche, und wenn's einmal zufällig still ist, kriegen sie einen Schrecken, einen regelrechten Horror Vacui vor der plötzlichen Leere in ihrem Schädel. Weil in der Leere – Gott behüt – so etwas wie Gedanken aufkommen könnten. Und Gedanken sind ja wohl das Letzte, was wir brauchen können in unserem schillernden westlichen Supermarkt. Wenn ich Kaiser wär, Wallisch, möcht ich mir nur Untergebene wünschen, die von früh bis spät Krach machen. Nur keine Nonkonformisten, nur keine Leute, die sich in Ruhe zurücklehnen, sinnieren und spintisieren und bei einem Glaserl Wein miteinander plauschen wollen. Hedonistische Denker? Das käm bei mir gar nicht in Frage, nein: Der standardisierte Weltbürger denkt nicht, er lärmt! Weil Lärm ist Dumpfheit, Dumpfheit Gehorsam, Gehorsam Konsum und Konsum wieder Lärm. Ein durch und durch perfekter Kreislauf, wenn da nicht die paar Millionen Anarchisten wären, die noch immer nach geistigen Werten streben. Die gehen dann halt leider an dem ganzen Weltradau zugrunde: Kollateralschaden nennt man das, glaub ich, bei der modernen Soldateska.» Bernatzky

hält inne und holt Luft: Es wirkt fast so, als mache er den ersten Atemzug seit zwei Minuten. Aber schon spricht er weiter, so aufgeregt gestikulierend, dass sein weißer Ärztemantel
hüpft und flattert wie ein von Spasmen geschütteltes Burg-
gespenst. «Zweihunderttausend Tote, gut, meinetwegen. Dazu
noch die ganzen erwiesenen Leiden: Defekte am Immun-,
am Hormon- und am Nervensystem, Anstieg des Blutdrucks,
der Herzfrequenz, Nierenschäden und Erkrankungen des
Magen-Darm-Trakts, wie gesagt. So. Und wo bleibt der Rest?
Wo haben die Herren Statistiker den zerstörten Lebenswillen
ihrer Probanden vermerkt? Die Depressionen und den see-
lischen Verfall, die in Brüche gegangenen Beziehungen und
Träume? Die Kinder, die geistig verkümmern, weil sie sich auf
nichts mehr konzentrieren können? Nein, Wallisch, die Tabel-
len der Gesundheitsapparatschiks sind genauso lächerlich wie
diese technokratischen Versuche, Lärm über die Lautstärke zu
definieren. Stell dir vor, dein Nachbar übt ständig Klarinette.
Nicht so laut, dass es die gesetzlichen Grenzwerte übersteigt,
aber erstens laut genug, dass du's trotzdem mithören musst,
zweitens so kakophon, dass du's ganz einfach nicht erträgst.
Und stell dir jetzt noch dazu vor, du warst einmal Raucher und
hast es dir irgendwann abgewöhnt. Was machst du?»
«Ich ...»
«Du sagst es. Natürlich, du regst dich derart auf, dass d' wieder anfangst mit den Zigaretten. Dass d' früher oder später
eine nach der anderen rauchst vor lauter Ärger. Was ich dir –
nebenbei – nicht raten tät. Irgendwann macht dein Herz
nicht mehr mit: Du fallst um und bist tot. So weit, so gut.
Aber jetzt kommt – ruck, zuck – die Statistik ins Spiel. Was
glaubst du, Wallisch, wo sie dich dazuzählen werden, die
Buchhalter der WHO? Zu den Rauchtoten oder zu den
Lärmtoten? Siehst du. Ganz genau so funktioniert das mit der
allgemeinen Grünland- und Gehirnversteppung. Leider hat
nämlich der große Robert Koch nicht recht behalten. Der

hat's schon vor hundert Jahren gesagt: ‹Eines Tages›, hat er gesagt, ‹wird der Mensch den Lärm ebenso unerbittlich bekämpfen müssen wie die Cholera und die Pest.› Aber nichts ist's geworden mit dem Bekämpfen. Stattdessen dringt die schöne neue Welt ihren Bewohnern ins Privateste, in die Körper und Köpfe, in den Geist und den Schlaf, um sie für alle Zeiten zu verblöden.» Wieder holt Bernatzky Atem, diesmal aber nicht, um seinen Sermon fortzusetzen: Leise tritt er an den Kinderwagen und betrachtet den schlafenden Ben. Im Blick des Alten liegt auf einmal eine Traurigkeit, die der Lemming nie zuvor bei ihm gesehen hat, eine gänzlich unprofessorale Melancholie. «Weißt, Wallisch», murmelt er jetzt, «ich wohn in Hietzing draußen, in der Stadlergassen, direkt an der Südbahn. Seinerzeit war's ruhig da draußen, da haben die Kinder den paar Zügen, die vorbeigewackelt sind, noch nachgewunken. Aber bei der heutigen Frequenz, da täten's eine veritable Sehnenscheidenentzündung riskieren … Also verzeih mir, wenn ich dich … Na, wenn ich mich … erhitzt hab bei dem Thema.»

Für einen Moment herrscht nun Stille im Raum, fast so, als hätte sich ein Engel in die Archive des Todes verirrt. Dann aber bricht der Lemming das seltsam bedrückende Schweigen. «Sie sind ja ohnehin fast nie zu Hause», meint er mit gedämpfter Stimme. «Und hier, bei Ihren Patienten … Einen ruhigeren Ort kann ich mir fast nicht vorstellen.»

Und wieder Stille. Langsam wendet sich Bernatzky um. Er lächelt sanft. «Wie recht du hast, mein Freund. Nach vierundvierzig Jahren könnt man sich schon beinah selbst für einen seiner Patienten halten. Da vergisst man leicht, dass alle Dinge in Bewegung bleiben: Das Leben beginnt und hört auf, beginnt und hört auf. Ohne Beginn tät's uns nicht geben, ohne Aufhören hätt ich keine Arbeit g'habt. Und irgendwann hört eben auch die Arbeit auf … »

«Wie … Wie meinen Sie das?»

«So, wie ich's sag, Wallisch, so wie ich's sag. Ich hab was zu feiern.»

«Sie gehen doch nicht etwa … in Pension?», stößt der Lemming hervor. Seine Knie werden weich; er tastet nach der Schreibtischkante, stützt sich ab: Es ist schon eine Bürde, sich nicht auf den Hintern setzen zu können, wenn eine Welt zusammenbricht.

«Doch, doch. In die Rente, schon morgen in der Früh. Die Frau Lehner ist meine letzte Kundin gewesen. Übrigens eine durchaus würdige Kundin.»

«Ja aber … Was soll denn dann hier werden ohne Sie?»

«Dieses *Hier*, mein Lieber, geht auch in Pension. Zumindestens ist das geplant. Sie wollen uns – lach jetzt nicht! – *privatisieren*. In ein, zwei Jahren gibt's das Institut nicht mehr, dann werden die Wiener Kadaver wie Gugelhupfstückerln auf die Spitäler aufgeteilt. Kannst dir vorstellen: Gerichtlich angeordnete Nekroskopien, die in denselben Krankenhäusern vorgenommen werden, in denen die Untersuchten per Kunstfehler abgemurkst worden sind. Praktisch, oder? Da kann man s' gleich noch einmal um die Ecke bringen: Vom Operationssaal quer über den Gang und direkt in die Prosektur. Die Sensengasse, Wallisch, wird schon bald Geschichte sein, nur hab ich keine Lust zu warten, bis es so weit ist. Ich hab nämlich», Bernatzky räuspert sich, «Respekt vor dem Tod. Immerhin war er mein Leben.»

«Es tut mir so leid für Sie … So leid. Was werden Sie jetzt tun? In Hietzing sitzen und den Zügen lauschen?»

«Aber nein!» Der Alte lacht auf. «Ich werd wahrscheinlich ins Kaffeehaus gehen. Oder auf Reisen. Vielleicht haben s' ja da unten was für mich zu tun, in Indien oder in Ceylon, nach dem ozeanischen Inferno gestern früh. Oder ich mach was mit Kindern …» Abermals beugt sich Bernatzky über den Buggy, um Ben zu betrachten – und stößt im selben Augenblick einen lauten Schrei aus.

Benjamin ist aufgewacht. Mit beiden Fäusten krallt er sich am Bart des Professors fest, um sich daran hochzuziehen: ein Unterfangen, das von den fest verschlossenen Sicherheitsgurten des Buggys vereitelt wird.

«Lodlo», brabbelt der Kleine fröhlich. «Rodlorodlorodlorodlo …»

«Kräftig ist er, unberufen!» Bernatzky ringt die Hände, während der Lemming ihm hastig zu Hilfe eilt. Rasch sind die Gurte gelöst, ganz anders als Benjamins Finger, die sich unerbittlich an die wallende Lockenpracht klammern.

«Ich glaub, Sie müssen ihn nehmen, Professor.»

«Du meinst wirklich … Ich soll …?»

Mit der Behutsamkeit eines Archäologen, der die heiligen Gesetzestafeln aus der Bundeslade hebt, umfasst Bernatzky jetzt den Kleinen, birgt ihn aus dem Kinderwagen. Ein leiser Glanz liegt in den Augen des Alten – vielleicht ja nur, weil Ben noch immer ungestüm an seinen Haaren zieht.

«Warten Sie, Professor. Ich versuch, ihn abzulenken.» Der Lemming nimmt die Babuschka und streckt sie Benjamin entgegen. Immerhin ein Teilerfolg: Wie von selbst lässt eine der zwei kleinen Hände von Bernatzkys Bart und greift nach der Figur.

«Lokollo … Udlu … Uh!» Ben inspiziert die Puppe, fängt an, sie zu schütteln: Ein rhythmisches Rasseln ertönt.

«Und dann auch noch musikalisch! Wirklich gelungen, Wallisch, dein Kind.»

Das Rasseln erstirbt. Ben legt den Kopf zur Seite. Freundlich-interessiert blickt er Bernatzky in die Augen, um nun endlich auch die andere Hand aus dessen Bart zu lösen. Blitzschnell reißt er dem Alten die Brille von der Nase.

«Bravo!», ruft Bernatzky. «Und so aufgeweckt!» Den Kleinen fest an sich gedrückt, umrundet er jetzt seinen Schreibtisch. «Wenn ich nur was hätt für dich … Ein Spielzeug oder … Ja! Schau her, du Schlingel, da! Geh, Wallisch, hilf mir kurz …

Nein, nein, den Buben lass mir noch, aber gib ihm doch das dort, das Runde. Nein, weiter rechts … Ja, genau.»

Es ist ein flacher, elfenbeinfarbener Gegenstand, den der Lemming nun in Händen hält. Kaum größer als das verlassene Haus einer Weinbergschnecke, haftet ihm etwas Fossiles, Archaisches an. Der Lemming zögert.

«Na, gib's ihm schon, nur keine Angst. Verschlucken kann er's ja nicht.» Bernatzky zieht die Augenbrauen hoch und nickt Benjamin zu. «Pa-tel-la», skandiert er, «Pa-tel-la. Nur eine harmlose Kniescheibe», erläutert er, halb an den Lemming gewandt.

Welch eine schwierige Entscheidung: Vor sich den lockigen, lockenden Bart, in der einen Hand das funkelnde Brillengestell, in der anderen Angelas russische Puppe. Und jetzt – zu allem Überfluss – dieses schmucklose Ding mit dem samtenen Glanz, ein nie gesehenes Objekt, das wie geschaffen dafür scheint, es in den Mund zu nehmen und seine juckenden Kiefer daran zu reiben.

Schon hat Ben die Kniescheibe gepackt; schmatzend schiebt er sie zwischen die Lippen. Nur: Es ist nicht Bernatzkys Brille, die er dem Knochen geopfert, die er losgelassen hat. Es ist die Babuschka. Sie trudelt durch die Luft, prallt an der Tischkante ab und schlägt – nach ein paar weiteren Umdrehungen – am Steinboden auf.

«Oje», sagt Bernatzky.

Der Lemming sagt nichts. Er starrt auf den Boden, starrt auf die beiden Teile der entzweigebrochenen Puppe. Starrt vor allem auf das, was zwischen diesen Teilen liegt. Keine weitere, kleinere Puppe, wie man das von Babuschkas erwarten dürfte, sondern – ein Schlüsselbund.

Als der Lemming hinaus auf die Sensengasse tritt, rieselt schon wieder der Schnee. Nicht leise zwar – der Stoßverkehr des frühen Nachmittags hat bereits eingesetzt –, aber doch zumindest weiß. Ben sitzt zufrieden im Kinderwagen und kaut an seinem Knochenstück – Bernatzky hat es ihm geliehen, nachdem ihm der Kleine die Brille wiedergegeben hatte. Geliehen, wohlgemerkt: «Wenn du groß bist und deine eigene Sammlung hast, will ich sie wiederhaben, die Patella. Abgemacht?»

«Uh!», hat Benjamin gesagt.

So ist fast alles da gelandet, wo es hingehört: die Augengläser auf der Nase, die Babuschka im Buggy, die Kniescheibe im Mund. Nur in der Tasche des Lemming steckt ein höchst orakelhafter Gegenstand, dessen wahrer Bestimmungsort ungeklärt ist: drei Schlüssel, auf einen schlichten Metallring gefädelt. Drei Schlüssel, die Angela vor ihrem Tod in der Puppe versteckt haben muss.

Ein letztes Mal dreht sich der Lemming um, betrachtet das hässliche graue Gebäude der Gerichtsmedizin. Was wird wohl aus Watzka werden?, denkt er plötzlich. Wen wird Watzka denn noch frotzeln können, wenn das Institut geschlossen wird? So schwer es dem Lemming auch fällt, sich das einzugestehen, aber: Watzka tut ihm mit einem Mal leid.

Sein Blick streift nachdenklich den zweiten Stock entlang, in dem Bernatzkys Büro liegt. Und wirklich: Hinter einem der Fenster kann er jetzt eine leise Bewegung erkennen. Einen weißen Ärztemantel, einen weißen Bart. Die kreisrunden, spiegelnden Brillengläser hinter der spiegelnden Scheibe.

Der Lemming winkt Bernatzky zu.

Der Alte aber sieht ihn nicht. Das Gesicht den schweren Wolken zugewandt, hebt er nun langsam den Arm, nähert sich die Hand seinem Mund. Ein winziger, glutroter Punkt glimmt auf.

21 Noch knapp vier Tage bis zum Jahreswechsel, und die Stadt riecht schon nach Krieg. In ihren Häuser- schluchten hängt der beißende Gestank von Schießpulver. Seltsam, diese Lust am Knallen, Böllern, Detonieren, dieses Schwelgen im Schlachtengeknatter, diese kollektive Ekstase, fast so, als versänke ganz Wien in sphärisch-sinfonischen Walzerklängen. Dass das konzertierende Orchester aus einer Armee betrunkener Sprengmeister und Pyromanen besteht, scheint dabei nicht von Belang zu sein.

Tiere wissen diesem psychedelischen Feuerzauber in der Regel weniger abzugewinnen, wahrscheinlich deshalb, weil ja Tiere insgesamt kulturlos sind. Castro ist jedenfalls kaum aus dem Haus zu bewegen gewesen, an diesem frühen Montagabend. Geduckt, mit angelegten Ohren, den buschigen Schwanz zwi- schen die Hinterläufe geklemmt, so drückt er sich jetzt an den Häuserwänden entlang, während Klara und der Lemming schwer bepackt in Richtung Taxistandplatz stapfen, um end- lich nach Ottakring zurückzufahren. Dabei ist das Krachen der Silvesterknaller nur gedämpft zu hören wie das Trommel- feuer einer fernen Front. Mag sein, dass Castro instinktiv den historischen Fluch erfasst, der seit jeher auf der Wienerstadt lastet: Ferne Fronten sind ihr noch nie lange ferngeblieben, sie sind über kurz oder lang auf sie zu- und über sie hinweg- gerollt. Wie auch immer: Noch herrscht relative Ruhe, mag es auch die Ruhe vor dem Sturm sein. Im Laternenlicht wirbeln die Flocken; die Räder von Benjamins Buggy knirschen im frisch gefallenen Schnee.

«Diese Schlüssel», sagt Klara, und ihre Worte kondensieren in der eisigen Luft, «denkst du, es sind die vom Haus ihrer Eltern?»

«Ich weiß es nicht. Aber es würde mich wundern. Wozu sollte sie die Schlüssel *zu* einem Haus *in* diesem Haus verstecken?» Der Lemming verlangsamt seine Schritte, atmet durch – die Last der vollen Reisetaschen fordert ihren Tribut. «Vielleicht sollte ich's trotzdem probieren. Morgen noch einmal zum Bruckhaufen fahren. Vielleicht hab ich Glück und … die Alten sind nicht daheim.»

«Vielleicht», gibt Klara nachdenklich zurück. «Ich frag mich nur, warum sie überhaupt … Ich meine: Wenn sie wollte, dass wir sie bekommen, hätt sie dir die Schlüssel einfach geben können, statt sie in Bens Puppe zu stecken. Außer, sie hätte gewusst, dass dafür keine Zeit mehr bleibt …»

«Warte kurz – bleib einmal stehen …», unterbricht jetzt der Lemming.

Er kann sie schon von weitem sehen: eine Gruppe Jugendlicher, die sich an der nächsten Straßenecke versammelt haben. Mit hochgeschlagenen Jackenkrägen stehen sie da, als harrten sie eines geeigneten Opfers für einen kleinen pyrotechnischen Streich.

«Komm, lass uns lieber auf die andere Seite wechseln.»

Gesagt, getan. Klara und der Lemming queren die Fahrbahn, um nun – so wie auch Castro – im Schutz der Mauern vorwärtszuschleichen. Die Blicke argwöhnisch auf den gegenüberliegenden Gehsteig gerichtet, nähern sie sich der Kreuzung und treten schließlich – unbehelligt – auf die Berggasse hinaus.

Erleichterung jetzt, ja zweifaches Aufatmen: Schräg vis-a-vis, am Taxistand, wartet ein Wagen. Der Fahrer döst im warmen Schein der Innenleuchte vor sich hin.

Nachher weiß man immer alles besser.

Nachher weiß man, dass man diesen Pilz nicht essen, jenen Dampfer nicht besteigen hätte sollen. Oder dass man besser auf dem anderen Trottoir geblieben wäre. Nachher weiß man es. Wenn man dann überhaupt noch etwas weiß.

Ein spitzer, gellender Schrei lässt dem Lemming das Blut in den Adern gefrieren. Er wirbelt herum – da stockt für den Bruchteil einer Sekunde die Zeit. Es ist ein Moment, so gedehnt und dabei so gerafft, dass der Lemming drei Dinge zugleich registriert: Klaras aufgerissenen Mund, zwei Silhouetten – die eines Menschen und die eines Tieres –, die hinter den Häusern verschwinden und eine kleine glosende Stelle in Benjamins Buggy.

Eine kleine glosende Stelle.

Sie springen synchron, der Lemming und Klara, sie werfen sich über den Kinderwagen, hechten ins dunkle Geviert, in dem dösend der Kleine liegt. Flatternde Hände, einander behindernd, fieberhaft tastend, hastig, gehetzt. Der Lemming erwischt ihn zuerst, den Zylinder, der knisternd in Benjamins Armbeuge liegt: ein Böller, ein böser, roter, daumendicker Böller. Die Lunte sprüht Funken, zischt leise; sie ist beinahe schon abgebrannt. Schon taumelt der Lemming zurück und schleudert den Kracher von sich. In hohem Bogen fliegt jetzt der glühende Punkt durch die Luft, um – kaum zehn Meter weiter – im Schnee zu versinken.

Und wieder ein Schrei.

«Nein!», brüllt Klara. «Nein, Castro! Nein!»

Diesmal bleibt die Zeit nicht stehen. Sie verrinnt nur so langsam, dass sie dem Lemming in der Rückschau wie etwas Klebriges, Zähes erscheinen wird, wie einer jener Albträume, die einem schleppend und träge den Hals abschnüren, weil sie wissen, dass man sich im Schlaf nicht wehren kann.

Castro pflügt durch den Schnee, seine Hinterläufe wirbeln Fontänen von Flocken auf. Mit zornigem Knurren schnellt er vor, springt auf den zischenden Böller los, verbeißt sich darin.

Die Explosion ist leiser als erwartet. Dumpf klingt sie, dumpf wie ein kräftiger Boxhieb gegen einen Sandsack. Grell strahlt dagegen der Blitz durch die Finsternis, er flammt auf und erlischt mit einem hohlen Pfeifen. Dann ist nur noch Castros röchelnder Atem zu hören, stoßweise, gurgelnd: ein flacher, verebbender Klang.

Es ist schon sonderbar, welche Gedanken den Menschen in

solchen Momenten erfassen. Wobei es nicht so sehr Gedanken sind, sondern schwirrende Bilder, hilflos mäandernde Assoziationen. Der Lemming sieht einen Weiher, einen Teich aus schwarz gefärbtem Schnee. Darin gebettet die mächtigen Umrisse Castros: ein zitternder Schwimmer, der versucht, das Ufer zu erreichen. Der es vergeblich versucht.

Castro bebt am ganzen Körper, seine Glieder zucken heftig hin und her. Das Röcheln, nun schon ganz leise, dringt ihm direkt aus dem Rachen, aus einer fleischigen, formlosen Höhle unter den Augen. Blut tränkt den Boden des Gehsteigs. Castros erkaltendes Blut. Bis an die Scheiben der geparkten Autos ist es gespritzt.

«Tu doch etwas … Tu doch bitte etwas …» Klaras Stimme ist tonlos. Sie ist neben dem Hund auf die Knie gesunken, kauert im Schneematsch und flüstert in einem fort diesen Satz vor sich hin. «So tu doch etwas …» Den Kopf hält sie gesenkt, von der zerfetzten Schnauze Castros abgewandt; es ist nicht klar, mit wem sie spricht. Mit Castro? Mit dem Lemming, der nun auf der anderen Seite des sterbenden Hundes kniet? Mit einem zynischen und gnadenlosen Gott? Oder gar mit sich selbst, der Tierärztin, die nichts ist ohne ihre Instrumente und Arzneien? «Tu doch bitte etwas … Bitte …»

Der Lemming weiß nicht, wie lange sie auf das erlösende Ende gewartet haben: Klara betend und flehend, er selbst wie gelähmt, zu keinem Gedanken und keiner Bewegung mehr fähig. Irgendwann hat Castros Zittern nachgelassen. Ein hoher, schier endloser Ton, ein verzweifelter Klagegesang ist der klaffenden Wunde entströmt.

Dann war es vorbei.

Tu doch bitte etwas.
Er ist aufgestanden und hinter Klara getreten.
Tu etwas.

Er hat Klara sanft bei den Armen genommen. Hat sie langsam zu sich hochgezogen.

Bitte.

Er hat nach einem Wort gesucht. Nach dem richtigen Wort.

«Scheiße aber auch. Das arme Vieh …» Die Jugendlichen von der anderen Straßenseite sind plötzlich da gestanden und haben Castros Kadaver betrachtet.

Er hat Klara losgelassen und ist auf die Gruppe zugetreten. «Kracher», hat er gesagt. Leise und ausdruckslos. «Kracher.»

«Was meinen Sie: Kracher …?»

Statt einer Erklärung hat er einen der Burschen am Kragen gepackt, nicht sehr fest und nur mit einer Hand; die andere hat er fordernd aufgehalten. «Kracher.»

Der Junge hat endlich verstanden. Hat in seine Jackentasche gegriffen und eine Handvoll Böller herausgeholt. «Wir sind das aber nicht gewesen. Ehrlich.»

«Ich weiß.» Er hat zwei dicke Böller genommen, sie eingesteckt und gleich darauf sein Handy aus dem Hosensack gezogen.

«Nein … Nicht die Abdeckerei.» Klara hat den Kopf gehoben, ihr Gesicht eine Wüste: fahl und zerfurcht. Kein Regen, kein Tau, keine Tränen. «Bitte … Bitte bring ihn nach Hause …»

Kein Telefongespräch also. Stattdessen ist er zurück in die Wohnung, Handtücher, Müllsäcke, Klebeband holen. Er hat noch immer nach dem Wort gesucht.

Tu doch etwas.

Wenig später hat er begonnen, den toten Körper einzuwickeln. Zuerst in die Handtücher, dann in die Säcke. Hat Klebeband über das Plastik gezogen, dann sich das Blut von den Händen geschrubbt. Mit Schnee. Das Taxi war mittlerweile vom Standplatz verschwunden, also hat er ein anderes gerufen.

«Haben S' da eine Leiche oder was?» Die skeptische Frage der Fahrerin, als er das massige, schwere Bündel in den Kofferraum gewuchtet hat.

Seine Stimme war rau, seine Antwort die einzig vernünftige. «Schwiegermutter», hat er gesagt. Die Frau hat gelacht.

In Ottakring hat er das Bündel hinter das Haus geschleift, unter den Nussbaum. Castros Lieblingsplatz, im Sommer jedenfalls. Das Schneegestöber ist stärker geworden; bald war nur noch eine schemenhafte Erhebung unter dem blattlosen Baum zu erkennen, ein weißer, unscheinbarer Hügel.

Im Haus war es warm. Er hat den Abendbrei gekocht und Benjamin gefüttert. Klara hat ihm dabei zugesehen, mit leblosen Augen. Danach hat er Klara und Ben ins Bett gebracht. Sie zugedeckt. Noch immer keine Tränen, auch bei ihm nicht.

«Ich muss noch einmal weg», hat er Klara zugeraunt. Keine Antwort; vielleicht war sie schon eingeschlafen. Er hat ihr sachte übers Haar gestrichen, eine leise Berührung, und ist aus dem Zimmer gegangen, zurück ins Erdgeschoss.

Bitte tu etwas.

Er wusste, wo der Schlüssel ist: in einem Kästchen auf dem Schreibtisch in Klaras Ordination. Er hat die gefüllte Ente aus der Reisetasche genommen – sie hat schon ein wenig gemüffelt –, ist ins Behandlungszimmer gegangen und hat mit dem Schlüssel den Giftschrank geöffnet. Da stand es, das Fläschchen: Pentobarbital, in verflüssigter Form. Er hat eine Spritze aufgezogen und die Lösung in die Ente gespritzt. Subkutan. Seine Hände haben nicht gezittert. Das Wort ist ihm auf der Zunge gelegen. Er hat die Ente in einen Plastiksack gesteckt und ein Taxi gerufen. An seinem inneren Auge sind zwei Silhouetten vorbeigezogen, die eines Menschen und die eines Tieres. Zwei Schatten, die hinter den Häusern verschwinden …

Auf dem Weg durch den Garten zum Taxi ist es ihm eingefallen, das Wort. Er hat es gesagt, zu sich selbst, mehrmals und laut. Das Wort ist in der Luft gefroren.

«Rache.»

«Rache.»

«Rache.»

In der Siebensterngasse wird wieder trainiert: Das Stiegenhaus ist von rhythmischen Stößen erfüllt.

«Herr Wallisch!» Klaus Jandula steckt seinen schlenkernden Kopf durch den Türspalt; er ähnelt dabei jenen Stoffhunden, die bei den meisten Automobilisten der siebziger Jahre auf Hutablagen oder Armaturenbrettern befestigt waren. «Was treibt Sie denn um diese Uhrzeit noch zu mir?»

Um diese Uhrzeit. Ja, in der Tat, es ist spät geworden. Kurz vor zehn Uhr abends dürfte es nun sein.

«Nichts. Aber danke, dass Sie mir unten geöffnet haben.» Ohne ein weiteres Wort setzt der Lemming seinen Aufstieg fort; er geht am sichtlich konsternierten Jandula vorbei und nimmt die Treppe in den dritten Stock. Vor Herbert Prantzls Wohnungstür zieht er die Ente aus dem Plastiksack und betätigt die Klingel.

Wieder das wütende Bellen des Hundes, wieder das jähe Verstummen des Quietschens und Stampfens. Wieder die schweren Schritte, die sich von innen her nähern, das linkische Hantieren an der Klinke. Endlich zieht Prantzl die Tür auf.

Ansatzlos drischt ihm der Lemming die Faust ins Gesicht.

Ein flüchtiger Widerstand zwischen den Knöcheln des Ring- und des Mittelfingers, dann das kurze und trockene Knacken eines zersplitternden Knochens: kein Fingerglied glücklicherweise, sondern ein Nasenbein. Prantzls Schädel pendelt zurück; gleich darauf auch sein Körper und die signalroten Boxhandschuhe. Mit einem satten, fast schon obszönen Geräusch klatscht Prantzls halbnackter Wanst auf den Boden des Vorraums.

Der Lemming hat keine Zeit, zu triumphieren, zu genießen. Rasch und entschlossen sind seine Bewegungen jetzt, als folgten sie einer lange geprobten Choreographie. Mit der Linken schleudert er die Weihnachtsente in den Korridor – sie segelt über den besinnungslosen Prantzl hinweg und landet auf den Parketten –, mit der Rechten greift er in die Manteltasche, um das Klebeband herauszuholen. Den wachsamen Blick in die Tiefen der Wohnung gerichtet, beginnt er Prantzl zu verschnüren, umwickelt die Fußgelenke, die Beine, heftet die Hände und die Arme an den Rumpf, versiegelt schließlich – mit einer fünffachen Schicht des hellbraunen Streifens – den Mund. Die Augen und die Ohren lässt er frei. Danach schleift er den solchermaßen paketierten Briefträger über die Schwelle ins Treppenhaus.

Das Minutenlicht auf dem Gang ist erloschen; nur ein schmaler Lichtstrahl fällt aus Prantzls Vorraum, in dem die Ente noch immer unberührt am Boden liegt: Es scheint, dass Rambo strikt darauf gedrillt ist, sich dem Eingang nur auf den Pfiff seines Herrchens hin zu nähern. Der Lemming greift nun also nach dem Knauf der Tür und zieht sie so weit zu, dass er das Vorzimmer gerade noch im Blick behalten kann. Dann steckt er zwei Finger zwischen die Lippen und pfeift.

Und wirklich: Schon kommt – durchaus gelassen, weil ahnungslos – der Pitbull um die Ecke getrabt. Kaum aber hat er den Lemming bemerkt, strafft sich sein stämmiger Leib. Mit schlitternden Pfoten und gesenktem Schädel schießt er los, stürmt geifernd dem Feind entgegen, ohne der Ente auch nur die geringste Beachtung zu schenken. Ganz offensichtlich ist es Menschenfleisch, warmes, lebendiges Menschenfleisch, wonach ihm der Sinn steht, kein totes Geflügel. Man heißt schließlich Rambo und nicht Mambo; man ist ja kein degenerierter, entarteter Jagdhund, sondern die Krone der Kynologie, ein stolzer Vertreter der Herrenrasse unter den Vierbeinern.

Der Lemming kann gerade noch die Tür schließen; heftig erzittert sie, als der Pitbull von innen dagegenprallt und – so klingt es zumindest – die Krallen und Zähne ins Holz schlägt. Knurren, Knarren, Knirschen: blanke Raserei.

Zum ersten Mal seit Stunden sieht sich der Lemming nun ratlos: Der rabiate Köter hat glatt seine Pläne durchkreuzt. Pläne, die ihm jetzt erst so richtig bewusst werden, wie einem etwa ein Regenschirm erst dann bewusst wird, wenn er undicht ist. Castro, so grübelt er, würde ohne zu zögern die gefüllte Ente gewählt haben; Castro hätte sich bereits ins Reich der Träume verfügt. Gleich darauf jedoch blitzt jene stechende, grelle Erkenntnis auf, die sein Bewusstsein noch nicht verinnerlicht hat: die Erkenntnis, dass Castro das Traumreich nie wieder betreten wird, weil er heut Abend auf eine viel weitere Reise geschickt worden ist …

Unwillkürlich hebt der Lemming das Bein, um Prantzl in den Bauch zu treten.

«Herrgott … Was machen S' denn da!» Man muss es Klaus Jandula lassen: Seine Neugier ergänzt sich perfekt mit dem lautlosen Tritt seiner weichen Pantoffeln. Im schummrigen, nur vom fahlen, durch die Gangfenster dringenden Schein der Straßenlaternen erhellten Stiegenhaus hat er sich unbemerkt in den dritten Stock gestohlen und starrt auf Herbert Prantzl, der – bewusstlos und gefesselt, also in zweifacher Hinsicht ohnmächtig – zu den Füßen des Lemming liegt.

«Jesus Maria … Ist er 'leicht … tot?»

Nicht nur der zum Tritt erhobene Fuß, auch der Mund des Lemming scheint mittlerweile sein Eigenleben zu führen. Als wäre der ganze Mann fernbedient, von einer fremden, numinosen Macht gesteuert. Ein klares, gerades, ein gutes Gefühl ist das, nicht mehr Herr seiner selbst zu sein, sondern sein Gewissen an den Zorn zu delegieren. «Tot?», gibt nun also der Zorn zurück. «Nein. Noch nicht.»

Im selben Augenblick flackert das Ganglicht auf; aus dem

Parterre hallt das Klappern von Stöckelschuhen, die das Foyer queren, die Treppe emporsteigen. Jandula tritt ans Geländer, späht über die Brüstung. «Das hat uns g'rad noch gefehlt!», zischt er aufgeregt. «Die Wiltschek, die wohnt auch im Dritten!» Ohne lange zu zögern, dreht er sich zum Lemming um und deutet nach unten, auf seine Wohnungstür. «Kommen Sie! Kommen S', Herr Wallisch! Schnell!»

Treten kann man auch später, entscheidet der Zorn, und der Lemming gehorcht. Die Hände in Prantzls schweißnasse Achselhöhlen gezwängt, zerrt er dessen schlaffen Leib die Stufen hinab, um ihn – in letzter Sekunde – durch Jandulas Tür zu bugsieren: Schon stöckeln draußen die Pumps der Frau Wiltschek vorbei.

«Und was tun wir jetzt?», fragt Klaus Jandula, nachdem er behutsam die Tür ins Schloss gedrückt hat. Er klingt nicht nur äußerst erregt, sondern *freudig* erregt: In seiner Stimme schwingt ein erwartungsvoller, geradezu tatendurstiger Unterton mit.

«*Wir* tun gar nichts», antwortet der Zorn. «Ich kümmere mich allein um die Drecksau.»

«Darf ich dann wenigstens … zusehen?»

«Machen Sie, was Sie wollen. Ist schließlich Ihre Wohnung.»

«Danke, Herr Wallisch …», murmelt Jandula. «Danke, dass Sie sich der Sache annehmen …»

Der Lemming beachtet ihn nicht weiter. Er schleift Herbert Prantzl ins Wohnzimmer, stemmt ihn hoch und wuchtet ihn auf einen der beiden Fauteuils. Ein weiteres Mal greift er zum Klebeband, zieht einen langen Streifen über Prantzls Kiefer und fixiert seinen Kopf an der Rückenlehne. Jandula nimmt inzwischen auf dem anderen Sessel Platz: wenn schon zum Nichtstun verdammt, dann wenigstens erste Reihe Parkett.

Der Lemming steht nun reglos inmitten des Zimmers, er hat die Arme vor der Brust verschränkt und wartet darauf, dass

Prantzl zu sich kommt. Mitleid? Nicht im Geringsten. Der Zorn weiß sich wohl zu behaupten, sich selbst zu erneuern: Unablässig zwingt er den Lemming zur Rückschau, unablässig beschwört er die Bilder der vergangenen Stunden herauf und lässt sie neu erstehen: zwei Schatten, die hinter den Häusern verschwinden, das Glimmen im Kinderwagen, die gedämpfte Explosion. Dann das Blut, die zuckenden Glieder, Castros endloser, röchelnder Klagegesang. Und Klaras totes Gesicht … Nein, kein Mitleid. Der Lemming will nur noch eines: ihn sterben sehen. Zusehen, wenn dieses Stück Dreck, dieses stinkende Schwein krepiert.

Lange, schweigsame Minuten vergehen, bis Herbert Prantzl endlich seine Lider öffnet. Er tut es mit der gleichen Langsamkeit, mit der sich auch Theatervorhänge zum ersten Akt zu heben pflegen. Dass er anfänglich nur vor sich hinglotzt, ohne den Lemming wahrzunehmen, mag an einer gewissen geistigen Dumpfheit liegen, sei es nun an einer posttraumatischen oder an einer angeborenen.

«Guten Morgen, du Scheißmensch», sagt der Zorn.

Prantzl zieht die Augenbrauen hoch und sieht den Lemming an. Seine blassgrünen Augen sind eine einzige Frage.

«Da schaust du, gell? Ein Glück nur, dass ich dir dein elendes Maul verpickt hab, weil sonst tät'st gleich wieder nach deinem Hunderl pfeifen, nicht wahr, du Held? Und dann tät sich unser Bertibub schrecken, weil nämlich sein kleines Hunderl nicht und nicht daherkommen würd'. Ja, wo bleibt denn mein Schatzi, tät sich der Bertibub fragen, warum hilft mir denn mein Mamboschatzi nicht und tut den bösen Onkel da ein bisserl beißen?» Der Lemming ist ganz nahe an Prantzl herangetreten; er kann zusehen, wie auf dessen flacher Stirn Myriaden glitzernder Stecknadelköpfe zu Schweißperlen reifen, wie sie sich aufblähen, den Halt verlieren und nach unten kullern. Während er Prantzls Transpiration studiert, spricht der Zorn in ihm weiter: «Aber der böse Onkel hat dein stinkertes

Hunderl abserviert, Berti. Hörst du, wie still es ist bei dir da oben? Wahrscheinlich ist es dem Mambo zu blöd geworden, dir immer hinterherzuhampeln, wahrscheinlich hat er schon das vergiftete Enterl gefressen, das ihm der Onkel geschenkt hat. Und jetzt ist er kaltgestellt: ziemlich kalt oder auch sehr kalt, je nach Appetit. Weil das tun wir ja so gerne, nicht wahr, Berti, Hunde kaltstellen! Wenn nicht gar wehrlose Babys!»

Erstmals seit Beginn der Vorstellung meldet sich das Publikum zu Wort. «Das versteh ich jetzt nicht», raunt Klaus Jandula dem Lemming zu.

«Maul halten», erwidert der Zorn, und Jandula verstummt.

Vom säuerlichen Schweißgeruch Prantzls angeekelt, tritt der Lemming zwei Schritte zurück. Langsam lässt er eine Hand in seine Hosentasche gleiten. «Der Onkel hat aber nicht nur dem Hunderl etwas Schönes mitgebracht, sondern auch dem Herrli. Damit das Herrli nicht traurig ist. Schau her, das magst du doch so gerne!» Der Lemming zieht die beiden Böller aus der Tasche, hält sie Prantzl auf der flachen Hand entgegen. «Da freut sich der Bertibub, oder? Das ist ja so lustig, wenn's knallt und wirbelt und paukt; was Schöneres gibt es ja nicht, als die ganze Welt mit Gepolter und Krach zu verwöhnen. Und weil du heute der Ehrengast bist, wird dir der Onkel ein kleines Konzerterl geben. In Stereo.» Ohne den Blick von Prantzl zu lösen, wendet sich der Lemming jetzt an Jandula. Er streckt die zweite Hand aus, klappt sie fordernd auf und zu. «Feuer.»

«Wo?», fragt Jandula erschrocken. Die Inszenierung scheint ihn zusehends zu überfordern.

«Ob Sie Feuer haben!»

Jandula erhebt sich, wackelt eilig in die Küche, kehrt mit einem Päckchen Zündhölzer zurück.

Inzwischen hat der Zorn die beiden Knallkörper platziert. Er hat sie tief in Prantzls Ohrmuscheln gerammt; sie ragen ihm nun zu beiden Seiten aus dem Kopf wie die Zipfel einer Narrenkappe.

Überhaupt bietet Prantzl nun einen reichlich amüsanten Anblick; er gemahnt an einen glänzend braunen, erigierten Penis, aus dessen feuchter, halb entblößter Eichel zwei kreisrunde Augen stieren. Die Böller scheinen unter der Vorhaut zu stecken; ihr Rot entspricht dem Rot der mächtigen Boxhandschuhe, die an der Basis dieses clownesken Gemächts baumeln wie pralle, geschwollene Hoden. Nur Prantzls Geruch ist weniger erbaulich, mischt sich doch jetzt in den beißenden Transpirationsgestank eine andere, noch penetrantere Note: Er hat sich angekackt, der Herr Briefträger, er hat sich in seine schönen, schillernden Hosen gemacht.

«Finden Sie nicht, Herr Wallisch», meldet sich jetzt wieder leise Klaus Jandula zu Wort, «dass es genug ist?»

«Nein. Bei weitem nicht genug.»

Der Lemming entzündet ein Streichholz und nähert die Flamme der Lunte des rechten Böllers.

«Mein Gott, Herr Wallisch! Sie werden doch nicht wirklich Ernst machen!» Jandula weicht zurück, Schritt für Schritt, bis er mit dem Rücken an der Wand zu stehen kommt. «Ihnen hat er doch gar nichts so Schlimmes getan, der Prantzl!»

«Ach, hat er nicht?»

Ein Zischen: Die Zündschnur fängt Feuer, sprüht Funken.

«Und dass er versucht hat, mein Kind in die Luft zu sprengen?»

Schon brennt auch die linke Lunte; ein fröhliches, zweifaches Knistern: Gerade noch Penis, ist Prantzl nun unversehens zum Weihnachtsbaum mutiert.

«Und dass er heut Abend den Hund meiner Frau getötet hat? Meinen … treuesten Freund? Das ist nichts so Schlimmes?»

«Was bitte heißt heut Abend?», schreit Jandula entnervt. «Das Arschloch ist doch seit Mittag daheim und macht mir das Leben zur Hölle! Die ganze Zeit hat er auf seinen Boxsack eingedroschen!»

«Wie jetzt? Seit … wann, sagen Sie?»

«Seit heute Mittag! Exakt dreizehn Uhr!»

Die Zündschnüre sind fast schon abgebrannt; aus Prantzls schreckgeweiteten Poren rinnen Bäche von Schweiß. Der Lemming fühlt sich in dieser Sekunde wie ein Ballon, dem jählings die Luft ausgeht. Sein Zorn entweicht, als wäre er nie da gewesen; zurück bleibt nur Leere, plötzliche, nagende Leere im Bauch, in den Gliedern, im Kopf. Mit einer trägen, beinahe apathischen Geste hebt er die Arme und zieht die beiden Kracher aus Prantzls Ohren.

«Weg damit!», brüllt Jandula. «Weg damit!» Er gibt sich einen Ruck, springt auf den Lemming zu. Schlägt ihm mit all seiner Kraft die Böller aus den Fingern. Sie detonieren synchron; der eine unter dem Fauteuil, der andere in der Zimmerecke – exakt an jener Stelle, an der Benjamin zwei Tage vorher Klaus Jandulas Fotos angeknabbert hat. Zwei gleißende Blitze, ein markerschütternder Knall, gefolgt von jener unheimlichen Stille, die nur eine Stille des Raums ist, keine des Herzens.

Und in diese Stille, in diese Leere hinein öffnen sich endlich die Schleusen: Das Vakuum, das der Zorn hinterlassen hat, füllt sich mit Schmerz. Mit gewaltigem Schmerz. Der Lemming schluchzt auf, seine Augen quellen über, ertrinken im salzigen Meer seiner Tränen. Er findet sich auf dem Boden wieder, das Gesicht in den Händen vergraben; daneben Klaus Jandula, der ihm den Arm um die Schultern gelegt hat und ihm den zuckenden Kopf hält. So kauern sie da, beide geschüttelt, beide gerührt.

Eine Ewigkeit scheint zu vergehen, ehe der Weinkrampf verebbt, der Lemming allmählich entspannt. Behutsam löst er sich aus Jandulas Umarmung, um zu Herbert Prantzl hochzusehen, der nach wie vor geknebelt auf dem Polstersessel thront. Aber sein Blick wird nicht erwidert: Prantzl ist offensichtlich aufs Neue in Ohnmacht gefallen. Aus seiner gebrochenen Nase dringen leise Schnarchgeräusche.

«Keine Sorge, Herr Wallisch, ich kümmere mich schon um ihn», sagt Klaus Jandula jetzt. «Er hat mir immerhin was zu verdanken. Sagen S' ... Haben Sie den Scheißköter wirklich vergiftet?»

«Ich weiß es nicht», gibt der Lemming mit heiserer Stimme zurück. «Und ich hoffe es auch nicht. Jedenfalls herrscht ... bedenkliche Ruhe da oben.»

«Oh, ja.» Klaus Jandula hebt seinen schlenkernden Kopf und betrachtet zufrieden die Zimmerdecke. «Traumhafte, himmlische Ruhe ...»

22 Wie lange mag es her sein, dass die Sonne die bleigrauen Wolken durchbrochen hat? Wochen? Vielleicht sogar Monate? Heute jedenfalls, an diesem klirrend kalten Dienstagmorgen, steigt sie so selbstverständlich über den östlichen Horizont, als hätte sie ihr Lebtag nichts anderes getan. Wie eine jahrelang verschollene Tochter, die eines Tages durch die Tür hereinspaziert, grußlos am Frühstückstisch Platz nimmt und sich mit unschuldiger Miene ein Glas Milch einschenkt.

Stille im Garten und ein Ozean aus Diamantenstaub: Die Schneedecke funkelt, blendet das Auge mit Tausenden Nadelstichen. Wenigstens, so denkt der Lemming, verhüllt sie mit ihrem Glanz die frostharte Erde: ein Wundverband, der zwar nichts mehr zu heilen vermag, aber vielleicht ja zu lindern.

Der Kampf mit dem gefrorenen Boden hat ihm gutgetan. Er lehnt den Spaten an den Stamm des Nussbaums und betrachtet die frisch ausgehobene Grube. Sie dürfte groß genug sein, jedenfalls nach dem Umfang des Schneehügels zu schließen, unter dem Castro liegt. Groß genug für einen toten Hund.

Ja, nur für *einen* …

Nach einer kurzen und unruhigen Nacht hat er in aller Früh Klaus Jandula angerufen, um sich nach dem Stand der Dinge zu erkundigen. Und der hörbar verschlafene Jandula hat sein Bestes getan, um ihn zu beruhigen: Nein, der Pitbull sei nicht gestorben; er habe nur etwa die Hälfte der Ente verzehrt und sei zwar besinnungslos, aber lebendig in Prantzls Vorraum gelegen. Prantzl selbst sei kleinlaut, ja regelrecht unterwürfig gewesen, nachdem er aus seiner Ohnmacht erwacht sei. Obwohl das bei Leuten seines Schlags natürlich nicht viel bedeute: Ein sauberer Hintern und geputzte Hosen, und sein Nachbar würde im Handumdrehen wieder der Alte sein, daran bestünde kein Zweifel. Wie auch immer, Prantzl habe sich dazu bereit erklärt, die Polizei aus dem Spiel und die Sache auf sich beruhen zu lassen, allerdings unter gewissen Bedingungen.

«Welche?», hat der Lemming gefragt.

Da hat Jandula gekichert. «Erstens, Herr Wallisch, müssen Sie sich dazu verpflichten, nie wieder ein Wort über ihn in der *Reinen* zu schreiben, und schon gar nicht über seinen Köter. Dafür hat er auch versprochen, Ihnen nicht mehr hinterherzuschnüffeln. Wobei er das, unter uns gesagt, ohnehin nicht mehr täte: Sie haben ihm gestern gehörig Respekt eingeflößt.»

«Das ist ein faires Angebot; ich wollte meinen Job als Reporter sowieso an den Nagel hängen. Und zweitens?»

«Zweitens muss Ihnen kein Kopfweh bereiten; darauf lade ich Sie ein, und zwar mit dem größten Vergnügen: die Kosten für ein neues Türschloss nämlich. Wir waren ja dazu gezwungen, seine Wohnung aufzubrechen; ich hätte ihn ungern bei mir einquartiert.»

«Und seine gebrochene Nase?», hat der Lemming schließlich gefragt.

«Sie werden lachen: Er ist stolz darauf. Was dem einen ein großdeutscher Schmiss im Gesicht ist, das ist dem anderen sein schiefer Frnak. Schade nur, dass mein krankhaftes Zittern nicht zu den Insignien der Männlichkeit zählt …»

Während der Lemming das Gespräch mit Jandula Revue passieren lässt, öffnet sich die Hintertür des Hauses: Klara tritt ins Freie. Sie wirkt immer noch schmal und erschöpft, aber nicht mehr so bleich und erschüttert wie gestern. Ein Schritt in die Sonne – schon bleibt sie stehen, schließt die Augen. Lässt sich von den Strahlen wärmen. Auf ihrem Arm sitzt Benjamin, in eine Decke gehüllt. Die Stirn gerunzelt, blinzelt er ins Licht, bis er den Lemming im Schatten des Nussbaums bemerkt. «Ba», ruft der Kleine und grinst.

Auch Klara wendet nun den Kopf. «Guten Morgen», sagt sie leise. «Komm, Kaffee ist fertig.» Ihre Blicke streifen kurz die aufgehäufte Erde, das Grab zu den Füßen des Lemming, dann dreht sie sich um und geht wieder ins Haus.

Es wird ein ausgedehntes Frühstück, wenn auch nur in zeitlicher Hinsicht und weniger in kulinarischer. Kaffee, Kaffee und Kaffee, so lauten die einzelnen Gänge für Klara und den Lemming, Reisschleim, Reisschleim und Reisschleim jene für Ben. Nachdem der Kleine gesättigt und – unter obligatem Gebrüll – von den Essensresten im Gesicht befreit ist, wird er von Klara aus dem Kindersitz entlassen. Die auf dem Holzboden ausgebreitete Decke, Angelas Puppe und Bernatzkys Kniescheibe, mehr braucht er für die nächste halbe Stunde nicht zum Glücklichsein.

«Wenigstens bist *du* nicht zum Mörder geworden», murmelt Klara, nachdem ihr der Lemming den Hergang des gestrigen Abends geschildert hat.

«Wenigstens, ja … Dabei hätt ich geschworen, dass diese zwei

Gestalten ... dass es die Schatten vom Prantzl und von seinem Misthund waren.»

«Irrtum, aber das hätt ich dir gleich sagen können», entgegnet Klara. «Ich hab die beiden nämlich auch gesehen: Die Greißlerin war's, aus der Glasergasse, die alte Kobernig mit ihrem Pudel. Nein, der Kracher ist von oben gekommen, aus irgendeinem der Häuser, einem der Fenster, vielleicht ja auch von einem Dach.»

«Und du hast nicht erkannt, woher genau?»

«Nein. Aber weißt, im Grunde ist es auch egal. Wenn's einen im Krieg erwischt, dann sagt man nachher auch: Es waren die Deutschen, die Russen, die Amis. Und nicht: Es war der Hans-Peter Schulze, der Dimitrij Popow, der William Jones. Verstehst du? Es hätte fast jeder sein können, und damit waren es alle gemeinsam. Anzünden und aus dem Fenster damit, ein Riesenspaß für Alt und Jung. Wenn überhaupt, dann gilt das bei uns als Kavaliersdelikt: ein blöder Zufall halt, wenn der Sprengsatz in deinem Kragen landet, im Buggy deines Kindes oder im Maul deines Hundes.»

«Wahnsinn ist das ...»

«Du sagst es. Der Wahnsinn hat ihn umgebracht.»

Ein Satz, der den Lemming aufhorchen lässt. «Das Gleiche hat Angelas Vater am Samstag auch gesagt: *Der Wahnsinn hat sie umgebracht.* Und gestern hätt mich der Wahnsinn beinahe zum Mörder gemacht ...» Er verfällt in betretenes Schweigen, starrt in seine – schon wieder geleerte – Kaffeetasse. Und er fühlt Klaras Blicke auf sich. Blicke, deren Bedeutung sich ihm wohl selbst dann nicht erschlösse, würde er ihnen begegnen.

«Nein», meint Klara nach einer Weile. «Nein, ich bin dir nicht böse, Poldi.»

«Aber ... Ich bin bei dir eingebrochen; ich hab deinen unantastbaren Giftschrank geplündert wie ein mieser kleiner Dieb.»

«Kleiner Dieb, meinetwegen. Trotzdem ... großes Herz.» Die letzten Worte hat Klara fast lautlos gesagt: ein Flüstern nur, und doch mit einem warmen Unterton. Jetzt ist sie es, die den Kopf gesenkt hält, während sie weiterspricht. «Weißt, gestern ... Ich hätt nicht gewusst, was ich ohne dich machen soll; wahrscheinlich wäre ich durchgedreht und hätte sonst was angestellt, vielleicht ja noch etwas ... Schlimmeres als du. Um ehrlich zu sein: Ich habe keine Ahnung, wie du das alles geschafft hast; nach dem Knall ist mir der Film gerissen. Und heute ... Dem Buben ist nichts passiert, wir sind alle drei in Sicherheit, sogar den Castro hast du irgendwie nach Haus gebracht und ihm ein ... ein Bett unterm Nussbaum bereitet.» Klara fährt mit dem Finger den Rand ihrer Tasse entlang: einmal, zweimal, dreimal im Kreis. Dann sieht sie den Lemming an, lehnt sich kurz entschlossen über die Tischplatte und nimmt seine Hand in die ihren. «Danke, Poldi. Danke. Wenn ich's nicht schon wär, ich tät mich glatt in dich verlieben.»

Wie das kribbelt, wenn das Blut aus Armen und Beinen weicht. Wenn es sich in der schreckhaften Art einer Schnecke aus allen Gliedern zurückzieht, um sich im Schädelgehäuse zu sammeln. Der Kopf des Lemming leuchtet in kräftigem Dunkelrot; die Gesichtshaut pulsiert. Ein breites Lächeln liegt auf seinem Mund.

«Und noch was», setzt Klara jetzt nach. «Weil wir gerade dabei sind: Kannst dich erinnern, damals im Mai, wo wir darüber geredet haben, wie der Kleine heißen wird? Ob Breitner oder Wallisch? Weißt du noch?»

Der Lemming grunzt.

«Also, ich wollt dir nur sagen ... Von mir aus können wir ihn auch Wallisch nennen ...»

Rauschen in den heißen, roten Ohren. Dazwischen ein leichtes Schwindelgefühl, ein trunkenes, durchaus fideles Torkeln der Gedanken: zu viel Blut im Gehirn, ohne Zweifel. «Wie meinst du das jetzt?», krächzt der Lemming.

«So wie du damals, Poldi: Man kann sich ja manchmal zu etwas durchringen ... Und wenn wir uns beide ... Also wenn wir uns gewissermaßen ...» Klara verstummt. Auch ihr Gesicht hat mit einem Mal Farbe bekommen. Gute, frische, rosige Farbe.

«Benjamin Wallisch?», fragt der Lemming leise.

«Benjamin Wallisch», antwortet Klara.

Jener Benjamin, von dem die Rede ist, obwohl ja im Grunde von etwas ganz anderem die Rede ist, jener Benjamin, der so ungefragt als Strohmann für die amourösen Zukunftspläne seiner Eltern herhalten muss, jener geborene Breitner und soeben designierte Wallisch also hat sich unbemerkt davongestohlen. Die russische Puppe liegt verwaist am Boden, und als Klara und der Lemming suchend ihre Blicke schweifen lassen, da finden sie Ben in der Ecke der Küche, gleich hinter dem Herd. Er sitzt in Castros Hundekorb und kaut an seinem Knochen, an seiner geliebten Patella.

Der rosige Teint weicht nun wieder aus Klaras Gesicht. Sie lässt – nicht ohne einen sanften Abschiedsdruck – die Hand des Lemming los. «Ich hab mir heute freigenommen. Wollen wir's ... jetzt gleich erledigen?»

«Ja», seufzt der Lemming. «Bringen wir's hinter uns.»

Was dem Papst seine weiße Soutane, das ist dem Hund seine Hundedecke: Trautes Gewebe im Leben, würdige Kleidung im Tod. In seine zerschlissene grün-weiße Decke gehüllt, hat Castro seine letzte Ruhestatt bezogen. Über der offenen Grube wiegen sich die kahlen Äste des Nussbaums im Wind: ein leises Adieu für den alten Gefährten, der stets so beflissen die Wurzeln gegossen, den Boden gedüngt hat.

Klara und der Lemming stehen am Rand des Grabs und hängen ihren Gedanken nach; nur Ben, der auf Klaras Arm sitzt, äugt interessiert zum Nachbargrundstück hinüber: Hinter der schütteren Hecke schaufelt ein Mann im gelbgrünen Anorak

Schnee; von Zeit zu Zeit hält er inne und wischt sich den Schweiß von der Stirn.

«Wollen wir ihm noch etwas mitgeben?», fragt Klara jetzt mit feuchten Augen. «Etwas, womit ihm nicht fad wird dort drüben ... Seinen Tennisball zum Beispiel.»

«Du hast recht. Ich geh ihn holen.» Der Lemming umrundet die Grube und stapft zum Haus. An der Schwelle der Hintertür klopft er den Schnee von den Schuhen und tritt in den Flur, um im selben Moment – einen heiseren Schrei auf den Lippen – zurückzuzucken.

Im Halbdunkel zwischen den steinernen Wänden des Korridors steht ein hagerer, ärmlich gekleideter Mann. Es ist der Mann, der vorgestern Benjamins Kinderwagen durchwühlt hat, es ist der Zwischenkriegsmann.

Kaum hat er den Aufschrei des Lemming vernommen, dreht er sich um, die Augen erschrocken geweitet. Und wieder gleicht seine Haltung der eines Wildtiers auf nächtlicher Fahrbahn: geblendet, gelähmt in Erwartung des tödlichen Aufpralls. Wäre da nicht dieser Gegenstand, dieses handgranatengroße Ding, das er drohend in seiner erhobenen Rechten hält.

«Machen S' keinen Blödsinn», stößt der Lemming hervor. «Nur mit der Ruhe ...»

Dieses verteufelte Dämmerlicht. Könnten sich die Augen doch ein wenig rascher daran gewöhnen.

«Keine Angst ... Ich tu Ihnen nichts ...»

Nach und nach erst treten die Konturen in den Hintergrund, gewinnen die Körper an Plastizität, an Farbe und Textur.

«Hören Sie, es gibt wirklich keinen Grund ... Für den Fall, dass Sie Hilfe brauchen ...»

Die Handgranate glänzt wie frisch poliert. Soweit es der Lemming inzwischen erspähen kann, dürfte sie rot sein – oder wenigstens *teilweise* rot. Er kneift konzentriert die Augen zusammen.

«Schließlich kann man über alles reden ...»

Der Körper des Mannes löst sich aus seiner Erstarrung: Er greift nun auch mit der Linken nach der Granate, nimmt sie zwischen die Fäuste und zieht kurz entschlossen den Sicherungssplint: Ein halblautes Klicken ertönt.

«Nicht!», brüllt der Lemming. Er reißt die Arme hoch, stolpert nach hinten, verliert beinahe das Gleichgewicht. Starrt dann wieder ins Dunkel, verstört, irritiert: Warum wirft er denn nicht? Wann wirft er denn endlich? Will er sich selbst in die Luft jagen?

Unerträgliche Stille. Der Hagere steht wieder regungslos, er steht, den Kopf gesenkt, und mustert die Teile des Sprengsatzes in seinen Händen: Fragmente einer vermeintlichen Bombe, deren einzige Sprengkraft darin besteht, dass sie leer ist. Es sind die zwei Teile von Angelas russischer Puppe, die der Mann betrachtet.

«Sie haben sie also gefunden», flüstert er nach einer Weile.

«Gefunden?» Die Stimme des Lemming vibriert.

«Ja. Die Schlüssel, die sie hier reingetan hat.»

«Sie meinen ...»

«Ihre Freundin. Angela Lehner. Sie brauchen sich nicht blöd zu stellen, Herr Wallisch; ich bin es auch nicht.» Der Mann tritt langsam aus dem Zwielicht. Seine Züge wirken angespannt; die Kieferknochen mahlen heftig. «Geben Sie sie mir.»

Erst jetzt registriert der Lemming den ortsfremden Einschlag, den leichten Akzent in der Redeweise des Mannes: Lautverschiebungen des Wiener Idioms, eine latente Verunreinigung mit den sprachlichen Abnormitäten des Norddeutschen. Also doch kein Peter Lorre, denkt der Lemming. Doch ein Erich Kästner.

«Wenn Sie mir die Schlüssel jetzt geben, sind Sie mich für alle Zeiten los.»

«Und wenn nicht?»

«Dann ... muss ich sie mir holen.» Ein verzweifelter Unterton mischt sich jetzt in die fordernde Stimme. «Ich bitte Sie, Herr Wallisch. Geben Sie sie mir, sonst …»

«Sonst also! Sonst!», hört sich der Lemming überraschend scharf erwidern. «Sonst was, mein Herr? Jetzt hören Sie gut zu: Wenn Sie glauben, Sie können im Haus meiner Frau einbrechen, meinem Sohn das Spielzeug stehlen, das Begräbnis meines Hundes stören und mich noch dazu bedrohen, dann werd ich Ihnen gleich was anderes geben, nämlich kräftig eins auf Ihre deutsche Fresse!»

Da ist er wieder, der Zorn, ein Zorn jedoch, der nicht so heiß, so furios heranstürmt wie jener des gestrigen Abends. Wahrscheinlich ist es vor allem die Neugier, die ihn zügelt: Hat man es doch hier mit einem Feind zu tun, den man weder vernichten noch in die Flucht schlagen darf. Nein, gefangen nehmen muss man ihn, nach Strich und Faden zermürben und erbarmungslos verhören. «So, und jetzt gehen S' da hinein!», bellt der Lemming. «Ja, in die Küche! Möchten Sie einen Kaffee?»

Josefine Mallys virtueller Gatte hätte wohl zu anderen Methoden gegriffen. Er wäre – ganz ohne Enthusiasmus, ohne die Freude am Improvisieren – dem nüchternen Regelwerk eines Geheimagenten gefolgt. Vielleicht aber ist es gerade die laienhafte Taktik des Lemming, die nun ihre Wirkung zeigt: Verwundert starrt ihm der Zwischenkriegsmann in die Augen; dann lässt er sich widerspruchslos am Arm nehmen und durch die Küchentür schieben.

«Hinsetzen, dort. Milch und Zucker?»

«Schwarz, bitte …»

«So.» Der Lemming stellt die Tasse auf den Tisch. «Und jetzt sag ich Ihnen, was wir weiter tun: Ich geh zurück in den Garten, und Sie bleiben hier. Sie bleiben hier sitzen und warten und rühren sich nicht von der Stelle. Wenn ich wiederkomme, reden wir. Dann erzählen Sie mir, wo der Hund begraben liegt.»

«Ich dachte, im Garten», murmelt der Mann.

«Schlechter Zeitpunkt, schlechter Scherz, Herr ... Wie heißen Sie überhaupt?»

Der Zwischenkriegsmann senkt resigniert den Kopf. «Lehner», sagt er. «Frank Lehner.»

Man ist dann doch nicht in der Roterdstraße geblieben. Kaum waren Castro, seine Decke und sein Tennisball notdürftig mit Erde bedeckt, hat der Lemming Klara möglichst schonend beigebracht, dass ein ungebetener Gast an ihrem Küchentisch sitzt.

«Es ist Angelas ... Witwer. Er hat sich eingeschlichen und nach den Schlüsseln gesucht ...»

«Mein Gott ... Dann hat sie die Angela möglicherweise vor ihm versteckt. Denkst du, dass *er* ...?

«Ich weiß es nicht. Noch nicht. Aber trotzdem wär es besser, wenn du mit dem Kleinen hier heraußen wartest. Ich werd versuchen, ihn zu einem Spaziergang zu überreden.»

Schwierig war es nicht, Frank Lehner aus dem Haus zu bewegen. Kaum ist der Lemming in die Küche zurückgekehrt, hat ihn Lehner – nach wie vor in manierlicher Sitzposition – um einen Aschenbecher gebeten.

«Nicht hier», hat der Lemming gesagt. «Sie wissen schon, wegen dem Kind ... Lassen Sie uns doch draußen ein paar Schritte machen.»

«Meinetwegen. Aber nur, wenn ... Haben Sie die Schlüssel mit?»

«Vielleicht. Vielleicht auch nicht. Kommt ganz auf Ihre Geschichte an.» Eine stoische, regelrecht cineastische Antwort. Gezügelter Zorn, hat der Lemming gedacht. Man könnte sich glatt daran gewöhnen.

Aus ein paar Schritten sind viele geworden, sehr viele. Die Männer sind Seite an Seite stadteinwärts gegangen, haben sich – wortlos zunächst – in östlicher Richtung bewegt. Erst nach einer guten Viertelstunde hat Frank Lehner das Schweigen gebrochen.

«Wissen Sie eigentlich, dass ich nicht nur ins Haus Ihrer Frau eingebrochen bin?», hat er gefragt.

«Dann waren also Sie der Arschkerl, der mein Wohnungsschloss geknackt hat? Nur, um dann doch nichts zu finden? Nicht bös sein, Herr Lehner, aber als Dieb sind Sie ja wirklich keine Koryphäe. Vielleicht sollten Sie sich aufs Morden beschränken.»

Da ist Frank Lehner stehengeblieben und hat den Lemming mit wütenden Blicken durchbohrt. «Was schlechte Scherze betrifft, Herr Wallisch, kann ich Ihnen nicht das Wasser reichen. Hätte ich meine Frau getötet, müsste ich jetzt nicht suchen, was ich suche. Weil ich dann den Schlüsselbund gleich in der Weihnachtsnacht an mich genommen hätte.»

«Und woher, wenn ich fragen darf, wissen Sie dann überhaupt von dem Versteck in der Puppe?», hat der Lemming kaum freundlicher zurückgegeben.

«Na, weil … Weil ich … beobachtet habe, wie sie die Schlüssel hineingetan hat. Aber nur aus dem Garten hab ich das gesehen, durchs Fenster.»

«Heißt das …?» Natürlich, der Schatten im Garten der Smejkals, ist es dem Lemming jetzt durch den Kopf geschossen, diese scheue Gestalt, die sich ihm in den Weg gestellt und dann Reißaus genommen hat …

«Das heißt, dass ich bei ihr gewesen bin in jener Nacht. Respekt, Sie haben es erfasst, Herr Wallisch. Trotzdem hab ich meine Frau nicht umgebracht.» Ohne weitere Erklärung hat sich Frank Lehner abgewendet und den Fußmarsch fortgesetzt. Der Lemming musste sich beeilen, zu ihm aufzuschließen. So sind sie nun wieder schweigend dahingestapft, beide verdrossen, sichtlich in düstere Gedanken versunken: das traute Bild zweier Widersacher, die das Pech haben, aneinandergekettet zu sein. Vielleicht war es just diese Eintracht im Missmut, die sie geradewegs zum Brunnenmarkt geführt hat, dem wohl lebendigsten, zweifellos aber levantinischsten Straßenmarkt Wiens: Mit dem Eintauchen in einen anderen Erdteil, in ein ungewohntes kulturelles Klima ändert sich ja oft auch die Gemütsverfassung.

«Kaffee», hat der Lemming gebrummt, und sein Vorschlag wurde von Lehner mit mürrischem Nicken quittiert.

Wieder Kaffee also. Dampfend und dickflüssig, duftend und süß: die griechische Variante, die man hier im Café *Gürkan* nie unter dieser Bezeichnung ordern darf, sofern man kein lebenslängliches Lokalverbot riskieren will. Der korrekte Name lautet *Türkischer Kaffee*, so wie auch der Ouzo, den der Lemming und Lehner dazubestellt haben, keinesfalls anders als *Raki* genannt werden will.

Wortlos heben die zwei Männer ihre Gläser und trinken, einander belauernd, die Stirnen in Falten gelegt. Als hätte das Schicksal Pat Garrett und Billy the Kid ins tiefste Anatolien verschlagen.

«Gut, Herr Lehner», sagt schließlich der Lemming und verschränkt die Arme vor der Brust. «Ich lausche. Diese Schlüssel: Wozu dienen die? Was kann man damit öffnen?»

«Einen Raum», gibt Frank Lehner zurück. «Einen Raum, in dem etwas ist, das ich haben will.»

«Geht's vielleicht etwas präziser?»

Frank Lehner starrt auf das kupferne Kännchen, aus dem nach wie vor der Dampf des Kaffeesatzes steigt. Fast so, als ließe sich die Zukunft darin lesen, wirkt sein Blick mit einem Mal versunken und entrückt, aber auch voller Schmerz und Verbitterung. «Diese Schlüssel, Herr Wallisch, sperren die Büchse der Pandora. Einen Ort, der etwas so … abgrundtief Böses birgt, dass ich es ein für allemal vernichten will.»

«Etwas Böses …»

«Ja. Ein Untier in Form eines Menschen. Ich will nur noch eines: ihn sterben sehen. Ich muss ihn nicht unbedingt selbst töten, nein, ich will nur dabei sein. Dabei sein und zusehen, wenn dieses Stück Dreck, diese Ratte krepiert!»

23

«Drei Monate sind es geworden. Den Vorsatz konnte man mir nicht beweisen, die Körperverletzung schon. Ich weiß noch, wie mich die Richterin nach der Urteilsverkündung angeschaut hat: bedauernd, beinahe zerknirscht, als wäre *sie* hier die Schuldige. Und das war sie wohl auch, als Schergin einer Gesetzgebung, die von Ratten für Ratten gemacht ist.»

«Wo hat man Sie eingesperrt?»

«In der Josefstadt, im *Grauen Haus*. Drei Monate: Ich habe im Stillen gehofft, dass ich es vielleicht doch erleben werde, wenn der Kleine laufen lernt.»

«Haben Sie ihn denn gesehen in der Zeit?»

«Anfangs nicht. Da hat ihn meine Frau zu ihren Eltern gebracht, jeden Donnerstag, bevor sie mich besuchen kam. Wir haben das damals so abgesprochen: Immer noch besser, der Bub schnuppert Weihrauch statt Gefängnisluft. Aber er ist unser einziges Thema gewesen, während der dreißig Minuten pro Woche, die wir miteinander reden durften. ‹Stell dir vor, er kann schon wieder etwas Neues! Gestern ist er ganz alleine auf die Couch geklettert!› Oder: ‹Mach dir keine Sorgen; es ist wirklich nur ein Schnupfen, hat der Arzt gesagt.› Mit dem Warten auf den Donnerstag ist der erste Monat vergangen: sieben Tage Finsternis für eine halbe Stunde Licht. Obwohl …»

«Obwohl?»

«Obwohl ich mich trotzdem gesorgt habe. Gar nicht so sehr um den Kleinen, aber um sie, meine Frau. Wenn man jemanden so selten zu Gesicht bekommt, dann fallen einem Dinge auf, die man sonst gar nicht bemerkt. Ich meine Veränderungen, äußerlich und innerlich … Sie war so blass. So schmal. So müde. Bei jedem ihrer Besuche hat sie erschöpfter gewirkt. Ich habe sie nicht darauf angesprochen: eine weitere Übereinkunft zwischen uns. Wenn ich drei Monate Gefängnis überstehen wollte, ohne durchzudrehen, dann durfte sie kein Wort über die D'Orsaygasse verlieren, kein Wort über die Baustelle, über den Lärm. Und wenn *sie* solange ihre Willenskraft bewahren wollte, durfte ich sie nicht nach ihrer Krankheit fragen.»

«Nach ihrer Krankheit …»

«Ständige Übelkeit, ständige Bauchkrämpfe. Eine chronische Gastritis, die sie schon zweieinhalb Jahre davor bekommen hat. Zu ihrem dauernden Kopfschmerz, ihrem Herzrasen und meiner Impotenz ein weiteres Stück in unserer pathologischen Sammlung … Warum schauen Sie mich so an?»

«Weil … Weil gar nichts. Dürfte ich noch eine Zigarette …?

«Sicher. Und dann sollten wir noch einen Raki nehmen.»

«Ja. Da haben Sie recht.»

«Herr Ober … Zwei noch, bitte …»

«Was ist dann geschehen? Nach dem ersten Monat?»

«Im September ist sie erstmals mit dem Kleinen zu Besuch gekommen. Und er war … Man kann es nicht in Worte fassen. Er ist so … so *schön* gewesen, dass mir fast die Brust zersprungen ist. Waren Sie schon einmal im Gefängnis?»

«Wie soll ich sagen? Also nicht … privat.»

«Hass und Zynismus. Rund um die Uhr. Hinter dir, neben dir, um dich herum. Und *in* dir natürlich. Spätestens nach einem Monat ist dein Herz ein harter, schwarzer Klumpen, ob du es willst oder nicht. Aber dann, inmitten dieses Abgrunds, dieser Unterwelt, taucht von einer Sekunde zur anderen ein Engelsgesicht hinter der Glasscheibe auf. Ein Gesicht, so seidig, so verletzlich und so jenseits aller Bosheit, dass dir blitzartig die Tränen in die Augen schießen. Unwillkürlich denkst du dir: So waren sie alle einmal, die Vergewaltiger, Mörder und Kinderschänder, mit denen du hier deine Tage verbringst. So war ich ja auch selbst einmal. So neugierig und unschuldig und zart wie er, mein Sohn. Er hat mich anfangs nicht erkannt, nur skeptisch durch das Glas geblinzelt: seltsame Männer in seltsamen Trachten, ein seltsamer Ort. Dann dieser seltsame Fremde, der da durch die Scheibe grinst und komische Grimassen schneidet, während die Mama telefoniert. Eine halbe Stunde nur, zu wenig, um ihm ein Lächeln zu entlocken. Aber er war kurz davor; ich hatte ihn fast schon so weit.»

«Warum hat sie ihn mitgenommen?»

«Wegen ihres frömmlerischen Vaters. Der hatte seinen Feldzug gegen mich wohl übertrieben; er hat meiner Frau damit gedroht, einen gerichtlichen Antrag auf Entzug des Sorgerechts zu stellen, wenn sie weiterhin darauf beharre, dem Kind einen Zuchthäusler als Vater zuzumuten. Aber da ist er bei ihr an die Falsche geraten: Sie hat wortlos den Kleinen gepackt und ist mit ihm zu mir ins Graue Haus gefahren. Den Kontakt zu ihren Eltern hat sie damals wieder abgebrochen. Sie ist eine stolze Frau gewesen. Eine blasse, kranke, würdevolle Frau. Bis Ende Oktober.»

«Oktober?»

«Ja, Oktober. Mittwoch, neunundzwanzigster Oktober zweitausenddrei.»

«Was war an diesem Mittwoch?»

«In der Woche davor sind die beiden mich wieder besuchen gekommen. Da hab ich es endlich geschafft.»

«Geschafft?»

«Ihn zum Lächeln zu bringen. Ich habe die Glasscheibe angehaucht und mit dem Finger daran gerieben. Sie wissen schon, das gibt so ein leises Geräusch, wie eine Katze, die miaut. Der Kleine hat mich fragend angeschaut und – anfangs noch ein bisschen zögerlich, dann immer fester – mit einer Hand gegen das Glas geklopft. ‹Noch einmal›, sollte das heißen. Später hat er seine Hand dann auf der Scheibe liegen lassen, und ich habe meine von innen daran gelegt. Da hat er mich angelächelt.»

«Schön …»

«Und nicht nur das. Er hat – ich habe es genau gesehen – mit seinen Lippen ein Wort geformt. Natürlich hat ihm meine Frau das immer wieder vorgesagt, aber an diesem Tag … hat er es nachgesprochen. ‹Papa.› Klar und deutlich. ‹Papa.› Ich hab es gesehen, Sie können mir glauben.»

«Das tu ich ja. Wirklich … Aber der Mittwoch darauf, dieser neunundzwanzigste Oktober: Was ist da …»

«Am dreißigsten habe ich wie jeden Donnerstag darauf gewartet, in den Besucherraum gebracht zu werden. Pünktlich um halb acht hat mich der Wärter abgeholt. Er hat mich aber nicht … Er hat mich in die Direktion geführt. Der Anstaltsleiter hat mir einen Sessel angeboten. Danke, habe ich gesagt, sehr freundlich, aber meine Frau und mein Sohn müssten jeden Moment … Ob's unter Umständen möglich wäre, dass ich eine halbe Stunde später … Ich solle mich setzen, hat er gesagt. Er müsse mir eine Mitteilung machen.»

«Eine Mitteilung …»

«Eine traurige Mitteilung.»

«Der Kleine …»

«Selbstverständlich würde ich Freigang erhalten, für die Beerdigung …»

«Ich … Ich kann Ihnen gar nicht sagen, wie sehr …»

«Sie wussten es schon, hab ich recht? Wer hat es Ihnen verraten?»

«Nicht Ihre Frau. Kein Wort. Ich hab auch keine Ahnung, was genau … passiert ist damals.»

«Sie hat nie darüber gesprochen. Nur einmal, drei Wochen später bei ihrer Gerichtsverhandlung. Das war auch das erste Mal, dass ich sie wiedergesehen habe.»

«War sie nicht auf dem Begräbnis?»

«Nein. Am Abend davor hat sie versucht, sich zu erhängen. In der Untersuchungshaft. Sie lag auf der Krankenstation.»

«Verstehe … Der Selbstmordversuch …»

«Der erste, ja. Der zweite dann im Jänner.»

«Schlaftabletten. Auch davon hab ich gehört … Und die Verhandlung?»

«Ein Jahr bedingt hat sie bekommen. Wegen Vernachlässigung und fahrlässiger Tötung.»

«Ich meine, was sie da erzählt hat, beim Prozess?»

«Ich … weiß nicht, ob ich das … schaffe. Ob ich das kann.»

«Manchmal hilft es, wenn man … Ach, was red ich da. Sie müssen sich nicht zwingen.»

«Doch. Weil Sie es wissen sollen, alles wissen sollen. Weil ich diese beschissenen Schlüssel haben will.»

«Herr Ober … Zwei noch, bitte …»

«Also … Oben im Dachgeschoss hat man sich damit vergnügt, die nagelneuen Böden wieder rauszureißen: Kanadischer Ahorn war dem Meraner nicht mehr gut genug, seit ihm die Ratte eingeredet hatte, dass ein Mann von Welt ohne französisches Sternparkett nicht existieren kann. Hämmern und Stemmen, Sägen und Bohren von früh bis spät – ich hab es damals im Knast mit Sicherheit ruhiger gehabt. Meine Frau hat nach wie vor das Haus gemieden, wann immer sie konnte. Hat sich mit dem Kleinen in Museen und Parks herumgetrieben, je nach Wetterlage und … Gesundheitszustand. Dass sie körperlich völlig am Ende war, kurz vor dem Kollaps, hab nicht einmal ich erkannt. Aber rückblickend kein Wunder: In der Nacht hat sie der Bub auf Trab gehalten, wie das nun eben bei hungrigen Babys so ist, und tagsüber war sie auf Achse, auf der Flucht vor dem eigenen Heim, vor der eigenen Hölle. An diesem Mittwoch, diesem neunundzwanzigsten Oktober, war es dann so weit: Die Batterien waren leer; sie konnte ganz einfach nicht mehr. Eine weitere unruhige Nacht – der Kleine war erst gegen drei Uhr morgens eingeschlafen –, und dann, um sieben, der Ansturm der Meißel und Sägen. Der Bub ist hochgeschreckt, hat losgebrüllt – er muss geschrien haben wie am Spieß. Und meine Frau … Die hat es gerade noch aus ihrem Bett geschafft. Sie wollte in die Küche, um dem Kleinen seinen Brei zu machen, aber da haben ihr einfach die Beine versagt. Sie strauchelt also, stürzt. Schlägt sich die Knie wund. Sie spürt, wie die Säure aufwallt, überkocht, den Magen und die Kehle überschwemmt: Ihre Gastritis läuft zur Höchstform auf. Sie windet sich in Krämpfen, meine Frau, kriegt kaum noch Luft, die Brust wie eingeschnürt, das Herz ein einziges, brennendes Stechen. So liegt sie da und kotzt auf unseren Boden, unseren stinknormalen Eichenboden. Hinter ihr, im Bett, brüllt unser Sohn, und über ihr brüllen die Motorsägen der Ratte. Draußen schüttet es in Strömen. Sie will schlafen. Nur noch schlafen … Und sie trifft eine Entscheidung: betteln gehen. Zu Kreuze kriechen. Wenn es sein muss, auf blutigen Knien. Sie weiß, die Ratte kommt gegen Mittag ins Haus, um die Baustelle zu inspizieren. Sie rappelt sich irgendwie hoch, versucht, den Kleinen zu beruhigen. Es gelingt ihr nicht; er ist ja selbst total erschöpft. Sie schaukelt ihn in ihren Armen, eine Decke über ihren Kopf gebreitet, um das Getöse der Hämmer zu dämmen. Sie singt, so laut sie kann. Der Kleine brüllt. So wartet sie. Stunde um Stunde. Wartet bis zur Mittagspause. Dann geht sie ins Dachgeschoss hinauf. Die Ratte ist schon da; sie huscht in der Wohnung des Meraners hin und her, kontrolliert, kalkuliert, instruiert die Arbeiter. Meine Frau tritt auf die Ratte zu, mit dem weinenden Buben. ‹Bitte›, sagt sie, ‹bitte, lassen Sie uns schlafen. Wenigstens heute, nur ein paar Stunden, haben Sie Verständnis, ich bitte Sie.› Die Ratte breitet ihre Pfötchen aus; sie grinst mit ihren neuen weißen ungarischen Schneidezähnen. ‹Selbstverständlich›, sagt die Ratte, ‹selbstverständlich, gnädige Frau. Nur müssen Sie mich auch verstehen; ich kann doch meine Leute nicht nach Hause schicken, stellen Sie sich das vor, wer zahlt mir den Verdienstentgang? Aber seien Sie versichert, gnädige Frau, es dauert nicht mehr lange. Höchstens diese Woche noch, dann sind wir fertig.› – ‹Ich bitte Sie›, sagt meine Frau noch einmal. ‹Nur heute, ich flehe Sie an. Mein Sohn …› – ‹Ein ganz ein Süßer›, unterbricht sie da die Ratte. ‹Ganz die Mama. Und der Papa selbstverständlich. Wie geht es ihm denn, Ihrem Mann?›»

«Diese Drecksau …»

«Der Kleine ist inzwischen eingeschlafen; wenige Minuten Stille haben ihm dafür gereicht. Meine Frau bringt ihn wieder in unsere Wohnung, sie legt ihn aufs Bett, deckt ihn zu, legt sich daneben. Nur kurz die Augen schließen, nur ein bisschen … Als sie wieder zu sich kommt, ist die Mittagspause vorbei, der Baulärm wieder voll im Gange. Die Wände beben. Anfangs weiß sie gar nicht, wo sie ist: Sie hat ihren Kopf unters Kissen gesteckt. Wie lange hat sie wohl geschlafen? Nein, nicht lange, eineinhalb Stunden vielleicht. Neben ihr rührt sich nichts. Sie wundert sich noch, dass der Kleine bei diesem Radau … Sie richtet sich auf, sieht hinüber zu ihm. Aber er … ist nicht mehr da. Er ist weg. Sie springt aus dem Bett, zu Tode erschrocken. Sucht das Zimmer ab, läuft in den Flur, in die Küche, in meinen Arbeitsraum. Sie ruft nach ihm, schreit sich die Seele aus dem Leib. Und dann sieht sie … den Dampf. Den Dampf, der aus dem Badezimmer kommt. Dort … Er … Er muss aufgewacht sein, als der Krach wieder losgegangen ist. Kann sein, dass er wieder geweint hat, aber meine Frau … Sie hat ihn nicht gehört, sie *konnte* ihn nicht hören. Also ist er aus dem Bett und … hinüber ins Bad. Wer weiß, vielleicht ist er ja gar nicht gekrabbelt, vielleicht ist er ja gelaufen, das wäre ja möglich, vielleicht waren das seine ersten Schritte, und … und keiner hat's gesehen. Er muss irgendwie … in die Badewanne geklettert sein und angefangen haben, mit den Wasserhähnen zu spielen. Er hat den roten geöffnet. Alles war voller Dampf. Voller Dampf. Das Wasser ist immer weiter geronnen, aber man konnte es nicht hören. Kein Rauschen. Kein Brüllen und Kreischen. Man konnte es einfach nicht hören. Der Rest war zu laut …»

24 Dieses Schweigen. Dieses zähe, dunkle Schweigen, das die beiden nun umhüllt. Der Kellner steht hinter der Theke und wirft betretene Blicke herüber. Schließlich schenkt er ungefragt zwei weitere Gläser Raki ein und bringt sie kommentarlos an den Tisch.

«Danke …»

Dem Lemming ist übel. Selten noch ist ihm so übel gewesen. Mit verhangenem Blick fixiert er sein Glas, um Frank Lehner nicht ansehen zu müssen. «Ihre Frau», sagt er heiser, «war meiner sehr ähnlich.»

«Mein Benjamin hat Ihrem auch geähnelt. Obwohl er kein Sinowatz war. Ich hab ihn ja kennengelernt, Ihren Buben.»

«Draußen am Bruckhaufen, meinen Sie …»

«Ja, in der Christnacht. Meine Frau ist wieder hingezogen, noch am Tag ihrer Entlassung aus der Untersuchungshaft. Sie wollte zurück, nein: Sie *musste*. Zurück in die stickige Enge des Elternhauses, dahin, wo man Kind war, wo man noch nicht … schuldig war. Zu allem Überfluss ist ihre Mutter kollabiert, kaum dass sie von … von der Sache erfahren hat. Ein Schlaganfall. Auch dafür hat sich meine Frau verantwortlich gefühlt. Und weil die alte Smejkal in den ersten Wochen noch ans Bett gefesselt war, hat Angela ihre Pflege übernommen. Büßen, vergessen, büßen, vergessen. Und möglichst bald sterben. Mehr hat sie sich nicht mehr gewünscht.»

«Und … ihr Vater?»

Frank Lehners Züge verhärten sich. «Ihr Vater? Der hat ihre Schuldgefühle noch geschürt. Er hat kein Wort mit ihr gesprochen, hat sie immer nur schweigend gemustert, mit waidwunden Blicken verfolgt. Ein Flagellant, ein Märtyrer, von Gott mit einer missratenen Tochter gestraft, die ihm den Enkelsohn genommen und die Frau verkrüppelt hatte. ‹Ich glaub, er hält mich für verrückt›, hat sie mir einmal gesagt. ‹Wahrscheinlich hat er ja recht damit …›»

«Das heißt … Sie hatten weiterhin Kontakt?»

«Sporadisch. Das Haus ihrer Eltern hab ich natürlich gemieden, aber ich wollte ihr trotzdem irgendwie vermitteln, dass ich … dass ich ihr keine Vorwürfe mache. Dass ich mir dessen bewusst bin, wer uns allesamt vernichtet hat. Ich wollte, dass sie das weiß, und dann …»

«Und dann?»

Frank Lehner zuckt die Achseln. Beugt sich vor und zieht die letzte Zigarette aus der Packung. «Dann? Mir war nicht wirklich klar, was dann. Im Grunde sind mir nur zwei Möglichkeiten eingefallen: meinem Vater folgen, mich erhängen oder besser noch zu Tode saufen, irgendwo im Ausland, in Paris zum Beispiel, so wie Joseph Roth. Ein durchaus würdiger Abgang für einen Schriftsteller, aber … ich war ja kein Schriftsteller mehr …»

«Und die andere Möglichkeit?»

«Zuerst die Ratte vernichten. Sie auslöschen, ausmerzen. Und mich erst danach zu Tode saufen … Herr Ober! Bringen S' uns bitte noch zwei …»

«Und eine Schachtel Gauloises», fügt der Lemming nach kurzem Zögern hinzu. Similia similibus curantur: Manchmal muss man die Übelkeit mit ihren eigenen Waffen bekämpfen. «Aber Sie haben weder das eine noch das andere getan», meint er dann, wieder an Lehner gewandt.

«Es ist wie ein … hirnlabyrinthischer Hindernislauf. Ich meine, jemanden umbringen wollen. Immer, wenn du dich dazu entschlossen hast, beginnt sich dein Gedankenkarussell von neuem um sich selbst zu drehen: Wird es mich wirklich erleichtern, wenn ich den Mörder ermorde? Kann ich die nagende Sehnsucht, die wühlenden Schmerzen auf diese Art lindern? Kann ich *so* Frieden finden? Glauben Sie, das funktioniert?»

«Bei einem, der zu Skrupeln neigt, wahrscheinlich nicht», murmelt der Lemming. Für einen Moment tauchen Bilder des gestrigen Abends vor seinem inneren Auge auf: Prantzl, gefesselt und schwitzend, Prantzl, gezeichnet von Todesangst.

«Wahrscheinlich nicht», bestätigt Frank Lehner. «Aber das Dreckschwein am Leben zu lassen, war auch keine Alternative, ganz egal, ob ich mich nachher selbst … empfehlen würde oder weiter dahinvegetieren. Man sollte seine Angelegenheiten ordnen, auch wenn man sie anschließend hinter sich lässt. Und eine Welt, in der die Ratte unbehelligt weiterlebt, kann keine geordnete Welt sein.»

«Also doch ein Mord.»

«Aber sicher! Und wieder zurück an den Start; die geistige Achterbahn setzt sich aufs Neue in Bewegung …»

«Wie hat die Angela … Wie hat Ihre Frau darüber gedacht?»

«Sie war genauso hilflos wie ich, gefangen im Zirkelschluss zwischen dem Töten, dem Sterben, dem Leben. Bei ihr kam das schlechte Gewissen dazu; ich habe sie nicht davon abbringen können, dass sie die Schuld trägt – zumindest die Mitschuld – an Benjamins Tod …»

«Und *Sie* haben keine Schuldgefühle gehabt?» Wie von selbst ist die Frage über die Lippen des Lemming gekommen. Lippen, die er nun hastig zusammenpresst, als ließen die Worte sich rasch noch verschlucken. Aber zu spät: Mit traurigen Augen sieht Lehner ihn an.

«Ich auch. Glauben Sie mir, ich auch. Wenn ich damals nicht … Vielleicht wäre dann …» Frank Lehners Stimme bricht. Er senkt den Kopf und räuspert sich. «Das Recht sagt, dass wir beide schuldig sind. Und *nur* wir. Niemand sonst. Kein Tag, an dem ich mir die Frage nicht gestellt habe, ob es nicht doch vielleicht recht hat, das Recht. Kein Abend und kein Morgen: Da war es am schlimmsten. Weil ich jeden Morgen mit Benjamin aufgewacht bin. Ich tu es noch immer: Er ist in meinen Träumen, er krabbelt und jauchzt durch die zwei oder drei Stunden Schlaf, die mich irgendwann finden. Und bevor ich noch die Augen öffne, während ich noch seinen Atem spüre, schießt es mir siedendheiß ein … Und wieder diese Frage nach dem Recht. Und wieder und wieder und wieder.»

«Es ist nicht Ihre Schuld.»

«Das haben Angela und ich einander auch versichert. Aber es hat nicht geholfen: Schwerverbrecher pflegen einander ja auch mit Alibis zu versorgen … Im November hat mir meine Frau dann einen Vorschlag gemacht. Sie wollte eine Art Selbsthilfegruppe besuchen, von der sie gehört hatte …»

«Die Alf.»

«Genau. Ein Sammelsurium erbärmlicher Gestalten, eine Runde von Jammerlappen und Klageweibern, die den eigenen Opfermythos pflegen, ohne auch nur ansatzweise in Betracht zu ziehen, dass sie sich ja auch … zur Wehr setzen könnten. Mir war dieses Treffen ein Gräuel, schon vorher. Ich hatte keine Lust, mir diese mitleidheischenden Geschichten anzuhören. Aber bitte, ich bin mitgegangen, nur um meine Erwartungen vollauf bestätigt zu finden. Zweimal war ich dort …»

«Zweimal?»

«Das erste und das letzte Mal. Im Gegensatz zu Angela. Sie hat gehofft, die eigenen Qualen lindern zu können, indem sie sich die Leiden der anderen anhört. Lächerlich. Das habe ich ihr auch gesagt. ‹Du kannst es nicht relativieren›, habe ich gesagt. ‹Du kannst nicht relativieren, dass unser Benjamin gestorben ist. Nein, dass er elend verreckt ist, verbrüht bei lebendigem Leibe, erstickt und ersoffen, und dass er nie wiederkommt, nie! Ich lasse mir das nicht verharmlosen!› Frank Lehners Faust kracht auf den Tisch; die Gläser klirren. Der

Kellner sieht wieder herüber, wiegt skeptisch den Kopf hin und her. Greift dann kurz entschlossen zur Rakiflasche.

«Das haben Sie ihr ... gesagt?»

«Verzeihen Sie. Ich wollte nicht ...» Frank Lehners große Augen, die eben noch wütend aus ihren Höhlen getreten sind, ziehen sich wieder zurück: nur ein kurzer Moment, aber lange genug, um dem Lemming in Erinnerung zu ru- fen, dass in jedem Erich Kästner auch ein Peter Lorre steckt.

«Ich wollte nicht», sagt Lehner jetzt noch einmal. «Und nein, ich habe es ihr nicht gesagt, ich habe es ihr ins Gesicht geschrien.»

«War das zufällig ... im Jänner?»

«Richtig kombiniert. Am selben Tag hat Angela ihren zweiten Selbstmordversuch unternommen.»

«Tut mir leid. Ich wollte auch nicht ...»

«Nein, Herr Wallisch. Kein Pardon mehr. Keine Gnade. Lassen Sie uns Ordnung machen.»

«Also gut. Wie ging es weiter?»

«Mit dem Abbruch der Beziehungen. Mehrere Wochen lang hab ich erfolglos versucht, sie zu erreichen. Ich wollte, dass sie mir vergibt; in diesem Fall war es ja ... unbestreitbar meine Schuld. Nachdem sie aber nie ans Telefon gegangen ist, hab ich es schließlich aufgegeben. Hab meine Sachen gepackt und mich auf den Weg gemacht.»

«Wohin?»

«Ich weiß es nicht mehr so genau. Nach Norden jedenfalls. Natürlich war ich auch in Hamburg. Eine fremde Stadt, die mich an nichts, an gar nichts mehr erinnert hat. Dann weiter durch Dänemark, Schweden ... bis hinauf zum Nordkap. Dort ist es mir endlich klargeworden.»

«Klargeworden? Was?»

«Warum ich zögere. Warum ich mich nicht traue, meinen Sohn zu rächen. Das Gewissen? Scheiß drauf, scheiß auf das Gewissen. Scheiß auf diese abgeschmackten Winkelzüge meines Hirns, das mir moralische Bedenken vorgaukeln will. Nein, nein, es war die Angst, die nackte Angst, die mich daran gehindert hat, zu tun, was zu tun war. Eine Heidenangst davor, zu scheitern, dieser verschlagenen, schmierigen Mistsau noch einmal zu unterliegen. Mordversuch? Wissen Sie, was auf Mordversuch steht?»

«Das Gleiche wie auf Mord. Zehn Jahre mindestens.»

«Begreifen Sie jetzt? *Ein* Anlauf, nur ein einziger. Keine zweite Chance. Ich hab mich vor dem Misserfolg gefürchtet. Vor nichts anderem …» Frank Lehner senkt den Blick und deutet auf die frische Zigarettenschachtel. «Darf ich?»

«Nehmen Sie. Ich rauch ja nicht …»

Das Klicken des Feuerzeugs. Das leise Knistern der Glut. Die tiefen, ja gierigen Züge, mit denen sich Lehner die Lungen füllt. Als gelte es, dieses brennende Herz, diesen qualmenden Kopf mit Feuer und Rauch zu besänftigen. Similia similibus curantur …

«Anfang letzter Woche erst bin ich nach Wien zurückgekommen. Nach Wien, aber nicht in die D'Orsaygasse.»

«Was war überhaupt mit der Wohnung?»

«Versteigert. Zwangsversteigert. Schon im Frühling, während ich weg war. Den Großteil des Gelds hat natürlich die Bank gekriegt, allzu viel war es ja nicht: Wer will schon eine Wohnung mit dieser … Geschichte? Aber zum Glück für die Bank hat es einen gegeben, der sie trotzdem wollte. Jetzt dürfen Sie raten.»

Der Lemming braucht nicht zu raten. Er schüttelt nur langsam, sehr langsam den Kopf. Dann greift er nach den Zigaretten.

«Die Ratte», fährt Lehner nun fort, «besitzt mittlerweile acht Wohnungen in der Rossau. Und zwei Häuser: Zinshäuser wohlgemerkt. Nur dass er eben leider kein Vermieter ist. Ein bisserl renovieren und ums Dreifache verkaufen, das ist seine Masche. Und was macht er mit den alten Mietern? Punkt-

genau. Er ekelt sie hinaus, mit allen Mitteln, die ihm sein Anwalt als gerade noch legal attestiert. Mit einem fünf Jahre langen Dachausbau zum Beispiel …»

«Mieter hinausekeln kommt mir bekannt vor. Da dürft' er in
Wien nicht der Einzige sein …»

«Er ist aber der Einzige, der Benjamin ermordet hat.» Diesmal hat Lehner ganz ruhig, ganz besonnen gesprochen. Es
war eine sachliche Feststellung, verlautet im Ton eines Nach-
richtensprechers. «Jedenfalls», fährt er fort, «bin ich am
Weihnachtsabend hinausgefahren, auf den Bruckhaufen zu
meiner Frau. Sie kann mich nicht abweisen, habe ich mir gedacht, nicht heute zu Weihnachten, nicht, wenn ich nach
beinah einem Jahr vor ihrer Tür stehe. Sie muss mir verzeihen, und dann … dann nehmen wir uns die Ratte gemeinsam vor. Ich schleiche mich also an der Vordertür vorbei
nach hinten in den Garten, möglichst leise, um ihren Eltern
nicht zu begegnen, und schaue durch das Fenster in ihr
Zimmer. Und da seh ich sie. Da seh ich sie mit einem …
einem Baby auf dem Arm. Einem Baby, etwa so alt wie unser
Ben im letzten Herbst. Sie können sich den Schock nicht
vorstellen; auf den ersten Blick war dieses Bild, ich weiß
nicht, so wie … es sein hätte können, sein hätte sollen. Wie
ein alter, lange vergessener Traum. Angela sah so glücklich
aus; *beide* sahen so glücklich aus: meine Frau und der
Kleine. Ihr Sohn, Herr Wallisch.»

«Er hat sie sehr gern gehabt.»

«Das konnte man sehen. Und fühlen. Es hat, wie Sie wissen,
auf Gegenseitigkeit beruht. Angela … Sie hat ihm nicht umsonst den Namen *Benjamin* gegeben. Ja, sie hat mir alles erzählt, nachdem ich ans Fenster geklopft und sie mich – wie
erwartet – eingelassen hatte. Von der turbulenten Geburt,
von Ihrem hübschen Haus in Ottakring, von Ihren … Proble-
men. Sie war wie ausgewechselt, fast wie früher, wie damals,
als wir einander begegnet sind: offen, entspannt, fast schon

redselig. Der Kleine hat das alles wieder in ihr wachgeküsst, er hat sie verzaubert an diesem Heiligen Abend.»

Unwillkürlich huscht ein Lächeln über die traurigen Züge des Lemming: In seine Wehmut mischt sich eine Prise Vaterstolz, nur kurz natürlich und auch nur in einem Ausmaß, wie es sein Mitleid mit Lehner gerade noch zulässt.

«Später», spricht dieser nun weiter, «ist das Gespräch aufs entscheidende Thema gekommen. Da hab ich ihr meinen Entschluss mitgeteilt. Dass die Ratte bezahlen muss. Dass ich sie auslöschen werde, noch heuer, noch vor Jahresende … Aber jetzt stellen Sie sich vor, Herr Wallisch, wie meine Frau reagiert hat: Sie hat … gegrinst. Sie hat mich angegrinst, halb schelmisch, halb bedauernd. ‹Zu spät›, hat sie gesagt.»

«Zu spät?»

«Ich hab zuerst gedacht, sie meint, dass uns das unseren Ben nicht wiederbringen wird. ‹Was heißt zu spät?›, hab ich gefragt. ‹Glaubst du vielleicht, dass dieses Schwein mit seinen Machenschaften von alleine aufhören wird? Man muss doch auch andere vor ihm schützen!›»

«Und Angela?»

«Die hat mich weiter angegrinst. ‹Ich hab mich schon darum gekümmert›, hat sie gemeint. ‹Du kommst um eine Winzigkeit zu spät, mein Lieber. Um genau zu sein, zwei Tage …›»

Dem Lemming stockt mit einem Mal der Atem. «Soll das heißen, dass Angela … Dass *sie* ihn …»

«Nein. Eben nicht. Sie hat das Vieh nicht ausgemerzt, sie hat es nur in den Käfig gesperrt. In ihr ganz spezielles Vivarium.»

«Meinen Sie … den Raum, zu dem die Schlüssel passen?»

«Richtig. *Strafraum* hat sie ihn genannt. Sie hat ihn heuer im Frühjahr eingerichtet, nach der Versteigerung unserer Wohnung: Ein paar Tausender sind ja noch übriggeblieben, nachdem sich die Bank ihre Beute gesichert hatte. Ein paar Tausender Blutgeld, wie geschaffen, um sie in die Büchse der

Pandora zu stecken: in einen schalldichten, abgelegenen Raum, ganz in der Art einer strengen Kammer, Sie wissen schon. Nur dass man dort nicht mit Peitschen und brennenden Kerzen traktiert wird, sondern mit … Lärm.»

Der dumpfe, hämmernde Rhythmus elektronischer Bässe, vermischt mit dem Kreischen undefinierbarer Blas- oder Streichinstrumente. Dazu ein dichter Nebel aus Stimmen, dem hin und wieder gellendes Gelächter entsteigt. Dann das Aufröhren eines Motors, heiser und grollend, anscheinend ein Motorrad … Da ist er wieder, der Gedankenfisch des Lemming, die Erinnerung an jenes Telefongespräch mit Angela. Im Winzerhaus Harald Farnleithners nur eine flüchtige Assoziation, nimmt der Gedanke jetzt Gestalt an, brät sich der Fisch gewissermaßen selbst, bis er gut durchgegart, akkurat filetiert und entgrätet auf dem geistigen Teller des Lemming liegt. «Mein Gott, der Farnleithner! Natürlich! Das war es also, was er mit … *Behandlung* gemeint hat!»

«Dieser Gastwirt? Der war ihr Versuchskaninchen, ja. Von dem hat sie mir auch erzählt; sie hat mir sogar einen Zeitungsartikel gezeigt, als Bestätigung. Irgendwie hat sie den Typen betäubt und in besagten Raum geschafft, um ihm dort seinen eigenen … Scheiß vorzuspielen. Und zwar wirklich den eigenen Scheiß. Für eine Tontechnikerin wie sie war's keine Hexerei, sich vor sein Lokal zu stellen und den Radau einen Abend lang mitzuschneiden. Diese Bandaufnahme hat sie ihm dann hochdosiert verabreicht, sprich: eine Woche lang rund um die Uhr. Bei diesem Wirten dürfte ihre Therapie geholfen haben: Angeblich lässt er seine Nachbarn jetzt in Ruhe.»

«Das kann ich bestätigen», murmelt der Lemming. «Aber es ist mir ein Rätsel, wie sie das hingekriegt haben soll. Ich meine, die ganze Logistik: Allein schon Farnleithners Transport und seine Verpflegung … Und bei alledem noch unerkannt zu bleiben! Ich war ja am Sonntag bei ihm, beim

Farnleithner, und er hat *mich* für seinen Entführer gehalten.»

«Ich weiß es auch nicht», entgegnet Frank Lehner und zuckt mit den Achseln. «Sie hat mir weder das Wie noch das Wo verraten. Nur eben, dass sie die Ratte jetzt auch in den Strafraum verfrachtet hat.»

«Vorige Woche?»

«So ist es.»

«Am Mittwoch?»

«Exakt.»

«Das heißt ... Er sitzt noch immer dort?»

«Das hab ich doch gesagt. Die Büchse der Pandora ...»

«Aber seit fast einer Woche! Ohne Betreuung! Wie soll man denn das überleben?»

Frank Lehner bleibt die Antwort schuldig: Sein verächtlicher Blick, seine feindliche Haltung, all das ist unmissverständlich genug. «Sie brauchen sich keine Sorgen zu machen, Herr Wallisch», meint er zynisch. «Es geht ihm sicher gut, dem armen, dem ... *bedauernswerten* Mann. Es geht ihm wahrscheinlich hervorragend. Wollen Sie wissen, was meine Frau mir gesagt hat?» Lehner beugt sich vor und funkelt den Lemming an. «Wollen Sie es wissen? Dass es ihm dort an nichts fehle, hat sie gesagt. Dass für ihn gesorgt sei wie für einen Ehrengast. Mit einem vollen Kühlschrank, einer Toilette und einem frisch überzogenen Bett. Er könne sogar fernsehen oder versuchen, Musik zu hören, vielleicht auch den teuren Rotwein verkosten, den sie ihm hingestellt habe: immerhin eine der wenigen Freuden, die er sich ab und zu selbst vergönne. Nein, es fehle ihm an nichts, an keinem Komfort, so wie dem Farnleithner: Der sei ja auch mit Prosciutto, Prosecco und Motorradmagazinen versorgt gewesen. ‹Die Leute sollen ihren Aufenthalt genießen – falls sie dazu in der Lage sind ...› Das hat sie wortwörtlich gesagt, meine Frau, mit einem hintergründigen Lächeln.» Frank Lehner sieht den Lemming an und presst die Zähne aufeinander. «Ich konnte es kaum glauben!», stößt er dann hervor. «Ich konnte kaum glauben, dass sie hingekriegt hatte, wovor ich so lange zurückgeschreckt war. Dass die Ratte nun auf dem Serviertablett lag. Und dass Angela trotzdem nicht … Nein, ich konnte und kann es nicht glauben. ‹Wann machst du Schluss mit ihm?›, hab ich sie gefragt. Und: ‹Darf ich dabei sein?› Da hat sie mich angesehen und hat … den Kopf geschüttelt, einfach so, und hat allen Ernstes gemeint, es sei nicht ihr Plan, die Ratte zu töten. Sie habe zwar immer und immer wieder mit diesem Gedanken gerungen, aber sie sei nun einmal keine Mörderin … ‹Dann mache ich es›, hab ich geantwortet. ‹Sag mir, wo dieser Raum ist, und gib mir die Schlüssel. Du hast ohnehin schon genug getan.›» Frank Lehner verfällt in brütendes Schweigen und fischt sich eine weitere Zigarette aus der Packung.

«Sie hat sich geweigert, nehme ich an», sagt der Lemming.

Ein stummes, grimmiges Nicken Frank Lehners.

«Und da haben Sie sie …»

«Hab ich nicht!», fällt Lehner dem Lemming ins Wort. Schon ist er vom Stuhl aufgeschnellt; seine Augäpfel quellen hervor, als wären sie dazu entschlossen, ihre Höhlen nun vollends zu verlassen. «*Wollen* oder *können* Sie es nicht kapieren? Ich habe meine Frau nicht umgebracht! Ich war es nicht!»

«Das wollte ich auch gar nicht sagen», gibt der Lemming trocken zurück. «Ganz abgesehen davon, dass ich es längst nicht mehr glaube: Für einen leisen, verschlagenen Giftmörder sind Sie mir entschieden zu cholerisch.»

Frank Lehners Wut gleicht in diesem Moment der Raumfähre *Columbia* bei ihrem folgenschweren Landeanflug vor nicht ganz zwei Jahren: eben noch rasend und glühend, schon in der Erdatmosphäre verpufft. Langsam lässt sich Lehner zurück in den Sessel sinken. «Was … Was wollten Sie dann sagen?»

«Dass Sie die Angela angebrüllt haben. Lieg ich da richtig?»

«Nicht ganz», murmelt Lehner betreten. «Zugegeben, ich war kurz davor, aber ich habe versucht, mich zu zügeln: ihr Sohn, Herr Wallisch. Er hat mich so angesehen … wie Sie jetzt. So misstrauisch, prüfend. Das hat mich ernüchtert. Außerdem wollte ich nicht von den alten Smejkals gehört werden; die waren ja noch oben im Haus. Wahrscheinlich bin ich trotzdem, sagen wir, ein wenig … intensiv geworden. Ich musste einfach die Adresse dieses ominösen Raums bekommen, die Adresse und die Schlüssel. Ich *musste*, verstehen Sie? Ordnung machen. Den Dreck wegräumen, und nicht ihn … *erziehen*. Wir haben gestritten, Angela und ich. Aber es war nur ein kurzer Streit …»

«Was wollen Sie damit sagen?»

«Dass sie mich hinausgeworfen hat.»

«Und Sie?»

«Ich bin gegangen. Kurz vor elf hab ich mich aufgemacht und bin wohl eine gute Stunde lang im Schnee herumgeirrt. Es hat in mir gearbeitet. Gewühlt. So gegen zwölf hab ich mich dann dazu entschlossen, es noch einmal zu probieren. Ich dachte, vielleicht geht es ja leichter, die richtigen Worte zu finden, wenn die Alten endlich aus dem Haus sind, wenn sie bei ihrer spiritistischen Mitternachtsséance in der Kirche hocken, statt im ersten Stock herumzuspuken und Angela mit ihrem Heiligen Geist den Kopf zu vernebeln. Im Obergeschoss war es auch wirklich finster; ich bin also wieder nach hinten und habe durchs Fenster geschaut. Es war seltsam … Ich konnte auf Anhieb spüren, da stimmt was nicht. Angela ist auf dem Bett gelegen, mit Ihrem Buben, Herr Wallisch, und hat auf einmal so … erschöpft gewirkt. Unendlich müde …»

«Todmüde.»

«Ja. Sie konnte sich kaum mehr bewegen; sie hat es gerade noch geschafft, die russische Puppe zu öffnen und – die Schlüssel darin zu verstecken. Dann hat sie den Arm um den Kleinen gelegt und ist eingeschlafen. Ich … Ich wusste nicht, was ich tun sollte; immerhin konnte es sein, dass ich mich irrte, dass sie einfach nur ein kurzes Nickerchen machte. Also wollte ich ums Haus, um mir irgendwie Zutritt zu verschaffen, durch ein schlecht versperrtes Fenster vielleicht oder auch durch die Vordertür: Wenn die Smejkals zufällig vergessen hatten, abzuschließen …»

«Sie wollten sich die Schlüssel holen», unterbricht der Lemming, obwohl er sich des Risikos bewusst ist, mit diesen Worten einen weiteren Wutanfall Lehners heraufzubeschwören. Doch die Eruption bleibt diesmal aus.

«Ich wollte nach meiner Frau sehen und mich um das Kind kümmern. Es gibt nämlich Dinge, Herr Wallisch, die sich nicht wiederholen sollten», meint Frank Lehner leise. «*Und* ich wollte mir die Schlüssel holen», fügt er nach einer kurzen Pause hinzu.

«Da bin ich Ihnen in die Quere gekommen.»

«Allerdings. Wobei Sie offenbar nicht weniger erschrocken waren als ich selbst.»

«Da haben Sie recht. Mit einem Unterschied: *Sie* wussten, wer da plötzlich vor Ihnen steht.»

«Ich hab es zumindest vermutet. Die Angela hatte mir ja gesagt, dass Sie Ihren Kleinen bald abholen würden. Trotzdem war es nicht der rechte Zeitpunkt, Ihnen … meine Aufwartung zu machen. Darum hab ich auch den Rückzug angetreten. Bin um die andere Seite des Hauses und wieder hinaus auf die Straße, um nach einer Telefonzelle zu suchen. Ich musste wissen, was los ist. Ob alles in Ordnung ist mit meiner Frau und dem Buben. Ich habe keine gefunden. Also zurück in die Sandrockgasse … Und dann … Dann ist auch schon die Polizei gekommen. Und wenig später die Leichenträger. Den Rest der Geschichte kennen Sie ja …»

«Den kenn ich», bestätigt der Lemming gedankenverloren.

«Den kenn ich … Eines leuchtet mir trotzdem nicht ein: Was

wollen Sie mit den Schlüsseln, wenn Sie gar nicht wissen, welche Tür Sie damit aufsperren sollen?»

«Sie hüten», gibt Frank Lehner scharf zurück. «Sie hüten wie mein Augenlicht, bis ich herausgefunden habe, wo sich Angelas Strafraum befindet. Ich muss sichergehen, dass mir kein anderer zuvorkommt. Weil die Ratte mir gehört. Mir ganz allein, verstehen Sie das nicht?»

Oh doch, der Lemming versteht. Und wie er versteht. Frank Lehners Erzählung hat ihn im Innersten erschüttert, hat seine Sinnesart, sein ohnehin schon angekratztes Ethos vollends auf den Kopf gestellt. Ja, er begreift jetzt, dass Mordlust nicht immer aus loderndem Jähzorn entspringen muss, so wie am gestrigen Abend bei seiner Attacke auf Prantzl. Er kann ihn nachvollziehen, diesen wohlüberlegten, beharrlichen Wunsch, einen Menschen zu töten, diesen endlos tiefen, kalten Hass im verwüsteten Herzen des Zwischenkriegsmanns.

Er kann ihn verstehen.

Und trotzdem hält ihn etwas davon ab, Lehner die Schlüssel zu geben. Etwas Stilles und Sanftes und Trauriges: die Erinnerung an einen Engel.

«Angela war anderer Meinung», sagt der Lemming.

«Angela ist aber tot», erwidert Frank Lehner. «Und ich bin ihr einziger Erbe. Dass ich ihren Nachlass auf meine persönliche Weise ... verwalten will, das müssen Sie mir schon zugestehen, Herr Wallisch. Oder erwarten Sie etwa von mir, dass ich es mache wie sie? Das ich die Ratte umhege und pflege, dem Schwein seinen Futtertrog fülle, mit kulinarischen Schmankerln aus der Provence und ganzen Wagenladungen *Château Lafite*?»

«Was? Was haben Sie da gesagt?» Diesmal ist es der Lemming, der mit aufgerissenen Augen in die Höhe schnellt. «*Château Lafite*! Mein Gott, das Heft!» Hastig greift er nun zu seinem Mantel, der über der Sessellehne hängt, und beginnt, dessen Innentaschen zu durchwühlen. «Ich glaube, ich weiß, was das für ein Raum ist, Herr Lehner! Die Angela hat ihn beschrieben!» Schon hat er das rote Schulheft aufgeschlagen, legt es triumphierend auf den Tisch. «*Château Lafite*, das hat sie sich auch notiert. Und dann die zwei Namen: *Bauser Ferdi* und *Besi Mimi*. Haben Sie vielleicht eine Ahnung, wer das sein könnte?»

Erwartungsvoll beugt sich Frank Lehner über das Heft, nur um es gleich wieder von sich zu schieben: «Das war ihre Art, sich Notizen zu machen», sagt er enttäuscht. «Eine Mischung aus Verschlüsselung und Kurzschrift. Sie hat einfach die Worte abgekürzt, manchmal auch mehrere zu einem zusammengefasst. Sehen Sie, hier: *Besi* heißt Besichtigung und *Mimi* Mittwochmittag. Sie wissen schon: die übliche Baustellenbegehung der Ratte. Am vorigen Mittwoch hat Angela zugeschlagen, schließlich hatte sie ja freie Bahn: *Ferdi*, also Ferienbeginn am Dienstag. Die Arbeiter waren bereits auf Urlaub, die *Bauser* war verwaist: High Noon, ein Duell ohne Zeugen.»

«Ja, aber … Was bedeutet dieses *Bauser*?», fragt der Lemming verwirrt.

«Baustelle Servitengasse. Eines der Zinshäuser, die sich die Ratte gekauft hat. Dort wird – selbstverständlich! – auch schon seit Jahren das Dach ausgebaut.»

Was jetzt durch die trübe Gedankensuppe des Lemming driftet, ist durchaus kein glitzernder Fisch. Ein Krake schon eher, vielleicht eine Qualle: ein dunkles, amorphes Gebilde, das hässliche Schlieren durchs Hirnplasma zieht.

«Und wo ist nun der Hinweis auf den Strafraum?», unterbricht Frank Lehner das verborgene, weil gleichsam submarine Schauspiel.

«Da! Da steht es doch!» Der Lemming deutet mit dem Finger auf Angelas Notizen. «*Hangar* hat sie geschrieben! Ein Hangar, Herr Lehner! Vielleicht eine aufgelassene Halle am Flughafen draußen …»

«Hangar?» Frank Lehner bedenkt den Lemming mit spötti-
schen Blicken. «Das ist der Name der Ratte, Herr Wallisch:
Hannes Gartncr.»

Also doch eine Qualle. Kaum ins Bewusstsein gedrungen,
zerplatzt sie und setzt ihren giftigen Inhalt frei: Adrenalin.
Unmengen von Adrenalin, die sich jäh in den Körper des
Lemming ergießen, ihn durchsprudeln, durchbranden, ihm
bis in die Finger- und Zehenspitzen rieseln.

«Das … Das gibt es nicht! Der Gartner ist … mein Hausherr!»

Leise pfeift Frank Lehner durch die Zähne, wiegt dann bedächtig den Kopf hin und her. Ein mildes Schmunzeln umspielt seine Mundwinkel. «Beileid», sagt er nur.

«Aber der Gartner ist doch nach Thailand gefahren! Wir
haben noch davon gesprochen, meine Frau und ich, dass er
vielleicht … Dass ihn ja vielleicht der Tsunami …» Der Lemming verstummt.

«Domiphu», murmelt Lehner. Sein Schmunzeln ist jetzt
zum sardonischen Grinsen erstarrt: ein Grinsen, das so sehr
ein Lächeln ist wie eine Hornisse ein Schmetterling. «Domiphu, Herr Wallisch: Donnerstagmittag Abflug nach Phuket.
Nur folgt eben Domi leider auf Mimi. Was vermutlich bedeutet …»

«Was vermutlich bedeutet …»

«Was vermutlich bedeutet, dass Angela der Ratte auch noch
das Leben gerettet hat …»

Dieses Schweigen. Dieses zähe, dunkle Schweigen, das die
beiden nun umhüllt.

Auf Zehenspitzen nähert sich der Kellner, um zwei frisch gefüllte Gläser an den Tisch zu bringen.

25 Koalitionen sind die Notnägel unter den Bündnissen. Nägel, die sich umso tiefer ins Fleisch der Beteiligten bohren, je länger diese – wie es so schön heißt – einen Teil ihres Weges gemeinsam gehen. Gegenspieler ketten sich ja in der Regel nur mit einer Absicht aneinander, nämlich um dem anderen in ebendiesem Weg zu stehen. Am Ende folgt immer der Schrecken: der mehr oder minder gehässige Kampf um eine Beute, die sich nun einmal nicht teilen lässt.

Den Kampf um die Beute haben auch der Lemming und Frank Lehner aufgeschoben. Der Lemming, weil er weiß, dass Lehner sich in jedem Fall an seine Fersen heften wird, Frank Lehner wieder, weil er nach wie vor die Schlüssel an sich bringen will. Also: Koalition. Zumindest so lange, bis sie die Adresse von Angelas Strafraum gefunden haben. Danach – und das ist beiden wohl bewusst – werden die Fesseln gesprengt, die Fronten gezogen, die Messer gezückt …

Mit hochgeschlagenen Krägen stapfen sie Schulter an Schulter die Sandrockgasse entlang, umhüllt von einer Wolke aus Unbehagen. Ein Unbehagen jedoch, dessen Gleichklang schon wieder so etwas wie Eintracht erzeugt, ist es doch weniger gegeneinander gerichtet als vielmehr gegen das Schicksal, gegen den Lauf der Dinge an sich. So wie ja auch politisch Alliierte in erster Linie jenem Trottel zürnen, der sie zusammengespannt hat: dem Wähler.

Immer noch herrscht Eiseskälte; die Reste des Schnees auf dem Gehsteig haben sich in knackenden Krokant verwandelt. Ein leises Rauschen liegt in der Luft: nicht das Rauschen der nahe gelegenen Donau, sondern das Brausen der Automobile, die sich – wie zu jeder abendlichen Dämmerstunde – auf der Uferautobahn zusammenrotten, um Stoßzeit zu feiern.

«Wir müssen uns nicht so beeilen», brummt jetzt der Lemming und deutet zum Himmel. «Bei Tageslicht brechen nur knallharte Profis ein.»

«Sehr lustig, Herr Wallisch.» Frank Lehner bleibt stehen und steckt sich eine Zigarette an. Dann zeigt er nach vorne, wo – kaum fünfzig Meter weiter – das unbeleuchtete Haus der Smejkals steht. «Die Alten dürften ohnehin nicht daheim sein. Oder sie sitzen im Finstern.»

«Trotzdem. Ich will lieber warten. Geh, geben S' mir auch eine …»

Zwei weitere Zigaretten, und es ist so weit: Die Nacht hat sich über die Stadt gesenkt, bleiern und unbestirnt, wie eine Decke, die den Bedeckten nicht wärmt, nur erstickt. Die Männer gehen los. Sie öffnen vorsichtig das Gartentor, drücken sich dann an der Hauswand entlang: vorne Frank Lehner, drei Schritte dahinter der Lemming. In seinen klammen Fingern hält er eine der zwei Taschenlampen, die sie vorhin auf dem Brunnenmarkt erstanden haben. Lampen, die sie – wie sich nun zeigt – überhaupt nicht benötigen …

Wie vor drei Tagen fällt Licht in den hinteren Teil des Gartens. Trautes, behagliches Licht. Lehner hält inne, dreht sich zum Lemming um und hebt fragend die Hände: eine stumme, eine hilflose Gebärde. Seine leicht gebeugte Silhouette, dahinter der zartgelbe Schimmer, der über den Schnee streicht und sich in den Zweigen der Hecke verfängt: Es ist genau derselbe Anblick, der sich dem Lemming auch in der Christnacht geboten hat. Ein flüchtiges Bild nur, und doch einer jener Momente, in denen die Schöpfung bereit ist, sich dem Geschöpf zu offenbaren. In denen der Mensch eine Chance auf Erkenntnis erhält. Zum Beispiel auf die Einsicht, dass sich die Dinge fortwährend im Kreis drehen. Dass eine Sprosse im Laufrad, die man bereits überwunden glaubt, zwangsläufig wiederkehrt: morgen vielleicht oder auch in zehn Jahren. Ja, er könnte begreifen, wenn er nur wollte, der Mensch. Aber er will nicht. Aus unerfindlichen Gründen ist es ihm lieber, ziellos von sich fort zu schreiten, als sich irgendwann selbst zu begegnen.

Und so weigert sich jetzt auch der Lemming, das gnostische Lehrstück gebührend zu würdigen. Stattdessen bedeutet er Lehner, weiterzugehen. Im Gänsemarsch schleichen die zwei um die Ecke, um sich – mit aller gebotenen Vorsicht – dem nächstgelegenen Fenster zu nähern und durch die Scheibe ins Innere zu spähen.

Nichts scheint verändert in Angelas Zimmer. Ja, es wirkt fast so, als wollte die Vergangenheit gar nicht mehr aufhören, sich als Gegenwart zu kostümieren: der warme Schein der Stehlampe. Die schweren, rötlichen Holzmöbel. Der Ofen, die Bücher, die Teppiche … Bis hin zu Angelas Bett stimmt das biedermeierliche Idyll mit jenem vom Freitag überein. Genauer gesagt: bis hin zu der regungslosen Gestalt, die dort zwischen den buntgemusterten Zierkissen liegt …

«Scheiße!», stoßen Lehner und der Lemming unisono hervor, einer so bleich, so entsetzt wie der andere. Schon hebt der Lemming seine Taschenlampe, um das Glas einzuschlagen, als ihn Lehner zurückhält, ihn mit sanfter Gewalt ein Stück weiter zieht – zu jenem Fenster, das der Lemming schon beim letzten Mal zerstört hat. Es ist nach wie vor provisorisch mit Plastikfolie verkleidet: ein Geschenk für zwei knallharte Profis, die in ein Leichenhaus einsteigen wollen.

Keine halbe Minute vergeht, bis die beiden ans Bett treten und auf das schmale, zerknitterte Antlitz von Angelas Mutter starren. Friedlich sieht sie aus, die Anna Smejkal. Wenn auch auf eine andere Weise friedlich als ihre Tochter, drei Tage davor. Die zarte, von winzigen Runzeln umfältelte Haut ihrer Augenlider wirkt kindlich, ja regelrecht embryonal, auch ihre Körperhaltung gleicht der eines ungeborenen Kindes: zusammengekrümmt, die abgewinkelten Arme eng an die Brust gezogen, als hüte sie einen ganz persönlichen Schatz. Im Gegensatz zu Angela, die im Tod auf eine würdevolle, reife, auf eine gleichsam erwachsene Art zufrieden wirkte, im Gegensatz zur Tochter also macht die Mutter einen fast schon infantilen Eindruck: weniger ans Ziel gekommen als an den Anfang zurückgekehrt. Der Friede hat eben viele Gesichter, und eins davon trägt einen unbedarft lächelnden, zahnlosen Mund.

Die Zähne, die zu diesem Mund gehören, sind nur eine Armlänge entfernt. Sie schwimmen in einem mit Wasser gefüllten Glas auf dem Nachttisch. Leer dagegen ist die Schale, die daneben steht: das milchige Weiß der Glasur ist mit schwarzbraunen Schlieren verklebt – dem bittersüßen Geruch nach mit Resten von Trinkschokolade.

«Scheiße», sagt der Lemming noch einmal. Er runzelt die Stirn und beugt sich zur Toten hinunter. Mustert die fleckigen, faltigen, fest ineinandergekrallten Hände. Behutsam betastet er sie, versucht, den Klammergriff zu lösen.

«Was tun Sie denn da?», zischt Frank Lehner hinter seinem Rücken.

Der Lemming antwortet nicht. Er zupft und zerrt an den knochigen Fingern, richtet sich dann wieder auf und betrachtet den Schatz, den er der alten Frau entwunden hat: den ganz persönlichen Schatz Anna Smejkals. Es ist das Foto aus Klaras Erzählung, das Foto von Mutter und Sohn, von Engel und Putte, das Foto von Angela und Benjamin Lehner.

«Zeigen Sie mal …» Frank Lehner kommt näher, streckt seine Hand aus – und fährt in derselben Sekunde erschrocken herum. Durch die Tür, die zum Flur führt, sind Schritte zu hören, schlurfende, müde sich nähernde Schritte. Lehner steht nun da wie angewurzelt – ganz im Gegensatz zum Lemming, der es gerade noch schafft, sich hinter dem Bett zu verbergen, als auch schon die Klinke gedrückt, die Tür geöffnet wird.

Ein kurzer Moment vollkommener Stille, gleich darauf die erste Böe jenes sprichwörtlichen Sturms, der ja bekanntermaßen auf die Ruhe folgt.

«Du!»

Welchen Hass, welche Abscheu zwei Buchstaben auszudrücken vermögen. So dünn die Stimme Paul Smejkals, so scharf ist sie auch. Rasierklingenscharf.

«Du!»

«Was soll das heißen: *du*?», blafft Frank Lehner zurück. «Was willst du damit sagen, alter Mann?»

«Dass du ... an allem schuld bist! Und jetzt wagst du es auch noch, in dieses Haus ... Nach allem, was du angerichtet hast!»

«Was *ich* ...» Frank Lehner schnappt hörbar nach Luft. «Was *ich* angerichtet habe?»

«Wer sonst!», schreit der Alte jetzt los. «Schau doch her! Ja, schau sie dir an, meine Frau! Sie konnte nicht mehr! Sie hat es nicht mehr ertragen! Sie hat sich das Leben genommen, das Leben, das Gott ihr geschenkt hat! Dafür wird sie ...», das Brüllen Paul Smejkals flaut plötzlich zu einem erbitterten Fauchen ab, «dafür wird sie in der Hölle schmoren. In einer Hölle, in der auch für dich schon ein Platz reserviert ist, Frank Lehner, ein Ehrenplatz, gleich neben ...» Smejkal verstummt.

«Neben wem, alter Mann?», fragt Frank Lehner sarkastisch. «Neben wem darf ich sitzen? Hitler? Stalin? Oder gar Beate Uhse?»

Ein paar knisternde Augenblicke verstreichen, ehe der Alte wieder das Wort ergreift. Trotz Lehners verächtlichen Einwurfs klingt er nun ruhiger, beherrschter. Das leichte Vibrieren, das drohende Tremolo in seiner Stimme ist mehr zu erspüren als zu hören.

«Wir werden da alle zusammen sein. Du, meine Frau, meine Tochter und ich. Wir werden an Benjamin denken, unseren kleinen ungetauften Benjamin, der bis zum Jüngsten Tag im Fegefeuer leiden muss. Dann werden wir uns fragen, ohne Ende fragen, wie es dazu kommen konnte. Welcher Teufel uns verdorben, unsere Seelen verseucht und zerstört hat. Ich kenn ihn schon jetzt, diesen Teufel, diese Schlange in Menschengestalt. Ich kenne dich, Frank Lehner. Du hast uns alle auf dem Gewissen.»

«Ach … Weil ich Ben nicht mit Weihwasser angespritzt habe?»

«Weil du Angela nicht nur von Gott abgebracht, sondern auch gleich ihren Eltern entfremdet hast. Weil du sie in diese … furchtbare Wohnung, in dieses Horrorhaus gesteckt hast. Und das ohne Geld, ohne Rückhalt, ohne gesicherte Arbeit. Weil du ein Spieler bist, Frank Lehner, ein gemeiner, skrupelloser Hasardeur, und weil es meine Tochter war, die deinen Einsatz zahlen musste. Du hast sie geschwängert und dann mit dem Buben im Stich gelassen, nur um deine … deine eitle Rachsucht zu befriedigen. Du hast sie in den Wahnsinn getrieben, du hast meine einzige Tochter in den Wahnsinn getrieben, und dafür, Frank Lehner, verfluche ich dich.»

Was das Amen dem Gebet, das ist diabolischen Flüchen die Pause: ein dramaturgischer Abschluss, der dem Gesagten die rechte Bedeutung verleiht. Die Pause, die nun eben auch Paul Smejkal seiner Rede folgen lässt, bietet dem Lemming Gelegenheit, seine Gedanken zu ordnen. Vor allem beschäftigt ihn seine eigene, ziemlich befremdliche Lage: Halb sitzend, halb liegend im Spalt zwischen Boden und Bett, der wütenden Predigt Paul Smejkals lauschend, schräg über sich die Leiche der alten vergifteten Frau. Warum, so überlegt der Lemming, stehe ich nicht einfach auf? Was hindert mich denn noch daran, mich Smejkal zu zeigen, nun, da doch klar ist, dass sich sein geballter Hass auf Lehner konzentriert? Ein solches Übermaß an Hass, dass davon schwerlich etwas für mich abfallen wird: für einen unbedeutenden Einbrecher, der nichts als einen Hinweis sucht …

Und trotzdem hält den Lemming etwas davon ab, sein Versteck zu verlassen, auch wenn es nicht mehr als ein vages Gefühl, eine unbestimmte Ahnung ist. Es wäre ein Fehler, so denkt er, die Konfrontation zwischen Smejkal und Lehner jetzt schon zu stören. Schließlich führen chemische Prozesse manchmal zu staunenswerten Resultaten. Je mehr es da brodelt und stinkt, desto größer die Chance auf unerwartete Verbindungen und neue, hilfreiche Substanzen. Auf Lösungsmittel zum Beispiel.

«Sie war nicht wahnsinnig», durchbricht Frank Lehner nun das Schweigen. «Angela war von uns allen die … Vernünftigste.»

Paul Smejkal lacht auf, bitter und höhnisch. «Nicht wahnsinnig? Nicht wahnsinnig? Wie nennst du das, wenn eine Frau – *mit* ihrem Baby! – auf der Straße lungert, monate- und jahrelang, bei Wind und Wetter? Wie eine Sandlerin, eine Zigeunerin? Wenn sie jede Hilfe ausschlägt und ihr Kind stattdessen einem … einem gottlosen Hochstapler opfert, einem Verbrecher? Wenn sie es elendiglich zu Tode kommen lässt? Wie nennst du es, Frank Lehner, wenn eine Frau ihre ganze Familie zerstört, nur um dann auch noch die Familien anderer, vollkommen unbeteiligter Menschen zugrunde zu richten?»

«Was meinst du damit?» Frank Lehner klingt verwirrt.

«Ich werd dir sagen, was ich damit meine! Ganz genau werd ich's dir sagen! Meine geisteskranke Tochter hat ein Kind entführt! Ein *fremdes* Kind! Und hat es in *mein* Haus gebracht, am Heiligen Abend! Ich … Ich hab's genau gesehen! Durch den Türspalt hab ich es gesehen – und gehört! Sie hat das Kind in den Armen gewiegt, und …», Smejkal ringt nach Worten, «weißt du, wie sie es genannt hat? Weißt du das? Sie hat es … *Ben* genannt! Verstehst du? *Benjamin!* Sie hat getan, als wäre es … Die irre Psychopathin! Was die armen Eltern von dem Kleinen ausgestanden haben müssen! Gott sei Dank sind sie sofort verständigt worden, von der Polizei: Der Vater ist gleich hergekommen und hat seinen Buben geholt, kaum dass alles … vorbei war.»

Das chemische, nein: *alchimistische* Werk ist beinahe vollendet. Die siedende Brühe wallt noch ein letztes Mal auf.

«Da glotzt du blöd, oder? Da steht dir dein schamloses Maul
offen, weil du dein Spiel nicht vollenden kannst. Sogar der
Teufel muss sich eben manchmal in die Schranken weisen
lassen!»

«Soll das etwa heißen …», flüstert Lehner. «Soll das etwa heißen, dass *du* …»

«Wer denn sonst? Einer muss es ja tun, auch wenn er dafür in
die Hölle fährt. Ja, Frank Lehner, ich hab deinem Treiben ein
Ende gesetzt, ich habe den Wahnsinn beendet, den du über
uns gebracht hast. Den Wahnsinn meiner Tochter. Weil irgendwann Schluss sein muss. Endgültig Schluss …»

Jetzt ist es so weit: Die Flammen sind erloschen, der Schaum
hat sich gesenkt. Die Lösung, die zurückbleibt, ist von einer
solchen Transparenz, dass es den Lemming noch nicht einmal
wundert, sie übersehen, ja förmlich durch sie durchgeschaut
zu haben. Als wäre sie eine vermeintlich abhandengekom-
mene Brille, die man nicht findet, solange man sie auf der
Nase trägt. Weil sie zu nahe, zu durchsichtig ist.

Aber bei all ihrer Klarheit ist sie auch ätzend, die Lösung. So
ätzend, dass dem Lemming schon bei ihrem puren Anblick
Tränen in die Augen steigen. Fassungslos starrt er sie an,
starrt ganz hinunter auf den Grund – und kann doch nichts
als einen bodenlosen Abgrund sehen.

Frank Lehner dürfte es ähnlich ergehen. Er scheint nach den
passenden Worten zu suchen, und als er sie findet, da ist seine
Stimme nicht mehr als ein tonloses Hauchen: «Du alter
Mann … Du … dummer, böser, alter Mann …»

Ein winziger Moment der Stille. Dann ein dumpfer Aufschrei und das Keuchen eines Menschen, dem die Kehle zu-
gedrückt wird.

«Halt!» Der Lemming greift nach der Bettkante, zieht sich,
so rasch er kann, hoch. Keine drei Meter entfernt, auf der

anderen Seite des Raums, haben sich Lehner und Smejkal ineinander verkrallt. Ungelenk taumeln sie über den Boden, in enger Umarmung, beinahe wie Tanzschüler, wenn sie sich erstmals am Walzer versuchen. Wobei Frank Lehner die Rolle des Führenden übernommen hat: Mit einer Hand presst er Smejkals hageren Körper an sich, die andere hat er um dessen Hals gelegt.

«Halt!», brüllt der Lemming noch einmal. «Hören Sie auf, Herr Lehner! Machen Sie's nicht schlimmer, als es sowieso schon ist!»

Die Reaktion jedoch bleibt aus. Im Gegenteil: Frank Lehner scheint noch fester zuzudrücken.

«Überlegen S' doch, Herr Lehner! Das *wünscht* er sich ja! Der Mann ist am Ende, der *will* doch den Tod!»

Noch ehe die Rufe verhallen, hält Lehner inne. Lauscht, den Kopf gesenkt, in sich hinein. Die verschrobene Logik des Lemming scheint ihm zu denken zu geben: ‹Schlag mich›, sagt der Masochist. ‹Das hättest du wohl gern›, gibt hämisch grinsend der Sadist zurück ... Langsam lockert er den Griff, tritt einen Schritt zurück und wischt sich dann, ohne den Blick von Paul Smejkal zu lassen, die Hände am Mantel ab. Als hätte er versehentlich ein Stück fauliges Fleisch berührt.

Der Alte erwidert ihn nicht, diesen grenzenlos angewiderten Blick. Seine Augen sind starr auf den Lemming gerichtet, auf diese Schreckgestalt, die – wie ein Deus ex Machina – hinter dem Leichnam seiner Frau erschienen ist. Furchtsam und verständnislos sind diese Augen, die nun zu flackern, zu blinzeln beginnen. «Was ... Das ... verstehe ich nicht ...», stottert Smejkal. «Sie sind doch ... Sie sind doch der ... Wie kommen *Sie* ...?» Er macht einen schwankenden Schritt auf das Bett zu.

«Ihre Tochter, Herr Smejkal, war nicht verrückt.» Der Lemming spricht langsam, mit schneidendem Unterton. «Sie war nur eine stolze Frau mit einem großen gebrochenen Herzen:

ein trauriger Engel. Ja, Herr Smejkal: Sie haben einen Engel ermordet. Den Schutzengel meines Sohnes. Meines Sohnes Benjamin ...»

Es ist ein stummes, erschreckendes Schauspiel, das sich im Laufe der nächsten Sekunden entspinnt: Smejkal steht anfangs noch unbewegt. Scheinbar erstarrt. Wie ein Gefäß, in das jetzt – nach und nach – die Wahrheit tröpfelt. Wie ein Gefäß, das diese klare und ätzende Wahrheit aber nicht fassen kann. Weil sie es von innen her zerfrisst.

Mit einem Mal regen sich fremde, nie gekannte Muskeln in Smejkals Gesicht, verzerren es zur spukhaften Fratze. Die pergamentene Haut zieht sich krampfhaft zurück, die Augen, die Zähne treten hervor, als würde er ... Ja, als würde er lachen, der Alte: ein Lachen, das dem versteinerten Grinsen eines Totenschädels gleicht.

Bestürzt folgt der Lemming der schaurigen Transformation. In den Ekel, den er vor Smejkal empfindet, mischt sich nun doch auch so etwas wie Mitgefühl: Mitleid mit diesem verknöcherten Monstrum, diesem widerlichen Frömmler, diesem arroganten Exorzisten, der sich selbst der größte Dämon ist.

Auch Frank Lehner scheint sich inzwischen ein wenig beruhigt zu haben. Er mustert Smejkal mit den Blicken eines Bauern, der seine verdorbene Ernte betrachtet. «Hast du gehört, alter Mann? Du hast einen Engel zur Hölle fahren lassen ...»

Dass Lehner mit keiner Erwiderung rechnet, versteht sich von selbst. Genauso wenig wie ein Bauer, der mit seiner Ernte spricht. Die Antwort kommt trotzdem – vom Lemming, der jetzt das Bett umrundet und an Lehners Seite tritt.

«Tun Sie mir einen Gefallen», raunt er. «Gehen Sie hinaus, nur fünf Minuten. Drehen S' eine Runde.»

«Aber ... Wieso?»

«Weil ich allein mit ihm reden will. Falls er irgendetwas weiß, verstehen Sie, etwas, das uns weiterhelfen könnte, wird er es *Ihnen* ganz sicher nicht sagen.»

Ein langer, prüfender Blick, dann ein zögerndes Nicken. «Meinetwegen, Herr Wallisch. Aber wenn Sie auch nur daran denken, hier ohne mich loszuziehen …»

«Glauben S' denn wirklich», zischt der Lemming, «dass ich Sie mit dem Alten allein lassen tät? Damit Sie ihn letztendlich doch noch erwürgen?»

Und wieder ein Nicken. «Da haben Sie allerdings recht, das könnte passieren. Obwohl man ja ein Wrack im Grunde gar nicht mehr versenken muss.» Mit diesen Worten wendet sich Lehner dem Ausgang zu. Festen Schrittes verlässt er den Raum wie ein Mann, der schon längst wieder andere Ziele verfolgt. Die Ratte zum Beispiel, die das Schiff überhaupt erst zum Sinken gebracht hat.

«Töten Sie mich …»

Die Stimme Paul Smejkals ist leise und zittrig.

«Ich bitte Sie, töten Sie mich.»

Er steht noch immer so da wie zuvor, in derselben, leicht gebeugten Haltung. Nur seine Hände hat er inzwischen gefaltet, reckt sie jetzt flehend dem Lemming entgegen.

«Töten Sie mich …»

«Einen Dreck werd ich tun.» So derb wie sein Tonfall, so grob packt der Lemming den Alten am Arm und drückt ihn hinunter aufs Bett. «Einen Dreck. Ihre Hölle ist eindeutig überbelegt, und ich mag kein Gedränge.»

«Die Hölle ist aber … *hier*. Hier auf Erden …»

«Das stimmt. Für die Angela war sie das.» Der Lemming schüttelt den Kopf. Er lässt sich neben Smejkal auf die Bettkante sinken. «Weil sie von Geistern umgeben war, die stets verneinen …»

Ein leiser Klagelaut; der Alte vergräbt das Gesicht in den Händen. Und wieder wallt dieses lästige Mitgefühl im Lemming auf – in der Art eines Sodbrennens, das ja erst eintritt, wenn man den sauren Wein schon getrunken hat. Das einen niemals zu warnen pflegt, nur zu bestrafen.

«In diesem Fall», murmelt der Lemming, «waren Sie ein Teil von jener Kraft, die stets das Böse will und ... einmal doch das Gute schafft. Ihre Tochter, Herr Smejkal, war sterbenskrank. Sie hätte gelitten, auch körperlich. Furchtbar gelitten. Wenigstens das haben Sie ihr erspart.»

Paul Smejkal hebt den Kopf. «Umso schlimmer», schnarrt er verbittert. «Es steht uns nicht zu, dem Allmächtigen ins Handwerk zu pfuschen.»

«Verstehe.» Der Lemming schnaubt ärgerlich auf. «Nur wenn es um eine vermeintlich Verrückte geht. Um eine vom Teufel Besessene. Bravo, Herr Smejkal, Respekt: Die Therapie beherrschen Sie ja schon ganz gut, nur was das Diagnostische betrifft, da könnten S' noch ein bissel an sich arbeiten ... Genug. Wie sind Sie überhaupt an dieses Gift gekommen?»

«Meine Frau ...» Mit einer müden Geste deutet der Alte nach hinten, auf die Leiche Anna Smejkals. «Sie hat es sich beschafft, schon damals, als unser Benjamin ... Ich hab sie aber davon überzeugen können, sich nicht zu ... also, es nicht zu verwenden. Hab es ihr abgenommen und weggesperrt.»

Smejkal dreht sich zur Seite, streckt langsam den Arm aus und ergreift die Hände der Toten. «Sie muss noch ein zweites Fläschchen gehabt haben ...»

«Und am Weihnachtsabend?»

«Es ist kurz nach elf gewesen. Wir wollten uns gerade auf den Weg zur Kirche machen, meine Frau und ich. Da hab ich im Stiegenhaus plötzlich die Stimmen gehört: die Stimmen von Angela und dem Baby. Ich dachte zuerst, es sei ... eine Täuschung. Oder das Radio. Bin aber trotzdem hinunter, um nachzusehen, und dann ... Dieser Anblick, diese Zärtlichkeit, dieses so lange nicht mehr vernommene ... ‹Benjamin›! Zu einem fremden Kind! Eine einzige, schreckliche Lüge!»

Smejkal schließt die Augen. Leise schwankt sein Oberkörper hin und her. «In dem Moment hab ich beschlossen, den Schlussstrich zu ziehen. Ich habe meiner Frau gesagt, sie möge warten, ich hätte noch was … zu erledigen. Dann hab ich das Fläschchen geholt und … Ich wusste ja, dass die Angela Alkohol trinkt. Wein oder auch – wenn es kalt draußen war – Schokolade mit Rum. Der Rum war wichtig, weil …»

«Er den Geschmack des Gifts überdeckt hat?»

«Nein. Weil sie dem Kleinen dann nichts davon abgeben würde. Ich hab ihr also einen Becher zubereitet …»

«Einen Schierlingsbecher …»

«Ja. Ich habe ihn ihr vor die Tür gestellt und … angeklopft. Dann bin ich rasch zu meiner Frau zurück und mit ihr in die Kirche gegangen – wir waren ohnehin schon spät.»

«Und die Angela hat sich inzwischen den Tod geholt. Das Weihnachtsgeschenk ihres Vaters. Eines Vaters, der sie sonst nur mit Verachtung gestraft hat … Sie muss doch geglaubt haben, dass der Becher …»

«Von ihrer Mutter kommt, ja.» Der Alte nickt, die Augen noch immer geschlossen. «Das ist der Anna … Das ist meiner Frau am Ende auch bewusst geworden. Nachdem wir von der Mette heimgekommen sind und … alles vorbei war, hat sie sich die Dinge ja zusammenreimen können.»

«Die Dinge.»

«Den Ablauf. Den Hergang. Ich habe versucht, es ihr zu erklären. Dass unsere Tochter eine … verdorbene Frucht gewesen ist. Eine Frucht, die man aussondern muss. Dass sie ein Kind entführt hat, nachdem sie uns schon unseren Enkel … unseren kleinen Benjamin …»

«Und? Hat sie den botanischen Vergleich verstanden?»

«Ich weiß es nicht.» Endlich öffnet Paul Smejkal die Augen, kehrt zurück von seiner geistigen Schreckensfahrt in die Vergangenheit. «Aber dass die Angela nicht mehr bei Trost war, das ist auch ihr klargeworden. Sie hat sich … verkleidet!»

«Wer? Ihre Frau?»

«Meine Tochter! Sie hat sich verkleidet!» Smejkal greift nun auch mit seiner anderen Hand nach dem verkrümmten Leichnam. Stößt ihn an, wie um ein letztes Quäntchen Leben aus ihm herauszuschütteln. «Du hast es doch gesehen, Anna! Du hast es mir doch selbst erzählt!» Unvermittelt dreht sich der Alte jetzt um und springt auf die Beine. «Ich kann es beweisen! Es muss doch hier irgendwo sein!» Er stürmt am Lemming vorbei und steuert auf eine Kommode zu, die neben dem lindgrünen Kachelofen steht. Schon macht er sich daran, die Laden aufzureißen, wühlt darin herum, verstreut mit fieberhafter Eile Kleider auf dem Boden. Angelas Kleider.

«Da!» Paul Smejkal richtet sich auf. «Da, sehen Sie doch!» Mit einer triumphierenden Geste streckt er dem Lemming nun etwas entgegen. Etwas Langes und Schwarzes, aus grobem Leinen Genähtes. Eine Tunika und einen Schleier: ein Ordensgewand. «Sie hat sich als Nonne verkleidet! Ausgerechnet als Nonne! Verstehen Sie das?»

Verstehen ist wohl das falsche Wort. *Verstehen* fühlt sich anders an: klarer, bedächtiger. Nicht wie ein Tornado, der einem jählings ins Hirn fährt, einem durch die grauen Zellen pfeift, sie aufwühlt, entwurzelt und hochreißt, um sie in einem gewaltigen Wirbel, in einer gigantischen Windhose neu zu arrangieren – in einer Hose, in die sich der Lemming nun beinah zu machen droht. Weil sie so wunderbar passt, diese Hose.

«Mein Gott … Die beschissene Nonnensau …»

«Wie bitte?» Verblüfft lässt der Alte die Arme sinken.

«Gar nichts.» Der Lemming steht ruckartig auf und geht auf die Tür zu. «Ich muss Sie jetzt leider verlassen.»

«Aber … Sie war doch verrückt! Jetzt sehen Sie es ja!»

Ein letztes Mal dreht sich der Lemming zu Paul Smejkal um, der seine Finger um Angelas Ordenstracht krampft wie um etwas, an dem man sich festhält: ein Strohhalm, um nicht in

den Abgrund zu stürzen. «Ja, Herr Smejkal. Jetzt seh ich es. Und ich bin sicher, dass das auch ihr lieber Gott zu schätzen weiß. Erklären S' ihm einfach, dass Sie Ihre Tochter … *ausgesondert* haben, weil sie sich als Klosterschwester kostümiert hat. Vielleicht lässt er Sie dann doch noch in den Himmel.»
Die Hände des Alten erschlaffen. Lautlos gleitet das schwarze Gewand auf den Boden.

Anna Smejkal sendet dem Lemming ihr kleines, verrunzeltes Lächeln nach, als er die Tür schließt und durch den Hausflur ins Freie tritt.

26

«Als Nonne?» Frank Lehners Miene drückt Skepsis aus, Unglaube. «Wollen Sie mir Märchen erzählen?»
«Absolut nicht. Das war ihr Trick, verstehen Sie? Eine Ordensfrau mit einem Rollstuhl, eine Samariterin! Ein redliches, harmloses Wesen, nur eben mit Pfefferspray unter der Kutte! So hat sie sich an den Farnleithner und an den Gartner heranpirschen können, hat sie dann außer Gefecht gesetzt und unbemerkt in den Strafraum gebracht. Wissen Sie, wann der Farnleithner entführt worden ist?»
«Nein, nicht genau. Im Frühling irgendwann …»
«Das stimmt. Laut Zeitung Anfang Mai. Ich weiß es jetzt aber genauer. Es war exakt der Erste Mai, der Tag, an dem mein Sohn geboren worden ist. Ich habe sie nämlich gesehen, die Nonne, wie sie den Farnleithner … Kennen Sie sich mit Fußball aus, Herr Lehner? Mit österreichischem Fußball?»
«Verarschen Sie jemanden anderen.»
«Blau-Gelb! Die Kappe des Mannes im Rollstuhl! Blau-Gelb! Der Farnleithner hat mir erzählt, dass er damals Vienna-Fan war!»
«Und Blau-Gelb sind die Farben dieses … Vereins?»

«So ist es! Die blau-gelbe Kappe, das Datum, die Nonne – wie hat die *Reine Wahrheit* über den missglückten Anschlag auf den Prantzl geschrieben? Eine *islamisch vermummte Gestalt* ... Sie hat es so unheimlich eilig gehabt, dass sie uns förmlich davongerannt ist, meiner Frau und mir, anstatt uns zu helfen. Aber dann, kaum fünf Minuten später, ist sie wieder aufgetaucht – als Angela ...»

«Und hat Ihren Sohn zur Welt gebracht.»

«Unseren Benjamin, ja.»

«Von der Geburt im Kloster hat sie mir berichtet», meint Frank Lehner, um nach einer Weile nachdenklich hinzuzufügen: «Fünf Minuten also ...»

«Fünf Minuten, um einen bewusstlosen Mann in sein Verlies zu bringen, die Verkleidung abzulegen und zum ... Dominikanerkloster zurückzukehren», nickt der Lemming. Ein eifriges, hastiges Nicken wie das eines Immobilienmaklers oder Gebrauchtwagenhändlers.

«Zum Dominikanerkloster also.» Lehner nickt spöttisch zurück wie einer, der weder verfallene Häuser noch schrottreife Autos zu kaufen beabsichtigt. «Und wo ist dieses Dominikanerkloster?»

«Na, drüben im ersten Bezirk ...»

«Von mir aus, Herr Wallisch. Dann fahren wir jetzt dahin und suchen die Gegend ab. Mir kann's nur recht sein, wenn die Ratte in der Zwischenzeit vermodert – im Neunten, bei der Servitenkirche.»

Einen Versuch war es wert. Obwohl dem Lemming klar ist, dass er höchstens Zeit gewinnen kann, um an anderen, besseren Strategien zu feilen. Sich von Lehner abzusetzen, kommt nicht in Frage: Wahrscheinlich würde sich dieser wohl wirklich an Angelas Vater, Angelas Mörder vergreifen, und sei es auch nur, um dem Druck seiner Wut ein Ventil zu verschaffen. Ihn in die Irre zu führen, ist aber langfristig auch keine Lösung: Früher oder später würde Gartner, die Ratte, in seinem Gefängnis zugrunde gehen. Nein, man muss ihn im Auge behalten, den Zwischenkriegsmann, und ihn gleichzeitig neutralisieren.

«Dann eben Servitenkloster», gibt der Lemming klein bei.

«Die Angela hat Ihnen also auch das erzählt.»

«Nein, hat sie nicht. Sie hat einfach nur irgendein Kloster erwähnt. Dass die Fäden aber einmal mehr in der Rossau zusammenlaufen, hat mir der *Bauser* geflüstert. *Bauser Ferdi*, schon vergessen? Immerhin wohnen Sie auch dort, Herr Wallisch …»

«Habe gewohnt. Der Gartner hat mich rausgeschmissen.»

«Glückwunsch.» Lehner setzt sich in Bewegung. «Kommen Sie!», ruft er dem Lemming über die Schulter zu. «Wir wollen uns bei ihm bedanken!»

Da ist er ja endlich, der Donauwalzer, der zu Wien gehört wie der Darmwind zum Rind. Und so klingt er auch jetzt – mehr nach Kuh als nach Strauß: ein schnarrendes, gepresstes Furzgeräusch, das durch den U-Bahn-Wagen hallt. Dabei böte der schwarze, mit silbernen Herzchen versehene Schultersack, dem es entstammt, wohl Platz für ein ganzes Orchester – ein Liliputanerorchester zumindest. So wie auch die Frau, die jetzt ihr Handy aus der Tasche wühlt, ein durchaus konzertsaalfüllendes Organ besitzt – wenn schon nicht dem Klang, so doch dem Volumen nach.

«Was denn, Bärli? … In der U-Bahn! … Nein, nix Pflaster, eine Salben! Weil die haben mir g'sagt, dass gegen Hühneraugen … Aber in der Apotheken haben sie … Musst halt fleißig schmieren! Mit denen Pflastern kriegst die Warzen nie heraus, haben s' g'sagt! Und hobeln! … Nein, die Mama hat eh so ein Dings, glaub ich, so einen Hornhauthobel! … Was? Na, Rindsrouladen, hab ich 'glaubt! … Jetzt hab ich's aber schon 'kauft! … Geh, Bärli, Schweinsbratl haben wir doch gestern …»

Verblüffend, wie sich eine nie gesehene, nie gehörte Person

alleine dadurch materialisieren kann, dass eine andere mit ihr telefoniert. Ein Phänomen, das im Prinzip an Platons Höhlengleichnis gemahnt (und was ist eine U-Bahn schon anderes als eine von minderbemittelten Menschen bevölkerte Schattenwelt?). Bärli trägt ein ärmelloses Netzhemd, da ist sich der Lemming ganz sicher. Und Slips, keine Boxershorts.

Bärli ist über und über behaart; nur am Zenit seines Schädels hat sich bereits eine Lichtung gebildet – ein denkbar ungeeigneter Landeplatz für Außerirdische, sofern sie nach intelligentem Leben suchen.

Kaum hat sich Bärli in der Phantasie des Lemming breitgemacht, beginnt er sich schon zu verändern: Das schüttere Haupthaar ergraut, die dicken, feuchten Lippen bilden sich zurück, die Unterwäsche verblasst, um gleich darauf als zerknitterter Trenchcoat wiederzuerstehen. Als die Mutation vollzogen ist, sitzt ein anderer Trottel auf Bärlis kunstlederner Fernsehcouch. Ein Trottel mit Vollbart und randloser Brille: Bezirksinspektor Polivka.

Da ist sie, die Lösung. Die wahrscheinlich einzige Möglichkeit, Lehner Paroli zu bieten, ihn an einer Tat zu hindern, von der ihn schon Angela abhalten wollte, an einer Bluttat, die er wohl irgendwann selbst bereuen würde. Weil Rache ein schlechtes Geschäft ist: Sie tötet die Zukunft, ohne die Vergangenheit zu heilen.

Schon zieht der Lemming sein Handy heraus.

«Wen rufen Sie an?» Scharf ist der Ruf Frank Lehners, so scharf, dass er selbst die Stimme der Frau übertönt, die nach wie vor mit Bärli übers Abendessen diskutiert.

«Nur meine Liebste. Sie macht sich sonst Sorgen.»

«In Ordnung, aber … Kein Wort! Verstehen Sie, Herr Wallisch? Kein Wort über unsere … Expedition!»

Der Lemming tippt nun also eine altbekannte Nummer in die Tastatur. Frank Lehner indessen rückt näher heran. Lehner lauscht mit.

«Sicherheitsbüro, Lodinsky!»

«Grüß Sie», sagt der Lemming. «Geben S' mir bitte die Frau … Polivka! Wir sind nicht verheiratet», fügt er, an Lehner gewandt, hinzu.

«Was haben S' g'sagt? Wen wollen S'?»

«Po-liv-ka!», skandiert der Lemming.

«Augenblick!»

Wie gut, dass Lodinsky kein Watzka ist. Kaum zwei Sekunden später dringt eine heisere, schläfrige Stimme aus dem Hörer:

«Polivka.»

«Servus, Schatzi. Ich bin's, der Poldi …»

«Wie bitte?»

«Natürlich, die Zeit. Ja, ich weiß. Aber was soll ich machen, wir haben …»

«Verwählt haben Sie sich», brummt Polivka jetzt. «Aber völlig verwählt.» Ein leises Rascheln: Der Bezirksinspektor macht sich daran, aufzulegen.

«Nein!», brüllt der Lemming. «Nein! Jetzt hören *Sie* mir einmal zu, Frau *Polivka*! Ich mach das hier nicht zum Vergnügen! Immerhin geht's um unsere tote Freundin, um die *Angela*! Da kann ich mich nicht alle zehn Minuten bei dir melden!»

Schweigen im Hörer. Verhaltenes Atmen. Polivka scheint es sich noch einmal überlegt zu haben.

«Schluss jetzt!», schimpft der Lemming weiter. «Unterwegs bin ich, mit dem Herrn *Lehner*! Du willst wissen, wohin?»

Ein Ruck. Frank Lehner hat den Arm des Lemming gepackt, bereit, ihm das Handy vom Ohr zu reißen.

«Gar nirgends hin! Wenn du die künftige Frau *Wallisch* sein willst, musst du dich daran gewöhnen, dass ich dir keine Rechenschaft schulde!»

Während Lehner fürs Erste besänftigt scheint, kann der Lemming ein Murmeln im Hörer vernehmen: «Angela Lehner …

Natürlich: die G'schicht in der Christnacht. Und dann dieser Wallisch: der Neffe vom Hofrat Sabitzer …»

«Bin ich nicht! Oder glaubst du, ich wär jetzt nicht auch lieber z'Haus und tät gemütlich mit dir plaudern?»

«Versteh schon, Herr Wallisch: Sie können nicht reden …»

«Pass lieber auf, was ich sag, ich hab nicht viel Zeit!»

«Alles klar, Herr Wallisch. Ich höre.»

«Gut! Du musst was für mich tun, verstehst du?»

Ein drohender Blick aus den Augen Frank Lehners: wieder dieser Peter-Lorre-Blick.

«Ich hab nämlich vergessen, den … Flug zu bezahlen. *Kairo*, du weißt schon …»

«*Kairo?*», fragt Polivka. «Das in Ägypten?»

«Nein! Die erwarten mich drüben im Reisebüro. Noch heute, bis spätestens sechs!»

«Das ist schon in zwanzig Minuten, Herr Wallisch.»

«Ganz recht! Du musst dich beeilen!»

«Ja, aber wohin denn? Wohin soll ich …»

«*Peregrin!*», ruft jetzt der Lemming. «Flugreisen *Peregrin*, gleich um die Ecke!»

«Sie meinen … den *heiligen Peregrin*, in der Servitenkirche?»

Volltreffer. Bingo. Mag sein, dass Polivka den Schutzpatron der Serviten nur deshalb kennt, weil sich die Räume der Mordkommission in der Berggasse, also in unmittelbarer Nähe der Kirche, befinden. Vielleicht ist der Bezirksinspektor aber auch ein religiöser Mann – im Unterschied zu Lehner, der ja nicht einmal weiß, in welchem Bezirk das Dominikanerkloster steht. Bisweilen (und selten genug) kann ein Minimum an christlicher Sozialisation eben auch von Vorteil sein.

«Genau!» Der Lemming atmet auf. «Also schaust du dort rasch noch vorbei? Sonst können wir Kairo vergessen.»

«Peregrin … Kairo … Aha! Das Café *Kairo* auf dem Kirchenplatz!»

«Richtig! Und? Geht sich das aus bei dir?»

«Ich weiß zwar nicht, was Sie genommen haben, aber … Ich werde dort sein, Herr Wallisch.»

«Danke. Da bin ich beruhigt … Ja, sicher: Ich hab dich auch lieb, mein Schatz.»

Ein Grunzen am anderen Ende. Ohne ein weiteres Wort legt der Bezirksinspektor auf. Ein Bezirksinspektor, der – wer könnte je daran zweifeln? – ein Genie ist, kein Trottel.

Der Lemming sieht Frank Lehner an und zuckt die Achseln.

«Unser Urlaub», sagt er. «Ägypten im Frühling, schon lange geplant. Wir zwei und der Kleine …»

«Mit Speckkraut und Knödeln!», schnattert die Frau mit dem Schultersack. «Bärli, mein Fleischtiger! Ja, i bin eh gleich z'Haus!»

Eine knappe halbe Stunde später tauchen der Lemming und Lehner, soeben der U-Bahn entstiegen, in die Häuserschluchten des Servitenviertels ein. Die Stimmung ist merklich getrübt, beinahe schon feindselig.

«Was soll das heißen, aufs Klo? Ausgerechnet jetzt?» Frank Lehner schnaubt auf.

«Glauben S' vielleicht, dass drei Kaffee und fünf Gläser Raki spurlos an mir vorübergehen?», gibt der Lemming ärgerlich zurück. «Ich bin sowieso gleich zurück, keine Sorge. Sie können ja hier auf mich warten …» Er beschleunigt seine Schritte, steuert durch die Grünentorgasse in Richtung Kirchenplatz.

«Aber sicher nicht!», ruft Lehner. «Ich komme mit!» Schon hat er den Lemming eingeholt und stapft mit grimmigen Blicken neben ihm her.

So gehen sie nun aufs Café *Kairo* zu: ein Gespann, dessen Bündnis Vergangenheit ist, ein Paar, dessen Kampf um die Beute begonnen hat. Frank Lehner schreitet zügig aus, während der Lemming versucht, ihn möglichst nahe an der Hausmauer entlangzuführen: Zu verräterisch ist der blinkende Schriftzug über der Tür des Cafés, dieses signalrote *KAIRO*. Doch wie durch ein Wunder liegen die Lettern im Dunkel: Die Neonröhren sind erloschen.

Rauchschwaden. Stimmengewirr. Im *Kairo* herrscht Hochbetrieb. Die Büros und Läden haben eben erst geschlossen, und so findet man sich hier zusammmen, um – bei einem Glas Bier oder Wein – den Feierabend zu begehen. Was nichts anderes heißt, als Abend für Abend aufs Neue zu feiern, dass ein weiterer Tag überstanden, eine weitere kleine Etappe auf dem Weg in die Rente geschafft ist.

Der Mann jedoch, der in der Ecke gleich hinter dem Eingang sitzt, hat seinen Dienst noch nicht beendet, auch wenn es zunächst diesen Anschein hat: Er blättert in der *Reinen Wahrheit*, krault sich ab und zu den grauen Bart und wartet. Als Lehner und der Lemming das Lokal betreten, hebt er kurz den Kopf. Lugt über den Rand seiner Brille, über den Rand seiner Zeitung hinweg und versenkt sich dann wieder in seine Lektüre.

«Okay», sagt der Lemming. «Bin gleich wieder da …»

«Moment noch!» Frank Lehner streckt fordernd die Hand aus. «Ihr Handy. Sie wollen schließlich pinkeln, nicht telefonieren.»

Ein Griff in die Tasche, ein Blick zu dem bärtigen Mann in der Ecke. Der Lemming gibt Lehner das Handy; dann zwängt er sich durch die Gästeschar in den hinteren Teil des Lokals, in dem sich die Waschräume befinden.

«Und das soll ich Ihnen glauben.» Der Bezirksinspektor knöpft sich die Hose zu, wie um das Ende der Konversation zu signalisieren. Einer Konversation mit dem Charakter eines hastig abgesetzten Funkspruchs: Sobald auch Polivka in der Toilette erschienen war, um sich neben dem Lemming am Pissoir zu postieren, hat ihm dieser in Stichworten seine

Misere geschildert. Kurz, gerafft und lapidar: ein Notruf wie auf hoher See – dank der unterdessen tatsächlich urinierenden Männer mit der perfekten Geräuschkulisse versehen.

Auch der Lemming zieht nun seinen Reißverschluss hoch. «Glauben Sie's oder nicht. Sie haben aber sicherlich weniger Arbeit, wenn Sie mir den Lehner vom Leib halten. Mord und Totschlag, Herr Bezirksinspektor. Schon allein die seitenlangen Protokolle …»

«Die grad Sie mir so gerne ersparen. Weihnachten, sag ich nur. Bruckhaufen. Ein stinknormaler Suizid. Aber ein gewisser Herr Wallisch ruft gleich die Mordkommission.»

Ist es der richtige Ort, der richtige Zeitpunkt, um Polivka zu korrigieren und womöglich einen weiteren Streit vom Zaun zu brechen? Sicherlich nicht. Und hat sich Paul Smejkal eine vergleichsweise milde Bestrafung durch ein weltliches Gericht verdient? Noch einmal nein. Es gibt keinen schlimmeren Kerker als den, in dem der Alte ohnehin schon sitzt.

«Da … haben Sie recht. Die Angela Lehner … Es scheint wirklich alles darauf hinzudeuten, dass sie sich umgebracht hat.» Und wieder nickt der Lemming sein beflissenes Gebrauchtwagenhändlernicken – diesmal erfolgreich: Polivka kauft ihn, den Schrotthaufen, den er ja schließlich von Anfang an haben wollte.

«Na bitte», meint er zufrieden. «Und ihr Mann, der Herr Lehner, hat nichts gemerkt von unserem kleinen Rendezvous?»

«Ich glaube nicht. Zum Glück ist die Neonschrift draußen kaputt.»

«Hab ich abdrehen lassen, Herr Wallisch. Gleich nachdem ich gekommen bin. Wollen wir?» Polivka öffnet die Tür.

«Sie wissen aber schon», sagt da der Lemming, «dass Sie ein Genie sind.»

Um die Augen des Bezirksinspektors flattert der Hauch eines Zwinkerns. «Ich hab dich auch lieb, mein Schatz.»

So verlassen die beiden die Gosse von Kairo und kehren zurück in den Wiener Morast.

27

Es war schon eine mustergültige Aktion. Nicht vorschriftsmäßig, aber im Rahmen des eben noch Statthaften fehlerlos. Kaum sind der Lemming und Lehner aus dem Lokal getreten, war auch schon Polivka da. Hat mit einem nonchalanten Schlenker seines Handgelenks die Dienstmarke gezückt und den Lemming unsanft am Arm gepackt.

«Ich muss Sie bitten, mich zu begleiten.»

«Aber was ... Warum *ich*?» Der Lemming war ehrlich erstaunt.

«Warum ich. Das sagen sie alle.» Polivka hat aufgeschnaubt. «Also kommen S' jetzt mit, oder muss i Ihnen die Achter verpassen?»

«Achter?», hat sich nun auch der sichtlich bestürzte Frank Lehner zu Wort gemeldet. «Wieso Achter? Was wollen Sie überhaupt von uns?»

«Achter sind Handschellen, mein Herr. Und von Ihnen will i gar nix, außer Sie legen's partout darauf an.»

«Nein, nein ...», hat Lehner gemurmelt.

«Dann mischen S' Ihnen g'fälligst net ein und lassen S' mich amtshandeln!» Ein kurzer Ruck, dann hat der Bezirksinspektor den Lemming vor sich her in Richtung Berggasse geschoben. Auch Frank Lehner ist nun hinter ihnen hergetrottet, zögernd, mit ratloser Miene. So lange, bis Polivka sich abrupt zu ihm umgedreht hat.

«Was machen S' denn immer noch da? Husch, husch!» Polivka hat mit den Händen gewedelt, als wolle er eine Taube verscheuchen. «Oder wollen S' auch gleich mit aufs Revier?»

Wortlos hat Lehner den Kopf geschüttelt.

«Dann schauen S', dass S' weiterkommen. Und suchen Sie sich Ihre Saufkumpane in Zukunft ein bisserl besser aus!»

Da hat sich Lehner endlich abgewandt. Mit hängenden Schultern ist er davongeschlurft und im Dunkel der Nacht verschwunden.

«Warum wirklich ich? Warum nicht er?», fragt der Lemming jetzt noch einmal.

«Glauben S' 'leicht, ich lass mir das entgehen, wenn Sie die Büchse der Pandora öffnen?»

Ein kleiner Spaziergang rund um den Häuserblock hat die beiden Männer wieder an den Punkt zurückgeführt, an dem die Grünentorgasse in die Hahngasse mündet. Sie verlangsamen nun ihre Schritte, während sie wachsam um sich spähen. Immerhin ist es möglich, wenn nicht gar wahrscheinlich, dass sich Frank Lehner nach wie vor in der Nähe befindet. Dass er durch die Gegend geistert wie ein ausgesperrtes Schlossgespenst, das seine Schlüssel verloren hat. Aber die Straßen sind menschenleer; der Zwischenkriegsmann ist nirgends zu sehen.

«Da ist sie entlanggelaufen», raunt der Lemming. «Mit dem Rollstuhl.»

«Und weiter?»

«Nach links um die Ecke ist sie gebogen. In die Hahngasse.»

«Gut, worauf warten wir? Fangen wir an.»

Vorne in der Hosentasche stecken sie, die drei Objekte der Begierde: die Schlüssel zu Pandoras Box. Der Lemming zieht sie heraus und geht auf das nächstgelegene Haustor zu. Behutsam versucht er, den ersten Schlüssel ins Schloss zu schieben.

«Obacht!», zischt Polivka in seinem Rücken. «Nicht dass er abbricht!»

«Ich bitt Sie», erwidert der Lemming. «Halten S' mich wirklich für derartig patschert?»

Er greift jetzt zum zweiten. Zum dritten. Vergeblich: Keiner der Schlüssel will passen.

«Kommen Sie, schauen wir ein Häuserl weiter …»

Sie queren die Fahrbahn, probieren es beim Haus gegenüber. Doch abermals ohne Erfolg. Also gehen sie zurück, um das nächste Gebäude in Angriff zu nehmen.

Vier Schlösser, drei Schlüssel, zwei Männer, ein Ziel. Und kein Resultat.

Beim fünften Türschloss jedoch stößt der Lemming ein leises «Heureka!» aus. Mit einem satten Knacken rastet der erste Schlüssel ein.

Es ist finster hinter der Pforte des alten, heruntergekommenen Hauses. Nur rechts an der Wand flackert rötlich ein Schalter. Als ihn Polivka betätigt, flammt das Minutenlicht auf und gibt den Blick auf eine langgezogene, schmucklose Eingangshalle frei, an deren Seiten sich jeweils zwei Türen befinden. Am vorderen Ende des Foyers sind zwei halbkreisförmig geschwungene Treppen zu erkennen: eine, die in die darüberliegenden Stockwerke führt, eine andere, auf der man offenbar in den Keller gelangt. Im Treppenschacht selbst herrscht gähnende Leere: Aufzug wurde hier noch keiner eingebaut.

«Den Keller können wir vergessen», raunt der Lemming. «Ohne Lift, mit einem Rollstuhl …»

«Stimmt», gibt Polivka zurück.

Und so macht sich der Lemming daran, die schon geübte Prozedur bei den vier Seitentüren zu wiederholen. Dies nun jedoch mit gewissen Erschwernissen, als handelte es sich hier um ein Computerspiel, bei dem ein neu erreichter Level noch gemeinere Schikanen, noch infamere Fallen verspricht. Zwar lässt sich schon das erste der vier Schlösser ohne Mühe sperren, aber mit demselben Schlüssel, der auch schon das Haustor geöffnet hat. Der Lemming und Polivka finden sich in

Gesellschaft der Mülltonnen wieder, zusammengedrängelt und fluchend.

Vier Schlösser, drei Schlüssel, zwei Männer, ein Ziel.

Wie immer ist es die letzte der Türen, die in den nächsten Level führt. Nachdem sie der Lemming – abermals mit dem Haustorschlüssel – entriegelt hat, tritt er mit Polivka in einen schmalen, nur vom spärlichen Schimmer der Gangbeleuchtung erhellten Lichthof hinaus, über den sich ein wellblechartig onduliertes Dach aus Plexiglas zieht. In früheren Zeiten wohl durchsichtig, ist der Kunststoff jetzt über und über mit Taubenkot bedeckt: Dass aus einigen der darüberliegenden Fenster Licht fällt, ist mehr zu erahnen als wirklich zu sehen.

«Da», sagt Polivka jetzt. Er deutet nach rechts, wo in die grob verputzte Mauer eine glatte Fläche eingelassen ist: ein breites Geviert aus Metall, das sich bald schon als weiterer Durchgang entpuppt. Obwohl das Türblatt weder mit Knauf noch mit Klinke versehen ist, kann der Lemming eine tropfenförmige Wölbung ertasten, ein kleines Scharnier, eine Stahlkappe, hinter der sich das nächste Schloss befindet.

Der zweite von Angelas Schlüsseln passt. Er gleitet sanft in den Zylinder, öffnet mit leisem Knirschen die Pforte, die der Lemming nun vorsichtig aufdrückt.

Jenseits der Tür herrscht vollkommene Finsternis. Eine Finsternis, die förmlich aus sich selbst herausquillt, um sich über die zwei Männer zu ergießen. Oder auch, um sie in sich hineinzusaugen, sie zu absorbieren wie eines dieser ominösen schwarzen Löcher, die es ja angeblich nicht nur im Weltall gibt (auch in einem unterirdischen Schweizer Versuchslabor soll man sich neuerdings darum bemühen, sie herzustellen. Als müsse ein Land, das für Käse berühmt ist, auch aussehen wie Käse).

Es ist Polivka, der sich jetzt dazu anschickt, das Loch zu betreten. Aber ehe er noch in die Finsternis eintauchen kann, hält ihn der Lemming zurück.

«Warten Sie.» Er greift in seinen Mantel und nestelt die Taschenlampe hervor, die er am Nachmittag in Ottakring gekauft hat.

«Alle Achtung, Herr Wallisch», brummt Polivka anerkennend. «Sie sind ja ein knallharter Profi.»

Der Lichtkegel wandert durchs Dunkel, verliert sich nach wenigen Metern im Nichts. Tiefseeatmosphäre, denkt der Lemming. Planktonreich, nebelhaft, staubdurchflirrt. Erst als er die Lampe schräg nach unten richtet, lässt sich etwas erkennen: eine aus Holzbohlen gezimmerte Rampe, die – von der Türschwelle weg – in sanftem Bogen in die Tiefe führt.

«Also doch Keller», murmelt der Lemming. «Bereit?»

Ein Nicken. Ein Grunzen. Offenbar Polivkas Art, Begeisterung zu signalisieren.

Sie tasten sich vorwärts, schleichen mit kleinen Schritten die Rampe hinab, als plötzlich ein Sirren die Stille zerreißt. Schon flackern Neonröhren auf und hüllen die Männer in kaltes, flimmerndes Licht.

«Bewegungsmelder», sagt Polivka. «Praktisch, wenn man keine Hand frei hat.»

«Weil man gerade einen Rollstuhl schiebt», ergänzt der Lemming.

Knapp drei Meter tiefer endet die Rampe auf ebenem Boden. Nur wenige Schritte entfernt, an der rechten Seite des würfelförmigen Raums, der wohl einmal als Lager gedient haben muss, öffnet sich ein Durchlass in der grauen Wand. Dahinter ein schmaler, aus Ziegeln gemauerter Korridor, an beiden Seiten mit morschen Brettertüren versehen. Hier ist die Beleuchtung um einiges düsterer: Nur eine Reihe vergitterter Kellerlampen erhellt den Gang. Es riecht muffig und feucht. Nach Verwesung.

Der Lemming geht nun schneller; zügig eilt er voran, ohne die seitlichen Bretterverschläge auch nur zu beachten.

«Wohin?», zischt Polivka, der mit ihm Schritt zu halten versucht. Doch erst am Ende des Flurs bekommt er die Antwort. Eine Antwort in Form einer wuchtigen, eisernen Tür, die bis ins Letzte jener aus dem Lichthof gleicht.

«Das muss es sein.» Ein weiteres Mal zückt der Lemming den Schlüsselbund. Tastet nach dem Scharnier, hinter dem sich das Schloss verbirgt, schiebt es mit einem Finger zur Seite.

«Geben S' mir die.» Polivka greift nach der Taschenlampe, richtet ihren Strahl auf den Zylinder. «Neues Spiel, Herr Wallisch, neues Glück …»

Das Spiel ist alt, das Glück schon fast vorhersehbar: Es ist wieder der zweite Schlüssel, der passt. Der Lemming atmet durch. Ein kurzer Blick zu Polivka, dann drückt er gegen das kühle Metall.

So lang der Weg hierher war, so kurz ist der Zieleinlauf: gedrängte, komprimierte Zeit, mit gespannten Sinnen durchlebt. Zunächst lässt sich ein leichter Widerstand des Türblatts spüren: wie ein Saugnapf, den man von der Wand entfernt. Oder besser: wie der Deckel eines Einmachglases, das man öffnen will. Mit einem Wort, ein Gummidichtungsgefühl. Unmittelbar darauf ertönt ein leises Schmatzen, als sich die gummierten Lippen voneinander lösen.

Langsam schwingt die Tür zurück.

Es wäre die reinste Idylle.

Mildes Licht, das über Wandbehänge streicht und auf den rötlichen Möbeln schimmert. Der Boden mit flauschigen, stilvoll gemusterten Teppichen ausgelegt. Ein wuchtiges Bücherregal, davor – im Schein einer Stehlampe – ein breiter Ohrensessel. Etwas abseits, zur Hälfte von einer spanischen Wand verdeckt, ein Bett, über das sich ein seidener, purpurner Himmel spannt.

Trautes Heim, lauschig und weich. Ein großes und warmes, behagliches Nest. Und trotzdem mit all jenem technischen Luxus versehen, der dem modernen, kultivierten Menschen ja erst seine Würde verleiht. Wobei er sich unaufdringlich im Hintergrund hält, dieser Luxus: Auf den zweiten Blick erst lässt sich ein mächtiger Flachbildschirm erkennen, der sich dunkel und matt in den Aufsatz einer archaischen Anrichte schmiegt. Im geöffneten unteren Teil der Kredenz blinken die Lämpchen einer Stereoanlage. Schräg vis-a-vis steht ein weiterer, halbhoher Paravent, hinter dem eine lindgrün beleuchtete Küchenzeile verläuft: Elektroherd, Spültisch, Stellagen, aber vor allem ein mächtiger Kühlschrank aus Edelstahl, gute zwei Meter hoch. Dazu ein rustikaler Bauerntisch, der mit den Chrom- und Milchglasverbauten der Küche perfekt harmoniert. Kristallene Kelche und Teller. Ein bis obenhin bestücktes Weinregal – samtroter Glanz in den Flaschen …

Es wäre die reinste Idylle.

Und doch ist es die reinste Hölle.

Eine tobende, stampfende, brüllende Hölle. Im Dröhnen elektrischer Meißel, im donnernden Grollen von Schlagbohrern zittert die Luft; das wütende Kreischen von Trennscheiben lässt sie erschauern, vibrieren wie ein verendendes Tier. Sie kann nicht aus, die Luft, sie kann nicht flüchten: Gefangen in diesem verfluchten Gewölbe, durchdringt sie die Dinge und Menschen, als wäre sie auf der Suche nach einem Versteck, einem rettenden Zufluchtsort. Sie kriecht in die Augen, die Nase, die Haut, sie krallt sich ohnmächtig an den Organen fest, rüttelt sie bis zum Zerreißen. Nichts anderes ist mehr zu spüren als dieser pochende, krampfende Schmerz, der das Denken und Fühlen verwüstet, die Sinne zerstampft: Ein Zustand der völligen Sinnlosigkeit, deren Teil man nun ist – mit Haut und Haaren verschlungen von einem riesigen, alles beherrschenden Bösen. Gellen und Beben, außen und innen, nichts sonst: Das ist Angelas Hölle, Angelas Strafraum.

Polivka dreht sich zum Lemming, mit offenem Mund. Fast wirkt es so, als würde sein schütteres Haar in den Schallwellen flattern: Ein rüstiger Graukopf an Bord seiner Segeljacht, von einer steifen Brise über die See getrieben – klassische Werbung für Waschmittel, Glücksspiel und Vitaminpräparate.

Den Lemming selbst treibt nur eins: der Wunsch, dem Getöse ein Ende zu setzen. Ohne jede Vorsicht stürzt er in den Raum, läuft zur Kredenz, in der die Dioden flackern. Er drückt auf die Knöpfe, hektisch und wahllos, aber der Krach dauert an. Nur der Flachbildschirm leuchtet mit einem Mal auf, um Bilder von Palmen, azurblauem Wasser, exotischen Stränden zu zeigen. Ein dunkles Gesicht lacht mit gebleckten Perlenkettenzähnen in die Kamera. Darüber verschnörkelte Lettern, vermutlich der Titel des Films: *Märchenhaftes Khao Lak – Die Perle Thailands.*

Der Lemming richtet sich auf und sieht sich händeringend um. Irgendwo muss man ihn abstellen können, den Lärm. Erst jetzt fällt ihm auf, dass die Wände, ja selbst der Plafond und die Tür, mit Matten aus genopptem Schaumstoff überzogen sind: Der Engel hat wirklich an alles gedacht ...

Auch Polivka ist nun hereingekommen, auch er lässt suchend den Blick schweifen. Macht dann einen kleinen Schritt nach links und öffnet ein unauffälliges, ebenfalls schaumstoffverkleidetes Türchen, das hier in der Mauer eingelassen ist. Ein Griff, und das Dröhnen erstirbt.

Die Stille klingt nach. Sie sirrt in den Ohren, lässt die geschundenen Sinne nur langsam zur Ruhe kommen. Wie diese Hochleistungssprinter, die auch nicht sofort nach dem Zieleinlauf stoppen. Der Lemming und Polivka schweigen; sie stehen da und lauschen tief in sich hinein, als klopften sie ihre Magenwände nach undichten Stellen ab.

«Bestens, bestens», sagt da eine Stimme. «Haben Sie mich doch noch gefunden ...»

28 Ein Mann ist hinter der spanischen Wand hervorgetreten. Ein Mann, der auf verblüffende Weise der Schilderung Frank Lehners entspricht. Nicht groß und nicht klein, nicht dick und nicht dünn, nicht hässlich, nicht hübsch. Eine schlichte Frisur, die Haarfarbe unklar, am ehesten noch als ein blondes Brünett zu bezeichnen. Ein

Mann, dessen Aussehen sofort dem Gedächtnis entschwindet, kaum dass man den Blick von ihm wendet. Und wenn man ihn ansieht, verliert er trotz allem den Halt, der Blick gleitet unweigerlich ab an der völligen Unscheinbarkeit dieses Menschen.

«Die Herren sind doch von der Polizei, darf ich annehmen?»

Selbst den Klang seiner Stimme, denkt nun der Lemming erstaunt, könnte man schwerlich charakterisieren. Nicht hart und nicht weich, nicht hoch und nicht tief: ein Organ wie ein blinder Fleck seiner selbst. Die Garderobe des Mannes tut ihr Übriges: graubraune Stoffhosen, hellbeiges Hemd. Das ist alles.

Ein Niemandsmann.

Wäre da nicht dieser Fußschmuck, das einzig Prägnante an seiner Erscheinung: ein eiserner Reifen ums Fußgelenk, an dem eine ebenso eiserne Kette hängt. In lockeren Schleifen führt sie zur Mitte des Raums und endet an einem massiven Metallring, der hier im Boden verankert ist.

«Ja, Polizei», murmelt Polivka jetzt. Seiner Miene ist zu entnehmen, dass er das alles noch nicht so recht fassen kann. Fünf Minuten Briefing auf dem Pissoir des Café *Kairo* waren entschieden zu kurz.

«Hannes Gartner mein Name. Grüß Gott!» Gartner quert hurtig den Raum, eilt mit rasselnden Ketten auf den Lemming und Polivka zu, um ihnen die Hände zu schütteln.

Biegsam. Geschäftig. Devot. Das sind die drei Begriffe, die dem Lemming dabei durch den Sinn fahren. Den Kopf ein wenig gesenkt, sieht Gartner ihm nicht in die Augen; er richtet stattdessen den Blick auf sein Kinn, seinen Hals, wie um selbst nicht gesehen zu werden: das vorgeblich scheue Gebaren einer Höhlenkreatur, die im Schutz ihrer Grotte auf Beute lauert.

«Sehr erfreut, Herr Kommissar!»

«Ich bin kein Kommissar.»

«Verstehe, verstehe! Umso löblicher, dass Sie gekommen sind!» Mit eilfertigem Nicken unterstreicht Hannes Gartner die Pose der eigenen Harmlosigkeit.

Ja, denkt der Lemming, Frank Lehner hat recht. Das Rückgrat dieses Mannes ist latent verwachsen, verkrümmt; er trägt ihn tatsächlich, diesen unsichtbaren, *feinstofflichen* Buckel, den Lehner so treffend beschrieben hat.

«Gartner, grüß Gott, sehr erfreut!» Der Niemandsmann nähert sich nun dem Bezirksinspektor, der nach wie vor bei der Tür steht, und streckt ihm die Hand entgegen. Doch kurz vor dem Eingang strafft sich die eiserne Kette: Gartner strauchelt gekonnt und bremst ab. «Ich bin nicht zum Schalter gekommen, sehen Sie?» Ein Nicken. Ein Lachen. Sofern man die kurzen und meckernden Laute, die er nun absondert, wirklich als Lachen bezeichnen will.

«War ja wohl auch nicht der Sinn der Aktion», erwidert Polivka und tritt nun seinerseits auf Gartner zu. «Bezirksinspektor Polivka. Und das dort ist der Herr Wallisch. Wie ist denn das werte Befinden, Herr …»

«Wallisch? Momenterl, da klingelt doch was.» Gartner dreht sich um und grinst den Lemming an. «Kann's sein, dass wir schon einmal miteinander …»

«Der Neffe vom Hofrat Sabitzer», fällt ihm Polivka ins Wort. «Aus dem Innenministerium.»

«Selbstverständlich, selbstverständlich, Innenministerium. Ein Hofrat also, der werte Herr Onkel.» Gartner nickt heftig.

«Also sagen S' schon, wie geht es Ihnen?», fragt Polivka noch einmal.

«Muss gehen, Herr Bezirksinspektor. Muss gehen. Obwohl ich natürlich nicht weiß, was das hier zu bedeuten hat. Eigentlich sollte ich drüben in Thailand sein …» Wie zur Erklärung deutet Gartner auf den Fernsehschirm, der nun eine lebhafte Marktszene zeigt: südliche Früchte, lachende Kinder, ein Pulk orangerot gewandeter Mönche. «Stattdessen hat man mich hier eingesperrt, mit diesem Videofilm. Und dann dieser Lärm, Tag und Nacht! Ich habe mir Brot in die Ohren gesteckt, aber genützt hat es wenig.» Ein langer leidender Blick. «Sie können sich vorstellen, welche Qualen ich erlitten habe: psychische und körperliche Schäden, *bleibende* Schäden vermutlich. Freiheitsberaubung und tätlicher Angriff, dazu der Verdienstentgang …»

«Ich dachte, Sie wollten auf Urlaub», sagt Polivka.

Listiges Grinsen, verschmitztes Gegacker. «Arbeitsurlaub selbstverständlich. Arbeitsurlaub. Wer immer das war, meine Herren, wird bezahlen. Teuer bezahlen, bis hin zu dem Strafzettel, der wahrscheinlich schon an meiner Windschutzscheibe steckt. Haben Sie den Täter schon gefasst?»

«Sie wissen also nicht, wer es gewesen ist?», unterbricht jetzt der Lemming. Seine Stimme klingt angespannt, mühsam beherrscht.

«Aber nein, aber nein, keine Ahnung! War ja maskiert, dieses kriminelle Subjekt, als Nonne oder etwas in der Art …»

«Sie haben also auch keinen Verdacht? Keine Feinde? Niemanden, dem *Sie* geschadet haben?»

«In meinem Metier trifft man immer ein paar, die einem etwas in die Schuhe schieben wollen. Keine Frage, keine Frage. In der Regel Neider, die es selbst nicht geschafft haben, sich etwas aufzubauen. Aber eines können Sie mir glauben, meine Herren: Ich habe eine weiße Weste. Die Gesetze schützen mich, und ich befolge die Gesetze … Höchstens», fügt Gartner mit einem vertraulichen Zwinkern hinzu, «dass ich das ein oder andere Mal falsch geparkt habe.»

Der Lemming schließt unwillkürlich die Augen, atmet tief und langsam durch. Abermals spürt er die Übelkeit hochsteigen, sauer und schneidend im Magen, dumpf und schwammig im Kopf. Wie viele Menschen, so denkt er, muss dieser schleimige Wechselbalg auf dem Gewissen haben, wenn er nicht gleich auf die junge Familie kommt, die ihm zum Opfer gefallen ist.

«Benjamin Lehner.» Beinahe tonlos hat der Lemming das gesagt. «Benjamin Lehner, acht Monate alt.»

Gartner zuckt nicht mit der Wimper. Er spitzt nur die Lippen und runzelt die Stirn: ein vielbeschäftigter Mann, der so freundlich ist, seine Erinnerung zu bemühen. «Selbstverständlich, selbstverständlich!», ruft er dann aus. «Diese entsetzliche Sache, ich weiß schon: Vater gewalttätig, Mutter verwahrlost. Während er im Gefängnis war, hat sie das arme Kind zu Tode kommen lassen – eine furchtbare Tragödie.»

«Ruhig bleiben.» Polivka ist an die Seite des Lemming getreten und legt ihm die Hand auf die Schulter. «Ruhig bleiben, net echauffieren …»

«Diese Leute haben schon immer versucht, mir was anzulasten», redet Gartner währenddessen weiter. «Die haben sich förmlich auf mich kapriziert, ich weiß nicht, warum. Vor einem Jahr hat mich der Herr Lehner sogar attackiert, völlig grundlos, aus heiterem Himmel. Also wenn Sie jetzt sagen, dass die was mit meiner Entführung … Gut möglich, gut möglich; zuzutrauen wär's denen allemal.»

«Bleiben S' ruhig, Herr Wallisch», raunt Polivka dem Lemming noch einmal ins Ohr. «Und geben S' mir die Schlüssel: Wir sollten da schleunigst hinaus, Sie sind ja ganz blass …»

Ja, der Lemming ist blass. Blass vor Wut und blass vor Brechreiz, kurz davor, sein Inneres nach außen zu stülpen. Während er wie ferngesteuert in die Tasche greift und Polivka

Angelas Schlüsselbund reicht, betrachtet er Gartner wie etwas, in das man getreten ist. Etwas, das man sich so rasch wie möglich an der nächsten Gehsteigkante von den Sohlen kratzt.

Steigt halt ein anderer hinein …

Dieser klebrige, schmierige Mann, dieser Niemandsmann.

Dieser Mann, den ein todkranker Engel zu *läutern* versucht hat – mit all diesem ungeheuren Aufwand –, statt ihn einfach zu zertreten. Dem sie das Leben nicht nur geschenkt, sondern auch noch gerettet hat: Hunderttausende Tote im Indischen Ozean. Aber der Niemandsmann lebt. Eine Frau, ihre Mutter, ihr Kind: eine halbe Familie ausgerottet. Aber der Niemandsmann lebt. Er lebt weiter als einer, dem man das Herz und das Rückgrat nicht brechen kann, weil er kein Herz und kein Rückgrat besitzt. Die arme, tote Angela, der arme rote Engel. Ihre Inszenierung war zu groß für diesen Mann, diesen Mann ohne Rückgrat. Wie hält sich Gartner nur aufrecht?, fragt sich der Lemming. Eine rhetorische Frage natürlich; die Antwort liegt längst auf der Hand: Wer eine dicke Haut hat, kann auch ohne Rückgrat stehen.

Bezirksinspektor Polivka kniet mittlerweile. Er kniet auf dem Boden, als wollte er dem einen Gartner einen anderen von den Schuhen kratzen. Stattdessen schiebt er nun aber den letzten der drei Schlüssel in das Schloss der Fußfessel und dreht ihn – das Eisen springt auf.

«Bestens, bestens. Vielen Dank, die Herren. Wenn ich einmal etwas für Sie tun kann, wohnungsmäßig zum Beispiel …»

«Danke. Sie können mir sagen, wo die Toilette ist.» Der Lemming würgt.

«Gleich dort: das kleine Türchen links vom Bett.»

Der Lemming setzt sich in Bewegung, um in die angegebene Richtung zu eilen. Hält jedoch nach ein paar Schritten inne. Und kehrt um.

«Wissen S', was, Herr Gartner?»

«Ja bitte?»

Ein tiefes, grollendes Rülpsen. Dann schleudert der Lemming der Ratte die Antwort ins Gesicht: zwei Teile Magensaft, drei Teile Raki, fünf Teile Kaffee.

29

«Ja also ... Ja also ...»

Der Niemandsmann ringt noch immer nach Worten. Wie das Erbrochene in seinem Hemdkragen schäumt auch er selbst – das ist seinen grimmig verkniffenen Mundwinkeln anzusehen. Trotzdem lässt er seinem Ärger keinen freien Lauf: Bei einem vermeintlichen Beamten im gehobenen Polizeidienst heißt es Zurückhaltung üben, so gern man diesem Schmutzfink auch die Meinung sagen würde. Dinge wie: *Sie werden von meinem Anwalt hören, Herr Wallisch! Sachbeschädigung, Ehrenbeleidigung, Quälen eines Gefangenen – das wird Sie teuer zu stehen kommen!* Aber nein, es wäre alles andere als opportun, sich mit Drohungen Luft zu verschaffen, wo dieser Wallisch doch auch diesen Onkel hat, diesen Onkel – was heißt! –, diesen *Hofrat* Sabitzer im Ministerium, noch dazu im *Innenministerium!* Kontakte! Kontakte! Wenn die zarte Nabelschnur zur Obrigkeit einmal zerrissen ist, lässt sie sich schwer wieder flicken.

«Ja also ... Es geht Ihnen hoffentlich besser, Herr Wallisch ... So ein dummes ... Missverständnis.»

«Missverständnis?» Polivka, vor unterdrückter Begeisterung hochrot im Gesicht, zieht das Haustor auf. «Wieso Missverständnis, Herr Gartner?»

«Na weil ... Verzeihen Sie, aber im ersten Moment hat das fast ... fast absichtlich auf mich gewirkt.» Gartner kichert entschuldigend. «Auf Sie etwa nicht, Herr Bezirksinspektor?»

«I weiß net, Herr Gartner, i weiß net», gluckst Polivka. «Man müsst wahrscheinlich einen Doktor fragen, ob einer so absichtlich speiben kann …»

«Selbstverständlich, selbstverständlich.» Hannes Gartner duckt sich noch ein wenig tiefer zwischen seine Schultern. Dreht sich dann zum Lemming um, der – nach wie vor etwas schwach in den Knien – hinter ihm hertrottet. «Nichts für ungut, Herr Wallisch. Und wegen der Reinigungskosten …»

«Selbstverständlich, selbstverständlich», unterbricht ihn der Lemming mit beflissenem Nicken.

Polivka kann nicht mehr. Er beugt sich vor und vergräbt das Gesicht in den Händen, geschüttelt von Lachkrämpfen. Polivka röchelt vor Vergnügen.

Die Turmuhr der Servitenkirche schlägt halb acht. Ein dichter Nebel ist inzwischen eingefallen; er hüllt die Laternen in Watte, dämpft auch den Lärm des Verkehrs, der von der nahen Rossauerlände herüberdringt.

Die Männer stehen auf dem Trottoir und warten. Hannes Gartner hat darauf bestanden, die Ambulanz zu verständigen: Wer nämlich Schäden, *bleibende* Schäden erlitten hat, der sollte auf dem schnellsten Weg ins Krankenhaus. So eine Fahrt mit Blaulicht und Folgetonhorn macht nicht zuletzt vor Gericht den gebührenden Eindruck. Trotz seiner Schäden (auch der textilen) wirkt Gartner nun aber wieder zufrieden, um nicht zu sagen: fidel. Mit einem Grinsen auf den Lippen wippt er auf und ab, während aus einem Plastiksack in seiner Rechten das muntere Klimpern von Flaschen dringt: *Château Lafite*. Der Niemandsmann ist tatsächlich noch einmal umgekehrt, um sich Angelas Wein aus dem Kerker zu holen.

«Bestens, bestens», sagt er jetzt. «Für meine Geschäftsfreunde. Darf ich den Herren vielleicht auch eine …?»

Aber der Lemming und Polivka schütteln die Köpfe. «Antialkoholiker», meint der Lemming bedauernd. Verhaltenes

Japsen: Polivka beißt sich erneut auf die Zunge, um nicht lauthals loszuprusten.

Minuten vergehen. Die Männer warten, Gartner wippt. Seine Miene ist nachdenklich, beinah verträumt: Vielleicht kalkuliert er bereits die Verwertung der Filmrechte an seiner Entführung, vielleicht auch den Umbau des Strafraums in eine Garage. Nach einer Weile jedoch hält er inne und blickt zu Polivka hoch: «Darf man fragen, Herr Bezirksinspektor, wie es nun weitergeht? Weiß man schon, wo diese Lehners stecken?»

«Ich weiß, wo sie stecken. Komm, ich bring dich hin, du Ratte.»

So frostig und trüb der Nebel, so eisig und klar die Replik. Nur, dass die Antwort nicht von Polivka gekommen ist.

Ein Schatten hat sich aus dem Dunst geschoben. Ein Schatten, geduckt wie ein Tier: kein Tier auf der Flucht. Ein Tier auf der Jagd.

«Was ist? Ich zeig dir, wo die Lehners sind.»

Diese Augen, die jetzt groß und starr aus ihren Höhlen treten. Dieser zerschlissene Mantel, der selbst wie aus Nebel gestrickt zu sein scheint. Charon, schießt es dem Lemming durch den Kopf, Charon, der Fährmann der Unterwelt. Von Gartner wird er keinen Obolus für seinen Dienst erhalten. Gartner steht nur da und sieht Frank Lehner an, den Kopf gesenkt wie eine Höhlenkreatur, die *ohne* den Schutz ihrer Grotte auf Beute lauert. Nicht anders als damals wahrscheinlich, als er sich Lehners Genehmigung für seinen Dachausbau holte. Nicht anders als damals, als er ihm – mit dessen eigener Vollmacht – die Arbeit, die Würde, die Freiheit, die Wohnung, das Kind nahm. Nicht anders als damals. Jetzt gibt es nichts mehr zu holen. Frank Lehner hat nichts, er hat gar nichts mehr …

Hannes Gartner dürfte mittlerweile zu demselben Schluss gekommen sein; er scheint sich damit abzufinden, dass die so plötzlich verschärfte Situation keinen nennenswerten Gewinn verspricht. Also warum Verluste riskieren? «Da ist er ja!», schreit er. «Da ist dieser Lehner! Verhaften S' ihn doch, Herr Bezirksinspektor! ... Wenn ich mir diesen Vorschlag erlauben darf», fügt er hastig hinzu.

Ehe Polivka Gartners Empfehlung auch nur in Erwägung ziehen kann, tritt der Lemming dazwischen. Seine Stimme klingt heiser, nervös, als er sich an Frank Lehner wendet; ein Anflug von schlechtem Gewissen schwingt mit. «Wie sind Sie dahintergekommen?»

«Café *Kairo*», gibt Lehner zurück, ohne Gartner dabei aus den Augen zu lassen. «Die haben die Leuchtschrift wieder angedreht. War aber trotzdem ein lustiger Trick, ihr romantisches Telefonat in der U-Bahn. Könnte von mir sein, wenn ich noch Schriftsteller wäre ...» Frank Lehner verstummt. Er schiebt sich am Lemming vorbei und geht langsam auf Gartner zu. «Komm schon, du Ratte. Auf zu den Lehners ...»

«Nix da!», meldet sich Polivka endlich zu Wort. «Der Herr Gartner is indisponiert, der hat so viel zu tragen, und außerdem fahrt er jetzt gleich ins Spital.»

Auch Genies können sich täuschen.

Denn mit einem Mal geht alles Schlag auf Schlag.

Während sich Gartner mit klimpernden Weinflaschen hinter Polivkas Rücken verschanzt, taucht eine weitere Silhouette aus dem Nebel auf. Zunächst bemerkt sie nur der Lemming, die hagere, gebeugte Figur, diesen Schatten eines Schattens: kein Charon, kein Fährmann. Ein Sensenmann.

Es ist Paul Smejkal.

Er muss dem Lemming und Lehner gefolgt sein, ja mehr noch, er muss sie belauscht haben, nach ihrem Weggang aus seinem Haus: Offenbar hat ihr kleines Gespräch den Entschluss in ihm reifen lassen, seine Reisegruppe in die Hölle um eine Person zu erweitern. Nicht anders ist es zu erklären, dass er, ohne Frank Lehner auch nur eines Blickes zu würdigen, zügig an diesem vorbei- und auf Polivka zusteuert.

«Du!» Sein ausgestreckter Arm, sein langer, knochiger Finger zeigt auf das Augenpaar, das irritiert neben Polivkas Schulter hervorblinzelt, zeigt auf Hannes Gartner. «Du!»

«Momenterl … Herr Smejkal! Momenterl!» Beschwichtigend hebt der Inspektor die Hände, taumelt dann aber zurück, gerempelt, ja regelrecht umgerannt von diesem furiosen Alten, diesem archaischen Rammbock. Polivka strauchelt und stürzt; er stürzt auf den Gehsteig, der leer und verlassen hinter ihm liegt.

Die Ratte ist losgehuscht. Sie flitzt durch die Mosergasse in Richtung Donaukanal: eine flüchtige graue Kontur, die sich zusehends auflöst, bald völlig im Dunkel verliert. Nur das Splittern von Glas ist auf einmal zu hören, der Klang zerberstender Flaschen. Gartner hat sich seiner Beute offenbar entledigt. Sieben Bouteillen gegen ein Leben: keine so schwierige Rechnung.

«Dreck!», stöhnt Polivka. «Scheißdreck!» Mit schmerzverzerrtem Gesicht lässt er sich vom Lemming auf die Beine helfen.

«Ist alles in Ordnung? Haben Sie sich was gebrochen?»

«Höchstens den Arsch …» Polivka richtet sich vorsichtig auf, betastet durch den Mantel sein Gesäß.

«Steißbein wahrscheinlich.» Der Lemming nickt mitfühlend. «Aber der Notarzt ist eh gleich da.»

«Notarzt? Und wer verfolgt dann die beiden?»

Vom milchigen Licht einer Straßenlaterne gestreift, verschwinden auch Lehner und Smejkal gerade im Nebel; Seite an Seite laufen sie der Ratte hinterher. Ein Bild stummer Eintracht: Fährmann und Sensenmann auf der gemeinsamen Jagd, auf der Hatz nach dem Niemandsmann.

«Dort!» Polivka deutet nach links, Richtung Norden.

Der Lemming nickt. Ja, auch er kann es hören: das Keuchen, das hektische Kleidergeraschel, die kurzen, verhaltenen Rufe.

Als würde die Tonspur eines fernöstlichen Kampffilms von der feuchten Luft verstärkt und weithin durch die Finsternis getragen. Der Nebel ist eben ein Schelm; er liebt es, die Leute zum Narren zu halten: Den Blinden lässt er Flügel wachsen, den Tauben raubt er das Augenlicht.

Sie wären gar nicht erst so weit gekommen, der Lemming und Polivka, hätten sie die Schritte der laufenden Männer, das Schnaufen des alten Paul Smejkal nicht so klar aus der Dunkelheit vernommen. Sie sind der akustischen Fährte bis hierher gefolgt: auf die schmale, von Linden gesäumte Allee, die zwischen U-Bahn-Station und Rossauerlände verläuft. Jetzt setzen sie sich wieder in Bewegung und hasten, so schnell es Polivkas schmerzendes Hinterteil zulässt, an der Station entlang. Nach etwa hundert Metern öffnet sich der Weg nach rechts, wo jenseits einer langen Balustrade der Kanal die Stadt durchschneidet.

In der Kindheit des Lemming ist hier eine hölzerne Rollfähre zwischen den Ufern gependelt: ein Stück Nostalgie aus einer Zeit, in der man Zigaretten noch einzeln kaufen und auf die fahrende Straßenbahn aufspringen konnte. Heute spannt sich eine schmale Stahlrohrbrücke über das Wasser, ein architektonisches Irrlicht, das von sorgsamen Stadtgärtnern mit Efeu kaschiert worden ist. Wobei dieser Steg einen Vorteil besitzt: Man kann ihn auch nachts benützen …

Immer deutlicher werden die Kampfgeräusche, als sich der Lemming und Polivka zügig der Mitte des Übergangs nähern. Und dann, nur wenige Schritte entfernt, taucht das Bild aus der Nebelwand auf: ein Bild wie geträumt, wie auf aschgraues Leinen lasiert. Drei Männer, so fest ineinander verkeilt, dass sie aussehen, als wären sie ein einziges, seltsam amorphes Geschöpf. Es schwankt hin und her, es taumelt und torkelt und stöhnt, es neigt sich mit rasselndem Atem zum Brückengeländer und presst sich dagegen. Füße scharren wild auf dem Asphalt.

«Um Gottes willen!», stößt der Lemming hervor.

Um Gottes willen.

Schon verliert es den Halt, das Geschöpf, kippt schwerfällig über die Brüstung. Und jetzt erst, in dieser Sekunde, beginnt es zu schreien: ein Schrei des Entsetzens, der gellend in den Winterhimmel steigt.

Ein einziger Schrei, eine einzige Kehle.

Der Schrei Hannes Gartners.

Nebelschwaden ziehen über das bleierne Band des Kanals. Der Lemming und Polivka, übers Geländer gebeugt, starren aufs Wasser hinunter.

Es ist Polivka, der – nach langen Minuten des Schweigens – als Erster seine Sprache wiederfindet.

«Reinigung brauchen S' jetzt keine mehr zahlen …», brummt er lakonisch.

30

Die Reine Wahrheit vom 29. Dezember 2004
EISIGER TOD IM KANAL

Zu unfassbaren Szenen kam es vorgestern Abend auf dem Rossauer Steg zwischen dem 9. und dem 20. Wiener Gemeindebezirk. Der beliebte Geschäftsmann Hannes G. (38) überquerte gerade die Brücke, als er zur Zielscheibe eines brutalen und hinterhältigen Anschlags wurde. Zwei Männer, der beschäftigungslose und vorbestrafte Frank L. (36) und der Rentner Paul S. (67) fielen plötzlich über den Ahnungslosen her und rissen ihn in die eisigen Fluten des Donaukanals. Während die Leiche des offenbar geistig verwirrten Paul S. gestern früh geborgen werden konnte, fehlt von seinem Komplizen Frank L. bislang jede Spur. Das Opfer selbst hatte gottlob einen Schutzengel: Nachdem es Hannes G. mit letzter Kraft gelungen war, das Ufer zu erreichen, wurde er mit leichten Erfrierungen ins Krankenhaus gebracht.

Der Winter scheint sich heuer seiner alten Tugend zu besinnen. So, als hätte er einen Kinofilm über sich selbst gesehen, der die Erinnerung an seine einstige Kraft wiederaufleben lässt. Ein Greis, der noch einmal den Boogie tanzt. Dicht fällt der Schnee und verwandelt die Bäume und Sträucher in flaumige Wolken aus Zuckerwatte.

«Denkst du, er lebt noch, der Lehner?» Klara faltet die Zeitung zusammen, einmal längs und zweimal quer; so wie man etwas zusammenfaltet, das man nie wieder öffnen will. Schiebt sie dann weit von sich weg in die Mitte des Küchentischs.

«Ich weiß nicht. Aber falls er's geschafft hat, da irgendwie rauszukommen ...»

«Wird sich die Ratte warm anziehen müssen», nimmt Klara dem Lemming das Wort aus dem Mund.

«Diese eine Ratte vielleicht.» Der Lemming steht auf und wirft die Zeitung in den Altpapierkarton, der neben dem Herd auf dem Boden steht. «Wusstest du, dass es in Wien mehr Ratten als Menschen gibt?»

«Nicht nur in Wien, Poldi, nicht nur in Wien. Da kannst du hingehen, wo du willst, denen kommst du nicht aus ...»

«Ugugl!», mischt sich nun auch Ben in das Gespräch. Er sitzt in Castros Hundekorb und spielt mit Bernatzkys Patella. Jetzt lässt er die Kniescheibe fallen und streckt dem Lemming die Arme entgegen. «Papapa», sagt er klar und deutlich.

Schon im Begriff, den Kleinen aus dem Korb zu heben, hält der Lemming inne. Starrt Benjamin fassungslos an und wirbelt zu Klara herum. «Hast du's gehört?»

«Was denn? Was meinst du?»

«Na, was der Kleine gerade ... Komm schon, mein Held, sag's noch einmal!»

«Ugugl!», kräht Benjamin lauthals. Er deutet zum Fenster, auf dessen Scheibe ein prächtiger Garten aus Eisblumen glitzert.

«Ich glaub, er will hinaus, einen Schneemann bauen», grinst Klara. «Gehst du mit ihm? Ich mach uns derweil einen heißen Kaffee.»

Auf der Wiese, hei, juchee,
steht ein weißer Mann aus Schnee.
Friert und zittert unentwegt,
weil er keine Kleider trägt.
Schneemann, Schneemann, armer Mann,
hast nur einen Kochtopf an.
Darum, Kinder, lasst euch sagen,
sollt ihr warme Kleider tragen.
Setzt euch hurtig auf die Mützen,
die euch vor der Kälte schützen.

Der Lemming schmunzelt still in sich hinein, als er mit Ben vor die Tür tritt. Unvermutet ist ihm das alte Gedicht wieder eingefallen, das ihn durch sein erstes Volksschuljahr begleitet hat. Er kann sich auch seiner Verwirrung entsinnen, als er erstmals den letzten Vers buchstabierte: Was, so hat er sich damals gefragt, soll es gegen die Kälte helfen, wenn man sich auf Mützen setzt?

Untrennbar mit dieser Erinnerung verbunden ist jene an die Bebilderung des Lesebuchs: ein Klischee von geröteten Backen und glänzenden Augen, von lachenden Kindergesichtern, Rodelfahrten und Schneeballschlachten. Ein Klischee aber, das – jedenfalls in der Rückschau – vollkommen der Wahrheit entsprach. Der Zauber des Winters ist niemals verflogen; seine würdevolle Pracht berührt auch heute noch das Herz des Lemming.

Dass etwas so Großes so friedlich sein kann.

Friedlich und groß sind auch Benjamins Augen. An die warme Brust des Lemming geschmiegt, hängt er im Tragesack und saugt die weiße Märchenwelt mit allen Sinnen auf. Den Duft der kristallklaren Luft. Das Knistern der fallenden Flocken. Das flüchtige Kribbeln, wenn sie auf den Wangen landen und zerschmelzen. Das magische Licht, das von unten, direkt aus der Erde zu schimmern scheint …

So plötzlich zerfetzt das Getöse die Stille, dass Benjamin heftig zusammenzuckt. Die Arme steif von sich gestreckt, fängt er am ganzen Leib zu zittern an. Er wirft den Kopf in den Nacken und schreit, schreit sich in Todesangst die Seele aus dem Leib – ein sichtbarer, spürbarer, aber dem Anschein nach tonloser Schrei: Zu laut ist das Brüllen des Motors, zu nahe. Gleich hinter der Hecke steigt eine Schneefontäne auf.

Der Lemming tritt an den Zaun, doch der Mann im gelbgrünen Anorak nimmt ihn nicht wahr. Der Lemming ruft und winkt, doch der Mann reagiert nicht. Der Lemming bückt sich, formt einen Schneeball und wirft. Die Kugel zerstiebt am Ärmel des Anoraks – jetzt blickt er auf, der gelbgrüne Mann. Er nickt dem Lemming zu und stellt den Motor ab.

«Grüß Sie», sagt der Lemming.

Eine Qualmwolke zieht durch die Gärten. Benjamin löst sich schluchzend aus seiner Erstarrung, windet sich in seinem Tragesack, will offensichtlich auf dem schnellsten Weg zurück ins Haus.

«Grüß Gott, Herr Nachbar!» Ein fröhliches Lächeln. Dann eine stolze Gebärde, mit der er dem Lemming die rote Maschine präsentiert, die vor seinen Beinen im Schnee steht. «Da schauen S' aber, gell? Ein ganz neues Baby, das Schneefräserl, heut erst gekauft. Acht Gänge und Zwei-Stufen-Schleudertechnik. Sie werden's nicht glauben, wenn ich Ihnen verrat, was das Schatzi gekostet hat …»

«Wo?», unterbricht ihn freundlich-interessiert der Lemming. «Wo haben Sie es denn gekauft, das Schatzi?»

«Beim Weilfurt, Sie wissen schon, der mit der Werbung ...»

«Verstehe ... Passen 'S auf, ich mach Ihnen ein Angebot, Herr Nachbar.»

«Ein Angebot? Wollen S' vielleicht auch ...»

«Nein, nein. Ich schlag Ihnen nur vor, Sie nehmen in aller Ruhe Ihr Fräserl und bringen's zum Weilfurt zurück. Jetzt gleich, auf der Stelle. Weil sonst nehm's nämlich ich, das nagelneue Fräserl, und fräs Ihnen ganz genüsslich den Arsch damit auf. Ich mach's in der Nacht, wenn Sie nicht damit rechnen. Da komm ich zu Ihnen hinüber und fräs mich in Ihr Haus, in Ihr Zimmer, in Ihr Bett und direkt in Ihr nachbarliches Arschloch, tief hinein in die Gedärme. Auf der zweiten Schleuderstufe und im achten Gang ...»

Der Lemming ist tot.
Er hat seinen irdischen Körper verlassen und schwebt in den Himmel hinauf. Zu all den anderen Engeln da oben wahrscheinlich ...
Der Lemming ist tot.
Zurück bleibt Leopold Wallisch, ein Mann ohne Flügel, ein Mann ohne Sanftmut und Duldsamkeit. Zurück bleibt nichts als ein trotziger Mann, der bald heiraten wird.

31 *Sehr geehrter Herr Wallisch!*
Allem voran möchten wir Ihnen unsere herzlichsten Glückwünsche zur Vermählung übermitteln. Ihr Schreiben hat uns leider erst drei Tage nach dem Hochzeitsfest erreicht, sodass wir davon absehen mussten, Ihrer so liebenswürdigen Einladung Folge zu leisten. Schuld daran war einmal mehr die Post, wenn auch in anderer als der gewohnten Weise: Ihr Schreiben wurde zwar ordnungsgemäß zugestellt, doch war ich nicht in Wien, um es auch pünktlich in Empfang zu nehmen. Mein bo-

xender Briefträgernachbar (man kann also sagen, die Post) hat mich nämlich im heurigen Frühjahr endgültig aus meiner Wohnung vertrieben – nicht ganz unfreiwillig, wie ich allerdings gestehen muss.

Dass auch die liebe Frau Mally nicht zum Fest gekommen ist, hängt (wie Ihr detektivischer Spürsinn Sie wahrscheinlich schon erahnen lässt) unmittelbar mit meinem eigenen Fernbleiben zusammen. Aber ich will Sie nicht lange auf die Folter spannen:

Ja, wir haben es gewagt.

Immerhin ist man in einem Alter, in dem man seinen Gefühlen ein gewisses Maß an Vertrauen schenken darf, umso mehr, als man diese Gefühle nicht glühend gesucht hat, sondern sie ganz gemächlich zu einem gekommen sind. So ähnlich habe ich es am Silvesterabend gegenüber der Frau Mally ausgedrückt. Und als sie – wenn auch nach einigem Zögern – meinen Worten beigepflichtet hat, da war das Glühen in meinem Magen (ich gebe es ja zu) trotz allem respektabel. Schmetterlinge im Bauch, so haben wir früher dazu gesagt, und ich muss mich schon darüber wundern, wie lange solche Schmetterlinge vollkommen regungslos in einem Bauch überleben können: viele Jahre lang, fast wie die Zecken auf den Bäumen. Dabei dachte ich, sie seien längst davongeflogen.

Wir haben es also gewagt. Noch nicht so konsequent wie Sie, Herr Wallisch, aber gewagt. Seltsamerweise scheint es das Vorrecht des Alters zu sein, die Dinge gelassener, langsamer anzugehen. Als habe man desto mehr Zeit zur Verfügung, je später es wird.

Weil wir nun aber gerade in Übung waren, sind wir gleich noch ein weiteres Wagnis eingegangen: Wir haben unsere schöne Wienerstadt verlassen. Die Frau Mally – Josefine – hat ihre Josefstädter Eigentumswohnung am Anfang des Jahres verkauft, und wir haben uns mit dem Erlös auf die Suche nach einem gemeinsamen Häuschen am Land begeben. Man möchte es kaum glauben, aber schon im allerersten Ort, den wir uns angesehen haben, sind wir fündig geworden.

Sie werden lachen, wenn ich Ihnen unsere neue Adresse verrate. Ein kleines, idyllisches Fleckchen nordöstlich von Wien, in den sanft geschwungenen Hügeln des südlichen Weinviertels. Also lachen Sie ruhig, Herr Wallisch: Josefine Mally und Klaus Jandula wohnen seit dem vergangenen Mai in einem kleinen Dörf- *chen namens Stillfried.*

Mag sein, dass dieser Name unsere Wahl beeinflusst hat. Trotzdem ist unser neues Zuhause – beinahe – perfekt. Wenn wir auf der Terrasse sitzen, sehen wir über die Weingärten in die Senke der Marchauen hinunter: erste Reihe fußfrei vor der Bühne der Natur. Aber wie es nun mal im Theater so ist, sitzt meistens einer daneben, der bei den entscheidenden Stellen zu husten, zu niesen, mit seinem Hintern zu wetzen beginnt.

Nicht dass Sie mich falsch verstehen: Unsere Nachbarn sind wirklich sympathische Leute, nur eben manchmal ein wenig dumm und rücksichtslos (das muss, wie Sie ja wissen, kein Widerspruch sein). Rechts von uns eine junge Familie, die den ganzen Tag Volksmusik hört: Pitztaler Buam, im sonnigen Garten, während das Kind mit dem bellenden Hund spielt. Links ein rüstiger Frühpensionist, der von früh bis spät seinen Rasen trimmt oder – mit Hammer und Bohrer bewaffnet – an seinem Lebkuchenhäuschen herumbastelt. Abends bekommt er dann meistens Besuch: eine trinkfeste, lautstarke Kartenrunde. Bis tief in die Nacht, bei geöffneten Fenstern, versteht sich: Frische Luft, dazu ist man ja schließlich aufs Land gezogen.

Nein, Herr Wallisch, ich jammere nicht, ganz im Gegenteil: Unser Haus hier in Stillfried ist wirklich ein wahres Juwel. Besser hätten wir es gar nicht treffen können, die liebe Frau Mally und ich. Ganz abgesehen davon, dass es ausreichend Platz für uns beide bietet, haben wir sogar zwei Gästezimmer zur Verfügung. Eines in der Mansarde, gleich unter dem Dach (die Aussicht

dort oben ist tatsächlich atemberaubend, Sie müssen uns bald besuchen kommen!), und ein zweites, das wir in den nächsten Tagen einweihen werden.
Es befindet sich im Keller.

Mit den besten Wünschen für die Zukunft, unbekannterweise auch an Ihre werte Frau Gemahlin,
Ihr Klaus Jandula

Mit Dank an

Julia Maetzl (für Liebe, Verständnis und Beistand),
Tomas Slupetzky (für brüderliche Freundschaft und für
    seine Lauda-Sinowatz'sche Säuglingstypologie),
Marianne Slupetzky (für Aufzucht und moralischen Rück-
    halt),
Dr. Maximilian Kutzer und die Herren des Café Luxor
    (für Asyl in Zeiten akustischer Not),
Christian Wagner (für eine computertechnische Rettungs-
    aktion),
Dr. Christoph Spielberg (für Unterstützung in medizinischen
    Herzensangelegenheiten),
Gerhard Höllering (für sein unbestechliches Auge),
Bernd Jost (dafür, dass er noch immer mein Lektor ist)
    und
Dr. Robert Stocker vom Bundesministerium für Unterricht,
    Kunst und Kultur.

1, 2, 3, 4 oder 5 Sterne?

Wie hat Ihnen dieses Buch gefallen?

Bewerten Sie es auf

www.LOVELYBOOKS.de

Das Literaturportal für Leser und Autoren

Finden Sie neue Buchempfehlungen,
richten Sie Ihre virtuelle Bibliothek ein,
schreiben Sie Ihre Rezensionen,
tauschen Sie sich mit Freunden aus
und entdecken Sie vieles mehr.